2013年度教育部新世纪优秀人才支持计划
"当代俄罗斯女性文学的语言文化问题研究"（NCET-13-0057）成果

2010年度教育部人文社会科学研究项目
"当代俄罗斯女性文学作品的引语体系及功能研究"（10YJA740062）成果

2010年度中央高校基本科研业务费专项资金资助项目
"当代俄罗斯女性文学作品的语言学视角研究"成果

当代俄罗斯女性文学的多元视角研究
Multi-perspective Study of Contemporary Russian Women's Literature

刘娟　主编

丛书出版得到教育部区域和国别研究基地
——北京师范大学俄罗斯研究中心的资助

В.С.Токарева

语用学视角下的
维·托卡列娃 作品研究

王娟 著

A Study on V. Tokareva's
Works from the Perspective
of Pragmatics

北京大学出版社
PEKING UNIVERSITY PRESS

图书在版编目 (CIP) 数据

语用学视角下的维·托卡列娃作品研究 / 王娟著 .—北京:北京大学出版社,2018.6

ISBN 978-7-301-29632-5

Ⅰ.①语… Ⅱ.①王… Ⅲ.①维·托卡列娃—文学研究 Ⅳ.① I512.065

中国版本图书馆 CIP 数据核字(2018) 第 110380 号

书　　　名	语用学视角下的维·托卡列娃作品研究 YUYONGXUE SHIJIAO XIA DE WEI·TUOKALIEWA ZUOPIN YANJIU
著作责任者	王　娟　著
责 任 编 辑	郝妮娜
标 准 书 号	ISBN 978-7-301-29632-5
出 版 发 行	北京大学出版社
地　　　址	北京市海淀区成府路 205 号　100871
网　　　址	http://www.pup.cn　新浪微博:@北京大学出版社
电 子 信 箱	bdhnn2011@126.com
电　　　话	邮购部 010-62752015　发行部 010-62750672 编辑部 010-62759634
印 刷 者	三河市博文印刷有限公司
经 销 者	新华书店 650 毫米 ×980 毫米　16 开本　18.25 印张　290 千字 2018 年 6 月第 1 版　2018 年 6 月第 1 次印刷
定　　　价	58.00 元

未经许可,不得以任何方式复制或抄袭本书之部分或全部内容。
版权所有,侵权必究
举报电话:010-62752024　电子信箱:fd@pup.pku.edu.cn
图书如有印装质量问题,请与出版部联系,电话:010-62756370

总　序

　　20世纪末到21世纪初的俄罗斯文学好比一本斑驳陆离的图谱，呈现出多元、多样、多变的特点。后现代主义、后现实主义、新现实主义、新农村散文、新感伤主义、超现实主义、异样文学等概念和流派层出不穷，汇成了多声部的大合唱。这一时期的俄罗斯文学在创作手法、体裁形式和叙述内容上同样具有多元、繁复和去核心化的特点，难以用一个统一的方向、流派来定义，更难以对其进行整体划一的研究。在这一时期，作家获得了前所未有的创作自由，这种自由在释放作家的创作能量的同时，也影响了俄罗斯文学的传统说教和道德指导功能。有些原来被贬低的角色成为了作品的主要人物，正统典范的文学作品语言有时完全被非标准语言，甚至俚语所解构和颠覆。与此相应的是，世纪之交的俄罗斯当代文学显然带有强烈的后现代主义色彩。虽然时至今日，当代俄罗斯文学又在发生着新的变化，然而，基于俄罗斯文学传统，具有俄罗斯文学特征且有别于西方后现代主义文学的俄罗斯后现代主义文学无疑具有很高的研究价值。

　　与后现代主义文学交相辉映的当代俄罗斯女性文学是俄罗斯文学的重要组成部分。女性文学是一个非常复杂的概念，既涉及创作主体，也关系到创作内容。我们之所以使用女性文学这一概念，并非要对女性文学作出一个狭隘的定义，并非要否定男性作家从事女性文学创作的权利。但是为了便于研究，我们组织了一系列专著，把女性文学定义为女性作家创作的文学。当代俄罗斯女性文学之于后现代主义思潮的重要意义在于，它以独特的方式解构了传统所谓"女性文学"的刻板印象，这是一场大规模的对当代女性的重新隐喻和象征。这种重塑亟待我们去重新认知。

这对于我们把握当代俄罗斯的文本、符号、意识形态都具有重大意义。而我们这一系列著作的研究视角,则侧重于语言文化学、语用学、修辞学方向的交叉研究。

当代俄罗斯女性作家的语言生动细腻,非常注意通过多种修辞手段来体现创作主体的女性气质。她们在继承和发扬俄罗斯文学传统的基础上,吸收后现代主义文学的创作手段,在叙事风格、语篇建构、语言表达等方面有很大的突破和创新。女性文学作品的普遍特征表现为:叙述者的多样化、不同的主观言语层级界限的模糊化、叙事视角的多元化、时空视角表达手段的复杂化等。这些特征都直接反映在作品的语言表达方面,并涉及语言的各个层面。在句法层面上,它们体现为多种引语变体的出现、插入结构的积极使用、多谓语结构的运用。在词汇层面上,我们则可以发现不同语体的词汇的混合使用、词语的错合搭配、大量具有修辞色彩的词汇的运用、成语的仿拟现象等。在构词方面,作家采取多种多样的构词手段,如大量使用表达情感和评价色彩的后缀,借助外来词的词根或后缀构词、合成新词等。与此同时,作家在作品中还积极使用隐喻、对比、拟人、夸张等修辞格手段。这些语言特征不但是当代俄罗斯女性文学作品叙事特点的外在体现,而且是当代俄罗斯语言发展变化的缩影。由于政治体制和价值观的改变,当代俄罗斯语言表现出自由化、开放性、对语言标准的偏离、不同语体相互渗透等特点。由此可见,当代俄罗斯女性文学作品为我们提供了丰富的语言学研究素材。对这些作品的研究不但有利于总结俄罗斯当代女性文学的语言表达特点,而且对研究俄语的最新发展变化具有指导意义。

当代俄罗斯女性文学作品,特别是具有后现代特色的作品,在语言描述、内容结构和时空叙述上表现出跳跃与无序,给读者和研究者正确解读作品内涵造成很大障碍。为了营造多重声音的效果,有的作品中多个叙述者同时存在,有的作品中叙述者与人物极其接近。作者有时打断现有叙述,进入新的叙述,然后又回到原有叙述。这种不连贯和未完成性是制造叙述悬念的结构手段。不同的叙述层面有时相关联,有时彼此对立。这种叙述则可以营造鲜明的对比效果。所有这一切都造成了不同的主观言语层级的相互交叉、叙事视角的相互交融、语篇的内部构建和外部联系的复杂化。在这种情况下,读者和研究者很难捕捉到一个清晰完整、贯穿全文的叙述者。作品叙述中非规范形式的人物话语经常在句法结构和叙事内容上与叙述者语篇交织在一起,缺少传统人物话语形式的标志性特征,这在很大程度上进一步加大了受众的阅读困难。但是,无论叙事形式如何复杂,无论叙事话语与人物话语如何交融,无论故事发展如何难以把握,它们都会在叙事语言上留下自己的痕迹,具有自己典型的语言标识。借助对人称代词形式、动词的人称和时间形式、叙述者的发话方式、词汇的深层语义、插入结构的特点、话语情态归属等语言标识的分析,我们可以有效辨别不同的言语层级,区分叙述者与人物。通过正确解读叙事话语与人物话语的关系,通过梳理叙事时空视角的发展轨迹我们可以更加清晰和科学地挖掘当代俄罗斯女性文学的创作意图、叙事特点和主题思想。因此,当代俄罗斯女性文学作品的语言学视角研究对读者和研究者梳理叙述内容、理解作品思想、把握作者创作意图、了解当代俄罗斯女性文学作品特点具有重要的现实意义。

　　文学作品是一种复杂的语言、文化和社会现象,对文学作品的研究应该是全方位多角度的。而20世纪人文研究的"语言学转向"更是赋予文学的语言学研究以极大的空间。然而由于种种学术壁垒的存在,无论在俄罗斯本土,还是在中国国内,都造成了语言学研究和文学研究的长期分离,而我们的这一系列研究,正是几位年轻学者弥合这种分离的可贵尝试。这些作品以俄罗斯最著名的当代女性作家柳·彼特鲁舍夫斯卡娅(Л. Петрушевская)、维·托卡列娃(В. Токарева)、柳·乌利茨卡娅(Л. Улицкая)、塔·托尔斯泰娅(Т. Толстая)的小说为语料基础,以文体学、叙事学、修辞学、语用学、语言文化学、符号学等学科的理论为指导,从多重视角研究几位女性作家的作品,并在此基础上总结归纳她们在人物塑造、引语使用、叙事风格、修辞手段等方面的共性和个性,进一步探讨当代俄罗斯文学语境中女性作家语言创作手段的发展趋势及对文学创作的影响。

  这些著作由王燕、国晶、王娟等几位博士完成,是在她们各自的博士论文的基础上发展而成。著作的修改过程对几位年轻的学者来说是一个艰苦和超越自己的过程。作为该系列著作的主编和几位作者的导师,本人在对这几本论著分别进行逐字逐句的修改和完善的过程中,亲眼目睹了自己弟子的成长和进步,亲身感受到学为人师的艰辛和幸福。由于年轻学者尚且缺乏研究经验,本人时间精力有限,加之研究对象和研究内容相对复杂,书中难免存在纰漏,恳请专家学者批评指正。

刘娟

2017 年 2 月 16 日

目 录

绪 论 ·· 1

第一章 维·托卡列娃与当代俄罗斯女性文学创作研究 ················ 9
1.1 当代俄罗斯女性文学中俄研究现状概述 ····························· 9
1.2 维·托卡列娃作品的中俄研究现状概述 ····························· 19
1.3 本章小结 ·· 24

第二章 对话研究概述 ·· 25
2.1 对话研究概述 ·· 25
2.2 对话与独白的相互关系 ·· 33
2.3 米·巴赫金对话性研究概述 ·· 37
2.4 文学作品中各交际参与者之间的对话性关系 ······················· 46
2.5 对话界定及本书中研究的对话 ··· 52
2.6 本章小结 ·· 57

第三章 语用学与文学作品语篇的对话研究之关系 ················ 59
3.1 语用学研究概况 ·· 60
3.2 语用学分析方法 ·· 62
3.3 基于语用学的文学作品语篇的对话研究 ······························ 80
3.4 本章小结 ·· 85

第四章 维·托卡列娃作品中外在对话性的语用分析 ················ 87
4.1 文艺对话与自然对话的异同 ··· 87

  4.2 表现为外在对话的言语行为 …………………………… 93
  4.3 表现为文艺对话形式的外在对话性的语用分析 ……… 97
  4.4 本章小结 ………………………………………………… 160

第五章 维·托卡列娃作品中内在对话性的语用分析 ………… 162
  5.1 语用学理论下的内在对话性的语用分析 ……………… 162
  5.2 体现在句法手段中的内在对话性的语用分析 ………… 172
  5.3 体现在小说文本结构中的内在对话性语用分析 ……… 238
  5.4 本章小结 ………………………………………………… 267

结 语 ………………………………………………………………… 268
附 录 ………………………………………………………………… 271
后 记 ………………………………………………………………… 284

绪 论

1. 论题缘起与研究对象

俄罗斯学术界的对话研究历史悠久。1923年,列·雅库宾斯基发表的《论对话语》一文开启了对话研究之先河。文中,列·雅库宾斯基不仅从社会语言学和心理语言学的角度宏观剖析了日常自然对话的特点,而且还研究了语言的形式问题。继列·雅库宾斯基之后,俄罗斯学者继承对话研究,进一步深入系统地研究了日常对话语。后继者们的研究方向从语言的形式问题转向语言的功能问题,他们运用语言学的方法系统地研究日常对话的类型、对话的语法特点、对话的结构特点等。其中,米·巴赫金对对话语研究最为深入,也最具特色。米·巴赫金不仅关注日常生活中的对话形式,而且还从自然对话与独白语中引申出话语对话性思想。在话语对话性的研究中米·巴赫金提出了对话主体性问题,米·巴赫金不仅关注自然对话中的说者与听者,而且关注文学作品中的作者与读者。文学作品中的作者与读者是内在对话性研究中的两个对话主体。"我们已经看到,社会性杂语和各种杂语对世界、对社会的把握领会(正是这些一齐合奏来表现小说主题)被纳入小说后,……便是形之于外的假托作者、叙述人以至主人公形象"。[①]米·巴赫金的这一论断直接道明了"小说中的说话者是作者、作者—叙述者和主人公形象(小说人物)"。"小说中既然有说话者,就必然有说话对象,这说话对象是读者,而小说的作用乃靠说话者与读者产生对话;其次是说话者的话语,这话语是作者、叙述

[①] 巴赫金:"长篇小说的话语修订",《巴赫金全集》(第三卷),石家庄:河北教育出版社,1998年,第118页。

者、小说人物与读者之间的对话,又必须是读者所能明白的话语;因此说话者在小说里必须通过不同的形式完成对话作用"。①

作者与读者之间的对话性关系是文学作品中真正的对话性关系,作品是作者与读者进行对话的渠道。文学作品中不仅有人物与人物之间的显性对话,而且有作者-叙述者与人物和作者-叙述者与读者之间的隐性对话。米·巴赫金把读者的地位上升到与作者同等的位置。后来,随着语用学的兴起,学者们开始关注读者(受话人)这一因素在文本交际中的作用。不仅如此,学者们还把对话研究与语用思想结合在一起。"语用学是研究语言使用与理解的学问,既研究发话人利用语言和外部语境表达意义的过程,也研究听话人对发话人说出的话语的解码和推理过程。"②语用学为研究文学作品中各种对话形式的语用意义提供了行之有效的理论依据。因此,本研究的目标是通过对上述显性对话和隐性对话的具体表现形式的语用分析,达到帮助读者洞悉作者的美学创作意图,并最终帮助读者实现理解作者-作品-读者之间的真正对话的目的。

自苏联1991年解体以后,随着俄罗斯政治体制的改变和苏联原有的书刊审查制度的取消,俄罗斯的文学发展进入了一个空前活跃的时期。值得一提的是,俄罗斯"女性文学"异军突起,并蓬勃发展。在当代俄罗斯,女性文学在俄罗斯文学界已经确立了自己的地位,并获得了广泛的关注。无论是老一辈女性作家还是新生代女性作家,她们都在积极创作,她们作品的体裁多样、主题新颖、内容丰富。正是由于这些女性作家孜孜不倦的辛勤耕耘,她们的创作成就越来越高,这引起越来越多的研究者关注她们的作品,并对作品进行研究。正如国晶在其《文学修辞学视角下的柳·乌利茨卡娅作品研究》一书中所说,"在俄罗斯文学界,一些女性作家及其作品广受大众读者的欢迎,诸如乌利茨卡娅、彼特鲁舍夫斯卡娅、托

---

① 孙爱玲:《语用与意图——〈红楼梦〉对话研究》,北京:北京大学出版社,2011年,第131页。
② 季亚文:"语用学理论在翻译中的应用",《中国教师》2009(S2):3。

尔斯泰娅、托卡列娃等已经是无人不知无人不晓的人物,她们笔下的优秀作品在俄罗斯本土以及世界范围内都得到认可与好评,很多文学研究者也越来越关注这些女性作家及其创作,并将她们作为俄罗斯文学中女性主义写作的典型个案进行研究。"[①]本书将以当代俄罗斯著名女性作家维·托卡列娃的作品为语料进行研究。

维·托卡列娃是公认的当代俄罗斯女性文学的一个鲜明的代表人物,她从20世纪60年代起就开始发表作品,90年代之后她迎来了文学创作的高峰期,仅莫斯科ACT出版社就为她出版了多卷本中短篇小说集。维·托卡列娃不仅遣词造句生动活泼、简单易懂,而且书写当代人面临的一些共性问题,因此她的作品深受读者的欢迎。维·托卡列娃的小说内容大都反映不同年龄、不同职业的都市女性的生存状态,所以她拥有大批女性读者群。此外,通过阅读维·托卡列娃的小说,读者能深刻感受到苏联解体前后的俄罗斯政治、经济、普通民众生活的变化,尤其能感受到俄罗斯女性在物质、精神、伦理、人生价值观等方面的变化。小说中反映的这些变化引起了国内外研究者的极大兴趣。

俄罗斯学术界主要从以下几个角度研究维·托卡列娃的作品:(1)从文艺学的角度对维·托卡列娃作品中的主题、艺术特色及作品中反映的道德和人道主义问题进行论述和评述(代表学者有:尤·卢科亚诺夫〈Лукоянова Ю. К.〉、尤·布金娜〈Букина Ю. А.〉和弗·谢拉菲莫娃〈Серафимова В. Д〉等[②]);(2)从语言学的角度对维·托卡列娃作品中的个别语言特点进行分析(代表学者有:勒·泽列普金〈Зелепукин Р. О.〉、

[①] 国晶:《文学修辞学视角下的柳·乌利茨卡娅小说风格特色研究》,北京:北京师范大学,2012年,第25页。

[②] 参见:Лукоянова Ю. К. Восприятие времени в русской языковой картине мира: на материале произведений В. Токаревой. http://www.ksu.ru/f10/bibl/resource/articles.php; Букина Ю. А. Мотив "Горького оптимизма" в произведениях Виктории Токаревой; Серафимова В. Д. Проблемы нравственности и гуманизма в женской прозе: на материале отдельных произведений В. Токаревой. Русский язык за рубежом, 2009(1).

纳·卡拉什尼科娃〈Калашникова Н. М.〉和拉·科罗坚科〈Коротенко, Л. В.〉等①；(3)从教学实践的角度对维·托卡列娃的作品进行分析(代表学者有：伊·克罗普曼〈Кропман Е. Г.〉、伊·马马耶娃〈Мамаева Е. Е.〉和伊·阿布拉莫娃〈Абрамова Е. А.〉等②)。

我国国内学术界主要从以下几个方面介绍和研究维·托卡列娃的作品：(1)翻译维·托卡列娃的作品，使国内读者和研究者了解她的作品(代

---

① 参见：Зелепукин Р. О. Парцелляция в художественной прозе Виктории Токаревой: структура, семантика, текстообразующие функции: автореф. дис. на соиск. учен. степ. канд. филол. наук: Москва, 2007; Зелепукин Р. О. Конструкции с парцелляцией подчинения в художественной прозе В. Токаревой. Вопросы филологических наук, 2006(6); Зелепукин Р. О. Парцелляция в прозе Виктории Токаревой. Русская речь, 2007(2); Калашникова Н. М. Афористичность как черта идиостиля В. Токаревой : Дис. канд. филол. наук: Ростов н/Д, 2004; Калашникова Н. М. "Человек создан для счастья..."—Вставные афоризмы в прозе В. Токаревой. Русская речь, 2003(1); Коротенко Л. В. Интертекстуальность как средство раскрытия имплицитной информации в афоризмах В. Токаревой, Н. Горлановой и Л. Улицкой/Л. В. Коротенко//Вестник Санкт-Петербургского университета. Сер. 9, Философия, востоковедение, журналистика. —2008.-Вып. 2, ч. 2. —С. 71—77; Коротенко Л. В. Художественные определения существительного «любовь» в текстах В. С. Токаревой, Н. В. Горлановой и Л. Е. Улицкой. /Л. В. Коротенко//Вестник Московского государственного гуманитарного университета им. М. А. Шолохова. Филологические науки. —2009.-Вып. 4, ч. 4. -С. 57—66.

② 参见：Кропман Е. Г. Некоторые пути анализа и осмысления рассказа Виктории Токаревой "Антон, надень ботинки" (к вопросу о современности "Дамы с собачкой" А. П. Чехова и других произведений русской классической литературы)//Материалы международной научно-практической конференции "Современная русская литература: проблемы изучения и преподавания". http://oldwww.pspu.ru/sci_liter2005_materials.shtml; Мамаева Е. Е. Рассказ В. Токаревой "Самый счастливый день": компетентностный подход//Материалы международной научно-практической конференции "Современная русская литература: проблемы изучения и преподавания" http://oldwww.pspu.ru/sci_liter2005_mamaeva.shtml; Абрамова Е. А. Художественный мир В. Токаревой на уроках литературы в 10—11 классах//Материалы международной научно-практической конференции "Современная русская литература: проблемы изучения и преподавания" http://oldwww.pspu.ru/sci_liter2005_materials.shtml.

表学者有:吴菁和傅星寰等①);(2)总体述评维·托卡列娃的作品(代表学者有:陈新宇和石伟等②);(3)研究维·托卡列娃作品的语言风格(代表学者有:谢金凤、田晶、苏娅、孙超、高伟和谢丽薇等③)。

综上所述,无论是俄罗斯的学者还是我国的学者,他们大多从创作题材、艺术风格、写作手法和技巧及作品中蕴含的道德评判标准与价值等方面对维·托卡列娃的作品展开研究与分析。中外学者们虽然也关注维·托卡列娃作品的语言特色,但遗憾的是,学者们大多关注作家单个作品的语言风格及修辞特色,他们很少观照作家作品的总体语言风格。在维·托卡列娃作品中,文艺对话(人物与人物之间的对话)是一种重要的语言叙述手段,她的一些短篇小说甚至几乎通篇都是由人物对话构成。文艺对话是外在对话性的具体表现形式。不仅如此,维·托卡列娃作品中还处处渗透着米·巴赫金的内在对话性思想,维·托卡列娃作品中内在对话性体现在多种多样的具体形式中。维·托卡列娃作品中内在对话性具体体现在:(1)句法手段,即准直接引语和分割结构中;(2)小说文本结构,即小说情节结构、小说人物形象结构等中;(3)作品名称、字符手段(即词的字母全部大写)及标点符号(引号《 》④)内容中。(其中,准直接引语、分割结构、情节结构和人物形象是本书重点分析的,它们体现了内在对话性的句法结构和小说文本结构。)因此,对话的使用是维·托卡列娃作品的一个重要语言风格。迄今为止,鲜有学者研究维·托卡列娃作品中的对

---

① 维·托卡列娃:"骨折",吴菁译,《俄罗斯文艺》,2008(3);维·托卡列娃:"雪崩",傅星寰译,《俄罗斯文艺》,1997(2)。
② 陈新宇:"当代俄罗斯文坛女性作家三剑客",《译林》,2006(4);石伟:"俄罗斯当代女性文学的代表人物——托卡列娃",《世界文化》,2009(12)。
③ 谢金凤:"修辞视角下《在河畔,在林边》的语言特点分析",《语文学刊》,2011(7);田晶:"短篇小说《表白,还是沉默……》空间维度的语义衔接简析",《俄语学习》,2009(6);苏娅:"人为幸福而生——评维·托卡列娃作品中名言警句运用的独特风格",《语文学刊》,2008(15);孙超、高伟:"于幽默中寻找自我——托卡列娃小说艺术风格探析",《学术交流》,2011(2);谢丽薇:"论托卡列娃短篇故事之语言特性",《俄语学报》,1990(4)。
④ 俄文中的引号(《 》)形状上类似汉语中的书名号。

话。鉴于此,本书以维·托卡列娃作品为研究语料,在关注维·托卡列娃作品总体语言特点(如作品中运用的大量的主人公之间的对话叙述手段及各种富有表现力的修辞手段,如分割结构、准直接引语)的基础上,在米·巴赫金话语对话性理论的指导下,运用语用学理论对维·托卡列娃作品中的对话(既指广义的对话——内在对话性,又指狭义的对话——外在对话性)进行语用分析,以期帮助我们洞悉作者的创作意图和实现理解作者与读者的对话。

言语作品的创造者不仅要为读者或听者提供信息,而且还要对读者施以影响,这是整个言语作品创作的目的。因此,语篇的交际功能和语用能力引起了学者们的研究兴趣。本书试图研究作为传达内容信息手段的文学语篇的交际一美学功能,揭示文学语篇中真正的言语主体(作者和读者)之间的对话。基于此,文学语篇(即维·托卡列娃作品中)的内在对话性(内部交际)和外在对话性(外部交际)及其语用潜力构成了本书的研究对象。

2. 研究方法、理论基础、研究意义、本书的新意及研究内容

就研究的方法论而言,本书不囿于一种分析方法。"仅仅借助于语言学研究语言体系或结构的方法和手段不可能真正揭示文学作品的语言特点"。[①] 语言学与文艺学相结合的一体化趋势要求消除语言学与文艺学之间存在的分歧。罗·雅各布森指出,"不仅语言学家忽视语言的美学功能,而且文艺学家对语言学问题也漠不关心,甚至他们不了解语言学的分析方法,这些都是明显不符合时代要求的现象"[②]。本书正是采用语言学分析与文艺学分析相结合、归纳法与分析法相结合的方法对维·托卡列娃作品中的各种对话进行语用分析研究。因此,本书尝试运用跨学科的综合研究方法分析文学作品,这在很大程度上有助于提高文学作品语言

---

① Виноградов В. В. Проблемы русской стилистики. М.: Высшая Школа, 1981. С. 209.
② Якобсон Р. Лингвистика и поэтика//структурализм: "за" и "против". М.: Изд-во ПРОГРЕСС, 1975. С. 228.

学分析的有效性。

就研究的理论基础而言,本书中我们主要以对话理论和交际理论(文学交际)为指导,在细读文本的基础上以语用学理论为主,并综合运用语言学、文艺学、阐释学等理论对维·托卡列娃作品中的各种对话形式进行语用分析。我们通过对维·托卡列娃作品中外在对话性的具体表现形式和内在对话性的具体体现形式的语用分析,达到洞悉作者的创作意图和实现理解作者－作品－读者之间的对话的目的。

语用学理论引起了国内外学者的广泛关注与研究兴趣。长期以来,不少学者对语用学理论论题进行研究,把语用学与语法学、语义学等联系起来进行研究。本书以维·托卡列娃作品为研究语料,以语用学相关理论为分析方法对文学作品(即维·托卡列娃作品)中的各种对话形式进行语用分析。此研究成果可以运用在外语学习和教学中。具体而言,本研究成果可以在俄语语用学、俄语修辞学、句法学、词汇学等课程的教学中得到运用;本研究成果也可以运用于文学专题的研究,尤其是对与篇章修辞、文学阐释等有关的论文写作具有一定的指导意义。

本书研究角度的新意之处体现在如下方面:1.理论上:(1)本书中我们以对话理论和交际理论为指导,运用语用学相关理论分析文学作品中的对话形式,不仅分析文学作品中的外在对话性的表现形式,而且研究文学作品中的各个内在对话性的具体体现形式。维·托卡列娃作品中外在对话性和内在对话性的语用分析是本书的新的尝试。(2)在对国内外语境理论研究综述的基础上我们提出了适用于本书的语境理论。(3)本书中我们拓宽了外在对话性和内在对话性的层级,把对话性分为语言层面的对话性、结构层面的对话性、内容层面的对话性和作品与作品之间的互文性对话。2.实践上:本书加强了学科之间的融合,即语用学与文学、文体学及语篇分析学之间的结合。

本书在分析过程中涉及维·托卡列娃的以下作品集:《什么时候变得稍微暖和些》(«Когда стало немножко теплее»)、《保镖》(«Телохранитель»)、

《天与地之间》(«Между небом и землей»)、《最好的世界》(«Этот лучший из миров»)、《最幸福的一天》(«Самый счастливый день»)、《粉红色的玫瑰》(«Розовые розы»)、《骨折》(«Перелом»)、《雪青色的西服》(«Лиловый костюм»)、《玛莎与费利克斯》(«Маша и Феликс»)、《赌场》(«Казино»)、《雪崩》(«Лавина»)、《说一不说》(«Сказать - не сказать»)。

本书的基本研究内容如下：

绪论部分简述本书研究的缘起,指明本书的研究对象、理论基础、研究方法、研究意义及本书的新意之处,并概述本书的基本研究内容。

第一章主要对当代俄罗斯女性文学国内外研究现状及维·托卡列娃作品的国内外研究现状进行概述,并在概述的基础上引出本书的选题依据及本书的基本研究视角。

第二章概述俄罗斯学术界的对话研究概况,并在概述的基础上引出本书的另一选题依据;详细论述米·巴赫金的对话理论,并指出对话理论对本书的理论指导意义;阐明交际理论下的文学作品语篇中各交际参与者之间的对话性关系,并就对话进行了界定。最后,在对对话进行界定的基础上提出了本书所要研究的对话。

第三章主要是对语用学研究的总体概况及语用学的分析方法进行概述。在此基础上,我们提出语用学为研究文学作品中各种对话形式的语用意义提供了行之有效的理论依据。

第四章主要运用语用学的相关理论对维·托卡列娃作品中的文艺对话进行阐释。本章中我们通过对文艺对话中隐含的语用意义的揭示,对作者的创作意图的阐释,最终达到理解作者－作品－读者之间的对话的目的。

第五章中我们主要运用语用学理论对维·托卡列娃作品中体现出内在对话性的具体表现手段进行语用分析,挖掘其语用意义,阐释其美学创作意图,最终达到理解作者－作品－读者之间的对话的目的。

结语部分我们对本研究进行归纳总结,并在总结的基础上提出本研究的不足和有待进一步探讨的问题及对未来研究的启示。

第一章
维·托卡列娃与当代俄罗斯女性文学创作研究

1.1 当代俄罗斯女性文学中俄研究现状概述

当代俄罗斯文坛上不仅活跃着新生代女性作家,而且活跃着老一辈女性作家。无论是老一辈女性作家还是新生代女性作家,她们都在积极创作,她们的作品主题新颖、内容丰富。达·雷科娃(Дарья Рыкова)在《21世纪前十年的女性小说:传统与创新》一文中指出:"一方面,俄罗斯新生代的女性作家继承了老一辈女性作家代表人物的创作风格和主题(如对家人的爱、日常生活、外表与内心的美、家庭、孩子、房子等主题);另一方面,俄罗斯新生代的女性作家在创作主题和语言运用上又带有新世纪的烙印。21世纪是互联网的时代,网民们孤独的内心、虚拟的关系及网络流行语不可避免地反映在新生代女性小说的作品中。"①由于这些女性作家勤勤恳恳地创作,她们的作品不断涌现,这引起了国内外研究者对她们作品的高度关注,从而开始了与其相关的各种研究。

1.1.1 当代俄罗斯女性文学俄罗斯研究现状概述
本节主要从四个方面对俄罗斯学者的有关当代俄罗斯女性文学的研究进行概述:(1)当代俄罗斯女性文学的宏观研究;(2)性别与诗学理论角度

---

① Дарья Рыкова, кандидат филологических наук(г. г. Ульяновск-Москва). Женская проза в первом десятилетии XXI века: традиции и новаторство. http://www.rospisatel.ru/konferenzija/rykova.htm

的当代俄罗斯女性文学研究;(3)文学理论角度的当代俄罗斯女性文学研究;(4)语言学角度的当代俄罗斯女性文学研究。从所收集的国外学者有关当代俄罗斯女性文学的研究资料来看,从文艺学角度对女性文学的作品进行研究的文章大多都登载在《变容》(«Преображение»)、《玛利亚》(«Мария»)、《文学问题》(«Вопросы литературы»)、《新文学评论》(«Новое литературное обозрение»)、《旧文学评论》(«Старое литературное обозрение»)等期刊上,从语言学的角度对女性文学的作品进行研究的文章大多都登载在《俄语言语》(«Русская речь»)、《国外俄语研究》(«Русский язык за рубежом»)等期刊上。除此之外,在一些学术会议的论文集及网络上也散见一些见解独到、内容丰富的评论文章。下面逐一论述国外学者对俄罗斯女性文学的研究情况。

1. 当代俄罗斯女性文学作品的宏观研究

从宏观角度概述当代俄罗斯女性文学作品的文章相当丰富(研究者有:达·雷科娃、纳·加布里埃良〈Габриэлян Н. М.〉、尤·谢尔戈〈Серго Ю. Н.〉、伊·萨夫金娜〈Савкина И.〉和彼·萨特克里夫〈Сатклифф Б.〉等①)。纳·加布里埃良的《夏娃意味着"生命":当代俄罗斯女性文学中

---

① 参见:Дарья Рыкова, кандидат филологических наук(г. г. Ульяновск—Москва). Жнская проза в первом десятилетии XXI века: традиции и новаторство. http://www. rospisatel. ru/konferenzija/rykova. htm; Серго Ю. Н. "Не помнящая зла...": культура вины, дискурс признания и стратегии женского письма в творчестве русских писательниц конца XX -начала XXI веков. //Материалы международной научно-практической конференции "Современная русская литература: проблемы изучения и преподавания". http://www. pspu. ru/sci_liter2005_ sergo. shtml; Габриэлян Н. М. Взгляд на женскую прозу. Преображение (Русский феминистский журнал), 1993(1); Габриэлян Н. Ева—это значит жизнь: проблема пространства в современной русской женской прозе. Вопросы литературы, 1996(4); Ровенская Т. А. Феномен женщины говорящей. Проблема идентификации женской прозы 80 – 90-х годов. Русские женщины в XX веке. Опыт эпохи. Проект Женской Информационной Сети (CD). М., 2000. http://www. a-z. ru/women_ cd1/html/rovenskaiar. htm; Савкина И. Л. Говори, Мария! (Заметки о современной женской прозе). Преображение, 1996(4). http://www. a-z. ru/women_ cd1/html/savkina1r. htm; Сатклифф Б. Критика о современной женской прозе. Филологические науки, 2000(3).

第一章
维·托卡列娃与当代俄罗斯女性文学创作研究

的空间问题》是概述当代俄罗斯女性文学较为深入的一篇文章,文中作者以五位当代女作家的小说为基础"分析了女性文学创作与'空间'的相互作用问题。作者说,这个空间并不是'物理意义上的空间,或者说不完全是',它是'某种其他的东西'。纵观全文,作者所指的'空间'实际上就是传统的社会和文化对男、女两性思维模式和心理模式进行的定义,而女性文学同这两种模式的关系决定了不同类型作品的产生"[①]。塔·罗文斯卡娅(Ровенская Т. А.)在"《言说女性的现象:80－90 年代俄罗斯女性文学中的自我意识》一文中从心理学的角度对当代女性作家的总体创作情况进行了分析"[②]。伊·萨夫金娜在《说吧,玛利亚:点评当代女性文学》一文中对 20 世纪 90 年代女性文学创作中的人物形象的总体特征进行了归纳,并指出当代女性作家在作品中喜欢颠覆传统文学作品中所塑造的男性形象和女性形象。

学者们深刻、多角度地总结了当代女性文学的创作情况及学者们关心的问题,这为读者及研究者全方位地了解俄罗斯女性文学的总体创作情况提供了丰富的资料。

2. 性别与诗学理论角度的当代俄罗斯女性文学研究

"гендер"(性别)一词较早出现在尼·普什卡列娃(Пушкарева Н. Л.)的《历史研究中的性别观点》一文中。文中作者写道:"1958 年加州大学的精神分析家罗伯特·斯托勒首次在个人的研究中运用了'性别'这一术语,罗伯特把'性别'理解为'(社会学上的)性别(социальный пол)'。他的这一概念是建立在'гендер'与'пол'的不同意义的基础之上的。罗伯特认为对'пол'的研究是生理学家的任务,而对'гендер'的分析是心理学家、社会学家、文化学家的任务。因此,罗伯特的'性别'这一概念的

---

① 陈方:《当代俄罗斯女性小说研究》,北京:中国人民大学出版社,2007 年,第 19 页。
② 同上书,第 20 页。

提出促成了现代人文学科的又一流派的形成,即性别理论的兴起。"①

随着各国学者在不同领域对"性别"研究的不断深入,性别理论应运而生。其中,奥·沃罗尼娜(Воронина О. А.)和阿·博利沙科娃(Большакова А. Ю.)两位学者有关性别理论的研究各具特色。奥·沃罗尼娜强调,"必须区分出生物学上的性别(英语中是'sex')和社会学上的性别(英语中是'gender')。'гендер'一词在概念本质上是一个复杂的社会文化过程,它指男性和女性在角色、行为、心理和情感特色上不同。与此同时,奥·沃罗尼娜又详细地论述了'гендер'的构成过程,论述了社会中男性角色与女性角色的特色及男性与女性的心理和情感特色。"②阿·博利沙科娃认为,"性别作为文化符号不仅有社会学的阐释,而且具有文化符号学的阐释。许多与性别无关的概念和现象(比如自然、文化、自然现象、颜色、天堂与阴间、恶等等)与男性和女性因素联系起来。因此,出现了'女性的'与'男性的'符号学意义。'男性的'与上帝、创作、光明、力量、积极性等联系起来,而'女性的'与自然、软弱、从属、混乱、消极等联系起来"。③

在20—21世纪之交的俄罗斯广泛流行的性别理论对文艺学也产生了一定的影响。俄罗斯期刊大量刊登了从性别的角度阐释艺术语篇的文章。俄罗斯学者奥·片济娜(Пензина О. В.)撰文指出,"19世纪末性别理论就作为现代文艺学的重要概念而被研究。"④与此同时,文中她还提

---

① Пушкарева Н. Л. Гендерный подход в исторических исследованиях. Вопросы истории,1998 (6). C. 81—82.
② Воронина О. А. Гендерная экспертиза законодательства РФ о средствах массовой информации. М.:МЦГИ/Проект гендерная экспертиза,1998. http://www.a−z.ru/women/texts/$gend.htm
③ Большакова А. Ю. Гендерный архетип и проблема автора. http://sociosphera.ucoz.ru/publ/konferencii
④ Пензина О. В. Критерии гендерного анализа женской прозы конца XIX века в современном литературоведении. Вестник ставропольского государственного университета,2008(56). C. 130—137. http://vestnik.stavsu.ru/56−2008/20.pdf

第一章
维·托卡列娃与当代俄罗斯女性文学创作研究

出了用"性别理论分析艺术语篇的准则及女性文学判定的标准"[①]。除此之外,研究女性文学作品的性别特点的学者还有塔·罗文斯卡娅、塔·梅列什科(Мелешко Т. А.)、斯·奥霍特尼科娃(Охотникова С. Р.)、叶·特罗菲莫娃(Трофимова Е. И.)及塔·斯塔马特(Стамат Т. В.)等。其中,塔·罗文斯卡娅和塔·梅列什科两位学者是运用性别理论研究女性文学的典范。塔·罗文斯卡娅的《1980年代末—1990年代初的女性文学:问题、心理、鉴定》这一博士论文具有明显的文化学特色,文中作者对20世纪80年代末至90年代初的女性文学这一社会文化现象进行了总体研究。在这篇论文的标题中虽然没有体现出"性别"这一概念,但文中作者提出了在俄罗斯文艺学中怎样发展性别研究,怎样使女权主义运动理论演化成性别研究等一系列问题。与此同时,塔·罗文斯卡娅还注意到了女性文学中所反映的社会问题,注意到了女主人公的自我认同(самоидентификация)问题,并且用诗学理论研究身体与性欲概念等等。塔·梅列什科在《现代国民女性小说:性别观点中的诗学问题》一书中运用文艺学理论中的性别学理论分析了柳·彼特鲁舍夫斯卡娅、塔·托尔斯泰娅、斯·瓦西连科、玛·帕列依和瓦·纳尔比科娃五位作家的文学作品。

从性别诗学角度对女性文学进行较为完备的研究的论文有加·普什卡里(Пушкарь Г. А.)的博士论文《女性文学的类型和诗学:性别角度》。文中,作者首先详细地论述了性别研究的起源、发展及其对女性文学研究的影响。其次,作者从性别理论的角度把当代女性文学分为"苏联时代的女性作家创作的带有男性类型的女性小说(这些小说描写苏联时期的社会生产和战争场面。之所以把这类小说称为女性小说,是因为这些小说的作者是女性,这完全根据生理的性别划定)、雌雄共体型的女性小说(这

[①] Пензина О. В. Критерии гендерного анализа женской прозы конца XIX века в современном литературоведении. Вестник ставропольского государственного университета,2008(56). С. 130—137. http://vestnik.stavsu.ru/56—2008/20.pdf

类小说对男性和女性都进行了显著的描写,以塔·托尔斯泰娅的小说为典型)、湮灭型的女性小说(这类小说把女性因素和男性因素进行综合,甚至于相互歼灭,最后形成某个第三种东西,以柳·彼特鲁舍夫斯卡娅的小说为典型)和女性型小说(以柳·乌利茨卡娅的小说为典型)"①。最后,作者又从文艺学的角度以三位女性作家的作品为例具体地分析了"何为雌雄共体型小说、湮灭型小说和女性型小说"。这篇博士论文资料翔实、立论深刻、角度新颖、给人启迪。

"性别"理论采用了新的方法阐释女性看待世界的观点,对女性作品的研究方法进行了有益补充。学者们运用性别理论对作品进行分析的同时还发现,女性文学现象的复杂性与矛盾性又表现在如何自我鉴定的问题上。女性文学的鉴定问题成为现代文艺学研究的基本问题,同时也成为理解这一文学现象实质的钥匙。作家们在把自身与女性文学等同起来的同时,又试图与这一文学形态相离,因为这些作家本能地认为自己是父系文化传统的承载者和代言人。

"俄罗斯文学中是否存在'女性文学'"这一论题一直是学者们争论的焦点。弗·伊万尼茨基②(Иваницкий В. Г.)、叶·特罗菲莫娃③和上面提及的奥·片济娜等学者的文章中对"女性文学"这一范畴都有涉及。对如何界定"女性文学",学者们不仅划分标准不同,甚至观点都不一致。总体而言,目前"女性文学"的划分标准分为"是否是女性书写""体裁是否是日记式"及"女性文学是否来源于性别学"等。除此之外,某些学者甚至否

---

① Пушкарь Г. А. Типология и поэтика женской прозы: Гендерный аспект: на материале рассказов Т. Толстой, Л. Петрушевской, Л. Улицкой: Дисс... канд. Филологич. Наук. —Ставрополь, 2007. С. 60. http://revolution.allbest.ru/literature/00015803_0.html
② 参见:Иваницкий В. Г. От женской литературы к "женскому роману" (парабола самоопределения современной женской литературы). Общественные науки и современность, 2000(4). http://www.apropospage.ru/lit/lit2.html
③ 参见:Трофимова Е. И. О книжных новинках женской русской прозы. Преображение, 1995(3); Трофимова Е. И. Женская литература и книгоиздание в современной России. Общественные науки и современность,1998(5).

定女性文学的存在。他们认为,文学仅有好与坏之分,不可能存在另外鉴定文学作品的观点。

综上所述,学者们从性别文艺学与诗学角度对女性文学的研究虽然取得了一定的成果,但由于研究时间短,研究内容不成体系,还有待于进一步地探索。

3. 文学理论角度的当代俄罗斯女性文学研究

虽然大量文献从文学的角度研究女性文学,但是大多数文章只是以某个作家或某几个作家的个别作品为例来简要的介绍这些作家的作品的主题、女性形象、母亲形象及女性作家作品的特点等。如在《20世纪末女性文学中的母亲形象》[①]一文中,作者主要论述了斯·瓦西连科和伊·波里扬斯卡娅两位女性作家作品中的母亲形象,描述了作品中的母亲与女儿之间的微妙关系。奥·米库连科[②](Микуленко О. Е.)和柳·普里亚米奇基娜[③](Прямичкина Л. В.)两位研究者也主要对当代俄罗斯文坛上最著名的四位女性作家——维·托卡列娃、柳·彼特鲁舍夫斯卡娅、柳·乌利茨卡娅和塔·托尔斯泰娅的作品特色进行了简要的分析。

据目前所搜集的有关女性文学研究资料可以发现,研究者们大多关注作家的作品主题和写作特色,并对其进行研究。遗憾的是,研究者们的分析程度不够深刻。

4. 语言学角度的当代俄罗斯女性文学研究

从语言学角度研究当代俄罗斯女性文学的文章为数不少(研究者有:

[①] Образ матери в женской прозе конца XX века. http://olga-gavrilina.livejournal.com/1076.html

[②] Микуленко О. Е. Особенности современной женской прозы (Курсовая работа). http://gendocs.ru/v27952/курсовая_работа_-_особенности_современной_женской_прозы

[③] Прямичкина Л. В. Особенности женской прозы. http://revolution.allbest.ru/literature/00299071_0.html

纳·图拉尼娜〈Туранина Н. А.〉①、阿·纳多利斯卡娅〈Надольская А. А.〉②、尼·法捷耶娃〈Фатеева Н. А.〉与扎·哈奇马福娃〈Хачмафова З. Р.〉等），学者们主要从修辞学和认知语言学的视角分析女性作家的语言个性。其中，尼·法捷耶娃与扎·哈奇马福娃是从语言学角度对女性文学进行研究的代表人物，她们论述角度新颖、分析深刻、见解独到。尼·法捷耶娃在2000年、2001年先后发表了《现代女性文学的语言特点》《现代俄罗斯女性文学：女性作家的自我鉴定方式》及《20世纪末诗学语言的基本发展趋势》等论及现代女性文学语言的文章。这些文章基本上阐释了女性作家在语篇的叙述手法和构成方法上的语言修辞特点：比如，现代女性作家在作品中喜欢使用与性及怀孕、生育等有关的词汇；喜欢使用指小表爱形式的词汇；喜欢造新词及使用否定语气词和其他否定形式的词汇等。扎·哈奇马福娃的贡献主要在于她从认知语言学的角度描写女性文学的语言特性。她在完成博士论文的同时，还在杂志上发表了与其内容相关的多篇文章。在《文学作品语篇中的女性语言个性（以俄语和德语为语料）》这篇博士论文中，扎·哈奇马福娃运用篇章语言学、话语理论、修辞学、文艺学理论，尤其是认知语言学理论，以20—21世纪俄国和德国的现代女性文学为语料，系统地分析了文学作品语篇中女性语言个性的口语特点。除此之外，扎·哈奇马福娃还发表了名为《现代女性小说词汇中的"感觉"一词的词汇主题类型》和《现代语言学中研究女性语言个性的现实流派》两篇从认知语言学的角度对女性语言个性进行研究的文章。前一篇文章主要是以现代女性小说的语言为语料研究"感觉"这一词汇的主题类型，并把这一类型作为女性语言个性的代表特征。后一

---

① 参见：Туранина Н. А. Сравнение как ведущий троп в современной женской прозе. http://www.bsu.edu.ru/unid_new/res/result/pub/detail.php？
② Надольская А. А. Разговорное начало в современной женской прозе //Материалы международной научно-практической конференции "Современная русская литература：проблемы изучения и преподавания". http://oldwww.pspu.ru/sci_liter2005_nadol.shtml

篇文章主要对艺术语篇语言为代表的女性语言个性的方法进行了概述。在这两篇文章中,作者都认为,语言个性的基本特点表现在语言的三个层面上(即词汇语义层、语言认知层〈语汇层〉及动机-语用层),并在综合地分析所有这些语言个性层的基础上明晰作家的世界观。

综上所述,我们发现,俄罗斯学者在宏观概述当代俄罗斯女性文学研究现状的同时主要从性别理论、诗学理论、文学理论和语言学角度对当代俄罗斯女性文学进行剖析与研究。

1.1.2 当代俄罗斯女性文学国内研究现状概述

在我国,学者们对当代俄罗斯女性文学的研究主要是:对为数不多的女性作家作品的译介及发表在期刊上的一些学术文章。代表学者有陈方、段丽君、孙超等。目前,对当代俄罗斯女性文学进行系统研究的学术著作中最为突出的是陈方 2007 年出版的专著《当代俄罗斯女性小说研究》。书中,作者主要运用女性主义文学理论的观点和方法,并结合传统的文学分析方法对当代俄罗斯女性文学做了一个全面系统的梳理和总结。

我国学者主要从当代俄罗斯文学中是否存在女性文学、当代俄罗斯女性文学的发展概括、女性作家的创作主题、创作风格及女性文学的发展动态等方面对俄罗斯的女性文学进行研究。

俄罗斯文坛对"是否存在女性文学"一直存有争议。我国学者孙超与段丽君撰文表明了自己的态度。孙超认为"不宜将女性文学作为单独文学分析术语来看待",而段丽君不仅肯定了当代俄罗斯文学中存在女性主义文学这一文学形式,而且还梳理了当代俄罗斯女性主义文学的发展历程,探究了当代俄罗斯女性主义文学的主要特征,探讨了 20 世纪 80 年代后半期俄罗斯女性主义文学快速发展的主要原因。

梳理我国学界对女性文学的概述研究,不能不提孙美玲研究员。她的《俄罗斯女性文学翼影录》一文是有关 20 世纪俄罗斯女性文学的较为全面的概述文章。这篇文章主要分为四个部分:(1)作者首先对"否定女性文学的存在""女性永远是中等才能的作家"的观点进行了驳斥;(2)作者对女性文学遭到贬低、否定及轻视的原因进行了归纳;(3)作者系统地回顾了从20世纪初到80年代末的俄罗斯女性文学发展历程;(4)作者简要地论述了柳·彼特鲁舍夫斯卡娅、塔·托尔斯泰娅和瓦·纳尔比科娃三位女性作家的创作特征。

陈新宇的《当代俄罗斯文坛女性作家三剑客》一文主要介绍了当今俄罗斯文坛上各领风骚的三位女性作家——维·托卡列娃、塔·托尔斯泰娅、柳·彼特鲁舍夫斯卡娅。作者指出,她们分别代表了温柔、冷峻、残酷三种各具特色的创作风格,她们可谓当代俄罗斯文坛上的女性三剑客。这篇文章使得读者对三位作家的主要代表作品有了一定的了解。

在我国,有关俄罗斯女性作家的创作主题和风格的研究文章较多,这类作品的代表作有于正荣的《失落与回归——俄罗斯当代文学中女性作家的创作主题风格叙事》、陈方的《当代俄罗斯女性小说创作的风格特征》《残酷的和感伤的——论当代俄罗斯女性小说创作中的新自然主义和新感伤主义风格》及《俄罗斯当代女性作家创作中的身体叙述》和段丽君的《当代俄罗斯女性主义小说对经典文本的戏拟》等系列文章。其中,陈方在《当代俄罗斯女性小说创作的风格特征》和《残酷的和感伤的——论当代俄罗斯女性小说创作中的新自然主义和新感伤主义风格》两篇文章中从风格特征入手对当代俄罗斯女性作家的创作进行概括和总结。这里的创作风格主要指新自然主义、新感伤主义、后现代主义以及神话风格、"反乌托邦"风格和童话风格等多种风格。

关于俄罗斯女性文学的发展状况还有一些动态报道。比如,2007年王树福在《俄罗斯文艺》上发表的《从2006年俄语布克奖看俄罗斯女性小说的凸显》和2010年在《外国文学动态》上发表的《女性文学的兴起——2009年度俄语布克奖评选解析》两篇文章中主要通过对俄语布克奖的提名及评选过程的解析来反映20世纪90年代以后俄罗斯男性作家独霸俄罗斯文坛的局面的变化,并指出俄罗斯"女性文学"发展成为不可小觑的

第一章
维·托卡列娃与当代俄罗斯女性文学创作研究

文学现象。侯玮红 1995 年在《外国文学评论》上发表的《美国人谈俄罗斯妇女小说》一文中指出现代女性文学在俄罗斯文学界的地位日益提高。

此外,还有一些文章仅仅在概述俄罗斯当代文学发展状况时对女性文学有所提及。比如,陈方的《俄罗斯后现代文学的全景图——读'俄罗斯后现代文学'》一文是对白俄罗斯大学语文系俄罗斯文学教研室的女教师斯科罗帕诺娃所著的《俄罗斯后现代文学》一书所做的评论,文中作者对俄罗斯女性文学这一现象有所提及。张建华和殷桂香分别在《世纪末俄罗斯文学泛化现象种种——20 世纪 90 年代俄罗斯小说现象观》和《转型时期的俄罗斯文学》两篇论文中提到了当代俄罗斯女性文学这一现象。

综上所述,当代俄罗斯女性文学引起了中俄学者的广泛关注与研究。不论是俄罗斯研究者还是中国研究者,他们都注重宏观剖析当代俄罗斯女性文学特点,微观研究女性作家作品的文学特色和语言学特点。因此,在学者们对当代俄罗斯女性文学作品广泛研究的这个大背景下,柳·彼特鲁舍夫斯卡娅、塔·托尔斯泰娅、柳·乌利茨卡娅和维·托卡列娃 4 位女性作家因其写作风格的迥异而备受研究者们的关注。尤其是维·托卡列娃作品以其诙谐、幽默、简洁、易懂等特征而深受读者和研究者的青睐。

1.2 维·托卡列娃作品的中俄研究现状概述

维·托卡列娃是俄罗斯当代著名的女作家,她出生于 20 世纪 30 年代,亲身经历了国家的巨变,深刻了解苏联解体前后的政治、经济及人民生活状况。她特别关注俄罗斯女性的生存状态,她作品中的主人公大都是出身于普通社会阶层的女性,对这些女主人公的生活、爱情、家庭、子女、婚姻等状况的描写是作家作品的主要主题。她的作品令读者有一种亲切感,她描写的事件仿佛就发生在读者本人身上,使其身临其境。不仅如此,作者的创作语言大多是俄罗斯市民的日常用语,遣词简洁凝练,毫无铺排夸饰的痕迹。同时,作者又非常重视语言的形象性和生动性,她总是以简洁准确的语言刻画出独特的内容,传达出清晰的思想和感情,带给读者以生活的启迪。所以,维·托卡列娃的每一部作品都非常畅销,她的作品被翻译成多国语言,传播到很多国家,受到了国内外读者和研究者的广泛关注。

1.2.1 维·托卡列娃作品的俄罗斯研究现状概述

俄罗斯学界主要从以下几个角度研究维·托卡列娃的作品:一是从教学实践的角度对维·托卡列娃的作品进行分析;二是从文学理论的角度对维·托卡列娃作品中的主题、艺术特色及作品中反映的道德和人道主义问题进行论述和评述;三是从语言学的角度对维·托卡列娃作品中的个别语言特点进行分析。

维·托卡列娃的作品深受读者的喜爱,她的一些作品甚至被选入了文学教科书。因此,许多教师在分析维·托卡列娃的作品上具有个人独特的方法,甚至一些教师在教学实践的基础上总结经验,并刊登发表、与人分享分析文学作品的经验。在 2005 年举办的"现代俄罗斯文学国际实践大会"上,伊·克罗普曼①(Кропман Е. Г.)、伊·马马耶娃②(Мамаева Е. Е.)和伊·阿布拉莫娃③(Абрамова Е. А.)三位参会老师提交了有关在高年级的文学课上讲授维·托卡列娃文学作品方法的文章,依次为《维

---

① Кропман Е. Г. Некоторые пути анализа и осмысления рассказа Виктории Токаревой "Антон, надень ботинки" (к вопросу о современности "Дамы с собачкой" А. П. Чехова и других произведений русской классической литературы) //Материалы международной научно-практической конференции "Современная русская литература: проблемы изучения и преподавания". http://oldwww. pspu. ru/sci_liter2005_materials. shtml

② Мамаева Е. Е. Рассказ В. Токаревой "Самый счастливый день": компетентностный подход//Материалы международной научно-практической конференции "Современная русская литература: проблемы изучения и преподавания" http://oldwww. pspu. ru/sci_liter2005_mamaeva. shtml

③ Абрамова Е. А. Художественный мир В. Токаревой на уроках литературы в 10 — 11 классах//Материалы международной научно-практической конференции "Современная русская литература: проблемы изучения и преподавания" http://oldwww. pspu. ru/sci_liter2005_materials. shtml

多利亚·托卡列娃短篇小说〈安东,把鞋穿上〉一文的一些分析和理解途径》《语言学方法分析维·托卡列娃短篇小说〈最幸福的一天〉》和《10—11年级文学课中的维·托卡列娃小说艺术世界》三篇文章。在这三篇文章中作者都以维·托卡列娃的具体的短篇小说为语料,运用文学理论、课堂讨论及例证法向学生讲授作品。这些文章对我们在课堂上如何教授文学作品给予了一定的启示。

维·托卡列娃作品中洋溢着超越时空的人生思考和人文关怀,充满着生活的哲理和痛苦的乐观精神。尤·布金娜（Букина Ю. А.）在《维·托卡列娃作品中的"苦涩的乐观主义"情节》一文中指出,"维·托卡列娃的作品没有一部以悲剧或幸福的方式结尾,但她都给主人公或读者一种希望。"①维·托卡列娃式的"苦涩的乐观主义"是指实现梦想和达到目的的幻想。弗·谢拉菲莫娃（Серафимова В. Д.）在《女性小说中的道德和人道主义问题:以维克托利亚·托卡列娃的作品为语料》一文中详细地阐述了维·托卡列娃作品中的道德观。作者通过分析维·托卡列娃的三篇中篇小说《替我活》《说—不说》和《我有·你有·他有》中的主人公的道德问题而使读者了解现代女性文学中的道德和人道主义问题。

维·托卡列娃的作品以简短、富于生活哲理而著称。虽然她作品的语言浅显易懂,但她的语言不乏幽默与讽刺,并且意蕴深远。因此,作家的语言风格常常引起研究者们的关注与研究(研究者有:勒·泽列普金〈Зелепукин Р. О.〉、纳·卡拉什尼科娃②〈Калашникова Н. М.〉、拉·科

---

① Букина Ю. А. Мотив "Горького оптимизма" в произведениях Виктории Токаревой. С. 2 http://dspace.nbuv.gov.ua/bitstream/handle/123456789/31048/25 — Bukina.pdf?sequence=1

② 参见：Калашникова Н. М. Афористичность как черта идиостиля В. Токаревой: Дис. канд. филол. наук: Ростов н/Д, 2004; Калашникова Н. М. "Человек создан для счастья..."—Вставные афоризмы в прозе В. Токаревой. Русская речь, 2003(1).

罗坚科〈Коротенко Л. В.〉及奥·玛丽伊娜①〈Марьина О. В.〉等）。学者们主要从句法、修辞等角度研究作家的语言风格，勒·泽列普金是研究维·托卡列娃作品语言特点方面成果最丰富的一位学者。勒·泽列普金主要从修辞学、语法学及语义学等方面对维·托卡列娃作品中的分割结构进行了多角度、深刻的研究，指出"分割结构在表现人物的情感方面起到了重要的作用"。勒·泽列普金主要的代表性文章有 2006 年第 6 期《语文学问题》与 2007 年第 2 期《俄语言语》两本杂志上分别发表的名为《维·托卡列娃文学作品中的带有分割从属句的结构》和《维多利亚·托卡列娃文学作品中的分割结构》两篇文章及他于 2010 年完成的博士论文《维多利亚·托卡列娃作品中的分割结构：结构、语义和语篇构造功能》。在他的博士论文中，作者详细地梳理了前辈研究者对分割结构的研究成果。以前辈们的研究成果为依托，作者以维·托卡列娃作品中所运用的分割结构为语料研究了维·托卡列娃作品的语言风格，并深入挖掘了这一交际句法的实质和功能。

1.2.2　维·托卡列娃作品的中国研究现状概述

我国学者对维·托卡列娃的作品早有关注。在我国，郑海凌教授最先关注了维·托卡列娃的作品，他于 1986 年首次翻译并发表了维·托卡列娃的短篇小说②。自此以后，我国学者又陆续翻译并发表了维·托卡列娃的多篇中短篇小说。我国学者对维·托卡列娃的作品也有一定的研究。目前，学者们主要从两个角度研究维·托卡列娃作品：一是对维·托卡列娃的作品进行总体述评；二是对维·托卡列娃作品的语言风格进行研究。国内学者在对维·托卡列娃的创作风格进行总体评价③的同时，

---

① 参见：Марьина О. В. Авторские знаки препинания в текстах рассказов В. Токаревой. http://www.ysu.ru/content/div/1125/intr.htm#_О._В._Марьина
② 维·托卡列娃："天地之间"，郑海凌译，《苏联文学》，1986(1)。
③ 陈新宇："当代俄罗斯文坛女性作家三剑客"，《译林》，2006(4)；石伟："俄罗斯当代女性文学的代表人物——托卡列娃"，《世界文化》，2009(12)。

他们更多地关注作家作品的语言特色。如,苏娅在《人为幸福而生——评维·托卡列娃作品中名言警句运用的独特风格》一文中主要对作家作品中的名言警句进行了分类分析。通过分析作者认为,作家在塑造人物性格特点时运用了大量的名言警句,这些名言警句把人物的内心情感表现得淋漓尽致。一些学者①则以作家的某一短篇小说为语料对其语言进行修辞分析。通过对维·托卡列娃的短篇小说的词汇和辞格的修辞学分析,学者们大都认为,修辞手段的运用极大地增强了作品的感染力,提高了作品的可读性。

　　综上所述,我们可以得出以下结论:在当代俄罗斯女性文学引起国内外学者的广泛关注与研究的大背景下,学者们对维·托卡列娃的作品也开始了广泛研究。研究者们不仅从文学角度分析维·托卡列娃小说的主题思想、人物形象、艺术风格及创作风格,还从语言学角度研究维·托卡列娃作品的独特的语言风格及语言修辞特色。遗憾的是,学者很少研究维·托卡列娃作品的整体语言风格,许多研究仅限于维·托卡列娃的某部作品的语言风格或语言修辞特点。文艺对话(人物与人物之间的对话)是维·托卡列娃作品中重要的语言叙述手段,她的某些短篇小说几乎都是由人物之间的对话构成。众所周知,文艺对话是米·巴赫金所定义的外在对话性的重要表现形式。不仅如此,维·托卡列娃作品中还处处渗透着米·巴赫金的内在对话性思想,她作品中的内在对话性体现在多种多样的具体形式中。有关维·托卡列娃作品中对话的研究至今鲜有学者涉及,从语用学角度分析维·托卡列娃作品中的对话意义的学者则更少之又少。因此,本书以维·托卡列娃作品为语料,对维·托卡列娃作品中的对话进行深入研究。

---

① 戴珊:"托卡列娃小说中修辞手段的运用——以《巧合》为例",《俄罗斯文艺》,2009(2);刁科梅:"俄罗斯现今生活的缩影——浅析《在河畔,在林边》",《俄罗斯文艺》,2007(3);谢金凤:"修辞视角下《在河畔,在林边》的语言特点分析",《语文学刊》,2011(7)。

1.3　本章小结

本章主要对当代俄罗斯女性文学中俄研究现状及维·托卡列娃作品的中俄研究现状进行概述。

第1节概述了当代俄罗斯女性文学在中俄学界的研究现状。中俄研究者不仅从客观上对当代俄罗斯女性文学的总体创作情况进行了梳理，而且从微观上研究了当代俄罗斯女性作家作品的语言特点、女性小说创作的风格特征、女性作家的作品主题及作品中塑造的人物形象等。

第2节主要概述了维·托卡列娃作品在中俄学界的研究现状。在当代俄罗斯女性作家中维·托卡列娃的作品因其语言简洁幽默、作品主题大多反映不同时代女性的生存状态等而广受中俄研究者们的关注。

通过概述我们发现，迄今为止鲜有学者从语用学视角对女性作家的作品进行研究，从语用学视野研究维·托卡列娃作品中的对话的学者则更少之又少。

第二章
对话研究概述

2.1 对话研究概述

对话一词来源于希腊文 Διάλογος，它的初始含义是两个人的谈话。大部分现代言语交际研究者们都从广义和狭义两个层面来理解对话这一特殊的言语现象。从广义的角度分析，"对话是两种意识的碰撞，不存在没有对话的言语，任何话语始终都具有双主体性"[1]。这样，对话语与独白语之间传统的分歧就消失了，任何形式的言语都有现实的和潜在的受话人。从狭义的角度分析，对话是指现实生活中生动的对话言语，它的主要特点有："一是对话必须由两个或两个以上的交谈者参加，交谈者既是说话人又是听话人，两者互换角色；二是交谈者的言语行为表现为刺激（或行动）话语和反应话语的相互交替；三是对话跟语境有着密切的联系。"[2]基于此，下面我们将对俄罗斯语言学史上的对话研究进行详细梳理。

早在20世纪初，俄罗斯的一些语言学家就意识到"对话"在语言中的重要性，并展开了对"对话语"[3]的研究，譬如列·谢尔巴(Щерба Л. В.)、

---

[1] Лагутин В. И. Проблемы анализа художественного диалога (к прагмалингвистической теории драмы). Кишинев: Штиинца, 1991. С. 7.
[2] 徐翁宇：《俄语对话分析》，北京：外语教学与研究出版社，2008年，第5页。
[3] 该术语的译文来自于徐翁宇：《俄语对话分析》，北京：外语教学与研究出版社，2008年，第1页。

列·雅库宾斯基(Якубинский Л. П.)、维·维诺格拉多夫(Виноградов В. В.)、米·巴赫金(Бахтин М. М.)等学者。这些学者有关对话语研究的论著奠定了对话理论在语言研究中的地位和作用。这一时期,尤以列·谢尔巴、列·雅库宾斯基及米·巴赫金的对话研究最具特色。

1915年,苏联著名语言学家列·谢尔巴在对卢日支塞尔维亚人语言研究的基础上著述并出版了名为《东卢日支方言》一书。列·谢尔巴在书中指出:"独白很大程度上是人为性的语言形式,纯正的语言仅在对话中存在。"①列·谢尔巴的这一论断说明了对话在语言中的重要作用,但列·谢尔巴也只是点到为止,他并没有详细论说对话的特点。"列·雅库宾斯基同意列·谢尔巴有关'初始的语言就是对话语'的这一论断"②。不仅如此,列·雅库宾斯基在1923年还发表了《论对话语》一文,文中作者从社会语言学和心理语言学的角度系统地观察和分析了"对话"这一人类的言语活动。他认为,语言是人类行为的变体,人类行为既是心理(生理)现象又是社会现象。所以,语言既受心理(生物)因素制约,又受社会因素制约。

在《论对话语》一文中,列·雅库宾斯基主要论述了语言的形式问题,同时采用对比分析法重点分析了直接对话形式的特点:"(1)在直接的对话交际中,交谈者的视觉接受和听觉接受对话语的正确理解起着重要的作用。视觉接受指直接的对话交际中交谈者的面部表情和身势语,听觉接受主要指语调和音色;(2)对语(реплицирование)是对话的一个显著特点:一个说话人的话与另一个说话人的话(或另一些说话人的话)相互交替,这种交替要么井然有序(一个说话人说完后,另一个说话人开始)地进行,要么以打断对方的话语的方式进行。对语结构简单,一般是不完全句;(3)言语交际中交谈者双方被相互打断的现象也是对话的一个显著特

---

① Щерба Л. В. Восточнолужицкое наречие. Пг. ,1915 . С. 101.
② Лагутин В. И. Проблемы анализа художественного диалога(к прагмалингвистической теории драмы),1991. С. 6.

第二章
对话研究概述

点;(4)人们日常交际对话中充满着模式化的语言。在对话交际中,日常生活环境是理解话语的一个重要因素。列·雅库宾斯基的这一发现对后来的言语体裁和功能语体的发展具有一定的指导意义;(5)对话还有机械性和无意识性特点。"[1]

列·雅库宾斯基不仅全面地分析了直接对话形式特点,而且还提出了理解对话的一个重要理论:统觉量(апперцепционная масса)。列·雅库宾斯基指出:"我们领会、理解他人的言语(跟一切领会一样)是建立在统觉的基础上的;领会不仅仅是由外部的言语刺激所决定的,而且也是由我们过去所有的内外经验所决定的,并且最终由领会人在领会当时的心理内容所决定的,这一心理内容构成了该人的统觉量。"[2]列·雅库宾斯基的这一统觉量理论对语用学理论,尤其是语用学中语境理论的发展具有一定的指导意义。

因此,列·雅库宾斯基是真正首先从事对话语研究的俄罗斯著名语言学家,他的《论对话语》一文是俄罗斯学术史上"第一篇专门研究对话言语的文章[3]",这一文章开启了后继的语言学家们的对话语研究之先河。

继列·谢尔巴与列·雅库宾斯基的对话语研究之后,米·巴赫金对对话语研究最为深入。米·巴赫金不仅关注到日常生活中的对话形式,而且他还从自然对话与独白语中引申出了对话普遍性思想,并对具体文学作品中的文学话语的对话性进行具体分析。在对文学话语对话性分析的基础上,米·巴赫金在晚年又提出了人文话语的对话性。米·巴赫金与列·雅库宾斯基几乎是同时代的俄罗斯学者,对话思想是米·巴赫金的整个学术思想的核心之一,他创立了独特的话语理论,对话主义是他的

---

[1] Якубинский Л. П. О диалогической речи. —В кн: Избранные работы: Язык и его функционирование. М. ,1986. С. 30—58.
[2] Якубинский Л. П. О диалогической речи. —В кн.: Избранные работы: Язык и его функционирование. М. ,1986. С. 38.
[3] Лагутин В. И. Проблемы анализа художественного диалога(к прагмалингвистической теории драмы),1991. С. 6.

话语理论的中心思想。米·巴赫金指出,"言语本质上具有对话性"①,"一切表述都具有对话性,即是说都是对他人而发的,参与思想的交流过程,具有社会性。绝对的独白——只为表现个性——是不存在的,这是唯心主义语言哲学从个人创作中引出的一种假象。语言本质上是对话性的(交际工具)。"②

鉴于米·巴赫金话语对话性思想为本研究的文本分析提供了重要的理论依据,后面我们将会专节对他的对话性思想进行具体概述。

由于时代的局限,20世纪初期的学者们研究的对话语的语料主要来自于文学作品,学者们运用文学作品中提供的语料对现实自然对话的宏观特征进行概括总结。继对话语的初期研究之后,20世纪中期的俄罗斯学者进一步深入系统地研究了对话语。这一时期的对话语的研究特色是"从语言的形式转向语言功能的研究,从书面语转向活的言语的研究"③,学者们对对话语的研究更深入、更细致,他们用语言学的方法深入系统地研究对话的类型(研究者有:叶·加尔金娜-费多鲁克〈Галкина-Федорук Е. М.〉、阿·索洛维耶娃〈Соловьева А. К.〉和米·波丽索娃〈Борисова М. Б.〉等)④、对话的语法特点(研究者有:叶·加尔金娜-费多鲁克、塔·维诺库尔〈Винокур Т. Г.〉和姆·米赫林娜〈Михлина М. А.〉等)⑤、对话的话轮问题等。娜·什维多娃(Шведова Н. Ю.)和妮·阿鲁玖诺娃

---

① 巴赫金:《文本对话与人文》,石家庄:河北教育出版社,1998年,第194页。
② 同上书,第195页。
③ 徐翁宇:《俄语对话分析》,北京:外语教学与研究出版社,2008年,第3页。
④ Галкина-Федорук Е. М. О некоторых особенностях языка ранних драматических произведений Горького. —Вестн. МГУ. Сер. Обществ. наук, вып. 1,1953(1); Борисова М. Б. О типах диалога в пьесе Горького « Враги ». —В кн.: Очерки по лексикологии, фразеологии, стилистике. Учен. зап. ЛГУ, №198, серия филол. наук, 1956(24).; Соловьева А. К. О некоторых общих вопросах диалога. Вопросы Языкознания, 1965(6).
⑤ Винокур Т. Г. О некоторых синтаксических особенностях диалогической речи в современном русском языке. Автореф. канд. дис. М., 1953; Михлина М. А. Из наблюдений над синтаксическими особенностями диалогической речи. Автореф. канд. дис. М.,1956.

第二章
对话研究概述

(Арутюнова Н. Д.)是这一时期对话研究的代表性人物。

列·雅库宾斯基在《论对话语》一文中对日常生活中的言语现象——对话语的特点进行了全面感性的概括。娜·什维多娃的《俄语对话语研究》一文是对列·雅库宾斯基的对话语研究的继承与发展,作者在列·雅库宾斯基对话轮的研究的基础上具体深入地研究了重复-话轮问题。列·雅库宾斯基在《论对话语》一文中概述了对话与口头独白和书面独白的特点,并提出了话轮这一概念,娜·什维多娃与妮·阿鲁玖诺娃继承并发展了话轮的研究。娜·什维多娃发现了俄语对话语中的重复-话轮这一现象,并运用语言学方法深入系统地研究了具有表情色彩和主观情态意义的重复-话轮,她还根据附加词汇要素的词法属性划分出12种重复-话轮,并对它们的构成及表情性和主观情态意义进行了细致的描述。不仅如此,娜·什维多娃在总结话轮的概念时首次提出了"对话统一体"这一对话单位概念。娜·什维多娃指出,"对话是谈话过程中表述的相互交替。两个表述的交替中,后面的表述在词汇-语法形式上总是从属于前面的表述,这种结构上第二个表述依附于第一个表述(没有第一个表述,第二个表述也不存在)并根据一定的语法规则组合在一起的两个表述被称为话轮。这种话轮的组合实质上是一种复杂的结构体——对话交际单位"[①]。这一对话交际单位就是对话统一体,这一概念深深地扎根于对话理论之中,俄罗斯语言学界至今一直沿用着这个术语。

继娜·什维多娃之后,妮·阿鲁玖诺娃的《对话反应的某些类型和俄语中的疑问-话轮(почему-реплика)》一文无论在理论运用还是在材料运用上都是对娜·什维多娃对话研究的继承与发展。妮·阿鲁玖诺娃首次提出了话轮的刺激性和反应性特征,这是她对语言学研究的重大贡献。在对话轮的刺激性和反应性特征研究的基础上,针对人们对不同刺激性

---

① Шведова Н. Ю. К изучению русской диалогической речи. Реплики-повторы. Вопросы Языкознания,1956(2). C. 68—69.

话语的反应,妮·阿鲁玖诺娃区分出"态势反应(реакция на модус)和陈述反应(реакция на диктум)"①。对刺激性表述的态势反应和陈述反应的分析要求在情态意义层面上研究对话。依据反应的情态丰富性程度,妮·阿鲁玖诺娃又区分出"陈述对话和态势对话"②两个对话类型。最后,妮·阿鲁玖诺娃还分析了带有疑问句"почему"的态势反应句。因此,妮·阿鲁玖诺娃在这篇文章中不仅深刻细致地研究了对话统一体中的第二话轮(即反应话轮)问题,而且对对话类型及对话的情态性的研究启发了后继的对话研究者。譬如,这一时期的弗·加克(Гак В. Г.)、奥·奥扎罗夫斯基(Озаровский О. В.)等学者③分别在各自的著作中研究了对话语的情态意义。

从20世纪后期到现在的俄罗斯学者们持续开展对话语的研究。这一时期的学者们在继承前辈们对对话语语言层面和结构层面的研究的基础上取得了丰硕的成果。譬如,叶·泽姆斯卡娅(Земская Е. А.)、奥·西罗季尼娜(Сиротинина О. Б.)、奥·拉普捷娃(Лаптева О. А.)、娜·戈卢别娃-莫纳特金娜(Голубева-Монаткина Н. И.)等学者④。不仅如此,这时期对话语的研究特色是对话研究与语用思想相结合。20世纪70年代

---

① Арутюнова Н. Д. Некоторые типы диалогических реакции и "почему-реплики" в русском языке. Научные доклады высшей школы:филологические науки,1970(3). С. 46.

② Арутюнова Н. Д. Некоторые типы диалогических реакции и "почему-реплики" в русском языке. Научные доклады высшей школы:филологические науки,1970(3). С. 48.

③ Гак В. Г. Русский язык в зеркале французского. Очерки 6,7. Структура диалогической речи. Русский язык за рубежом,1970(3),1971(2);Озаровский О. В. К типологии способов выражения согласия-несогласия в славянских языках.—В кн.: Тыпалогія і узвамадзеяніе славянсгіх моуі літаратур. Тез. докл. и сообщ. республиканской конференции. Минск,1973.

④ Земская Е. А. Русская разговорная речь. М.:Наука,1981;Земская Е. А. Русская разговорная речь:лингвистический анализ и проблемы обучения. М.:Русский язык,1987;Сиротинина О. Б. Современная разговорная речь и её особенности. М.:Просвещение,1974;Лаптева О. А. Живая русская речь с телеэкрана. М.:Эдиториал УРСС,2001;Голубева-Монаткина Н. И. Классификационное исследование вопросов и ответов диалогической речи. Вопросы языкознания,1991(1).

第二章
对话研究概述

兴起的语用学这门学科不仅为俄罗斯对话研究提供了理论依据,而且也拓宽了对话分析的视角。语用角度研究对话的代表人物有叶·帕杜切娃(Падучева Е. В.)、妮·阿鲁玖诺娃、柳·费多罗娃(Федорова Л. Л.)、塔·维诺库尔①(Винокур Т. Г.)、叶·泽姆斯卡娅②等学者。其中,叶·帕杜切娃、妮·阿鲁玖诺娃与柳·费多罗娃的语用学角度的对话研究对本文的指导意义重大。

在俄罗斯语用学起步、形成乃至发展的过程中,俄罗斯著名学者妮·阿鲁玖诺娃与叶·帕杜切娃起到了十分重要的作用。1985 年妮·阿鲁玖诺娃与叶·帕杜切娃主编的《国外语言学新进展》系列丛书的第 16 期《语言语用学》和第 17 期《言语行为理论》两卷上发表的有关西方学者的著作的译介对语用学初级阶段发展的俄罗斯语言学界影响巨大。因此,妮·阿鲁玖诺娃与叶·帕杜切娃在 20 世纪后期有关对话的研究中也明显带有语用思想。叶·帕杜切娃在《对话语用层面的连贯性》一文中指出,对话中不仅有语义连贯性、词法连贯性,还有语用连贯性。作者在文中详细研究了对话中的四个类型的语用连贯性。如果说,叶·帕杜切娃的《对话语用层面的连贯性》一文是从语用的角度就对话的形式层面的研究,那么下面即将论述的分别由妮·阿鲁玖诺娃和柳·费多罗娃撰写的两篇文章《受话人因素》和《有关对话的两个所指层面的研究》则是从语用的角度开展的对话的话语层面的研究。

妮·阿鲁玖诺娃发现了受话人这一言语交际过程中的语用参数,她的《受话人因素》一文的研究对象就是言语活动中受话人这一因素。"任一言语行为都针对一定受话人模型"③,"对表述的理解、阐释实际上取决

---

① Винокур Т. Г. Говорящий и слушающий. Варианты речевого поведения. М.:Наука,1993.
② Земская Е. А.,Шмелев Д. Н. Русский язык в его функционировании. Коммуникативно-прагматический аспект. М.:Наука,1993.
③ Арутюнова Н. Д. Фактор адресата. Серия литературы и языка,Том 40,1981(4). С. 358.

于受话人因素"①这些论断表明受话人这一因素在话语理解中的作用。这里的受话人指"言语活动中第二交际参与者(消极参与者),不同的言语活动对它的命名各不相同:言语获得者、接收者、阐释者、听话人、受众、解码者、交谈对象等"②。因此,这里研究的受话人范围广泛:他不仅指日常自然对话中的现实受话人——交谈对象,它也研究文学作品中假想的受话人——读者。妮·阿鲁玖诺娃指出,"与诗歌相比,小说的特点就是交际。文学交际与日常自然交际一样有其固有的语用参数,如言语作者、交际目的、受话人及与受话人有关的言后效果。"③妮·阿鲁玖诺娃的这一文章蕴含了积极的对话性思想,她的"任一言语行为都针对一定受话人模型"的思想也说明了日常自然对话与独白言语之间分歧的消失,无论是日常自然对话还是独白言语中都充满着言语主体的对话,这一观点也反映在柳·费多罗娃的《有关对话的两个所指层面的研究》一文中。文中,柳·费多罗娃在对对话内容中区分出的所指层面(референтный план)、元所指层面(метареферентный план)及这两个层面相互关系的研究基础上指出,"对话与独白言语之间的传统分歧消失了,因为言语活动的任一表现形式都是处于交际情景范围之中,这决定了所指层面不可能独立于元所指层面之外而存在。换而言之,任何言语形式都有交谈对象,不论是现实的还是假想的:演讲-听众,书-读者,日记-作者本人"④。在柳·费多罗娃所写的《有关对话的两个所指层面的研究》一文中具有积极的语用学思想。文中,她开篇就指出,"把对话作为言语交际形式进行分析就要求在交际情景的范围内研究对话,同时还要考虑超语言学因素"⑤。

---

① Арутюнова Н. Д. Фактор адресата. Серия литературы и языка, Том 40, 1981(4). С. 357.
② Арутюнова Н. Д. Фактор адресата. Серия литературы и языка, Том 40, 1981(4). С. 358.
③ Арутюнова Н. Д. Фактор адресата. Серия литературы и языка, Том 40, 1981(4). С. 365.
④ Федорова Л. Л. О двух референтных планах диалога. Вопросы языкознания, 1983(5). С. 101.
⑤ Федорова Л. Л. О двух референтных планах диалога. Вопросы языкознания, 1983(5). С. 97.

第二章
对话研究概述

与俄罗斯学界对对话的研究相比,我国俄语研究学界对对话的研究起步较晚,研究内容基本都聚焦在对米·巴赫金对话理论的研究。20世纪90年代末,白春仁教授等学者翻译出版了《巴赫金文集》,我国语言学界开始掀起了研究米·巴赫金的热潮,学者们尤其关注米·巴赫金的对话理论,发表了众多有关对话理论的学术著述,代表作品有董小英的《再登巴比伦塔——巴赫金与对话理论》、凌建侯的《话语的对话本质——巴赫金对话哲学与话语理论关系研究》及沈华柱的《对话的妙语——巴赫金语言哲学思想研究》等著作[①]。

由此可见,俄罗斯学界的对话研究历史悠久。早期学者们主要从社会语言学和心理语言学的角度宏观剖析日常自然对话语的特点,研究语言的形式问题。后来,学者们从语言的形式又转向语言的功能研究,他们运用语言学的方法系统地研究对话的类型、对话的语法特点、对话的结构特点。这两个时期的学者研究的对话基本都是日常自然对话(尽管早期对话研究的语料来自文学作品)。随着语用学的兴起,学者们开始关注受话人这一因素在会话过程中的重要作用。受话人不仅指日常自然对话中存在着的现实的交谈对象,而且指文学作品中存在着的假想的受话人——读者。一言以蔽之,学者们通常运用语言学的方法分析日常自然对话,而鲜有学者运用语言学的方法分析文学作品中的表现为各种形式的对话。本书尝试运用语用学的方法分析文学作品中的各种形式的对话,更深刻理解作者的写作意图。

2.2 对话与独白的相互关系

口语中有两个言语表现形式:对话与独白。学者们就对话与独白的

[①] 董小英:《再登巴比伦塔——巴赫金与对话理论》,上海:上海三联书店,1994年;凌建侯:"话语的对话本质——巴赫金对话哲学与话语理论关系研究",北京:北京外国语大学,1999年;沈华柱:《对话的妙语——巴赫金语言哲学思想研究》,上海:上海三联书店,2005年。

相互关系研究由来已久。苏联著名语言学家列·谢尔巴最先注意到了对话与独白之间的区别,他指出,"回想起在半工半农的人们中间度过的时光时,我惊奇地发现,我从没听过独白,听到的只是零碎的对话。还有一些情况,如去过莱比锡参观的人及去过临近城市办过事的人从来不会告诉我他们的感受,而只限于或多或少生动的对话。这不是缺少'文化',相反,这是'文化过度'"①,进而他得出结论,"独白很大程度上是人为性的语言形式,纯正的语言仅在对话中存在。"②有关对话与独白的区别,列·谢尔巴也只是点到为止,他没有进行细致的阐述。列·雅库宾斯基是俄罗斯语言学研究中详细阐释对话与独白之间的相互关系的第一人,他详细地论述了独白的人为性与对话的自然性特征。

下面我们简要介绍列·雅库宾斯基指出的对话不同于独白的一系列特征:

首先,"言语交际的对话形式是一种相互关系的交替形式,这种交替形式指的是协同动作的人的行动和反应的相对迅速的交替。"③"对语(реплицирование)是对话的一个显著特点:一个说话人的语言与另一个说话人的语言(或另一些说话人的语言)相互交替。这种交替要么井然有序的进行(一个说话人说完后,另一个说话人开始),要么以打断对方的话语方式进行(尤其是在富于情感的对话中)。所以,相互打断也是对话的显著特征。"④这里的行动和反应及对语的交替又被称作话轮,话轮的迅速交替决定了对话话轮的简短性及事先无准备性等特征。所以,话轮的交替性、交谈双方相互打断、语速较快等都是对话的显著的形式和结构特点。值得一提的是,"Л. П. 雅库宾斯基认为对话的交替实质上是相互打

---

① Щерба Л. В. Восточнолужицкое наречие. Пг.,1915. С. 101.
② Щерба Л. В. Восточнолужицкое наречие. Пг.,1915. С. 101.
③ Якубинский Л. П. О диалогической речи. —В кн.: Избранные работы: Язык и его функционирование. М.,1986. С. 24.
④ Якубинский Л. П. О диалогической речи. —В кн.: Избранные работы: Язык и его функционирование. М.,1986. С. 43.

第二章
对话研究概述

断,相互打断是对话的普遍特性。主要可概括为:(1)从对话的进程来说,交际一方的每一个当前的话轮都未完结,都要在得到对方反应话轮之后继续进行,因此交际双方每一次话轮的交替都是对说话一方话轮的打断;(2)从对话的整个内容来说,虽然交际一方的每一个话轮因受到另一方话轮的制约而各不相同,但是它们都是交际一方在此次整个对话中表达的思想和情感的组成部分,从这个意义上说,交替也就等于打断;(3)从交际双方的心理来说,相互打断是一种普遍存在的现象,它随时转化为现实,交际一方预料到另一方会打断自己的话语,因此要使用比独白中更快的语速,力求在对方打断之前,说完自己想要说的话。"①相对于对话而言,独白是独自一个人的讲述,独白中不存在话轮的交替性。因此,独白相对来说持续时间长,并且可以是事先准备好的长的话语。独白没有固定的听话人,因此独白并不期望得到听话人的及时反应。

其次,对话与独白都具有交际的直接性,形式相同但内容不同。"在直接的对话交际中,交谈者的视觉接受和听觉接受对话语的正确理解起着重要的作用。交谈者的面部表情、身势语、语调等非语言因素在话语理解中有时甚至起到话轮的作用,它们代替了话语,并且先于言语形式给予回答。"②而独白语虽然也是交际的直接形式,但独白语中面部表情和身势语不可能成为独白话语的补充成分或话语成分,在对话中起着重要的话语理解辅助因素的面部表情、身势语、语调在独白话语的理解中发挥作用不大。

最后,对话具有自然性特征,而独白具有人为性特征。对话的自然性指交谈双方在无准备的情形下借助各种非语言手段进行的无拘束的相对迅速的信息交流。对话的这种"行动和反应特征既符合社会交际的需要,

---

① 何静:"对话是一种特殊的言语现象——雅库宾斯基的对话理论研究",《佳木斯教育学院学报》,2012(8):85。
② Якубинский Л. П. О диалогической речи. В кн.: Избранные работы: Язык и его функционирование. М.,1986. С.25—26。

也符合人的心理、生理的需求"①。因此,对话是自然的。独白的人为性指独白需要说话人事先准备,需要"听话人学习怎样听说话人说话"②。因为听话人未必可以直接打断说话人对其做出的反应,这是不礼貌的行为,听话人的反应一般还要受到社会规范的制约。所以,独白是人为性的。同时,列·雅库宾斯基还指出,不论是对对话还是独白的理解都受到交际参与者的统觉因素的制约。从列·雅库宾斯基对对话和独白的分析中可以得出,对话与独白的差异性很大。但是对话与独白也有其相同点:一是它们都有两个言语主体——说话人和听话人。日常自然对话中的听话人是积极的第二言语主体,而独白中的听话人是消极的第二言语主体;二是对它们的正确理解都受到交际参与者的统觉因素的制约。

  列·雅库宾斯基就对话与独白的相互关系研究对后继学者们影响深远,后继者们基本是在继承他的研究的基础上对对话与独白的相互关系予以进一步研究。譬如,娜·什维多娃认为,对话"是谈话过程中表述的相互更替"③,独白是"直接面向听话人或听众的无拘束的讲述形式"④。娜·什维多娃对对话与独白的定义与列·雅库宾斯基的论述基本一致。基于娜·什维多娃与列·雅库宾斯基对独白的定义,"有两点值得注意:一是独白不仅仅是独自一人的言语行为,它必须面向听话人或听众,也就是说,独白具有对话性质;二是独白是无拘束的言语,它与新闻广播、报告、讲演不同,后者是有准备的典范标准语。"⑤可见,在列·雅库宾斯基与娜·什维多娃对独白理解中都体现出了独白的对话性思想,这一思想

---

① Якубинский Л. П. О диалогической речи. — В кн.: Избранные работы: Язык и его функционирование. М., 1986. С. 33.
② Якубинский Л. П. О диалогической речи. — В кн.: Избранные работы: Язык и его функционирование. М., 1986. С. 31.
③ Шведова Н. Ю. К изучению русской диалогической речи. Реплики-повторы. Вопросы языкознания, 1956(2). С. 68.
④ Шведова Н. Ю. К изучению русской диалогической речи. Реплики-повторы. Вопросы языкознания, 1956(2). С. 68.
⑤ 徐翁宇:《俄语对话分析》,北京:外语教学与研究出版社,2008年,第5页。

第二章 对话研究概述

消除了对话与独白之间的传统分歧,有关对话与独白的相互关系问题进入了新的研究阶段。

独白的对话性思想由米·巴赫金在《言语体裁问题》及相关笔记存稿中被正式提出。与上述研究者所研究的口头独白相比,米·巴赫金更侧重于书面语的独白(如科学著作、各种小说、抒情作品等)研究。米·巴赫金指出,"表述整体总是有指向的,总是具有特定的受话人(读者、公众)"[①],"言语本质上具有对话性"[②],"绝对的独白是不存在的,没有也不可能有绝对的独白;既然绝对的独白是不可能有的,那么相应地区分出言语的对话形式和独白形式,不仅是可行的,而且是必需的"[③]。因此,米·巴赫金虽然指出对话的普遍性特征,但他也没有抹杀对话与独白之间相对性的区别特征。

米·巴赫金的言语对话性思想体现了文学作品中作者与读者之间的虚拟对话、假想对话的思想,这对本书的指导意义重大。因此,下面单辟一节详述米·巴赫金的对话性思想。

2.3 米·巴赫金对话性研究概述

上一节中我们主要研究了对话与独白间的相互关系。作为言语表现形式,对话与独白的异同点相对明显。但随着对话研究的深入,学者们提出了对话性思想,指出独白语中也渗透着对话性,俄罗斯著名学者米·巴赫金对话语对话性的研究贡献卓著,成绩斐然。鉴于对话与独白的相互关系研究进入新一阶段及米·巴赫金的话语对话性理论对本书的重大指导作用,下面我们详述米·巴赫金的对话性思想。

---

① 巴赫金:"《言语体裁问题》相关笔记存稿",《巴赫金全集》(第四卷),石家庄:河北教育出版社,2009年,第194页。
② 同上。
③ 同上书,第195页。

对话性思想早就存在。在西方哲学史上,对话性影响深远。廖慈惠在《对话性的流变——从苏格拉底到巴赫金》一文中详细阐述了西方哲学史上的对话性的流变。文中,作者勾画出西方哲学史上对话性流变的脉络。"对话性的流变经历了五个阶段:第一阶段即'苏格拉底对话'——通过对话探寻真理,这是一种辩证法对话。第二阶段是'梅尼普讽刺',它以喜剧手法戏拟现实,'非圣无法''疾虚妄',是一种文学性对话,也是对辩证法的变异运用。辩证法的内在思想对话构成对话性流变的第三阶段,康德和黑格尔的辩证法是其代表。第四阶段涉及新型对话关系问题的提出。布伯论述了对话的'我—你'关系问题,将对话性的研究提升至新水平。第五阶段始于20世纪初,巴赫金视'对话'为一种语言哲学方法,认为对话无处不在,并指出开放式的'复调对话'是对话的最高形式,从而全新地发展了对话性。"[1]钱中文也指出,"对话思想在古希腊哲学中早就存在。在20世纪初德国哲学中,对话思想已经逐渐流行开来,而且在后来发展起来的阐释理论中都广泛地涉及这一问题。巴赫金则对这一理论进行了独特的阐发,形成了对话主义理论,并且深入地渗入了今天的人文科学。"[2]

米·巴赫金是一位哲学家,对话的哲学精神贯穿于其主要的著作中,话语对话性是米·巴赫金话语理论的核心。早在1921—1924年间在米·巴赫金的《话语创作美学方法论问题》《论行为哲学》及《审美活动中的作者与主人公》等著作中就逐渐显露了对话的思想。米·巴赫金于1929年撰写的《陀思妥耶夫斯基创作问题》和1930年出版的《马克思主义与语言哲学》两书中则开始把话语对话性当作核心范畴之一加以研究,并重点阐述了文学话语中的对话性问题。在1952—1953年间米·巴赫金著述的《言语体裁问题》及《相关笔记存稿》与1959—1961年间他所著

---

[1] 廖慈惠:"对话性的流变——从苏格拉底到巴赫金",《湖南工业大学学报》,2009(6):40。
[2] 钱中文:"理论是可以常青的——论巴赫金的意义",《巴赫金全集》(第一卷),石家庄:河北教育出版社,2009年,第22页。

第二章
对话研究概述

述的《文本问题》及其研究生涯的后期所创作的《1970—1971年笔记》等论著中,读者可明显感觉到,米·巴赫金将对话性思想延伸到了文本之间及文化之间的研究中。

在《论行为哲学》一文中,米·巴赫金从伦理学的角度阐发了"我与他人"这一哲学命题思想。"我与他人"这一"二元对立"范畴贯穿于米·巴赫金的大部分著作中,这一范畴集中体现了米·巴赫金的话语对话性思想。在《审美活动的作者与主人公》这一长文中,"我—他人"这一"二元对立"范畴统领全文,这一范畴集中体现在米·巴赫金所提出的"作者与主人公"的关系、"内在躯体与外在躯体"的关系、"生与死"的关系、"移情或共感"等这些理论术语之中。米·巴赫金对话性思想的发展、形成主要体现在1929年出版的《陀思妥耶夫斯基创作问题》和1963年修订再版的《陀思妥耶夫斯基诗学问题》及《马克思主义与语言哲学》等论著中。在《陀思妥耶夫斯基诗学问题》一书里,米·巴赫金通过对陀思妥耶夫斯基的小说(如《同貌人》《卡拉马佐夫兄弟》《白痴》)的研究指出,"陀思妥耶夫斯基艺术世界中居于中心位置的,应该是对话;并且对话不是作为一种手段,而是作为最终目的。对话结束之时,也是一切结束之日。在陀思妥耶夫斯基长篇小说中,一切莫不都归于对话,归于对话式的对立,这是一切的中心。一切都是手段,对话才是目的。单一的声音,什么也结束不了,什么也解决不了。两个声音才是生命的最低条件,生存的最低条件。陀思妥耶夫斯基对话的基本公式很简单:表现为'我'与'他人'对立的人与人的对立。"①米·巴赫金通过对陀思妥耶夫斯基作品中话语结构特点的对话关系分析,提出了个人的对话理论。在《陀思妥耶夫斯基诗学问题》一书中,米·巴赫金创新性地提出了"复调理论"和"双声语"理论,这两个理论体现了巴赫金的对话理论思想。双声语指某个人说的一席话或写的

---

① 巴赫金:"陀思妥耶夫斯基诗学问题",《巴赫金全集》(第五卷),石家庄:河北教育出版社,2009年,第335页。

文字因包容他人声音、他人话语而在自身内部产生了对话关系的话语;小说话语就在于一个声音中可以融入其他人的声音,在一个主体的话语中能够包含他人话语及其意向,从而形成和声语。米·巴赫金对复调小说的界定是:"有着众多的各自独立而不相融合的声音和意识,由具有充分价值的不同声音组成真正的复调——这确实是陀思妥耶夫斯基长篇小说的基本特点。在他的作品里,不是众多性格和命运构成一个统一的客观世界,而是在作者统一的意识支配下层层展开;这里恰是众多的地位平等的意识连同它们各自的世界,结合在某个统一的事件之中,而互相间不发生融合。"[①]从这个定义中我们可以知道,米·巴赫金所说的对话主体关系是一种平等的关系。米·巴赫金在《马克思主义与语言哲学》一书中,通过对文学作品中准直接引语的论述具体阐述了双声语现象。书中作者认为,准直接引语是典型的双声语现象。

通过对陀思妥耶夫斯基作品中话语结构特点的对话关系的分析,米·巴赫金受到启发,他进而把对话研究从文学扩展到了整个文化中,提出了"对话是普遍性存在"的这一观点。在米·巴赫金所著的《言语体裁问题》及《文本问题》和其相关笔记中充分体现了对话的普遍性思想,米·巴赫金并把对话引入到其他研究领域中。米·巴赫金通过论述"表述"的本质特征问题,把交谈者、听者或读者的地位提到了与说者和写者同等重要的位置,明确了交谈者、听者或读者等言语主体的第二主体地位,说者—听者、写者—读者是对话的主体,这符合米·巴赫金的话语对话性及对话的普遍性原则。

由此可见,关于对话性问题,米·巴赫金主要研究了以下几方面内容:文学话语中的对话性关系,人文话语中的对话性关系,表述、文本的意义及它们之间的相互关系和表述、文本在言语交际活动中的作用。同时,

---

[①] 巴赫金:"陀思妥耶夫斯基诗学问题",《巴赫金全集》(第五卷),石家庄:河北教育出版社,2009年,第4页。

第二章
对话研究概述

在研究话语对话性关系时,米·巴赫金充分意识到对话主体性问题。

米·巴赫金把对话性分为"外在对话性和内在对话性"①,他不仅讨论了日常生活交际中他人话语问题,而且还对具体作品(如,陀思妥耶夫斯基的作品)进行分析,归纳出一整套双声语的模式,更深一层展示了话语对话性思想。

在米·巴赫金的俄文原著中,"表述"这个概念有几种表达法,譬如слово,высказывание,текст。这几个术语依次被翻译为话语、表述、文本。有关这几个术语的概念之间的内在联系以及各自的侧重点,凌建侯在《试析巴赫金的对话主义及其核心概念"话语"(слово)》②一文和他的《巴赫金哲学思想与文本分析法》一书中都有过精彩的论述。简言之,凌建侯认为,"высказывание"突出了"话语"的语言学属性,"текст"强调话语的文化本质,"слово"包含了上述两个概念的所有内涵。不论强调和突出哪一个方面,话语这个现象都是言语交际的单位,具体人的言语成品,说话者(作者)独一无二的行为,它体现话语作(说)者独特的思想意识和价值、立场,并且处于与其他相关话语的对话之中。

米·巴赫金在《言语体裁问题》一文中对表述及其类型、亦即言语体裁和表述的本质特征做了详细阐明。米·巴赫金概括出的表述的本质特征有:(1)表述具有十分明确的边界,即表述的主体更替性。"表述不是一个假定性的单位,而是一个实际的单位,以言语主体的更替作为明确的边界线,以给他人提供说话机会而告终。"③每一具体的表述作为言语交际的单位,其边界就在不同言语主体的交替处,即决定于说话者的更替;(2)表述具有一种特殊的完成性,表述的完成性与表述的主体更替性紧密联

---

① 巴赫金:"《言语体裁问题》相关笔记存稿",《巴赫金全集》(第四卷),石家庄:河北教育出版社,2009年,第202页。
② 凌建侯:"试析巴赫金的对话主义及其核心概念'话语'(слово)",《中国俄语教学》,1999(1):53—58。
③ 巴赫金:"言语体裁问题",《巴赫金全集》(第四卷),石家庄:河北教育出版社,2009年,第154页。

系。"表述的完成性仿佛是言语主体交替的内在方面,可以说,主体交替得以实现,正是因为说者在特定情景下完成了自己的表述。"①;(3)表述的情态性也是表述的重要特点。"表述的情态总在或多或少地做出应答,即表现说者对他人表述的态度,而不仅是表现他对自己表述对象的态度。"②;(4)表述最后一个重要的特征是表述的针对性,也就是说,表述总是要诉诸某人。因此,表述就像日常对话中的对语具有完结的思想内容,需要诉诸交谈对方并予以积极的对话。表述充满了对话的泛音,体现了对话的普遍性特征。

米·巴赫金在《文本问题》一文中主要阐述了文本与表述之间的关系、文本在对话理解中的作用及"文本与文本之间的对话性"③问题。米·巴赫金在《文本问题》一文中界定的文本是语文学、语言学和其他人文科学中的文本,是表现为话语的文本,他认为"作为话语的文本即表述"④,"每一文本(即表述)又是某种个人的、唯一的、不可重复的东西;文本的全部涵义(所以要创造这一文本的主旨)就在这里。"⑤因此,米·巴赫金把文本与表述、话语等同起来。文本在这里泛指语文学、语言学、文艺学、哲学、音乐学等人文科学领域的话语,有书面的和口头的两种形式。不仅如此,我们还可以把文本理解为具体的理论著作、学术文章、评论文章及文学作品和各种讲话。

可见,表述、文本在米·巴赫金的文本理论中具有同等地位,表述就是文本,文本就是表述,它们都是具体的言语事件、具体人的言语成品。

---

① 沈华柱:《对话的妙语——巴赫金语言哲学思想研究》,上海:上海三联书店,2005年,第27页。
② 巴赫金:"言语体裁问题",《巴赫金全集》(第四卷),石家庄:河北教育出版社,2009年,第178页。
③ 凌建侯在其《话语的对话本质——巴赫金对话哲学与话语理论关系研究》这一博文中称为人文话语的对话性。
④ 巴赫金:"文本问题",《巴赫金全集》(第四卷),石家庄:河北教育出版社,2009年,第297页。
⑤ 同上书,第298页。

第二章 对话研究概述

表述(文本)是言语交际链条中的一个环节,它在作者与读者的对话中起着重要的作用。

这里我们暂且用表述称谓文本概念。表述在言语活动中的作用问题集中体现在米·巴赫金后期所著述的《言语体裁问题》《文本问题》及相关笔记的著述中。在《言语体裁问题》一文中米·巴赫金多次提到"表述(作品)是言语交际链条中的一个环节"。表述的重要特征之一就是它要诉诸某人。表述既有作者又有受话人。因此,表述是连接作者与受话人的中间环节。这体现了作者与受话人(读者)之间的对话性关系。在《文本问题》一文中,米·巴赫金在阐述"解释与理解的相互关系"时指出了文本在这一过程中所起的作用。米·巴赫金指出,"看到并理解作品的作者,就意味着看到并理解了他人的另一个意识及其世界,亦即另一个主体。在解释的时候,只存在一个意识、一个主体;在理解的时候,则有两个意识、两个主体。对客体不可能有对话关系,所以解释不含有对话因素(形式上的雄辩因素除外)。而理解在某种程度上总是对话性的。"[①]米·巴赫金的上述论断表明了弄通、阐述明白他人文本,这只达到了理解的境界。在理解的基础上能推导出新意,这才上升到对话的境界。"文本的生活事件,即它的真正本质,总是在两个意识、两个主体的交界线上展开……这是两个文本的交锋,一个是现成的文本,另一个是创作出来的应答性的文本,因而也是两个主体、两个作者的交锋"。[②]"理解已是一种十分重要的态度(理解从来也不是同义反复或照搬,因为这里总有两个人,还有潜在的第三者)"。[③] 米·巴赫金在这里提出的表述概念、表述在言语交际中的作用及言语交际中的两个主体的提法初步勾勒出了任一言语交际的组成成分及交际过程,这为后继的研究言语交际的学者们奠定了基础。

研究可知,上述引文中的"两个意识、两个主体"泛指两个任意体裁的

---

① 巴赫金:"文本问题",《巴赫金全集》(第四卷),石家庄:河北教育出版社,2009 年,第 309 页。
② 同上书,第 300 页。
③ 同上书,第 315 页。

文本的作者,即源作者与阐发者。在对文学作品的解释与理解中我们可以把"两个意识、两个主体"具体理解为作者与读者。如读者在阅读作品后写出的读后感就与源文本(文学作品)之间形成了对话。实际上,两个文本之间的对话就是源作者与阐发者之间隐性的对话。所以,米·巴赫金的表述实际上就潜在地说明了文学作品中的作者、文本(文学作品)及读者之间的关系:作者与读者之间对话的实现其实是借助文本达到的;读者对文本的解释与理解的过程就是作者与读者进行对话的一个过程。有关言语交际中各交际参与者之间的复杂关系我们在下一节会详细论述。

因此,表述作为言语交际中的一个环节,连接着言语交际的两个主体,这两个主体依据表述形式,即言语体裁的不同而不同。

关于对话主体问题,米·巴赫金在研究初期关注了日常生活对话中的说者与听者、文艺对话中人物及文学作品中双声语中的作者—叙述者与主人公之间的平等对话关系。"表述中以怎样的形式来表现对听者—读者—交谈者以及他人言语的态度呢?……交谈者—听者—读者是第二个人,是表述的对象,我回答他的话或者我等着他的回答。至于第三个人,则我引用他的话,援引他的论述,与他争辩,同意他的观点,这样他也变成了第二个人,因为我与他发生了对话关系,即他也成了对话关系中的一个主体。"[①]米·巴赫金的这段论述充分肯定了在直接面对面的交谈中,听者及交谈对象在日常言语交际中的第二主体地位。同时,米·巴赫金也肯定了"读者"的第二主体地位。所以,这段话也间接说明了作者是与读者这一第二主体地位相对应的第一主体。因此,文学作品这样的独白整体的诉诸对象是广大的读者,文学作品中作者与读者构成了内在对话性关系。

米·巴赫金在其创作生涯的后期不仅关注表述(文本)在交际过程中

---

① 巴赫金:"《言语体裁问题》相关笔记存稿",《巴赫金全集》(第四卷),石家庄:河北教育出版社,2009年,第210页。

第二章
对话研究概述

的重要作用,而且指出了读者在作品这样的独白整体的对话性交际中的主体地位问题。他指出,"表述不同于语言的意义单位,即词和句;词和句是无主的,不属于任何人、不针对任何人;而表述既有作者(以及相应的情态,对此我们已有论述),也有受话人"[1]、"……实际的对话……是言语交际的最单纯最经典的形式。不同言语主体(说者)之间决定着表述边界的相互更替……不过即使在言语交际的其他领域里,其中包括复杂的文化交际(科学的和艺术的交际),表述边界的本质亦复如此。各种科学和艺术体裁中建构复杂而又具专业性的作品,尽管与对话中的对语差别很大,就其本质来说也是那样的言语交际单位:……作品也像对话中的对语一样,旨在得到他人(诸多他人)的应答,得到他人积极的应答式理解;……作品是言语交际链条中的一个环节;它也像对话中的对白一样,与其他作品即表述相联系:这既有它要回应的作品,又有对它做出回应的作品;同时又像对话中的对白一样,以言语主体更替的绝对边界与其他作品分离开来。"[2]米·巴赫金的上述论述充分体现了表述(文本)在言语交际过程中所起的连接渠道的作用。同时,这些论断也隐含了作为一个类型的文化领域产品的文学作品也是一个表述,而且是一个大表述、是言语交际链条中的一个环节。文学作品像日常对话中的对语一样需要诉诸他人,并连接着两个言语主体:作者与读者,作者与读者借助作品进行积极的对话。

因此,对话主体问题依据表述形式、即言语体裁的不同而不同。日常对话中的对话主体是言语交谈者双方。文学作品中人物之间显性对话的主体是人物,双声语及多声语中体现的是作者—叙述者与人物之间的对话,对话主体显然是作者—叙述者和人物。整部文学作品这一言语体裁形式就是一个大表述,我们对文学作品中的词汇手段、语法手段的语用学

---

[1] 巴赫金:"言语体裁问题",《巴赫金全集》(第四卷),石家庄:河北教育出版社,2009年,第179页。
[2] 同上书,第156—157页。

分析就是在整部的文学作品这一大表述中进行的,这也体现了读者借助表述(文本)与作者之间的对话性关系,这种对话性中的言语主体就是隐含的作者与读者。

米·巴赫金提出了对话理论,提出了表述(文本、作品、话语)要针对某人、有针对性的特征,即米·巴赫金注意到了言语交际中的受话人的第二主体地位。米·巴赫金虽然没有具体构建出各种言语交际中的交际参与者之间的关系体系,但他已经初步勾勒出了任一言语交际的组成成分及交际过程,这为后来的言语交际研究奠定了基础,为我们的文学作品的对话性语用分析奠定了基础。

2.4　文学作品中各交际参与者之间的对话性关系

"交际"一词源于拉丁文 communico(联系,交流)。人们习惯把两个或两个以上个体之间借助共同的符号体系进行的信息交流称为"交际"。交际行为的这一互动性至少要以两个交际参与者为前提:发话人和受话人。在任一交际类型中发话人一般都是显性的,他可能是日常对话中的说话人、讲演者、教师、播音员、学术著作的作者或文学作品的作者。在所有的交际类型中受话人或显性或隐性地存在。在日常面对面的自然对话中,无论是发话人还是受话人都是显性存在;广播电视的收听者、文学作品的读者都是隐性存在。因此,"根据受话人的显性存在与隐性存在方式我们可以区分出两种类型的言语交际:一种是以现实的受话人为对象的言语交际;一种是以假想的受话人为对象的言语交际。"[①]这样,传统的对话言语和独白言语之间的分歧消失了,因为任何类型的言语都是以受话人为前提的,这个受话人或是现实中存在的,或是假想中存在的。"交际

---

① Азнаурова Э. С. Прагматика художественного слова. Ташкент: Издательство "Фан" Узбекской ССР, 1988. С. 51.

第二章
对话研究概述

法被要求关注说话人和听话人的积极社会活动,研究说话人和听话人共同的社会经验、交际情景与语境、说话者的动机和目的、传达信息的语言手段和非语言手段。"①

在俄罗斯和苏联的语言学和心理学研究中有关交际的研究由来已久。对话是言语交际的形式之一,俄罗斯学者早在20世纪20年代就已经开始研究对话。先是列·谢尔巴、列·雅库宾斯基两位学者开创了对话研究之先河,后有维·维诺格拉多夫、米·巴赫金、娜·什维多娃、妮·阿鲁玖诺娃等学者完善了对话理论。其中,由米·巴赫金提出并倾其一生不遗余力所研究的对话理论、话语对话性思想尤为重要,独具特色。米·巴赫金的对话理论对言语交际及言语交际表现形式之一的"文学交际"的研究具有很大的指导意义。由上一节的论述可知,米·巴赫金把对话研究从日常生活的对话扩展到整个文化领域。尤其是,米·巴赫金在研究陀思妥耶夫斯基的诗学语言时发现了小说中蕴含着诸多声音:作者、叙述者、人物和读者的声音。在此基础上,米·巴赫金提出了话语对话性,创建了独具特色的"复调"理论。不仅如此,米·巴赫金在其后期的创作中还提出了言语主体的地位问题及话语(文本)在交际中的作用。遗憾的是,米·巴赫金没有阐述言语主体之间具体的交际过程,特别是没有阐释作者与读者之间的对话交际过程。作者与读者之间的对话交际怎样才能更好实施,作者怎样才能对读者施以情感影响,读者怎样才能更好地阐释、理解作者的创作意图等问题,这些都是后继研究者在对话理论的指导下,对言语交际表现形式之一的文学交际(文学作品的交际、小说交际)的语用研究中所要解决的课题。

因为交际与人的生活密切相关,所以学者们对交际的研究越来越重视。因为学科之间存在着的固有差异性,不同学科的交际组成要素也各

---

① Гаибова М. Т. Прагмалингвистический анализ художественного текста. Баку:Азербайдж. гос. ун-т им. С. М. Кирова,1986. С. 12.

不相同,它们研究的侧重点也有所不同。"在交际体系中,任一艺术类型都是独具特色的交际工具(手段)。"①事实上,"艺术作品也是一种'言语'(如,它们是文学言语、绘画言语、音乐言语及舞蹈言语等),这些言语既包含了一定的信息,又传达了作者的创作意图,这一类言语交际被称为文艺作品交际。"②因此,文学作品作为一种艺术类型,它也是独具特色的一种"言语",以这一"言语"为交际渠道作者与读者两个言语主体被连接起来,这就构成了小说交际或文学交际,也称为文学作品交际。"'文学交际'这一概念在20世纪70年代的文艺学领域中被提出。"③文学交际是一类特殊的言语交际,它着重对文学作品中的受话人这一因素进行研究,文学交际的目的是实施言语主体的交际意向。米·里法捷尔(Riffaterre, M.)指出,"文学交际和日常交际的区别是交际目的不同"。④ 文学言语也像任一类型的人类活动一样总是有目的的。在一切人类社会的历史阶段中文学作品的特殊目的是对读者产生一定的情感影响。里·波兹纳(Posner, R.)"把诗学交际理解为实施美学功能的口头交际"⑤。文学作品的突出特点是"它不仅具有信息一交际的功能,而且还有美学一交际的功能"⑥。

  以文学作品为交际渠道的文学交际具有复杂的言语主体,这些言语主体之间构成了复杂的对话关系体系。在文学作品中,作者、作者一叙述者、人物都可以成为发话人,受话人则是人物、读者。由于这些言语主体之间复杂的交际关系,不同的学者构建出了不同的言语交际关系图。下

---

① Васильева А. Н. Художественная речь. М.:Русский язык,1983.
② Азнаурова Э. С. Прагматика художественного слова. Ташкент:Издательство "Фан" Узбекской ССР,1988. С. 86.
③ Арутюнова Н. Д. Фактор адресата. Изв. АН СССР. СЛЯ. Т. 4,1981(4). С. 365.
④ Riffaterre, M. Criteria for style analysis. N. Y. ,1999. С. 157.
⑤ Posner, R. Rational discourse and poetic communication:Method of ling. ,lit. and philos. analysis. London,1982. С. 113.
⑥ Гаибова М. Т. Прагмалингвистический анализ художественного текста. Баку:Азербайдж. гос. ун-т им. С. М. Кирова, 1986. С. 26.

第二章
对话研究概述

面,我们逐一介绍俄罗斯学者构建的不同的文学交际关系图。

埃·阿兹纳乌罗娃(Азнаурова Э. С.)在《文艺话语的语用研究》一书中从交际－语用的视角研究文学作品,并指出了文学交际的言语主体及它们之间的复杂的交际关系。"在第一种情况下,主人公作为言语主体、作为内部言语交际参与者,他是文学交际中的发话人;文学交际的受话人是主人公或一般读者。在第二种情况下,文学交际的真正参与者是作者和读者,作者是发话人,读者是受话人。"[1]所以,"作者、读者与主人公之间复杂的间接的关系体系为:作者－发话人→(主人公－发话人←→主人公－受话人)→读者－受话人。"[2]这个图示表明文学交际中至少存在两个层面的言语交际,"文学交际中既存在一个宏观的言语交际过程,又存在一个微观的言语交际过程。作者←→一般读者之间的交际被称为宏观的言语交际,人物←→人物之间的交际和人物←→读者之间的交际被称为微观的言语交际。"[3]微观的言语交际包含在宏观的言语交际之中,宏观的言语交际依靠对微观言语交际的阐释而完成。

瓦·拉古京(Лагутин В. И.)在《文艺对话的分析问题——从语用学的角度分析戏剧作品》一书中运用言语行为理论分析了戏剧作品中的文艺对白。他绘制了戏剧作品中作者与读者之间的关系图,如下:

作者————→人物←————→人物————→读者[4]

如图所示,戏剧作者与读者通过人物对话(文本)进行间接的交际。所以,瓦·拉古京指出,"文艺对话的特点是具有双重交际性,戏剧家似乎

---

[1] Азнаурова Э. С. Прагматика художественного слова. Ташкент: Издательство "Фан" Узбекской ССР,1988. С. 5.

[2] Азнаурова Э. С. Прагматика художественного слова. Ташкент: Издательство "Фан" Узбекской ССР,1988. С. 97.

[3] Азнаурова Э. С. Прагматика художественного слова. Ташкент: Издательство "Фан" Узбекской ССР,1988. С. 52.

[4] Лагутин В. И. Проблемы анализа художественного диалога (к прагмалингвистической теории драмы). Кишинев: Штиинца, 1991. С. 56.

同时在两种交际关系中创作作品。一种是人物之间的交际,这被称为语篇内交际;另一种是作者与读者之间的交际,这被称为语篇外交际。这两种交际属于包含关系,语篇外交际包含语篇内交际。人物之间的交际是虚构的,但包含其中的话语被读者用来揭示作者创作的意图,这是语篇外交际的主旨。因此,语篇外交际中蕴含着交际语用的主导思想,因为读者是戏剧作品真正的受话人。在构造上,文艺对话中的人物似乎进行着真正的互动。戏剧中的真正交际关系是作者与读者之间的关系。文艺对话是展现作者意图的一种手段,作者的意图体现在人物的表述中。文艺对话中不仅体现了人物的言语特点,而且表明了作者的立场,推动了情节的发展等。"[1]所以,戏剧作品中存在两种交际关系:一种是人物之间的交际,这被称为"内部交际";另一种是作者与读者之间的交际,这被称为"外部交际",内部交际与外部交际不可分割。"米·巴赫金又把'外部交际'称为'现实真正的思想的对话'"。[2] 因此,米·巴赫金的对话性思想与现代的文学交际语用思想之间具有了一定的关联。

虽然瓦·拉古京构建的是戏剧作品中交际参与者之间的对话关系,但这个交际关系图同样适用于小说作品中的文艺对话。在形式上,小说作品中人物与人物之间的对话与戏剧作品中人物与人物之间的对话一样。戏剧作品通篇基本都由人物与人物之间的对话构成,人物与人物之间的对话是作者仿造自然对话杜撰而成。较之于戏剧作品中的人物对话,小说作品中的人物对话只是作者的一种叙述手法,篇幅较小,但小说中的人物对话也是作者模仿自然对话而进行的创作。因此,戏剧作品中的文艺对话与小说作品中的文艺对话本质上是一样的。

姆·盖博娃(Гаибова М. Т.)在《文学语篇的语用分析》一文中对文

---

[1] Лагутин В. И. Проблемы анализа художественного диалога (к прагмалингвистической теории драмы). Кишинев: Штиинца, 1991. С. 56.

[2] Лагутин В. И. Проблемы анализа художественного диалога (к прагмалингвистической теории драмы). Кишинев: Штиинца, 1991. С. 57.

学语篇结构单位——内心独白的交际本质和语用潜力进行了研究。"内心独白是文学作品的交际单位,也是文学作品的结构单位,同时还是相对完结的信息单位"①,它是文学作品的具体交际片段。对话性是人物内心独白的一个显著特点。"在内心独白中隐含着两个受话人:一个受话人是人物(作品内真正的交际参与者),另一个受话人是读者(作品外潜在的交际参与者)。根据内心独白中隐含着两个受话人这一论断,姆·盖博娃得出了内心独白中存在着两个类型的对话性:内在对话性和外在对话性。内在对话性和外在对话性的区分依据是文学交际中存在的内部交际和外部交际的划分。人物之间的对话、作者与人物之间的对话、作者与所述对象之间的对话构成了文学作品中内部层面的交际。文学作品的外部层面的交际指的是作者与读者之间的对话。因此,内心独白在语法上是独白的形式,但在心理上和修辞上具有对话性的特点,它与内部对话性和外部对话性有关。"②盖博娃没有具体构建内心独白的言语主体之间的对话关系,但从上述引用的论断可以推出,人物的内心独白中包含着两对言语主体的对话性关系:作者—叙述者与人物之间的内在对话性和作者与读者之间的外在对话性。理解作者与读者之间的对话需要对人物与人物之间的对话及作者—叙述者与人物之间的对话的语用阐释。这里我们用作者—叙述者这一言语主体代替作者这一言语主体,是因为现实中的作者通常不会出现在文学作品中,文学作品一般是以作者—叙述者的名义展开叙述。

综上所述,文学交际中的言语主体主要有作者、作者—叙述者、人物、读者,其中读者还包括一般读者和作品诠释者及作品评论人。文学交际的真正参与者是作者和读者,作者与读者之间的对话性关系是文学作品

---

① Гаибова М. Т. Прагмалингвистический анализ художественного текста. Баку: Азербайдж. гос. ун-т им. С. М. Кирова, 1986. С. 50—51.

② Гаибова М. Т. Прагмалингвистический анализ художественного текста. Баку: Азербайдж. гос. ун-т им. С. М. Кирова, 1986. С. 56.

中真正的对话性关系。根据上面对文学交际中的作者与读者之间关系的论述可知,作者与读者之间的对话属于外部交际(外在对话性),作者一叙述者与人物之间的对话、人物与人物之间的对话、人物与读者之间的对话属于内部交际(内在对话性)。

2.5 对话界定及本书中研究的对话

1. 对话界定

巴赫金的对话理论是本书的指导思想。在第二章的第三节具体论述了米·巴赫金对话理论的产生、发展及研究的主要内容。通过论述可知,对话理论是米·巴赫金在研究陀思妥耶夫斯基的小说话语过程中建构的。在《陀思妥耶夫斯基创作问题》及后期再版的《陀思妥耶夫斯基诗学问题》一书中,米·巴赫金通过对陀思妥耶夫斯基的小说话语的研究提出了复调理论及双声语,并发现了对话性。正如董小英所说,"巴赫金在《论陀思妥耶夫斯基一书的改写》中曾宣称,陀思妥耶夫斯基对小说艺术有三大发现,其中第三个发现就是对话性。"[①]对话性是对话理论的核心概念,米·巴赫金最初从作者与主人公的关系入手,提出了"我"与"他人"这一哲学范畴,这一范畴是米·巴赫金的对话性关系的初始范畴,对话性是复调小说的基础。

米·巴赫金认为,对话性是指话语或语篇中存在两个以上相互作用的声音,它们形成"同意和反对、肯定和补充、问和答的关系"[②]。对话性是"地位平等、价值相当的不同意识之间相互作用的特殊形式"[③]。米·

[①] 董小英:《再登巴比伦塔——巴赫金与对话理论》,上海:上海三联书店,1994年,第7页。
[②] 巴赫金:"陀思妥耶夫斯基诗学问题",《巴赫金全集》(第五卷),石家庄:河北教育出版社,2009年,第249页。
[③] 巴赫金:"关于陀思妥耶夫斯基一书的修订",《巴赫金全集》(第五卷),石家庄:河北教育出版社,1998年,第374页。

第二章
对话研究概述

巴赫金在其研究生涯的后期又把对话性分为"外在对话性和内在对话性"①。虽然米·巴赫金没有对内在对话性进行界定和详细论述,但他最关注、同时研究最多的就是内在对话性。他在早期的《陀思妥耶夫斯基诗学问题》和《马克思主义与语言哲学》及《长篇小说话语》三本著作中都涉及了内在对话性的具体表现形式——双声语。所谓"双声语","即这里的话语具有双重的指向——既针对言语的内容而发(这一点同一般语言是一致的),又针对他人话语(即他人的言语)而发"②,双声语是一种包容他人声音话语的语言。米·巴赫金在《陀思妥耶夫斯基诗学问题》一书中详细地区分出"单一指向的双声语、不同指向的双声语和积极型(折射出来的双声语)三种变体,又在这三种变体里区别出了不少细类"。③ 在《马克思主义与语言哲学》一书中,米·巴赫金对准直接引语的历史研究进行了回顾、评说和总结,并在《长篇小说话语》一文中指出,准直接引语是产生双声话语(作者-叙述者声音和主人公声音)的主要话语类型。

通过对米·巴赫金双声语的研究可知,米·巴赫金在其研究生涯的早期主要关注作者与主人公的对话性关系。可以推断,米·巴赫金所说的"作者",其实就是作者-叙述者。随着米·巴赫金对对话性研究的不断深入,在他后期创作的作品,如《言语体裁问题》《文本问题》等一系列著作中,"巴赫金步入作者与读者的对话性关系,他就找到了对话性关系中最大,同时最重要的一对。"④作者与读者之间的对话性是内在对话性的表现形式。作者与文本之间的对话性"从文本诞生以来就已经存在,并且无时无刻不存在于文本之中——即使文本中没有双声性的话语叙述,没有作者与主人公的对话性关系,人物之间的对白也是单声的,文本也存在

---

① 巴赫金:"《言语体裁问题》相关笔记存稿",《巴赫金全集》(第四卷),石家庄:河北教育出版社,2009年,第202页。
② 巴赫金:"陀思妥耶夫斯基诗学问题",《巴赫金全集》(第五卷),石家庄:河北教育出版社,2009年,第241页。
③ 同上书,第250—261页。
④ 董小英:《再登巴比伦塔——巴赫金与对话理论》,上海:上海三联书店,1994年,第299页。

作者与读者的对话性关系。"①作者与读者之间对话性实现的媒介是作品。

由此可见,米·巴赫金的内在对话性主要存在于作者－叙述者与主人公、作者与读者的对话关系中,而米·巴赫金对外在对话性却很少提及。

在第二章的有关"文学作品中各交际参与者之间的对话性关系"这一节中我们指出,根据文学交际的观点,作者与读者之间的对话具有外在对话性,作者－叙述者与人物之间的对话、人物与人物之间的对话、人物与读者之间的对话具有内在对话性。

我国学者凌建侯在对米·巴赫金的对话性研究的基础上著述了《话语的对话本质——巴赫金对话哲学与话语理论关系研究》一书。书中作者指出,"话语具有外在对话性和内在对话性的话语之分。外在对话性在对话言语形式的话语中表现得最为直观,譬如日常交谈或争论时交际者们打乒乓球式的你来我往的语轮。文学作品中人物之间一问一答的对话也明显具有这种外在的对话性。最受巴赫金关注,同时也是他研究得最多的,是具有内在对话性的话语,它指某个人说的一席话或写的文字因包容他人声音、他人话语而在自身内部产生了对话关系的话语,这时作者声音可以与他人声音发生或借花献佛或同意或赞扬或反驳或批判或讽刺或诙谐等等的对话关系。巴赫金用'双声语'一词来指称具有内在对话性的话语,非作者直接话语则是产生双声或多声的主要话语类型"②。从凌建侯的这段表述中我们可知:日常自然对话和文学作品中的人物与人物之间的文艺对话属于外在对话性的具体表现形式;米·巴赫金比较关注研究内在对话性的话语;混合了作者－叙述者声音与人物声音的话语叙述方式——准直接引语(非作者直接话语)是典型的双声语,是典型的内在

---

① 董小英,《再登巴比伦塔——巴赫金与对话理论》,上海:上海三联书店,1994 年,第 299 页。
② 凌建侯,《巴赫金哲学思想与文本分析法》,北京:北京大学出版社,2007 年,第 123－124 页。

第二章
对话研究概述

对话性的话语表现形式。

在文学交际中,人物与人物之间的文艺对话是一种外在对话性的表现形式;作者—叙述者与人物之间的对话、人物与读者之间的对话、作者与读者之间的对话属于内在对话性的表现形式。作者与读者之间的对话往往借助人物与人物之间的对话、作者—叙述者与人物之间的对话、作者—叙述者与读者之间的对话而实现。由于作者与读者之间的关系是一种抽象的对话性关系,所以作者与读者之间的对话主要通过对作者—叙述者与人物、人物与人物及作者—叙述者与读者之间的对话的语用分析而实现理解。

2. 本书中研究的对话

文学作品是一种特殊的言语交际形式,文学交际的真正参与者是作者和读者,作者与读者之间的对话性关系是文学作品中真正的对话性关系。但作者与读者之间的对话性是一种间接性的对话。"文学作品交际的间接性是指:(1)作者不能直接表达对真实存在的态度,他只能通过主人公的感受来表达对真实存在的态度;(2)作者和读者是假想的交际主体;(3)文学交际的成功取决于很多因素,不依赖于文学作品,也不依赖于读者的百科全书知识等。"[1]文学作品的交际其实就是作者—作品—读者之间的交际,即作者与读者之间对话的实现是通过作品这一媒介。读者作为特殊类型的交际参与者,他参与到交际活动中是由共同的交际情景决定的。

作者和读者通过作品进行对话,作品是他们进行对话的渠道。理解作者与读者之间的对话需要我们对作品中存在的形式多样的对话形式予以分析。作品中包括该人物与人物之间的对话、作者—叙述者与人物之间的对话及作者—叙述者与读者之间的对话。人物与人物之间的对话是

---

[1] Гаибова М. Т. Прагмалингвистический анализ художественного текста. Баку:Азербайдж. гос. ун-т им. С. М. Кирова,1986. С. 27.

外在对话性的典型的具体的表现形式之一,这种对话在文学作品中被称为文艺对话。文艺对话由作者模仿现实生活中的自然对话而创作,在结构形式上与自然对话并无二致。作者—叙述者与人物和作者—叙述者与读者之间的对话是内在对话性的具体表现形式,文学作品中的内在对话性的表现形式多样。

当代俄罗斯女性作家维·托卡列娃作品中的对话为本书的研究对象。本书所研究的对话指表现为文艺对话形式的外在对话性和表现为形式多样的内在对话性。在维·托卡列娃作品中内在对话性具体体现在:(1)句法手段,即准直接引语和分割结构中;(2)小说文本结构,即情节结构、人物形象结构等中;(3)作品名称、字符手段(即词的字母全部大写)及标点符号(即引号« »①)使用中。其中,准直接引语、分割结构、情节结构和人物形象是本书重点分析的,它们体现了内在对话性的句法结构和小说文本结构。我们认为,准直接引语、作品名称及引号内容一般是作者—叙述者与人物之间的内在对话的具体表现形式,小说文本结构、分割结构和词的字母全部大写方式一般是作者—叙述者与读者之间的内在对话的具体表现形式。我们正是通过对外在对话性和内在对话性的具体表现形式的语用分析而实现理解作者与读者之间对话的目的。

对话具有发话人、受话人、对话内容及对话方式四个范畴,表现为文艺对话形式的外在对话性具有同样的范畴。表面上,外在对话性是人物与人物之间的对话,其实它是作者与读者之间的对话,我们通过对文艺对话的语用分析,来洞悉作者的创作意图,实现理解作者与读者之间的内在对话的目的。不仅表现为文艺对话形式的外在对话具有发话人、受话人、对话内容及对话方式四个范畴,而且内在对话也具有同样的四个范畴。就维·托卡列娃的作品中内在对话的具体体现形式而言,内在对话中的对话者有作者—叙述者与人物、作者—叙述者与读者;对话的方式多种多

---

① 俄文中的引号形状上类似汉语中的书名号。

第二章
对话研究概述

样:如分割结构是叙述者以违背句法手段而引起读者注意的一种方式;准直接引语、小说标题及引号内容是"混合了作者一叙述者与主人公主观意识"的对话方式;词的字母全部大写方式是叙述者违背书写方式而引起读者注意的一种方式。

综上所述,米·巴赫金的话语对话性思想是本书文本分析的重要理论依据,它对本书的研究具有很大的指导意义。对话性分为外在对话性和内在对话性。无论是外在对话性还是内在对话性,在具体的文学作品中它们都有各种各样的具体体现形式。本书以维·托卡列娃的中短篇小说为语料,以维·托卡列娃作品中的对话为研究对象。我们通过对维·托卡列娃作品中的各种对话的表现形式的语用分析,最终达到实现理解小说中的真正的对话者——作者与读者之间交流的目的。

2.6 本章小结

本章主要概述了对话研究概况,论述了米·巴赫金的对话理论,并在对对话界定的基础上指明了本书所要研究的对话。

第1节主要对俄罗斯学术界的对话研究进行了概述,并在概述的基础上引出了本书的另一选题依据:学者们把对话与语用思想相结合,但鲜有学者从语用学视野研究文学交际(即,对话),本书尝试从语用学角度研究文学作品中的对话。俄罗斯学术界的对话研究历史悠久,早期的研究者们主要关注日常自然对话,研究自然对话的形式、结构特点、语言特点、对话类型及对话情态性等。在对自然对话与独白语研究的基础上,米·巴赫金提出了话语对话性思想,这一话语理论对本书的研究起着指导性作用。随着语用学的兴起,学者们开始关注受话人这一因素在会话过程中的重要作用,并把对话与语用结合起来。这里研究的受话人不仅指日常自然对话中存在的现实的交谈对象,而且指文学作品中存在的假想的受话人——读者。因此,本书以米·巴赫金对话理论为指导,运用语用学等理论对具体小说文本进行分析,实现理解作者与读者之间对话的目的。

第2节探讨了口语中的对话与独白这两个言语表现形式的相互关系。对话是两个或两个以上的人之间的谈话,话论的交替、交谈双方相互打断都是对话的显著特点。独白是独自一个人的讲述,独白中不存在话轮的交替性。对话与独白虽形式不同但内容相同,对话与独白都具有交际的直接性,对话与独白都有两个言语主体。因此,米·巴赫金从自然对话与独白语中引申出了对话普遍性思想。米·巴赫金的这一话语对话性思想对本书的指导意义巨大。

第3节主要概述了米·巴赫金对话性思想的开始、形成和发展过程。在研究话语对话性关系时,米·巴赫金意识到了对话主体性问题。对话性思想及对话主体的提出为言语交际,尤其是以文学作品为媒介的文学交际研究奠定了基础。

第4节探讨了交际理论下的文学作品中各交际参与者之间的对话性关系。在对俄罗斯学者构建的不同的文学交际关系图进行论述和总结的基础上得出以下结论:文学交际中的言语主体主要有作者、作者－叙述者、人物、读者;文学交际的真正参与者是作者和读者,作者与读者之间的对话性关系是文学作品中真正的对话性关系。在对文学作品中对话进行界定的同时提出了本书所研究的对话。文学作品中的对话关系主要有人物与人物、作者与读者、作者与自我、作者－叙述者与人物及作者－叙述者与读者之间的对话。作者和读者是文学作品中存在的真正的对话主体。本书所研究的对话主要是维·托卡列娃作品中的人物与人物之间的对话(外在对话性)、作者－叙述者与读者及作者－叙述者与人物(内在对话性)之间的对话,即本书所研究的对话是文学作品中的外在对话性的具体表现形式和内在对话性的具体体现形式。我们通过对外在对话性的具体表现形式和内在对话性具体体现形式的语用分析,最终达到实现理解文学交际的真正参与者——作者与读者之间的对话。

第三章
语用学与文学作品语篇的对话研究之关系

"意义"历来是各学科学者们共同研究的概念,如哲学家、修辞学家、心理学家、语言学家都曾设法对其进行解释。"传统的语义学把意义看作是语言文字本身固有的属性,这种属性是内在的、固定的,不受任何客观因素的影响",①这就是语言学文献中对句子的意义进行的界定。语用学则把一个词、短语、甚至一个句子本身固有的意义和它们的使用者联系起来,和特定的使用场合联系起来,即语用学家把意义和具体的语境联系,这样获得的意义"显然不是纯粹语义学上的字面意义,而在相当程度上是存在于字面之外的所谓言外之意或弦外之音,而且这种意义依赖于语境",②这就是语言学文献中所区分的话语意义。因此,研究者们基本区分出两个层次上的意义:"一种是按照一种语言的规则,通过语言符号来表达的独立于语境之外的句子意义;另一种是通过在特定条件下,使用一句句子所表达的取决于语境的交际意义。前者来自语言本身的属性,是传统语义学研究的对象;后者的理解以前者为基础,但有赖于语境,是语用学的研究对象。"③我们把存在于字面之外并依赖语境而获得的意义(即话语意义)称为隐含意义。

在"维·托卡列娃作品中外在对话性的语用分析"和"维·托卡列娃

---

① 何兆熊:"语用、意义和语境",西槇光正:《语境研究论文集》,北京:北京语言学院出版社,1992年,第300页。
② 同上书,第301页。
③ 何兆熊:《新编语用学概要》,上海:上海外语教育出版社,2000年,第17页。

作品中内在对话性的语用分析"两章中我们主要运用语用学的分析方法揭示文学作品中外在对话性的具体表现形式和内在对话性的具体体现形式中的语用意义,进而明晰作者的创作意图。因此,语用学理论在本书的研究中起着重要的作用。

3.1 语用学研究概况

语用学是20世纪70年代开始兴起的一门独立的学科,它的起源、形成及发展与皮尔斯(Charles Sanders Peirce)、莫里斯(Morris, C. W.)及卡纳普(Rudolf Carnap)等符号学家的名字不可分离。符号学的创立者皮尔斯是语用学的奠基者之一。"皮尔斯对语用学最重要的贡献是:他提出了符号、符号对象和符号解释的三元关系。他在符号理论中首次注意到实践活动和交际活动的主体因素的重要性。所有这些都为后来语用学的出现奠定了基础。"①"语用学"这一术语是符号学的另一奠基人莫里斯1938年在他的《符号理论基础》一书中提出的。书中,"莫里斯在继承皮尔斯的符号学基础的同时把符号学分为语义学、句法学和语用学。其中,语义学是有关符号与行为客体之间关系的学说;句法学是有关符号之间关系的学说;语用学是有关符号与符号解释者之间关系的学说"②。莫里斯还强调,"'语用学'这一术语应该拥有符号学解释,因为这个术语是专门研究符号与解释项之间关系的科学。至此,'语用学'这一术语成为国际性的词汇,出现在各种语言学专著中。"③莫里斯符号学的'三分说'获得了哲学家和逻辑学家卡纳普的支持、继承和发展。至此,"语用学"这一术语在语言学中开始流行开来。

---

① Сусов И. П. Лингвистическая прагматика.-Винница, Нова Кныга, 2009. С. 17—18.
② Арутюнова Н. Д., Падучева Е. В. Истоки, проблемы и категория прагматики//Новое в зарубежной лингвистике. Вып. 16. Москва, 1985. С. 3.
③ Сусов И. П. Лингвистическая прагматика.-Винница, Нова Кныга, 2009. С. 18.

第三章
语用学与文学作品语篇的对话研究之关系

"20世纪初,以索绪尔(F. de. Saussure)为代表的结构主义语言学在西方学界占统治地位。而结构主义语言学对语言的研究仅限于符号系统内部不变的单位(如音位、词素等)的研究,也就是语法的研究。结构主义语言学忽视了符号的语义与语用的研究。可以说,结构主义语言学限制了语义学的研究与发展。20世纪50年代后,语义学的时代开始了。随着语义学研究的不断深入,学者们也开始产生了对语用学研究的兴趣。"[①]20世纪60年代,英国哲学家奥斯汀(Austin)、塞尔(J. R. Searle)和美国哲学家格赖斯(H. P. Grice)先后提出"言语行为"理论和会话含义理论,这两个理论的提出奠定了语用学理论的基础。20世纪70年代以后,尤其是1977年荷兰阿姆斯特丹《语用学杂志》的正式出版发行标志着语用学作为语言学中的一门新兴学科得到确认。20世纪80年代,语用学领域的重要成果有莱文森的《语用学》、利奇的《语用学原则》及威尔逊(Wilson)和斯波伯(Sperber)合著的《关联:交际和认知》三本著作。莱文森(Levinson)所著的《语用学》的出版,"可以说是一个里程碑,标志着语用研究领域的框架已经形成。"[②]《关联:交际和认知》一书中作者提出了一套把认知和交际相结合的理论,标志着认知语言学的诞生。进入90年代,语用学领域中最具代表性的著作是国际语用学会秘书长维索尔伦(Verschueren)所著的《语用学新解》一书。这本书从新的视角解释语用学,这体现了维索尔伦本人多年来的研究成果。

有关语用学的研究内容问题英美学派和欧洲大陆学派的观点不同。"莱文森在1983年出版的《语用学》一书中把语用学研究分成了英美学派和欧洲大陆学派。英美学派主张狭义的语用学研究,比较接近传统的语言学,与句子结构和语法研究有关,对语用学的范围有较为严格的限定,比如指示语、会话含义、前提、言语行为、会话结构等;后者主张泛式的语

[①] Арутюнова Н. Д., Падучева Е. В. Новое в зарубежной лингвистике. Вып. 16. Москва,1985. С. 5.
[②] 何兆熊:"90年代看语用",《外国语》,1997(4):1.

用学研究,对语用学的范围理解较广,甚至包括话语(或语篇)分析、人类文化学、社会语言学、心理语言学等理论的某些议题。"[1]我国语用学界基本承袭狭义的语用学研究,我国学者也主要是对语境、指示词语、会话含义、预设、言语行为和会话结构理论的语用学术语的研究[2]。本书中我们运用的语用学理论主要有言语行为理论、合作原则与会话含义理论、礼貌原则理论、面子理论、语境理论和会话结构理论。鉴于这些语用学理论在本书的语料分析中发挥的重要性,下面我们将对这些语用学理论逐一论述。

3.2 语用学分析方法

根据交际理论的观点,具体而言,根据文学交际理论的观点,文艺对话表面的言语主体是人物,而实际的言语主体是隐含的作者与读者。我们运用语用学相关理论分析具体文学作品中各对话主体之间的对话内容的含义。语用学理论为各个对话主体之间的对话隐含意义的分析提供了语言学的理论基础。通过语用分析最终达到理解作者与读者之间的对话的目的,这是本书中我们的研究目标。本节主要论述语用学理论研究的基本内容,在此基础上阐释语用学领域的含义研究,以期更好地为本书服务。

1. 言语行为理论

言语行为理论是语用学的一个重要内容。言语行为理论最初由英国哲学家奥斯汀提出,这一理论的提出引发了后继学者们的更为深入系统的研究、发展和完善,"卓著者有 J. 塞尔(John Searle)、格赖斯(H. P.

---

[1] 何自然、冉永平:《新编语用学概论》,北京:北京大学出版社,2001年,第14页。
[2] 索振羽:《语用学教程》,北京:北京大学出版社,2001年;何自然、冉永平:《新编语用学概论》,北京:北京大学出版社,2001年;何兆熊:《新编语用学概要》,上海:上海外语教育出版社,2000年。

第三章
语用学与文学作品语篇的对话研究之关系

Grice)、齐肖姆(R. Chisholm)和万德勒(Zeno Vendler)等人,其中影响最大者是当代美国哲学家塞尔"[1]。言语行为理论成为语用学中重要的研究课题。

1955年奥斯汀在哈佛大学讲课,他的讲稿被整理、出版为《如何以言行事》(*How to do things with words*)一书,这本书共分为十二讲。书中的前七讲,奥斯汀主要区分了"言有所述(constative)"和"言有所为(performative)"。"Austin就表述句与施为句进行了区分,推翻了认为逻辑—语义的真值条件是语言理解的中心这一传统认识,这是他的一个巨大贡献"。[2] 但是,书中"最有系统而影响深远的理论,是第八讲奥斯汀对言语行为的分类,他认为话语可以完成三种不同的言语行为:以言表意、以言行事、以言取效。"[3]因此,奥斯汀最后摒弃了他的言有所述和言有所为的区分,并构建了一种新的模式用来解释语言所表现的各种行为。"奥斯汀大致区分了三类行为——话语言内行为(locutionary act)、话语言外行为(illocutionary act)和话语言后行为(perlocutionary act)"。[4] "言内行为指的是'说话'这一行为本身,它大体与传统意义上的'意指'相同,即指发出语音、音节、说出单词、短语和句子等。言外行为是通过'说话'这一动作所实施的一种行为,人们通过说话可以做许多事情,达到各种目的,如传递信息、发出命令、威胁恫吓、问候致意、解雇下属、宣布开会等等,这些都是通过言语来完成的动作。言外行为寄寓于言内行为之中。言后行为是指说话带来的后果,例如,通过言语活动,我们使听话人受到警告,或者使听话人接受规劝,不去做某件事,或者使听话人去做了我们

---

[1] 马海良:"言语行为理论",《国外理论动态》,2006(12):62。
[2] 吴延平:"奥斯汀和塞尔的言语行为理论探究",《吉林师范大学学报》,2007(4):61。
[3] 孙爱玲:《语用与意图——〈红楼梦〉对话研究》,北京:北京大学出版社,2011年,第55页。这里的"以言表意、以言行事、以言取效"就是"言内行为、言外行为和言后行为",本文我们采用的是何兆熊在《新编语用学概要》中翻译的词语。
[4] Austin, J. L. *How to Do Things with Words*. Oxford: Clarendon Press, 1962. p.103. 译文来自于:《如何以言行事》,张洪芹译,北京:知识产权出版社,2012年,第92页。

想让他去做的事等等。"①较之于大部分言语行为研究者的研究,奥斯汀的言语行为研究主要是对言外行为的研究。"奥斯汀分出了三种言语行为,即叙事行为,施事行为和成事行为,但必须明确的是:奥斯汀关注的中心问题是施事行为。"②这里的施事行为就是言外行为。"这些讲座的兴趣点主要是关注第二类行为,即话语言外行为及其与其他两类行为的区分或对照。"③

奥斯汀对言外行为做了分类,共分为五大类型:裁断行为(verdictives)、施权行为(exertives)、承诺行为(commissives)、阐发行为(expositives)、表态行为(behabitives)。裁断行为是根据有关事实的证据或理由做出陈述,这一类的行为是可以验证的。表达这类行为的动词有:宣判无罪、主持、计划、描述等。施权行为指行使权利、权力,或施加影响、压力等,对某种行动或对某种行动的指使做出赞同或反对的决定。这类动词包括:指示、命令、指导等。承诺行为即说话人对某种行动做出承诺。这类动词有:允诺、誓愿、保证等。阐发行为指发表意见、参与辩论以及澄清概念的行为,这类动词主要包括:断言、否认、强调等。表态行为即对他人的行为态度做出反应、发表看法的行为,这类动词有:道歉、感谢、谴责、同情等。

奥斯汀的言语行为分类由于缺乏统一的标准和系统性而受到批评。任一理论的出现都有其不足,都有待完善和发展的空间,奥斯汀的言语行为理论也不例外。顾曰国认为,奥斯汀的分类有三个主要缺点:"(1)分类缺乏统一的标准,例如施权行为类以权力、社会地位、身份为准绳,而表态行为类却以说者的态度为刻度,论理行为类则再次变换角度,考虑的是话语在会话中的相互关系。(2)把对施事行为的分类等同于对施事动词的

---

① 何兆熊:《新编语用学概要》,上海:上海外语教育出版社,2000年,第92—93页。
② 索振羽:《语用学教程》,北京:北京大学出版社,2001年,第157页。
③ Austin, J. L. *How to Do Things with Words*. Oxford: Clarendon Press, 1962. p.103. 译文来自于:《如何以言行事》,张洪芹译,北京:知识产权出版社,2012年,第92页。

分类。施事动词与施事行为有着一一对应的关系不是一个事实,而是一个假设。要证明这个假设是正确的,不是一件容易的事,然而要否定这个假设却并非难事。例如英语动词 announce 是一个施事动词,但不代表一种施事行为,只表明做某一施事行为的方式。(3)类的内部内容庞杂混乱。如表述行为类,其中就包括感谢、道歉、赞扬、祝贺、吊唁、怜悯、憎恶、批评、抱怨、欢迎、诅咒、祝酒等等。不用细说,这是个大杂烩。"①"Austin 的分类是十分粗糙的,他的最大的缺点在于缺乏一个明确的分类标准,实际上他并不是在对言外行为进行分类,而是在对行事动词进行分类。"②尽管如此,奥斯汀的言语行为理论,特别是他对言外行为的分类对后继研究者影响深远。

继奥斯汀之后,塞尔对奥斯汀的言语行为理论的发展功不可没。一些学者认为,与奥斯汀的言语行为理论研究相比,塞尔只是在细节方面下了功夫,他仍没有超出奥斯汀的理论研究框架。比如,塞尔所阐述的命题内容和言外之力是奥斯汀提出的言内行为和言外行为;形式上,塞尔的言语行为分类和奥斯汀的言语行为分类相类似:不论是奥斯汀还是塞尔都把言语行为分为五个大类,在每一大类中又有更细的分类(言语行为次类型)。虽然这些学者的质疑不无道理,但这也不能抹杀塞尔对言语行为理论发展做出的重大贡献。塞尔的贡献主要有:"他系统地发展了奥斯汀的言语行为思想,揭示了实现言语行为的各种有效条件,阐明了言语行为的分类原则和标准,提出了间接言语行为问题,并探讨了言语行为形式化,即语势的逻辑理论问题。"③其中,尤以言语行为的分类原则和标准的阐明及间接言语行为的提出最为重要。塞尔提出了命题内容(propositional content)和言外之力(illocutionary force),这明确了言外行为的分类原则和标准。不仅如此,赛尔对言外行为也进行了分类:阐述行为

---

① 顾曰国:"奥斯汀的言语行为理论:诠释与批判",《外语教学与研究》,1989(1):37。
② 何兆熊:《新编语用学概要》,上海:上海外语教育出版社,2000年,第94页。
③ 孙淑芳:"塞尔言语行为理论综述",《解放军外国语学院学报》,1999(1):5。

(representatives)、指令行为(directives)、承诺行为(commissives)、表达行为(expressives)及宣告行为(declarations)。从形式上看,塞尔的言语行为分类与奥斯汀的言语行为分类大同小异,但实质上塞尔扩大了言语行为的分类。奥斯汀的言语行为分类实质上是对施为动词的分类。虽然每一句子都体现一种言语行为,但不是每一句子中都包含有一定的言语行为动词。塞尔把言语行为分为直接言语行为和间接言语行为。直接言语行为指一个言外之力(言语行为)直接地通过一个句子体现出来。间接言语行为指一个言外之力(言语行为)的实施间接地通过另一个间接言语行为的实施来实现。塞尔的间接言语行为的提出完善并扩大了言语行为的分类。

瓦·拉古京(Лагутин В. И.)在塞尔的言语行为分类的基础上对每一类言语行为进行了次言语行为类型的区分,如图所示:

言语行为的类型描述*

言语行为类型 (Тип PA)	言语行为次类型 (Подтип PA)						
断言行为	通知	确定	描述	断言			
指示行为	指示	命令	要求	请求	哀求	邀请	建议 指示
承诺行为	允诺	誓言	警告	威胁	提议		
表达行为	道歉	感谢	哀悼	惊奇	愤怒		
宣布行为	公告	决议	判决				

瓦·拉古京的这一图示清晰地说明了塞尔的言语行为类型及其次类型。本书运用的是塞尔的言语行为理论,塞尔提出的直接言语行为和间接言语行为是文艺对话语用分析的重要理论基础。

间接言语行为理论是塞尔在1975年发表的《间接言语行为》一文中

---

* Лагутин В. И. Проблемы анализа художественного диалога (к прагмалингвистической теории драмы). Кишинев: Штиинца, 1991. С. 47.

第三章
语用学与文学作品语篇的对话研究之关系

首次提出的。间接言语行为是"通过实施另一个行事行为而间接地实施一个行事行为"①。塞尔提出间接言语行为,目的在于说明和解释下面两个问题:"(1)从说话人的角度来看,说话人在说出一句话来表示一定意思的同时怎么又表示另外的意思? (2)从听话人的角度来看,听话人在听到这样的话语之后又是如何理解到说话人要表达的另外那层意思的?"②

根据塞尔提出的上述两个目的可知,间接言语行为的研究目的是理解话语的隐含意义。间接言语行为中隐含意义的获得依靠的是语言体系中固有知识或受话人与听话人之间的语境、共有知识。在言语交际中间接言语相当普遍,"陈述句不是陈述句,祈使句不是祈使句,疑问句不是疑问句的情况比比皆是"③。塞尔把间接言语行为分为规约性间接言语行为和非规约性间接言语行为。"规约性间接言语行为的重要特征是,它的间接言外之力在某种程度上已经固定在语言形式之中,并为人们普遍接受;在使用中,发话者和受话者可能并没有意识到它的字面言外之力。"④例如,"Ты можешь дать мне соль?"这一句话的字面意义是疑问行为,但这是发话者出于礼貌而使用的一种请求行为。在俄语句法中,这一句式已是约定俗成的一种表示礼貌行为的请求行为,它在口语中经常出现。我们认为,规约性间接言语行为就相当于规约性隐含意义。较之于规约性间接言语行为,非规约性间接言语行为的理解需要依赖语境和共有知识,所以非规约性间接言语行为的推理较为复杂。如:在"—Лена, ты хочешь поехать в кино? —Экзамен на носу."这一简短的对话中,说话人单靠听话人的这一陈述行为的字面意义是无法推断出听话人的"拒绝"这一言语行为的。说话人只有通过字面意义,并结合共有知识"听话人即将

---

① Searle, J. R. *Speech Acts: An Essay in the Philosophy of Language*. Beijing: Foreign Language Teaching and Research Press, 2001. p. 31.
② 何自然、陈新仁:《当代语用学》,北京:外语教学与研究出版社,2005 年,第 65 页。
③ 彭述初:"简述奥斯汀与塞尔的言语行为理论",《湖南冶金职业技术学院学报》,2009(1):99。
④ 段开诚:"舍尔的言语行为理论",《外语教学与研究》,1988(4):31。

参加考试,所以他需要时间复习"才能推断出听话人拒绝去看电影这一行为。结合交谈双方的共有知识,说话人最终获得了话语的非规约性间接言语行为,即非规约性隐含意义,而非规约性隐含意义的研究是格赖斯合作原则及违反合作原则产生的会话含义研究中的重要内容。"Austin 和 Searle 的言有所为理论的规约、非规约间接言语行为理论及其所提供的哲学思考,为日后 Grice 的会话含意理论的提出做出了贡献。"①,而格赖斯的合作原则及其会话含意的推导弥补和发展了言语行为理论,尤其是弥补了间接言语行为含意的推导机制。下面论述格赖斯的合作原则及会话含义理论。

2. 合作原则与会话含义理论

格赖斯的合作原则与会话含义理论和奥斯汀与塞尔的言语行为理论共同促进了语用学的发展,成为语用学重要的研究内容。1975 年,美国语言哲学家格赖斯在《句法和语义学:言语行为》第三卷上发表了一篇名为《逻辑与会话》的文章,文中他首次提出会话合作原则及违反合作原则产生的会话含义等重要概念。格赖斯认为,在所有的语言交际活动中,为了达到一定的目的,说话人和听话人之间总是存在着一种默契,一种双方都应该遵守的原则,这种原则被称为会话合作原则。交际双方共同遵守的"合作原则"主要包括四条准则及其次则:(1)量的准则:为当前交谈目的提供所需要的信息;不要提供超出当前交谈所需要的信息;(2)质的准则:不要说你认为是错误的话;不要说你认为没有证据的话;(3)关联准则:说话要相关;(4)方式准则:避免表达费解;避免歧义;说话要简洁,避免冗长、啰嗦;说话要有条理。格赖斯提出的会话合作原则为我们提供了一个推导会话含义的方法。"会话含义是指说话人话语意思的暗含(implying)及听话人对其所(隐)含(what is implied)的理解。"②格赖斯提

---

① 牛保义:"会话含意理论研究回顾与展望",《外语研究》,2002(1):7。
② 杨达复:"格赖斯:会话含义的推断",《外语教学》,2003(1):11。

第三章
语用学与文学作品语篇的对话研究之关系

出的这四条准则及其次则是一种理想的交际原则。如果在交谈时人人都遵守这些原则和次则,那么人们的语言交际效率就会达到最高水准。但在现实的交际活动中,人们为了达到特定的目标并不都严格地遵守合作原则,反而总是违反合作原则中各准则及其次则。当说话人违反合作原则后,听话人认为说话人在更深层次上是遵守会话合作原则的,所以听话人就会结合语境通过话语的字面含义去推导说话人的真正意图、去领悟话语所隐含的深层次意义,据此创立的理论被称为格赖斯会话含义理论,这个隐含意义被称为"会话含义"。格赖斯对隐含意义研究贡献巨大。早在1957年的《意义》一书中格赖斯就区分了自然意义和非自然意义。"自然意义不传递意图,只表示(客观)实际(factive),如'红灯意停车','乌云意为快要下雨';非自然意义与信递相关,涉及意图,表示(主观)非实际(non-factive)的信递内容,如'他的手势意为发了火',不是表示实际而是传递意图。"[①]格赖斯对隐含意义的研究主要体现在他对非自然意义的研究,非自然意义的存在是格赖斯会话含义理论提出的前提。格赖斯没有对非自然意义进行明确的分类,但是莱文森在《语用学》一书中对格赖斯的隐含意义进行了具体的分类,如下图所示:

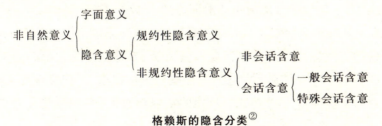

格赖斯的隐含分类[②]

如上图所示,格赖斯把隐含意义分为规约性隐含意义和非规约性隐

[①] 张绍杰:"会话隐涵理论的新发展——新 Grice 会话隐涵说述评",《外语教学与研究》,1995(1):28。

[②] Levinson, S. C. *Pragmatics*. Cambridge: Cambridge University Press, 1983. p. 131. 转引自:冉永平:"从古典 Grice 会话含意理论到新 Grice 会话含意理论",《重庆大学学报》,1998(2):76。

含意义。规约性隐含意义一般依靠词语的意义、前提或逻辑知识推导出来。格赖斯的"规约性隐含不是由会话合作原则所决定,而是由个别词语的规约性意义决定。这些词的规约性意义不仅能够帮助确定'所隐含的',也能帮助确定'所说出的'"①。与规约性隐含不同,"非规约性含义不是词语的字面意义,它不能依靠前提和逻辑知识推导出来,只能依赖语境。"②非规约性隐含意义分为非会话含意、一般会话含义和特殊会话含义。格赖斯的会话含义理论着重研究的是特殊会话含义,即由违反会话合作原则的各准则及次则而推导出来的隐含意义,特殊会话含义的推导过程对具体的语境知识要求很高。

格赖斯认真研究、详细描述了特殊会话含义的推导过程,但他对规约性隐含意义、非会话含义及一般会话含意的推导及研究则不足。我国国内有关上述三个术语的研究论文很多,其中尤以徐盛桓最为突出。徐盛桓致力于会话含义理论研究多年,并发表多篇论文。其中,在《"一般含意"——新格赖斯会话含意理论研究之四》一文中,他对规约性隐含意义、非会话含义及一般会话含意之间的关系提出了个人独到的见解。他指出,"格赖斯在首创会话含义的概念时,提出了会话含义的分类标准:是否依赖语境"③。"规约性含义指的是由词语的常规意义决定的含义。这种意义也就是语句的字面意义,所以仅凭语言知识而无须使用时的语境知识就可知道。"④规约性含义"和语句本身有关,都是上下文之中的含义,人们只要依据一般常识就可悟出"⑤。徐盛桓最终得出了"一般含意=非会话含意=常规含意"这一等式。这里的常规含意就是规约性隐含意义。

---

① 许汉成:"格赖斯会话隐含理论:背景、成就与问题",《外语研究》,2001(2):43。
② 庞铮、郁军:"关于格赖斯会话含义理论中基本概念的理解",《广西师范学院学报(哲学社会科学版)》,2006(S1):44。
③ 徐盛桓:"论'一般含意'——新格赖斯会话含意理论研究之四",《外语教学》,1993(3):1。
④ 庞铮、郁军:"关于格赖斯会话含义理论中基本概念的理解",《广西师范学院学报(哲学社会科学版)》,2006(S1):43。
⑤ 杨达复:"格赖斯:会话含义的推断",《外语教学》,2003(1):12。

第三章
语用学与文学作品语篇的对话研究之关系

所以,徐盛桓把规约性隐含意义、非会话含意和一般会话含意等同起来,并把非规约性隐含意义等同于特殊的会话含义。"格赖斯和列文森都对会话含意作过分类。我在本系列的研究中曾对他们的分类提出过一些异议,我提出:格赖斯和列文森提出的一般含意,其实就是他们所说的常规含意(也译规约含意),亦即非会话含意;而特殊含意就是他们所说的非常规(非规约)含意,亦即会话含意。"①徐盛桓的研究不仅简化了格赖斯及莱文森的有关含意研究的术语问题,而且让读者更好地理解含意中的各个概念。在《论"常规关系"——新格赖斯会话含意理论系列研究之六》一文中徐盛桓又从"常规关系"这一概念入手理解含意的符号,阐释一般隐含意义,即规约性隐含意义、非会话含意推导机制,这篇论文使读者加深了对规约性含意、非会话含意及一般含意的对等关系的理解。

所以,"Leech 认为,Grice 的会话含意理论的提出完成了从意义到含意之间的过渡,是语用学研究中的一个重大突破。"②格赖斯的会话合作原则及由违反会话合作原则而产生的特殊会话含义的推导在本书的"维·托卡列娃作品中外在对话性的语用分析"及"维·托卡列娃作品中内在对话性的语用分析"两章中起着关键性的作用。"格赖斯的会话理论为对话含义的解释开辟了道路,为对话性的完成找到语言学的理论基础。合作原则是针对单义直接表达的叙述对话而言的,而违反合作原则,却是多义曲折表达的部分原则"。③ 格赖斯会话含义理论对语言学和逻辑学的研究都做出了重大贡献。这一理论的提出引起了众多语言学家的关注与研究,它在语言学研究史上的地位不可替代,但它的缺陷也遭到了学者们的批评。格赖斯会话含义理论的不足之处主要有:(1)"主要是注意了非规约性的会话含意的产生和理解,而对规约性的现象未给予充分的重视,这就是在正'反'两面的把握中对规约性会话含意的研究注意不够、对

---

① 徐盛桓:"论意向含意——新格赖斯会话含意理论系列研究之七",《外语研究》,1994(1):4。
② 牛保义:"会话含意理论研究回顾与展望",《外语研究》,2002(1):8。
③ 董小英:《再登巴比伦塔——巴赫金与对话理论》,上海:上海三联书店,1994 年,第 11 页。

其学术上可能有的价值估计不足。"①;(2)"没有回答人们在言语交际中为什么要遵守合作原则等问题"②。格赖斯会话含义理论侧重对特殊会话含义的推导,即仅限于对交际中故意违背准则而产生的特殊会话含意的推导。所以,格赖斯的会话含义理论具有一定的局限性,它不能对规约性的会话含义、一般会话含义进行推导。有关规约性会话含义、一般会话含义的研究及其推导过程,徐盛桓在20世纪90年代发表的新格赖斯会话含意理论系列研究文章中都有详细论述。其中尤以《会话含意理论的新发展》《论一般含意》《论常规关系》三篇文章的论述最为翔实,在此不再赘述。"新格赖斯会话含意推导三原则(量原则、信息原则、方式原则)是解决一般含意的推导最为全面、系统的机制。"③"虽然学界认为,列文森的三原则的涵盖面比格赖斯的合作原则的四准则广,并且解释力更强"④,但列文森的三原则具有抽象化和程序化的特点,在具体的语用推理中研究者很难掌握。有关"没有回答人们在言语交际中为什么要遵守合作原则等问题"这一不足之处,学者们也提出了它的"拯救"原则——礼貌原则理论和面子理论。

3. 礼貌原则与面子理论

人们在言语交际中为了达到一定的交际目标总是遵守着一定的准则,即合作原则。在实际的人类交往活动中,"交际者总希望得到对方的尊重。为了尊重对方,说话人需适应语境采取一些恰当的交际策略以示礼貌,求得最佳交际效果。"⑤这样,交谈双方为了获得一定的交际效果又会故意违反各条准则及其次则,这就产生了特殊会话含义。但是,"Grice的合作原则只解释了人们间接地使用语言所产生的会话含意,及其对会话含意的理解推导,却没有解释人们为什么要违反合作原则,以含蓄的、

---

① 徐盛桓:"会话含意理论的新发展",《现代外语》,1993(2):8。
② 何自然:《语用学概论》,长沙:湖南教育出版社,1988年。
③ 徐盛桓:"会话含意理论的新发展",《现代外语》,1993(2):13。
④ 何兆熊:《新编语用学概要》,上海:上海外语教育出版社,2000年,第179页。
⑤ 索振羽:《语用学教程》,北京:北京大学出版社,2001年,第89页。

第三章
语用学与文学作品语篇的对话研究之关系

间接的方式表达思想进行交流。"①所以,为了弥补合作原则的上述缺陷,学者们又提出了礼貌原则和面子理论。人们违反合作原则往往与社会交际中的礼貌、面子有关。

礼貌作为一种社会现象一直引起人们的关注。人们从社会学、文化学、人类学、心理学、伦理学和语言学等诸多方面对其进行了深入研究。言语交际中,交谈双方总是恪守一定的礼貌原则,这一原则遵守的真正目的是为了更好地达到交际目的,满足人们的面子需求。所以,礼貌和面子联系在一起。"面子是礼貌用语的生成机制,使用礼貌用语的目的在于降低面子威胁行为的冲击,缓和互动双方的关系。"②学者们很早就关注到"面子"问题,并从社会学和心理学两个视角加以研究③。"E. Gomnan 早在 50 年代就从社会学角度提出了'面子(face)'问题"④。在高姆楠(E. Gomnan)对面子问题研究的基础上,"布朗(Brown)和莱文森于 1978 年发表了一篇题为《语言应用的普遍现象:礼貌现象》(*Universals in Language Usage:Politeness Phenomena*)的文章,第一次对礼貌、面子这一问题进行了系统的探讨"⑤,他们提出了"面子保全论"(Face Saving Theory)。根据布朗(Brown)和莱文森的面子理论,他们将面子分成正面面子和负面面子。"正面面子(positive face)指的是我们都需要被别人接受甚至喜欢,需要被某个团体接纳为一员,需要确知我们的所求与我们所属团体中其他成员的所求一致。负面面子(negative face)指的是我们同时还需要独立,需要享有行动的自由,需要免受他人的干预。"⑥所以,"社会交往中既要尊重对方的积极面子,又要照顾到对方的消极面子,这样才能给对方留点面子,同时也给自己挣点面子,以免带来难堪的局面或使关

---

① 何兆熊:《新编语用学概要》,上海:上海外语教育出版社,2000 年,第 167 页。
② 赵卓嘉:"面子理论研究述评",《重庆大学学报》,2012(5):128。
③ 同上,130。
④ 刘润清:"关于 Leech 的'礼貌原则'",《外语教学与研究》,1987(2):42。
⑤ 陈融:"面子·留面子·丢面子",《外国语》,1986(4):17。
⑥ 蓝纯:《语用学与〈红楼梦〉赏析》,北京:外语教学与研究出版社,2010 年,第 131—132 页。

系恶化"。①

在前辈学者对面子、礼貌研究的基础上,利奇(Leech)提出了更具体、更易接受、更被广泛运用的"礼貌原则"。"利奇说,礼貌原则'拯救'了合作原则"②。合作原则是会话中的一条重要指导原则,但它不是唯一的原则。人们在交往中还要遵守礼貌原则,这样才能维持人与人之间和谐与稳定的友善关系。礼貌原则和合作原则一样可以具体地体现在一些准则上。这里主要介绍利奇的六条礼貌准则:"(1)策略准则:尽量减少他人付出的代价,尽量增大对他人的益处;(2)慷慨准则:尽量减少对自己的益处,尽量增大自己付出的代价;(3)赞扬准则:尽量减少对他人的批评,尽量增大对他人的赞扬;(4)谦虚准则:尽量减少对自己的赞扬,尽量增大对自己的贬损;(5)一致准则:尽量减少与他人的意见分歧,尽量夸大与他人的意见一致;(6)同情准则:尽量减少对他人的厌恶,尽量夸大对他人的同情。"③

上述准则可以用来作为分析"话语是否礼貌"的依据。在这些准则中,最根本的一条准则是策略准则。"礼貌地使用语言就意味着策略地使用语言……我们甚至可以把'策略'准则看作是一条最高准则,其他几条准则看作是'策略'准则在不同类型的言语行为中的具体体现。"④

这里所讨论的礼貌原则和面子理论是在西方文化为背景的前提下而提出的理论,这个理论的普适性遭到质疑。尽管如此,礼貌原则和面子理论从说话人角度探讨礼貌地进行言语交际的问题,这对后继的礼貌研究者产生了深远的影响,至今,这些礼貌原则仍然是礼貌研究中的经典。

礼貌原则和面子理论是作为格赖斯会话含义理论的补救措施而被提出,它们回答了交际时人们常常故意违反合作原则的原因——表现出礼貌或照顾人们的面子,这也回答了人们在交谈时的间接言语行为的运用。

---

① 何兆熊:《新编语用学概要》,上海:上海外语教育出版社,2000年,第226页。
② 转引自何自然:《新编语用学概论》,北京:北京大学出版社,2011年,第104页。
③ Leech, G. *Principles of Pragmatics*. London: Longman, 1983. p. 132.
④ 何兆熊:《新编语用学概要》,上海:上海外语教育出版社,2000年,第222页。

第三章
语用学与文学作品语篇的对话研究之关系

"Leech(1985)也认为间接言语行为和礼貌有关,其著名的礼貌原则(Politeness Principle)的中心思想就是交际时应尽量选择那些不会贬损对方的语言。虽然礼貌原则未集中讨论间接言语行为,但 Leech 认为礼貌是解释间接言语行为的关键。他的许多例子表明人们在请求时,语言越间接,礼貌程度就越高,间接言语行为之所以礼貌是因为能给听话人留下选择的空间。"①

4. 会话结构理论

会话结构理论是话语分析的一个分支,它是语用学的一个重要研究内容。"以塞克斯(Sacks)、谢格罗夫(Schegloff)、杰弗逊(Jefferson)等为代表的一批社会学家,或者说民族方法论者(ethnomethodologist)所提出的毗邻应对(adjacency pair)、话轮转换(turn-taking)等概念更是自然会话分析在微观研究上的突破,对该领域和有关的研究者都产生了较大的影响。"②轮换、相邻对、插入序列、修正机制、前置系列是会话结构理论研究的主要内容,下面对这些内容进行简要介绍。

轮换,即会话参与者在会话过程中轮流说话。每一次轮换中会话参与者从开始到结束说的话就是会话中的一个话轮。

相邻对,即会话过程中会话参与者的一问一答。最典型的相邻对是问—答、问候—问候、提议—同意或拒绝、道歉—抚慰等。相邻对是会话结构的一个基本单位。

插入序列指一个相邻对中间插入另一个相邻对。"言语交际中,在始发语和应答语之间插入各种长短不等的序列的情形是常见的。"③

在口头交际过程中,人们总是思考不周、随想随说。因此,口误现象的发生在所难免。所以,在会话过程中,说话人还需要及时补充、修正,这就是会话的修正机制。

---

① 转引自陈丽红:"交际中直接、间接言语行为与礼貌原则的关系",《考试周刊》,2008(7):189。
② 于晖:"会话结构探微",《解放军外国语学院学报》,2002(6):13。
③ 索振羽:《语用学教程》,北京:北京大学出版社,2001 年,第 195 页。

"为了避免自己的期待受挫而造成心理上的不满足,以及避免可能出现的某种窘迫局面,在实施某些行为之前,说话人往往先要对实施某一行为的条件存在与否作一下探测,在得到对方的确认后,他才进而实施这一行为,这种为探测条件而进行的对话构成了一种特殊的相邻对,它被称为'前置系列'。常见的前置系列有'前置邀请''前置请求''前置宣告'等。"①

前面所述的"言语行为理论""合作原则与会话含义理论"和"礼貌原则及面子理论"是经典的分析对话的语用学理论,它们同样适用于分析文艺对话。本书之所以还对会话结构感兴趣,是因为文艺作品中作者有意识地使用诸如相邻对、插入序列、修正机制及前置系列等手段有一定的美学目的。根据具体语境我们可以分析出这些手段中所含有的隐含意义。徐翁宇认为,"应区分两类口语现象:一是固定的口语要素,二是非固定的口语要素。"②"非固定要素是指那些在一定语境中出现的现象,如语境词、语境句、话语中的重复、补充、插入、打断、修正、口头语等等,这些现象带有自发性,是无准备的特点。"③"文艺作品里主人公的话则不然,它们是作者根据主人公的特点仿制成的。作者为了给读者造成主人公在谈话的印象,也采用重复、补充、更正、追加等手段,但这种手段是有限的,是为一定的文艺目的服务的,因此跟自发的言语不同。"④所以,文艺对话中带有作者目的的会话结构的编排具有隐含意义,这种隐含意义的洞悉需要依靠具体的文艺对话情景。

5. 语境理论

"语境"这一术语在1923年由波兰人类语言学家马林诺夫斯基提出,但古今中外,人们对语境的关注与研究源远流长。古代外国学者对语境的研究可以追溯到古希腊时期的亚里士多德,古代中国对语境的研究可以追溯到《论语》。

---

① 何兆熊:《新编语用学概要》,上海:上海外语教育出版社,2000年,第316页。
② 徐翁宇:"口语研究:意义、方向、材料来源及方法",《外国语》,1994(5):66。
③ 同上,66—67。
④ 同上,67。

第三章
语用学与文学作品语篇的对话研究之关系

语境是交际活动中的一个重要因素,它是语义学、修辞学、语用学等学科中的一个基本的概念。语境在语用学研究中占有核心的地位。"语用学中有两个重要的概念,一是言语行为,二是语境。语用学研究言语行为和语境的相互作用构成语用学的中心内容。"[①]从"语用学研究在特定情景中的特定话语,特别是研究在不同的语言交际环境下如何理解语言和运用语言"这一定义中我们也可看出,语境在语用学研究中具有非常重要的地位。语用学是对意义的研究,所以语用学中的言语行为理论、会话含义理论、关联原则等在对含意的推导过程中都离不开语境,"语境与言语活动的参与者,言语行为,尤其与正确理解会话含义有着密切联系。"[②]语用学主要是对指示词语、会话含义、预设、言语行为及会话结构理论进行分析的一门学科,对这些理论的分析都离不开语境,语境在以上五个理论的研究中具有重要的作用。下面具体介绍语用学中的具体的语境内容。

《语用学教程》一书中,基于列文森提出的九个语用学定义的基础上索振宇给语用学下了一个新的定义,"语用学研究在不同语境中话语意义的恰当的表达和准确的理解,寻找并确立使话语意义得以恰当的表达和准确的理解的基本原则和准则"[③]。这个定义明确地说明了语境在"话语意义的恰当表达和准确理解"中起着至关重要的作用。在言语交际中(书面阅读中),听话人(读者)离开语境、只通过言语形式往往不能准确地理解说话人(作者)的真正意图。听话人(读者)要想准确地理解说话人(写作者)的话语所要传达的真正信息,如果仅仅理解言语形式的"字面的表面意义"是不够的,必须根据上下文语境并结合言语交际中使用的各种原则和准则推导出话语中所包含的隐含意义。语境的重要性充分显示在会话含义理论、言语行为理论、礼貌原则等语用理论的含义推导中。那么,到底什么是语境呢?如下图:

[①] 戚雨村:"语用学说略",束定芳:《中国语用学研究论文精选》,上海:上海外语教育出版社,2001年,第37页。
[②] 丁小凤:"浅谈语境与语用学的研究对象",《湛江师范学院学报》,1997(2):80。
[③] 索振羽:《语用学教程》,北京:北京大学出版社,2001年,第14页。

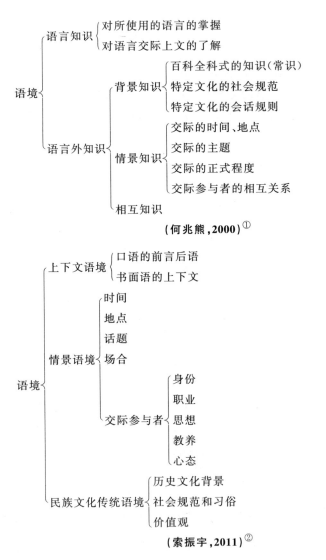

(何兆熊,2000)①

(索振宇,2011)②

从何兆熊和索振宇两位学者所描绘的语境图示中可以清晰地看到,

---

① 何兆熊:《新编语用学概要》,上海:上海外语教育出版社,2000年,第21页。
② 索振羽:《语用学教程》,北京:北京大学出版社,2001年,第23页。

第三章
语用学与文学作品语篇的对话研究之关系

他们的语境图示的研究内容基本相同。何兆熊的语境图示从交际双方所掌握的知识角度去解释语境,语境内容较笼统;索振宇的语境图示的语境内容则较具体。可见,两位学者的语境观可以相互补充。何兆熊提出了相互知识概念,索振宇细化了交际参与者的内容(职业、思想、教养和心态)。下面,我们以何兆熊的语境图示为基本图示,并结合索振宇的语境图示观得到下面这个新图示:

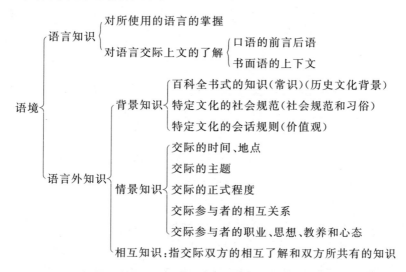

新的语境图示较全面地反映了语境的研究内容。无论在日常的对话中还是在书面作品的阅读中,听话者(读者)只有较全面地掌握语境知识才能超越话语的字面意义进而领悟说话人(读者)所要传达的更深层次的隐含意义。

语用学的各个研究内容都与话语的含义有关,话语的解释对语境又有着很强的依赖性。所以,语境对隐含意义的推导至关重要。言语行为理论研究人们以言行事的能力,是解决话语的"言外之力"。言语行为分为直接言语行为和间接言语行为。在间接言语行为中,人们只有通过具体的语境才能推导出话语中所隐含的真正意图,真正的言外之力,即隐含意义。会话含义理论是语用学中研究隐含意义的重要理论,它研究的主要是特殊会话含义。只有根据语境,人们才能推导出特殊会话含义,即非规约性隐含意义。其实,对规约性隐含意义的推导也离不开语境,这里的语境一般指的是常规知识。礼貌原则和面子理论作为合作原则的补救原则,在交际活动的具体运用中当然也需要语境。关联原则是在格赖斯会话含义理论的基础上孕育出的语用-推理新的形式。关联原则对含意的推理更离不开语境。"斯珀泊和威尔逊(Dan Sperber & Deirdre Wilson)提出了对语境问题的独特的看法,他们把语境称为'语境假设'(contextual assumptions),并提出了'认知语境'(cognitive environment)的概念。"[①] "在关联理论的理论框架中,语境由一系列命题组成。这些命题往往是不完整的,一般需要推理才能得到一个完整的语境。关联理论的语境不是静止的参数,而是一系列处于发展和变化中的命题。不同的个体根据各自的认知环境对语境进行不同的推演。"[②]

总而言之,本节对语用学理论的主要研究内容进行了概述和阐释。本书的第四章主要依靠言语行为理论,并借助会话含义理论、礼貌原则理论、面子理论、语境理论及会话结构理论对具体文学作品中的文艺对话片段进行分析,通过分析我们以期实现理解作者和读者之间对话的目的。

3.3 基于语用学的文学作品语篇的对话研究

对话交际的目的是交际参与者能够互相理解。理解的程度取决于对话参与者共有的背景知识、对话参与者的情感状态、对话参与者的行为动机等因素。"对话交际的特点不仅要求听话人理解说话人话语的字面意义,更要求听话人理解说话人话语的隐含意义。换而言之,听话人应从语

---

① 曲卫国:"也评关联理论",《外语教学与研究》,1993(2):11。
② 陈平文:"语境理论研究综述",《语文学刊》,2007(1):132。

第三章
语用学与文学作品语篇的对话研究之关系

用的角度理解话语。"① 如果语言学注重研究词语的意义,逻辑学及逻辑语义学注重研究句子的意义,那么语用学把"表述的交际内容作为自己的研究对象"②。尤·斯捷潘诺夫(Степанов Ю. В.)也指出,"过去,学者们把语用学界定为研究符号之间关系的一种学说。现在,我们赋予了语用学另一种新的意义。现代的语用学是一门学科,这门学科的研究对象是与主要主体、整个语篇的'自我(Эго)'和语篇的创造者有关的连贯的、具有情节变化的相当长的语篇(话语)"③。文学言语也像其他类型的人类活动一样总是有目的。在人类社会的所有历史阶段,文学作品都是影响读者的一种手段,更确切地说,文学作品须从情感上影响读者。文学交际活动的目的是把信息从作者—发出者传达到读者—接收者。这样,作者与读者之间就产生了对话,作品是媒介,读者通过作品理解作者的创作意图。语用学是研究话语意义的学科,语用学理论的普世性延展了这一学科研究主题和研究论题的范围,"从语言符号和言语行为理论的语用阐释"④ 到"文学交际的语用参数的研究。文学交际与日常自然交际一样有其固有的语用参数,如言语作者、交际目的、受话人及与受话人有关的言后效果。"⑤

"在影响交际过程的各种因素中,交际参与者之间的相互作用因素是最重要的,因为交际的过程首先是至少两人之间的信息交换,交际是各参与者不断地对所传递的信息的意义进行评价与协商的过程。交际的成功与否往往取决于交际参与者在交际过程中对各有关因素的考虑与取舍,

---

① Dijk T. A. Van, dialogue and cognition.-In: Cognitive constraints on communication. Dordrecht,1984. C.11.
② Арутюнова Н. Д. Фактор адресата. Изв. АН. СССР. СЛЯ Т. 4, 1981(4). C.356—357.
③ Степанов Ю. С. В поисках прагматики (проблема субьекта). — Известия ОЛЯ,1981(4). C. 325.
④ Арутюнова Н. Д., Падучева Е. В. Истоки, проблемы и категории прагматики//Новое в зарубежной лингвистике. Вып. 16. М.: Прогресс, 1985.
⑤ Арутюнова Н. Д. Фактор адресата. Изв. АН. СССР. СЛЯ Т. 4,1981(4). C. 365.

以及交际参与者之间相互合作程度。"①因此,交际参与者在言语交际中扮演着重要的角色,交际的成功至少需要两个交际参与者:发话人和受话人。语用学阐释言语交际概念是建立在这些交际参与者的互动原则基础上的。交际参与者的互动研究与交际行为模型的研究有关。交际行为模型的研究可追溯到古希腊时期柏拉图提出的"一个人—另一个人—有关对象—借助于语言"②这一交际模型,即一个人借助于语言这一符号向另一个人讲述谈话内容。后来,柏拉图的学生亚里士多德在《雄辩术》里论述如何进行有效演说的问题时指出,"演说要用特定的情况下最有效的说服方法发表自己的观点。他谈到了交际事件中包含的基本变量:说话人、信息、听话人和形式。"③根据这些变量,许汉成绘制了亚里士多德交际模型图,如下:

亚里士多德交际模型图④

较之于柏拉图的交际模型图,亚里士多德交际模型图中"形式"这一变量更具语用色彩,一定意义上可以把"形式"这一变量认为是现代语用学研究内容之一的语境的雏形。交际是十分复杂的过程,不同学科、不同国家的研究者根据各自领域研究的重点绘制了不同的交际模型。这里,我们重点介绍俄罗斯学者罗·雅各布森(Якобсон Р. О.)绘制的经典的言

---

① 张侨辉:"书面语篇中交际参与者的相互作用关系",《福建外语》(季刊),1995(4):22。
② 转引自:Азнаурова Э. С. Прагматика художественного слова. Ташкент: Издательство "Фан" Узбекской ССР, 1988. С. 14.
③ 转引自许汉成:《交际·对话·隐含》,哈尔滨:黑龙江人民出版社,2006年,第56页。
④ 许汉成:《交际·对话·隐含》,哈尔滨:黑龙江人民出版社,2006年,第57页。

语交际模型,他的这一言语交际模型对后继的言语交际研究者影响深远。

在俄罗斯,罗·雅各布森是首次试图创建言语交际观念的学者,他绘制了适应于任一言语交际的模型图:

контекст

сообщение

Адресант··································адресат①

контакт

Код

罗·雅各布森的言语交际模型图

罗·雅各布森写道,"任何一个言语事件、任何一个言语交际行为中都存在六个构成要素:发话人、受话人、告知、语境、交流、代码。发话人向受话人传递信息,但不同的语境会导致不同的信息传递效果,所以,只有在具体的言语语境中信息才能获得具体的意义,完成交际的功能。代码是指交际双方所使用的语言,交际双方只有掌握共同的语言才能编码和解码。交流是发话人与受话人的物理途径和心理联系,这些决定了交际的建立和持续。"②刘娟也认为,"сообщение(告知)在此表示传递的信息;контекст(语境)是发生交际的空间,只有在语境中言语才能获得具体的意义,并被理解,不同的语境会导致不同的信息传递效果;код(代码)是指交际行为中交际双方使用的语言;контакт(交流)是交际双方的相互作用,它表现为显性的(语言的和非语言的)和隐性的(交际双方的交际目的,动机,个人情况等)形式。从这个模式不难发现,语境、传递的信息、发话者、受话者、交流和交际所使用的语言都是交际行为的重要组成

---

① Якобсон Р. О. Лингвистика и поэтика//структурализм:"за" и "против". М.:Изд-во ПРОГРЕСС,1975. С. 198.

② Якобсон Р. О. Лингвистика и поэтика//структурализм:"за" и "против". М.:Изд-во ПРОГРЕСС,1975. С. 197—198.

部分。"①

可见，依据罗·雅各布森的言语交际模型图，一次完整的口头交际需要有六个要素同时在场才能顺利完成。文学交际作为特殊的言语交际形式，交际的实现也必须包含上述六个要素。因为文学作品中外在对话性的典型表现形式——文艺对话与日常口语对话极其相似，所以我们通常运用分析日常自然对话的语用学理论分析文艺对话，以期明晰隐含其中的作者的创作意图。有关文艺对话与日常口头对话(自然对话)的异同读者可以参看本书的第四章内容。

与日常口头交际不同，文学交际的言语主体(作者与读者)之间的关系是一种假想的关系。"从书写者的角度看，受话者通常不在场，也没有实际接触，他常常需要设想一个读者……从阅读的角度看，阅读的时候，书写者常常是缺席的，阅读者无法马上根据所阅读的文字对书写者发出回应，他们常常只能对一个假设的作者发言……"②。而且"文学作品的交际观(коммуникативный подход)要求：(1)必须存在文学作品的作者、文学语篇和读者在内的交际链；(2)艺术语篇的符号性。这一特性要求作者对符号进行编码和读者对符号进行解码；(3)符号运用的制约性体系。后两个条件使文学交际成为可能，使读者可以运用语言知识阐释文学作品。"③因此，作为言语交际形式之一的文学交际以文学作品(信息)为媒介，以文学作品为交际渠道的文学交际连接着作者(发话人)和读者(受话人)。作者-发话人与读者-受话人之间的对话的完成需要读者在掌握一定的语篇外语境与语篇内语境的情况下对作品所传达的信息进行语用解码。完成语用解码，即实现了理解作者与读者之间的对话(交际)。

---

① 刘娟：“从雅各布森的交际理论看师生对话性关系”，刘利民：《中国俄语教学研究理论与实践》，北京：外语教学与研究出版社，2009年，第305—310页。
② 钱翰："从对话性到互文性"，《文化与诗学》，2008(1).277。
③ Гаибова М. Т. Прагмалингвистический анализ художественного текста. Баку：Азербайдж. гос. ун-т им. С. М. Кирова, 1986. С. 29.

第三章
语用学与文学作品语篇的对话研究之关系

因此,语境在文学交际的理解中起着至关重要的作用,文学作品中各交际参与者之间对话的目的是使宏观交际中读者这一受话人理解作者这一发话人在作品中传达的信息,读者借助语境从阐释作品的意义层面转向阐释作品的含义层面,从而最终揭示作品背后隐含的情感意义、美学意义。而语境、意义这两个概念是语用学研究的基本概念,语用学是研究特定的语境中话语的意义的一门学科。之所以强调语境对意义的理解作用,是因为在任一言语交际中,发话人在传达信息时都会使用一定的语用策略表达特定的会话含义或创造或维持与交谈对象的良好关系,受话人只有借助语境才能更好地理解发话人的真正意图。因此,在对文学作品的阐释中语境起着非常重要的作用。与此同时,文学作品的作者在创造作品时也会运用一定的语用策略,如合作原则和会话含义理论、面子理论、言语行为理论及礼貌原则等,这些原则尤其体现在文学作品的人物与人物的文艺对话的创作中。在对文学作品中的文艺对话的阐释中,上述语用策略也起着不可低估的作用。

综上所述,我们运用语用学理论分析文学作品中各种对话形式的语用意义,这是一种行之有效的方法。

作者与读者之间的对话是文学作品中真正的对话,所以本书研究的对话是作者与读者之间的对话。作者与读者之间的对话通过我们对文学作品中的外在对话(对话形式)和内在对话(独白语形式)的语用意义的解读而实现理解。本书中我们主要借助语用学相关理论分析维·托卡列娃作品中外在对话性的具体表现形式的语用意义和维·托卡列娃作品中内在对话性的具体体现形式的语用含义,达到以作品为媒介理解作者与读者之间对话的目的。

3.4 本章小结

本章主要对语用学研究的总体概况及语用学中的相关理论进行了概

述。在此基础上我们提出了,语用学理论对分析文学作品中各对话形式的语用意义行之有效。

第一节主要介绍了语用学的起源、发展、代表人物及代表作品。

第二节主要介绍了语用学研究的主要内容:言语行为理论、合作原则和会话含义理论、礼貌原则、会话结构及语境理论。

第三节阐释了文学作品语篇中对话的语用分析基础,并得出结论:语用学理论是研究文学作品中各"对话"形式的语用意义的行之有效的方法。人物与人物之间的文艺对话,形式上与日常口头对话相类似,通常运用于分析日常口头对话的语用学理论同样适宜于分析文艺对话。文学作品中真正的对话主体是作者与读者。作者与读者之间的内在对话性形式多样。与口头交际一样,文学交际也有言语主体、言语内容及言语方式,语境对内在对话性的语用意义的揭示起着至关重要的作用。

第四章
维·托卡列娃作品中外在对话性的语用分析

在第二章的第三节、第四节和第五节中我们对外在对话性有过详细论述,在此不再赘述。人物与人物之间的文艺对话是外在对话性在文学作品中的具体表现形式。小说言语交际系统中既存在人物与人物之间的交际,也存在作者与读者之间的交际。作者与读者之间的交际的实现手段多种多样,人物与人物之间的交际的实现是隐含着的作者与读者之间的交际的实现途径之一。本章所要阐述的外在对话性的语用意义就是对文艺对话的语用意义的分析。本章中我们主要运用语用学相关理论对维·托卡列娃作品中的文艺对话的语用意义进行分析。语用学是用来分析文学语言特征的一个有力武器,学者们之所以把历来用于分析自然对话的语用学理论用来分析文艺对话,是因为文艺对话与自然对话在结构上、语言体系上具有共同之处。当然,文艺对话与自然对话之间的差异性也非常明显,下面简要论述文艺对话与自然对话的异同。

4.1 文艺对话与自然对话的异同

自然对话历来是口语研究、对话研究的重点内容,所以有关自然对话的研究不胜枚举。在第一章的"有关对话研究概述"一节中我们详细论述了俄罗斯语言学家对自然对话的研究成果。学者们在研究自然对话的同时,他们对文艺对话与自然对话的异同也颇感兴趣。米·巴赫金的一些言论更是证明,学者们对自然对话与文艺对话异同点的研究是有一定价值的。米·巴赫金说,"在长篇小说中我们可以看到所有丰富多样的对话类型"①"对巴尔扎克小说中各种各样的对话形式进行分类,并对每一种形式的特点作出评价,这是一个很有意义的任务。"②米·巴赫金的这些论断至少说明了两点内容:(1)文学作品中的文艺对话与自然对话之间存在着较多的相同点;(2)文艺对话很有研究价值。

对话这一言语交际形式最广泛地出现在人类活动的两个言语表现形式中。这两个言语表现形式:一是现实的人与人之间的互动交际,称之为现实自然对话;二是文学作品中虚构的人物之间的互动交际,这是文艺对话。文艺对话与现实自然对话既有相同点又有不同点。

自然对话是口语言语表现形式之一,它在口语研究中占有重要的地位。纵观学者们对自然对话的研究(参看本书的第二章的第一节和第二节),我们下面将从语言内和语言外两个方面概括自然对话的重要特点。

日常自然对话的语言特点有:词汇方面,日常自然对话中人们经常选用通俗易懂、含义丰富的词语,广泛运用口语词汇;句型方面,日常自然对话中的句子结构趋于简短,人们较多使用重复句、省略句和不完全句句型;在刺激对语中人们较多使用疑问句和祈使句,在反应对语中人们较多使用重复句和反问句等。

日常自然对话的语言外特点有:(1)对话具有交际的直接性,说话人直接参与言语行为,广泛使用的言语交际辅助手段(如身势语、面部表情和语调)在对话言语的理解中起着重要的作用;(2)对话具有自然性特征,这一特征说明了自然对话的非正式性、无准备性,交谈内容的随意性、多主题性,话语理解的情景性和语境性;(3)话轮的交替性,话语中的重复、补充、插入、打断、修正及较快的语速等都是对话的显著的形式和结构特点。

文学作品中的文艺对话在形式结构上与自然对话基本相同。"文艺

---

① 巴赫金:《文本对话与人文》,石家庄:河北教育出版社,1998年,第218页。
② 同上书,第219页。

第四章
维·托卡列娃作品中外在对话性的语用分析

对话与自然对话在语言特点上有着共同的语言体系"①。娜·什维多娃也指出,"材料的艺术加工不会改变结构的形式,不会偏离语言的现行规则;加工表现在对材料的选择和组合上,也就是使用材料的特点上"②。所以,在句子结构、词语的使用方面文艺对话与自然对话相类似。徐翁宇也曾指出,"固定的口语要素,如词形、词、名称、惯用语、句子结构等固定的语言单位是语言系统的一部分,这类要素无论在活生生的口语里还是在文艺作品里都没有什么差别"③。在对文学作品中的人物与人物之间的对话的描写中作者同样也注重情景与对话语境的运用;在篇幅较长的文艺对话中人物之间话语也具有多主题的特征;文学作品中的文艺对话常常包含作者插话(авторский ввод)——从几个单词到整个段落,甚至更长的篇幅,作者的插话往往反映了人物的身势与面部表情。除此之外,文艺对话中有时也使用辅助语言手段,"带有身势语与面部表情的文艺对话与现实的自然对话更相近"④。一些学者也认为,文艺对话是现实自然对话的代替物(субституция),是作者根据自己日常交际的经验对现实自然对话的再现。作者把自然对话创造者的经验带进了文艺对话中。因此,自然对话和文艺对话的根本的互动规则相同。但是,文学作品中的文艺对话不是对现实自然对话的复制,它只是在形式、内容上与现实自然对话相近,再现了现实自然对话。

虽然文艺对话与自然对话有着诸多的相同点,但是"小说中的文艺对话是作者的一种话语叙述方式。作者通过人物的对话来刻画、描写人物,

---

① Полищук Г. Г., Сиротинина О. Б. Разговорная речь и художественный диалог// Лингвистика и поэтика. М.,1979. С. 188—199.
② Шведова Н. Ю. Очерки по синтаксису русской разговорной речи. Москва:Изд. АН СССР,1960. С. 25.
③ 徐翁宇:"口语研究:意义、方向、材料来源及方法",《外国语》,1994(5):66.
④ Лагутин В. И. Проблемы анализа художественного диалога (к прагмалингвистической теории драмы). Кишинев:Штиинца,1991. С. 20.

最终达到揭示主人公心理、道德、世界观等的特点的目的。"①因此，文艺对话有着与自然对话不同的自身特点。文学作品中的文艺对话是作者的独白对话，是书面形式的口头话语，是经过作者深思熟虑过的言语；文艺对话经过了作者无数次的修改、校对，作者是文学作品中文艺对话的真正创造者、"说话人"。文艺对话是文学作品中以人物对话为结构方式和表现形式的一种叙述手法，文艺对话具有作者特定的美学创作目的：塑造主人公形象、推动情节发展、体现小说中主人公的社会权势关系、突出小说的主题等。有关文艺对话与自然对话之间的差异性描述，戈·波利修克（Полищук Г. Г.）与罗·布达戈夫（Будагов Р. А.）都有精彩论断。戈·波利修克指出，"虽然文艺对话与自然对话在语言特点上有着共同的语言体系，但是它们有着不同的言语组织原则：文艺对话是书面言语，所以文艺对话的语言是作者深思熟虑、多次修改过的语言；现实的自然对话是口头言语，具有自生性、随意性的特点。所以原则上讲，文艺对话与现实的自然对话在言语组织方式、言语针对性、言语结构与目的等方面属于不同的体系。"②罗·布达戈夫也指出，"较之于自然对话，文艺对话具有三个显著的特征：一是文艺对话有一定的篇幅限制，而现实的自然对话不需要考虑篇幅问题；二是文艺对话由它的创造者事先周密思考而成，而在随意性的现实的自然对话中交谈者们则不需要事先准备；三是一些文艺对话具有推动情节发展的功能，而现实的自然对话则一般不具备该功能。"③

综上所述，自然对话与文艺对话既有相同点又有不同点。自然对话与文艺对话在形式结构上基本相同，但在创作目的上有所不同。文艺对话与现实对话之间的真正区别在于：文艺对话是由作者创造的，作者是文艺对话的真正"说话者"。作者创作文艺对话具有一定的美学目的，如通

---

① Гальперин И. Р. Текст как объект лингвистического исследования. М. ,1981. С. 72.
② Полищук Г. Г., Сиротинина О. Б. Разговорная речь и художественный диалог// Лингвистика и поэтика. М. ,1979. С. 188—199.
③ Будагов Р. А. Писатели о языке и язык писателей. М. ,1984.

第四章
维·托卡列娃作品中外在对话性的语用分析

过人物与人物之间的对话,作者可以刻画人物的性格、展示人物社会的和个人的面目、揭示小说主题、推动小说情节的发展等。由此可见,自然对话与文艺对话之间的不同点正是本书研究的价值所在。与此同时,自然对话与文艺对话在形式结构上相同,这使我们可以运用分析自然对话的语用学理论分析文艺对话。

语用学是语言学中一门以研究语言意义为宗旨的新兴学科,它是专门研究语言意义和语言使用的学科,它研究特定情景中的特定话语,研究如何通过语境理解和使用语言。在语言的使用中,说话人往往并不是单纯地要表达语言成分和符号单位的静态意义,听话人通常要通过一系列心理推断,去理解说话人的实际意图。要做到真正理解和恰当使用一门语言,我们仅仅会这门语言的发音、认识这门语言的词汇和懂得这门语言的语法是远远不够的,我们还需理解语言在一定的语境使用时所体现出来的具体意义。因此,在语用学研究中,语境作为语用学理论中的一个主要研究命题,它对意义的阐释十分重要。语境直接影响着一定的上下文里语句的隐含意义——即言外之意的阐释。语用学最初被用来解释现实生活中的语言,它的基本功能是解释语言,而不是指导人们如何使用语言。通过对自然对话与文艺对话的异同点的分析可知,文艺对话与自然对话在语言体系上具有诸多的共同点。现实的自然对话是作者创造文艺对话的基础,作者仿造现实的自然对话创造了文艺对话,文艺对话与现实的自然对话极其相似,文艺对话中也体现了说话者的语用策略,学者经常把文学作品中的文艺对话作为研究现实的自然对话的语料来揭示现实的自然对话的特点。徐翁宇也曾指出,"文艺作品里的口语是经过作者加工提炼的言语,而自发的口语是未经加工提炼的言语,它既有精华,又有糟粕。从这个意义上说,口语复制品高于活的自然口语。前者既有研究价值,又可作为范文来学习,而后者对口语研究固然有重要的科研价值,但不能用来学习口语,更不能作教材使用。因此,对外语教学来说研究文艺作品里的口语也许更实际一些"①。同时,胡壮麟在谈到语用学和文学的关系时也指出,"语用学是语言学用来研究分析文学语言特征的一个有力武器"②。

因此,我们可以运用分析自然对话的语用学相关理论对文艺对话进行语用学分析。这使我们更好地理解人物之间的对话,更好地理解作者的创作目的。

文艺对话表面的创造者是人物,所以文艺对话构成了人物与人物之间的交际(对话)关系。同时,文艺对话是文学作品这一整体的一部分,它的真正创造者、"说话人"是作者,所以文艺对话里又隐含着作者与读者之间的交际(对话),这一思想充分体现在瓦·拉古京的《文艺对话分析问题》一书中。书中,作者把人物与人物之间的交际称为"'内部'交际体系"和"语篇内交际";作者与读者之间的交际称为"'外部'交际体系"和"语篇外交际"。因此,文艺对话中隐含着文学交际的语用思想。扎·霍万斯卡娅(Хованская З. И.)指出,"文艺对话具有叙述功能,它既描写了正在发生的事件,同时又刻画了对话参与者的特征,尤其是短小的叙事作品更具这一特点。"③

综上所述,人物与人物之间的对话被称为文艺对话。文艺对话和日常自然对话在本质上是一样的。因此,日常自然对话的会话原则可以用来分析文艺对话。鉴于在"表现为文艺对话形式的外在对话性的语用分析"一节中,表述、句子类型对言语行为的判断及对文艺对话的语用分析起着重要的作用,下面一节中我们将着重论述表述、句子与言语行为之间的相互关系。

---

① 徐翁宇:"口语研究:意义、方向、材料来源及方法",《外国语》,1994(5):67。
② 胡壮麟:"语用学",束定芳主编:《中国语用学研究论文精选》,上海:上海外语教育出版社,2001年,第17页。
③ Хованская З. И. Стилистика французского языка. М.,1984. C. 32.

第四章
维·托卡列娃作品中外在对话性的语用分析

4.2 表现为外在对话的言语行为

文学作品中的文艺对话是外在对话性的一个具体表现形式。文艺对话中的每一个对语就是一个表述(высказывание)，表述可以是一个句子，也可以由几个句子构成，每一个句子都实施一种言语行为。所以，文艺对话中的每一个对语包含一个、甚至几个言语行为。鉴于文艺对话中人物对语所体现的言语行为对作者创作目的所起的重要作用，下面我们重点分析文艺对话中的人物对语与表述、句子及言语行为之间的关系。

"一切表述都具有对话性，任何一个表述就其本质而言都是对话中的一个对语。"[1]米·巴赫金的这一论断表明了对话中的对语与表述之间的关系：每一个对语就是一个表述。对语是日常自然对话过程中说话人或听话人的单个表述。由于作品中的文艺对话与日常自然对话在结构上极其相似，所以文艺对话中的单个人物的话语就是一个对语，即一个表述。鉴于此，我们对人物对语与表述、句子及言语行为间的关系的论述其实就是对表述、句子及言语行为间的关系的论述。

关于表述和句子的区别，米·巴赫金在《言语体裁问题》一文中进行了精辟的论述。表述是言语交际的单位，它具有十分明确的边界。"每一具体的表述作为言语交际的单位，其边界就在不同言语主体的交替处，即决定于说话者的更替。"[2]句子是语言的单位，它不能决定话语的更替，只有当它成为一个完整的表述时，它才具有决定说者积极应答的这种能力。"但如果这是一个为语境所限定的句子，那么它只有在这个语境中，即只有在整个表述中，才能获得自己全部的意义；也只有对整个这一话语才可做出应答，而句子仅是这一表述的意义因素。在所有这类情况中，句子都

---

[1] 巴赫金：《文本对话与人文》，石家庄：河北教育出版社，1998年，第194页。
[2] 巴赫金："言语体裁问题"，《巴赫金全集》(第四卷)，石家庄：河北教育出版社，2009年，第152页。

是整个表述里的一个意义要素,只在这一整体中才获得自己最终的涵义。"①

表述具有特殊的完成性,它既有发话人又有受话人,表现出说者某种立场,针对这一立场需要受话人进行回答。所以,表述要诉诸某人,具有一定的针对性;而句子只具有意义的完成性和语法形式的完整性,它不属于任何人,所以它既没有发话人也没有受话人。只有当句子成为一个完整的表述时,它才具有自己的思想和言语的针对性。"处于上下文中的句子,只有通过完整的表述,作为其组成成分(要素)才能参与到针对性中。"②

综上所述,表述是动态的言语交际单位,句子是静态的语言单位,表述可以由单词、词组或句子等语言单位构建而成。表述一般大于句子,句子是完整的表述里的一个意义单位。在具体的语境中的句子只有在完整的表述里才能获得自己最终的涵义。有时,一个单个的句子,甚至一个单个的词也可以成为一个表述。最直观、最鲜明的例子就是日常对话中的对语。日常对话中单个的对语就是一个表述。日常自然对话是言语交际最普通最典型的形式,各个交谈者之间决定着表述的边界。所以,日常对话中的一个对语就是一个表述。这个表述(对语)可以是一个单词,可以是一个句子,也可以由几个句子构成。

日常自然对话的表述边界鲜明可睹,"即使在言语交际的其他领域里,其中包括复杂的文化交际(科学的和艺术的交际),表述边界的本质亦复如此"。③ 米·巴赫金认为,整部独白的文学作品就是一个表述,这个思想体现在他的多部作品中。这个论断也体现了米·巴赫金的人文话语的对话性思想。

---

① 巴赫金:"言语体裁问题",《巴赫金全集》(第四卷),石家庄:河北教育出版社,2009年,第165页。
② 同上书,第184页。
③ 同上书,第158页。

第四章
维·托卡列娃作品中外在对话性的语用分析

言语行为理论由英国哲学家奥斯汀创立,奥斯汀把言语行为分为言内行为、言外行为和言后行为。言内行为是通过说话表达字面意义,言外行为是通过字面意义表达说话人的意图,言后行为是指说话带来的后果。言外行为一直受到学者们的重视,某种程度而言,学者对言语行为的研究就是对言外行为的研究。"在这三种言语行为中,语用研究最感兴趣的是言外行为,因为它同说话人的意图一致。说话人如何使用语言表达自己的意图,听话人又如何正确理解说话人的意图,这是研究语言交际的中心问题。因而,在奥斯汀提出了这三个包括三种行为的言语行为理论后,学术研究的注意力都被吸引到言外行为上来了。"[1]

有关言语行为理论问题及其研究状况,上一章中我们已经详细介绍。任何一个句子在一定的语境中必定实施了一定的言语行为,"句子是言语行为的语法形式,所以,把话语分割成各个言语行为符合把话语分成各个句子"[2]。塔·杰伊克(Дейк Т. ван.)也认为,"任何一个言外行为总是通过句子的边界与另一个言外行为分开。所以,任何一个言外行为都必须通过一个句子方能实施,复合句也不例外。"[3]句子的言语行为大多通过句子类别实施。从不同的角度可以把句子分成不同的类别。根据句子交际目的的不同,人们把句子分为陈述句、疑问句、祈使句。根据句子被区分出的类型,有些学者把言语行为区分为疑问行为、祈使行为和陈述行为三种言语行为:疑问行为指说话者向交谈者打听必要的信息;祈使行为指说话者向听话人传达自己的意愿;陈述行为指说话者向听话人告知信息。"话语的句子结构和交际功能之间存在直接关联,我们把这种言语行为称之为直接言语行为(direct speech act)。"[4]但是,孔·多利宁(Долинин К. А.)

---

[1] 何兆熊:《新编语用学概要》,上海:上海外语教育出版社,2000年,第93页。
[2] Searle, J. R. Sprechakte: Ein sprachphilosophischer Essey. Frankfurt-amain,1971. C. 34.
[3] Дейк Т. ван. Вопросы прагматики текста//Новое в зарубежной лингвистике. М. ,1978. Вып. 8. C. 301.
[4] 蓝纯:《语用学与〈红楼梦〉赏析》,北京:外语教学与研究出版社,2010年,第187页。

指出,"传统语法分类中根据句子的交际目的不同句子被分为陈述句、疑问句和祈使句。这三类句子体现了三种言语行为:陈述行为、疑问行为和祈使行为。言语行为的特性要求言语行为类型要更精确。因此,祈使行为又可细化为请求、指示、要求、建议等言语行为;陈述行为又可被细化为警告、提醒、抱怨、允诺等言语行为。"① 除此之外,一些句子在具体上下文中还可能具有其他类型句子的言语行为,如本身为疑问行为的句子可能还具有请求、责备等祈使行为;本身为陈述行为的句子也可能具有表达命令、指示、要求等祈使行为。所以,句子类型的具体言语行为需要在具体的语境与情景中加以分析,在具体的语境中获得的言语行为就是所谓的间接言语行为。"话语的句子结构和交际功能之间不存在直接关联的情况,这种言语行为被称为间接言语行为(indirect speech act)"。② 所以,一些句子有潜在的言外行为(потенциальная иллокуция)与具体语境中的现实的言外行为(реальная иллокуция)。告知是陈述句实施的基本言语行为,祈使是祈使句实施的基本言语行为,疑问是疑问句实施的基本言语行为。每一句子类型在现实的具体语境中所实施的言语行为则要借助其他言语手段和具体的语境与情景进行具体分析而判定。

  包含施为动词的句子的言语行为可以通过句子中出现的施为动词来确定。在文学作品的文艺对话中,我们还可以通过作者的插语和作者的注解来判断句子实施的言语行为。在分析没有施为动词的句子的言语行为时,为了准确地判定句子的言语行为,我们可以借助对其他语言手段的阐释或借助语境、整个对话的情景、甚至整部文学作品来确定句子的言语行为。因此,我们可以借助一定的语言学手段和超语言学手段来确定句子的言语行为,这些语言学和超语言学手段被称为"言外行为标记"③

---

① Долинин К. А. Интерпретация текста. М. ,1985. С. 29.
② 蓝纯:《语用学与〈红楼梦〉赏析》,北京:外语教学与研究出版社,2010年,第188页。
③ Лагутин В. И. Проблемы анализа художественного диалога (к прагмалингвистической теории драмы). Кишинев: Штиинца, 1991. С. 49.

(иллокутивные индикаторы)。具体而言,语言学方面存在韵律(语音、语调手段)、语法(句子的功能类型、句子的次序手段)和词汇(言语动词、情态动词、情感—评价词、语气词)等语言手段;超语言学方面存在语境、情景和作者的注解等手段。其中,施为动词与句子类型在判定句子的言语行为过程中起着关键性的作用,它们被认为是基本的言语行为标记;其他的(如词序、情感—评价词汇、语气词)言语行为标记在判定言语行为的过程中起着辅助性的作用。

综上所述,表述、句子及言语行为之间的关系可被总结为:表述是大于句子的言语单位。它可以是一个句子,也可以由几个甚至更多个句子构成。每一个句子在一定的语境中必定实施一定的言语行为,所以一个表述可以实施一种言语行为,也可以包含几个言语行为。鉴于言语行为理论在文艺对话的语用分析中起着重要作用,下一节中我们为每一段文艺对话中的每一个对语都标出其基本言语行为和相对应的具体语境中的言语行为,这有助于文艺对话的语用分析。

4.3 表现为文艺对话形式的外在对话性的语用分析

沃·库哈连科(Кухаренко В. А.)指出,"文学语篇中包含 4 个不同的(言语)叙述类型——作者言语、对话言语、内心言语及准直接引语"[1]。加·亚尔莫连科(Ярмоленко Г. Г.)也指出,"传统语言学研究中学者们区分出三种小说叙述类型:作者叙述、准直接引语及对话"[2]。可见,文艺对话具有独特的叙事或叙述功能,对话是小说的叙述手法之一。通过对话,

---

[1] Кухаренко В. А. Интерпретация текста : Учеб. пособие для студентов пед. ин-тов по спец. № 21003 《Иностр. яз.》.-2-е изд., перераб. -М. : просвещение,1988. С. 133.

[2] Ярмоленко Г. Г. Анализ художественного прозаического текста как системы типов изложения. УДК. 802.0-73. С. 308.

作者"完成叙述,完成说明,完成描写,完成创作"[①]。文艺作品中作者之所以会不惜笔墨用大量篇幅建构与日常自然对话相类似的文艺对话,是因为文艺对话是文学作品中不可缺少的一部分。文艺对话参与小说文本的建构,从语言层面展现文学作品的美学价值。文艺对话在展示小说人物内心世界、刻画小说主人公的性格特征、塑造人物形象、突出矛盾、叙述事件、展开小说情节及阐释小说主题等方面具有不可或缺的重要意义。

在本章的第一节中我们分析了文艺对话与日常自然对话的相似点:它们有着相同的语言体系,形式结构上也有着诸多相似之处。文艺对话中的人物也与日常自然对话中的交谈者一样不断地选择话语,相互交谈,最终达到实现交际的目的。小说人物对话既来源于现实生活,又反映现实生活。所以,与日常自然对话一样,在作者创作的文艺对话中,作品主人公为了达到交际目的必然也会下意识地运用各种交际原则及策略,如合作原则、礼貌原则、面子保全论等。与日常自然对话不同的是,文艺对话由作者创作,作者创作文艺对话具有一定的美学目的。作者在创作人物对话时为了达到个人的美学创作目的会故意让主人公违反交际原则或策略。当作品主人公的话语违反交际原则、准则及策略时,读者就会思考主人公违反交际准则的原因,进而从作品的表面话语中去揭示话语的深层含义,即文艺对话所具有的叙述功能和作用:展示小说人物的性格、凸显小说发展高潮、推动小说情节的发展、明晰性别话语特征及揭示小说的主题等。我们运用第三章第二节中论述的语用学理论对具体文本中的文艺对话进行语用分析,以此理解作者运用文艺对话这一叙述手段的创作意图,解读作者的美学内涵,实现理解作者与读者之间对话的目的。

维·托卡列娃的作品以简短、富于生活哲理而著称。维·托卡列娃作品的语言浅显易懂,她拥有众多的读者,家庭妇女特别喜爱她的作品。维·托卡列娃的作品主要是中短篇小说,对话是她的小说叙述语言的主

---

① 孙爱玲:《语用与意图——〈红楼梦〉对话研究》,北京:北京大学出版社,2011年,第13页。

第四章
维·托卡列娃作品中外在对话性的语用分析

要特点。作者善于运用人物之间的对话刻画主人公的性格特征、推动小说情节的发展和揭示小说的主题。

通过本章第二节的分析可知,文艺对话中人物的每一个对语就是一个表述,这个表述可以是一个句子,也可以由几个句子构成。所以,每一个对语中有几个句子就有几个言语行为。在对具体的文艺对话进行分析的过程中,首先,我们标出每个对语中包含的所有基本言语行为,即根据句子类型区分出每一个句子的陈述、疑问和祈使三种言语行为,句子类型在确定句子的言语行为中起着重要作用;其次,我们再标出各个句子在具体语境中的具体言语行为。语境中的具体言语行为的确立要借助具体的语境、情景、语言手段及非语言手段,语境中的具体言语行为往往体现了人物的真实意图;最后,我们再运用语用学理论中的各种原则、准则对所选的文艺对话片段进行语用分析,分析理解文学作品的创作意图。

"不管是正式的谈论还是人们的日常聊天都是围绕着话题进行,话题既重要又常见"。[①] 一个话题的持续发展需要交谈双方的互动,互动的产生需要交际参与者对话题感兴趣。所以,交谈中会话参与人的互动非常重要。但在谈话中话题会随着谈话进程的发展、随着谈话者的兴趣及谈话者的思想变化而发生转换,交谈者会提出新的话题、甚至中断话题。不管怎样,人们之间的谈话是由一个或几个话题构成,没有话题就没有谈话,文艺对话也是如此。文艺对话中的主人公之间的谈话就是围绕一个一个的话题进行的。所以,我们在对文艺对话进行语用分析时是以话题为单位进行分析的。

借助语用学相关理论对具体文本中的文艺对话进行语用分析,从语用角度理解和阐释文艺对话的语用意义,这是本节的主要任务。语用学的言语行为理论是贯穿本节始终的对话分析理论,本书主要运用的是塞尔的言语行为理论。鉴于言语行为理论对本节对话分析的重要性,每一

---

① 孙毅兵、师庆刚:"会话分析中的'话题'面面观",《外语与外语教学》,2004(9):13。

对语后我们都详细标出了由句子类型确定的句子的基本言语行为(即陈述行为、祈使行为和疑问行为)和每一个句子具体话语语境中的具体言语行为,这有助于读者的理解。

通过运用语用学的相关理论分析文艺对话,达到透析人物性格的目的,这是很多学者常用的分析方法。通过运用语用学相关理论分析文艺对话,达到揭示小说情节的发展、揭示两性话语的差异性及揭示小说主题的目的,这在文艺对话的分析中十分鲜见。本章中我们也尝试从语用学角度分析文艺对话,进而揭示小说情节的发展、揭示两性话语的差异性及揭示小说的主题。

4.3.1 主人公性格特征的刻画

许多作者在文学作品中不惜运用大量的笔墨描写主人公的对话。文学作品中文艺对话具有举足轻重和各不相同的作用。其中,塑造主人公的性格特征是文艺对话最主要的功能。学者们历来运用语用学中的合作原则、礼貌原则及言语行为理论分析文艺对话,达到揭示人物性格的目的[1]。本节中我们在主要运用塞尔的言语行为理论分析对话、揭示主人公性格特征的同时,尝试运用会话结构理论分析和理解隐含在文艺对话中的人物性格。

会话结构理论是语用学研究中的一个重要内容。语用学研究中,人们一般以日常自然会话为语料来研究会话结构。会话结构"通过探索自然会话的顺序结构来揭示会话构成的规律,揭示会话的连贯性。"[2]会话结构"主要研究在实际语言运用中具有一定交际目的的口头和书面语言

---

[1] 谢静:"《冰点》人物对话的语用分析与研究",对外经济贸易大学硕士学位论文,2011年;林晓英、孙飞凤:"从语用角度看郝思嘉的'痴'与白瑞德的'逗'",《华侨大学学报》,2006(1);严爽:"对电影《公主日记》对白的语用分析",《浙江科技学院学报》,2009(2);祝敏:"小说对话的语用推理与人物性格的塑造——以小说'Hotel'的片段'Blackmail'为例",《时代文学》,2011(4);王帅:"《基度山伯爵》话语蕴藉的语用分析",《语文学刊》,2009(11)。

[2] 王宏军:"会话结构的语用研究方法述评",《天津外国语学院学报》,2006(5):67。

第四章
维·托卡列娃作品中外在对话性的语用分析

交际单位的结构特点。如话语结构模式和构成规则、话语类型和话语的语体变体等。"①所以,会话结构理论既研究会话的整体结构特征,又研究会话的局部结构特征。整体结构特征指的是会话的开头、结尾的一般规律特征;局部结构特征指会话的话轮交替规则、会话中的相邻对的特征、会话的序列结构特点和会话的修正机制等。文艺对话既来源于现实生活,又反映现实生活,同时它还包含作者的创作目的。文艺对话里的主人公的话语是作者依据人物的性格特征创造的,为了刻画人物的性格特征作者往往采用一些违反会话结构特征的语言手段,这些违反会话结构的语言手段的运用有助于读者捕捉隐含在对话里的"话外之音",深刻解读人物的性格特征,透彻理解作者的创作意图。下面我们运用言语行为理论,并结合会话结构理论对具体的文艺对话进行分析,以期展现主人公的性格特征。

在维·托卡列娃作品中对话是一种重要的语言叙述手段,作者甚至在一些短篇小说中几乎通篇用对话来代替描写、叙述、议论和说明,如《而从我们的窗户》(《А из нашего окна》)和《惹人厌烦的人》(《Зануда》)两篇短篇小说。在《惹人厌烦的人》这一短篇小说中作者通过寥寥数笔的人物对话就塑造出主人公热尼卡的令人厌烦的性格特征。

在《惹人厌烦的人》这一短篇小说中作者主要塑造了三位主人公形象:刚被解雇的房管处合唱团的指挥热尼卡、记者柳夏及其丈夫尤拉。这一短篇小说的特点是:整篇小说基本是由主人公之间的三次对话构成。其中,作者通过对热尼卡与柳夏、热尼卡与尤拉的对话描写活灵活现地塑造了热尼卡的性格特征——不懂人情世故、不懂人际交往的规则,这令读者读来捧腹大笑。同时,作者也塑造了受过良好高等教育、有文化、有教养的柳夏和尤拉的性格特征:为人大度、慷慨、有礼貌。下面我们从文中截取热尼卡与柳夏之间的对话和热尼卡与尤拉之间的对话片段对其进行

---

① 刘荣琴:"《会话结构分析》述评",《新闻爱好者》,2009(11):100。

语用分析,从而说明主人公的性格特征。虽然主人公之间的对话话轮少,但话题内容转变快,这更有利于分析主人公的性格特征。

热尼卡与柳夏之间的对话

热尼卡与柳夏之间的谈话很有特色:内容少、话轮少,但他们之间的话题却很丰富;话题与话题之间的间隔时间长。热尼卡与柳夏之间的谈话有四个话题,这里我们分析三个话题:借剃须刀,喝茶,陈述打碎盘子、掉落烟灰的事实。在描写热尼卡与柳夏之间的谈话时,小说作者所运用的话语结构非常符合会话结构研究中的话语相邻对理论,作者无形中运用了相邻对知识塑造了主人公热尼卡的性格特征。根据会话结构理论,"对答是从话语功能角度研究会话时所使用的概念,是指日常会话中像'致意－致意''询问－回答''要求－接受'这样的相关语句成对出现的现象,Schegloff 和 Sacks 用相邻对的概念来表示这种现象"。① 会话结构理论主要研究八种对答结构类型:"'致意－致意''呼唤－回答''询问－回答''告别－告别''赞扬－接受/同意/否定/转题/回报''抱怨－道歉/否认/借口/争辩/质问''提供－接受/拒绝''请求－应允/搪塞/质问/拒绝'"②。所以,人们在日常谈话中自觉或不自觉地遵循着语言学家们所总结出的会话对答结构。但在文艺对话创作中,作者为了塑造人物的性格特征,可能故意让主人公的话语不符合会话对答结构类型。小说中热尼卡与柳夏之间的对话充分说明了会话中的对答结构在塑造人物性格中的作用。

第一个话题的对话(借剃须刀)

Люся была полезна и симпатична, чем выгодно отличалась от нудного Женьки. Они жили на одном этаже, но никогда не общались, и линии жизни на их ладонях шли в противоположных направлениях.

---

① 刘虹:《会话结构分析》,北京:北京大学出版社,2004年,第103页。
② 同上书,第105—106页。

第四章
维·托卡列娃作品中外在对话性的语用分析

Поэтому появление Женьки на пороге Люсиного дома было неоправданным, тем не менее это случилось в одно прекрасное утро.

—*Здравствуйте*,—сказала Люся, так как Женька молчал и смотрел глазами-большими и рыжими. (陈述/问候)

—*Ладно*,—ответил Женька. Слово «здравствуйте» он понимал как обращение и понимал буквально：будьте здоровы. (陈述/陈述)

Люся удивилась, но ничего не сказала. Она была хорошо воспитана и умела скрывать свои истинные чувства.

—*У меня сломалась бритва*,—сказал Женька. Голос у него был красивый. -*Я бы побрился бритвой вашего мужа. Но это зависит не только от меня*. (陈述/陈述＋陈述/请求＋陈述/抱怨)

—*Пожалуйста*.—Люся не умела отказывать, если ее о чем-нибудь просили. (陈述/同意)

热尼卡与柳夏第一次对话的目的：热尼卡需要借用柳夏丈夫的剃须刀。热尼卡与柳夏的第一个话题的言语行为非常简单，它们都是直接的陈述言语行为。在直接的陈述言语行为中，读者首次感受到了热尼卡的语言特点：异于常人的回答方式，总是按照字面意思理解别人的话语。热尼卡和柳夏是邻居，但他们之间几乎没什么交往，所以他们之间的社会距离很远。在自家门口看到热尼卡的时候，柳夏遵守礼貌原则，使用了表达尊敬的问候语"Здравствуйте"（您好），以示对热尼卡的尊敬。按照常理，热尼卡也应该用同样的问候语对答，以示尊敬。出人意料的是，热尼卡用了"Ладно"（好吧）这个词，欣然接受柳夏的问候。

热尼卡的这一不符合对答结构类型的回答显然间接威胁了柳夏的积极面子。热尼卡的回答不仅使作品中的交谈对象——柳夏惊奇，同时也使读者首次领悟了热尼卡的不同之处。作品的女主人公柳夏是个受过良好教育的人，即使热尼卡显得不是很有礼貌，但为了维护热尼卡的面子她克制了自己的不满情绪，这间接威胁了柳夏的消极面子。双方问候之后，热尼卡没有直接说出自己的来意,而是采用了间接言语行为提出了自己的请求,即"У меня сломалась бритва. Я бы побрился бритвой вашего мужа."(我的剃须刀坏了,我要是能用您丈夫的剃须刀就好了)。热尼卡的这一请求行为非常委婉、有礼,但是这一请求行为之后,他又加了一句"Но это зависит не только от меня."(但这不只取决于我。)这句话的言外之意是"能不能用剃须刀取决于你——柳夏。就看你借不借给我了"。这一陈述式的抱怨言语行为带有明显的不礼貌的话语色彩。柳夏当然明白热尼卡的言外之意,她也不是拒绝别人的人,同时也不想威胁别人的面子从而做出不礼貌的行为,因此她同意出借丈夫的剃须刀。

这个话题的对话虽然只包含两个相邻对,但它让读者感受到了热尼卡异于常人的社交理解障碍:他总是按照话语的字面意思去领悟话语的实际意义,这常常导致他理解上的失误,他常常词不达意,引起交谈对象对他的厌恶。

第二个话题的对话(邀请喝茶)

Дела продвигались медленно, возможно, потому, что смотрел Женька не в зеркало, а мимо—на стол, где стояла банка сгущенного молока, творог и «Отдельная» колбаса.

Люся поняла, что Женька хочет есть.

—*Налить вам чаю?* —спросила она. (疑问/邀请)

—*Как хотите. Это зависит не от меня.* (陈述/陈述+陈述/抱怨)

Люся удивилась, но ничего не сказала. Она не хотела разговаривать, чтобы не рассредоточиться и сохранить себя для первой фразы.

Она налила ему чай в высокую керамическую кружку, подвинула ближе все, что стояло на столе.

Женька молча начал есть. Ел он быстро-признак хорошего работника, и через пять минут съел все, включая хлеб в хлебнице и

第四章
维·托卡列娃作品中外在对话性的语用分析

сахар в сахарнице. Потом он взял с подоконника «Неделю» и стал читать. Что-то показалось ему забавным, и он засмеялся.

—*Вы поели?* —спросила Люся.（疑问/要求）

Она ожидала, что Женька ответит: «Да. Большое спасибо. Я, наверное, вас задерживаю, я пойду». Но Женька сказал только первую часть фразы:

—*Да.* —«Спасибо» он не сказал. —*Я вам мешаю?* —заподозрил он, так как Люся продолжала стоять.（陈述/陈述＋疑问/疑问）

—*Нет, ну что вы...* —сконфуженно проговорила она и ушла в другую комнату.（陈述/否认）

柳夏把热尼卡领到厨房让他剃须,但热尼卡的眼睛总是盯着放在桌上的炼乳和香肠,他的这一动作没有逃脱女主人公的眼睛,于是柳夏和热尼卡之间出现了"邀请喝茶"这一话题的对话,这一话题的对话共包含两个相邻对。两个相邻对中柳夏都处于发话人的地位,她运用两个疑问言语行为间接委婉地表达个人的意图:邀请行为和下逐客令的行为,而热尼卡没有完全明白女主人的意图。柳夏用"Налить вам чаю?"（想要喝茶吗?）这一疑问式的间接言语行为礼貌地邀请热尼卡。根据"提供－接受/拒绝"这一对答类型,热尼卡应该回答"想或不想"。而热尼卡的回答是"Как хотите. Это зависит не от меня."（随便。这又不只取决于我。）,热尼卡这一带有抱怨言语行为的回答不仅不符合会话的对答类型,而且显得极不礼貌,并有责怪女主人公招待不周的意味。这个时候的女主人公开始有些讨厌热尼卡,并想让他快些离开。于是,过了一会儿女主人公问热尼卡,"Вы поели?"（您喝完(吃完)了吗?）。这句话表面上是个疑问言语行为,但根据上下文语境可知,这是柳夏的逐客令,是一种告别言语行为。根据"告别－告别"这一对答类型,热尼卡应该告辞,但热尼卡没有领会女主人的真正意图,他的对答("Да. 是的")不是告别言语行为,而是一种简单的告知行为,他甚至连声"谢谢"都没有。热尼卡甚至反问女主人公,"Я вам мешаю?"(我没有打扰您吧?)

热尼卡所有的话语虽然不礼貌,甚至极大地威胁了女主人公的面子,但有教养的女主人公还是极力忍耐自己的不满情绪,她处处表现出礼貌行为,并努力维护热尼卡的面子。下一段对话进一步说明了热尼卡令人生厌的性格。

第三个话题的对话(陈述打碎盘子、掉落烟灰的事实)

Она слышала, как Женька переворачивает страницы. Потом что-то грохнуло и покатилось-видимо, со стола упала тарелка или керамическая чашка.

——Я уронил... — сказал он, появившись в дверях.(陈述/告知)

——Ничего, — равнодушно ответила Люся, -не обращайте внимания.(陈述/不满、原谅)

——Хорошо, — согласился Женька, кивнул и прошел к письменному столу.(陈述/陈述)

...

Женька затянулся, и полоска огонька на его сигарете подвинулась ближе к губам, а столбик из пепла стал длиннее. Он стал таким длинным, что обломился и мягко упал на Женькин башмак, а с башмака скатился на ковер.

——Уронил... — удивился Женька, внимательно глядя на ковер. -Я могу поднять...(陈述/告知)

——Не надо, — сказала Люся. Она испытывала раздражение, но не хотела это обнаружить.(陈述/不满、原谅)

Женька посмотрел на нее, и Люсе почему-то стало неловко.

——Не надо, — повторила она. —Это мелочь...(陈述/不满、原谅)

——Ну конечно, — согласился Женька. Для него это было очевидно, и он не понимал, зачем об этом говорить так много.(陈述/陈述、接受)

第四章
维·托卡列娃作品中外在对话性的语用分析

　　这个话题主要是热尼卡陈述自己打碎盘子、掉落烟灰的事实。按照常理,如果人们打碎别人家的东西,把别人家的东西烧了个洞,首要的言语行为应是道歉,以此争取主人的原谅。但是主人公热尼卡在上述两次行为后仅仅运用直接的言语行为,即陈述式的告知行为,陈述式的直接言语行为的运用使女主人公极其不满。

　　热尼卡在厨房里打碎了女主人的盘子,还把烟灰掉落在女主人家的地毯上。针对自己的过失,热尼卡应该向女主人道歉,运用道歉言语行为。而他仅仅是告知行为,两次过失行为后仅是运用直接言语行为,向柳夏告知"Я уронил."(我掉落了东西)。表面上,出于礼貌女主人公原谅了热尼卡,并回答说:"Ничего."(无所谓)"Не надо."(不需要(捡了))。根据"原谅—感谢/再次道歉"这一对答规则,热尼卡应该对自己失礼的行为再次道歉或者是感谢女主人公的宽宏大量。但是不懂人情世故、交际原则的热尼卡直接按照字面意思理解女主人公的话语意义。他天真地认为,女主人公不在意他的行为,女主人公不需要他把烟灰捡起来。针对女主人公的客套话语,热尼卡仅仅是接受,直接回答说"Хорошо."(好吧)"Ну конечно."(当然啦)。根据对话语境"Она испытывала раздражение, но не хотела это обнаружить."(女主人公感到非常气愤,但不想表现出来),热尼卡的直接言语行为让女主人公非常生气、愤怒。热尼卡的对答不仅让对话中的女主人公生气,更让对话外的读者感到可笑、可气。不仅如此,热尼卡既没有向女主人公承认错误,也没有向女主人公道歉。对话中女主人公重复了两次"Не надо. 不需要",这充分表现了女主人公气愤的心情。这段对话又把热尼卡的不礼貌、幼稚的性格特征刻画得淋漓尽致。热尼卡的言语行为不仅让书中的女主人公忍无可忍,更让隐含的读者感到可笑。

　　通过以上分析可知,热尼卡一直做出的都是按照字面意义理解话语的直接言语行为。对话时,热尼卡的答非所问的行为使他的形象跃然纸上。通过对热尼卡与柳夏的对话分析,热尼卡惹人厌烦的性格特征表露无遗：幼稚、不懂交际原则、不懂人情世故。热尼卡违反礼貌原则的答话严重威胁了女主人公的面子。与之相反，女主人公的答语则尽量遵守礼貌原则，她处处克制自己的不满情绪、表现出个人的慷慨大度、维护交谈对象的面子。女主人公的这些行为充分体现了她的大度、慷慨、有教养。

下面的两段对话节选自维·托卡列娃的中篇小说《雪崩》(«Лавина»)。主人公梅夏采夫的儿子埃利克从小娇生惯养，养成了自私自利、冷漠、不懂关心他人的性格。通过对主人公梅夏采夫与儿子埃利克的两次对话的描写，作者成功地刻画了埃利克的性格特征。

梅夏采夫与埃利克的第一次对话（思念家人，寻求安慰）

—Мама на работе，—торопливо сказал сын.（陈述/告知）

—Ты не один？—догадался Месяцев.（疑问/疑问）

—Мы с Андреем.（陈述/回答）

Андрей-школьный друг. Из хорошей семьи. Все в порядке.

—Чем вы занимаетесь？—поинтересовался Месяцев.（疑问/疑问）

—Смотрим видак. А что？（陈述/回答＋疑问/疑问）

По торопливому «а что？» Месяцев догадался, что смотрят они не «Броненосец "Потемкин"».

—Новости есть？（疑问/疑问）

—Нет,-сразу ответил сын.（陈述/回答）

—Ты в больницу ложишься？（疑问/疑问）

—Завтра.（陈述/回答）

—Что же ты молчал？（疑问/疑问）

—А что тут такого？Лягу, выйду... Андрей лежал-и ничего. Даже интересно.（疑问/反问＋陈述/不满＋陈述/补充说明）

—Андрею все интересно...（陈述/揶揄、嫉妒）

Месяцев расстроился. Запереть мальчика в сумасшедший дом...

Помолчали. Алик ждал. Месяцев чувствовал, что он ему мешает.

第四章
维·托卡列娃作品中外在对话性的语用分析

—*А я соскучился*,—вдруг пожаловался отец. (陈述/抱怨)

—*Ага*,—сказал сын. —*Пока*. (陈述/幸灾乐祸＋陈述/再见)

这段对话发生的背景:主人公梅夏采夫离家去疗养院两星期了,他非常想念家人,想与妻子说说话,于是他给家里打电话。妻子不在家,梅夏采夫的儿子埃利克接了电话。"根据谢格罗夫对电话谈话开始部分的研究,电话谈话的标准模式包括四个独立的序列结构,即呼叫—应答序列、身份识别序列、问候序列和起始问询序列。"①"打电话的'开场白'由以下典型的成分构成:电话铃响,拿起话筒后,几乎总是接电话的人先说话,自报话机号码或单位名称,或者就说一声 Hello,然后对方回一声 Hello,一般还接着自报身份。这种开场白大多由对答组成,例如以 Hello 对 Hello 互致问候,自报身份后对方相应地表示认出是谁。"②根据谢格罗夫和莱文森的有关电话开场白的观点,埃利克的"*Мама на работе.*"(妈妈不在家)这一开场白明显不符合日常的电话开场用语,这显得极不礼貌,有种急欲挂断电话、不想继续交谈的感觉。根据对话语境,作者的插入词"*торопливо*"(急促地)间接说明了埃利克想尽快结束谈话。"话轮交替所揭示的是会话的动态特点。即使是表面上十分轻松的闲聊也蕴涵着由话轮交替机制所决定的竞争。如果不是因为特定的语境或权力关系制约,会话参与者并没有理所当然的发言权,也没有权利爱说多长就说多长。发言权的分配以及发言的长短取决于说话人与听者在话轮交替规则制约下的竞争与协调,而由此产生的话轮分布(turn distribution)既反映了会话人之间的关系,也折射了会话人的性格特点。可以说,话轮交替体系表现了制约会话行为的潜在机制,为参与会话的人提供了会话的常态,使他们得以理解会话语境和判断相互间的情绪。"③上述论断说明了话轮的交

---

① 转引自于国栋:《会话分析》,上海:上海外语教育出版社,2008年,第216页。
② 莱文森:"语用学论题之四:会话结构",沈家煊译,《国外语言学》,1997(1):35。
③ 王虹:"从会话分析的角度看《愤怒的回顾》中的人物关系与性格",《现代外语》,2001(3):296。

替特点及话轮的长度都可以反映说话双方之间的关系,折射出主人公各自的性格特点。纵观所节选的这段对话我们可以发现,这段对话的所有刺激话轮都是由主人公梅夏采夫发出,梅夏采夫不断向儿子提出问题,他使用的几乎都是疑问句的直接言语行为,如"Ты не один?(你一个人吗?)Чем вы занимаетесь?(你在做什么呢?)Новости есть?(有什么新闻吗?)Ты в больницу ложишься?(你住院了吗?)"。这些包含"询问"言语行为类型的问句充分表达了父亲对儿子的关心。"总是被动应答他人所提出的问题,很少主动发出引发语"①这一判断对方是否对会话感兴趣的论断可以充分证明,埃利克对爸爸的来电毫无兴趣。因为埃利克总是被动地陈述、应答爸爸的提问。两个星期不见爸爸,埃利克对爸爸的去向及所做的事情也漠不关心。不仅如此,埃利克的反应话轮极其短小,几乎都是由一个词、两个词或三个词构成。一系列短小的反应话轮不仅体现了埃利克对父亲的来电毫无兴趣,也体现了埃里克试图尽快结束谈话的心情。埃利克唯一一次的较长话轮"А что тут такого? Лягу, выйду... Андрей лежал-и ничего. Даже интересно."(说什么呢? 刚躺下,又来接电话……安德烈在躺着呢——仅此而已。很有趣。)表现出了他对父亲的来电极其不满的言语行为。当父亲抱怨说,"А я соскучился."(我寂寞得很),言外之意是"他想与埃利克继续说说话,排遣自己心中的思念、孤独情绪"。但残酷无情的儿子埃利克不仅不安慰父亲,反而说出一些幸灾乐祸的言语,并且无情地挂断了父亲电话。在梅夏采夫表达了想继续交谈的愿望的情况下,埃利克则希望尽快结束谈话,埃利克的电话结尾用语也显得极不礼貌、无情。"想要结束会话的一方所要观察猜测的是所谈论的话题是否已经谈完,对正在谈论的话题对方是否感兴趣,对方是否想结束谈话等等。只有在所有的会话参与者都同意结束会话的情况下,会话才可能圆满地结束。如果某一方坚持持续谈话,而另一方想结束谈话,是非

---

① 刘虹:《会话结构分析》,北京:北京大学出版社,2004年,第170页。

第四章
维·托卡列娃作品中外在对话性的语用分析

常困难的。在这种情况下,如果一方强行结束谈话,就显得不礼貌"。[①]通过对父与子的这段对话中的埃利克的言语行为的分析,作者首次刻画了一个不懂礼貌、冷漠无情、不懂关心家人的儿子形象。与此同时,这段对话也表现出了父子关系的冷淡。

不仅如此,作者在作品中又描写了梅夏采夫与埃利克的第二次对话。这次对话深化了儿子埃利克的性格特征。

梅夏采夫与埃利克的第二次对话(关于妈妈的艰难处境)

——*Скажи маме, пусть не приходит каждый день*,——попросил Алик.——*А то приходит и начинает рыдать.*(祈使/命令＋陈述/抱怨)

——*Она переживает*,——заступился Месяцев.(陈述/解释说明)

——*Пусть переживает дома. Она рыдает, а я что должен делать?*(祈使/命令＋疑问/抱怨)

——*Успокаивать.*(陈述/建议)

——*А меня кто будет успокаивать?*(疑问/不满、抱怨)

В его словах была логика. Логика эгоиста.

——*Алик, я ушел из дома.*——Месяцев как будто прыгнул в холодную воду. Это было плохое время для такого сообщения. Но другого времени не будет. Алик вернется домой и не увидит там отца. Он должен все узнать от него.(陈述/告知)

——*Куда?*——не понял Алик.(疑问/疑问)

——*К другой женщине.*(陈述/回答)

Алик стал заинтересованно смотреть в окно. Месяцев проследил за его взглядом. За окном ничего не происходило.

——*Я к бабке перееду. А она пусть к матери перебирается*,——решил Алик.(陈述/陈述＋陈述/陈述)

[①] 刘虹:《会话结构分析》,北京:北京大学出版社,2004年,第169页。

Месяцев понял: Алик смотрел в окно и обдумывал свою ситуацию в новой сложившейся обстановке. И нашел в ней большие плюсы.

—А чего ты ушел? —как бы между прочим поинтересовался Алик.（疑问/疑问）

—Полюбил.（陈述/回答）

—Так ты же старый.（陈述/陈述）

Месяцев промолчал.

—А она хорошо готовит? —спросил Алик.（疑问/疑问）

—Почему ты спрашиваешь?（疑问/疑惑）

—Я буду ходить к тебе обедать. Я буду жить у бабки, а есть у тебя.（陈述/回答＋陈述/回答）

—Мама может обидеться.（陈述/猜测）

—Это ее трудности.（陈述/回答）

—Ты жестокий человек, —упрекнул Месяцев.（陈述/责备）

—А ты какой? Ты живешь, как хочешь. И я буду жить, как хочу. Почему тебе можно? А мне нельзя? Или всем можно, или всем нельзя. Разве не так?（疑问/不满＋陈述/陈述＋陈述/陈述＋疑问/不满＋疑问/不满＋陈述/陈述＋疑问/反问）

上面这段对话发生的语境:50岁的男主人公梅夏采夫为了追求迟来的爱情抛弃了家庭;父母为埃利克买了精神分裂症的诊断书,以便他能免除兵役。因此,埃利克住进了精神病医院。抛弃家庭的主人公梅夏采夫来医院探望儿子埃利克,于是父与子之间发生了上述对话。

上述对话中作者主要通过对埃利克的言语行为的描写来刻画他的性格特征。爸爸梅夏采夫的离去让妈妈非常痛苦,因而她时常在埃利克面前恸哭,妈妈的行为让埃利克非常厌烦,埃利克不理解妈妈,也不同情妈妈的处境。见到父亲,埃利克没有问候话语,他直接运用命令的言语行为说,"Скажи маме, пусть не приходит каждый день."（告诉妈妈,让她不

第四章
维·托卡列娃作品中外在对话性的语用分析

要每天都来。)不仅如此,"Она рыдает, а я что должен делать?"(她(在我面前)总是哭泣,我能为她做什么呢?)和"А меня кто будет успокаивать?"(谁又来安慰我呢?)两个间接言语行为表达出了埃利克对妈妈的"抱怨"。埃利克自私自利的性格特征再次映入读者的眼帘。埃利克不仅不安慰妈妈,他甚至也想离开妈妈、背叛妈妈。他的一系列直接言语行为说明了埃利克的想法,如"Я к бабке перееду. А она пусть к матери перебирается"(我搬到奶奶那儿去住。让奶奶搬到妈妈那儿去住。)和"Я буду ходить к тебе обедать. Я буду жить у бабки, а есть у тебя."(我去你那儿吃饭。我将要住在奶奶那、吃在你那。)两句直接言语行为,尤其是埃利克竟然想到爸爸的情人那里去吃饭的想法不仅严重威胁妈妈的消极面子,而且再次表现了埃利克对妈妈的冷酷。在这段对话中作者通过描写埃利克对待妈妈的态度再次刻画出埃利克的冷酷无情、不管不顾他人、只想自己的自私自利的性格特征。

综上所述,通过对梅夏采夫与埃利克的两次对话的语用分析,埃利克的冷漠、没有礼貌、自私自利、不知关心家人的性格特征表露无遗。本部分我们运用会话结构理论、言语行为理论、语境理论、面子理论及礼貌原则等语用学理论对具体文学作品中的人物对话进行具体分析,最终达到理解主人公性格特征的目的。

4.3.2 小说情节的推动

小说人物之间关系的变化常常推动着情节的发展,作者常常借助人物对话展现小说人物之间的关系变化。维·托卡列娃作品的主题主要有爱情、家庭、婚外情,她的作品中夫妻关系的变化、情人关系的变化、父与子之间的关系一般都是通过主人公之间的对话来体现。下面我们借助语用学的相关理论分析从《雪崩》中节选的对话片段,以期揭示作品主人公梅夏采夫和伊琳娜这对夫妻关系的发展变化,从中体会小说情节的发展。梅夏采夫与伊琳娜的夫妻关系经历了和谐融洽—开始出现裂痕—土崩瓦解这一发展过程。这一节我们主要运用塞尔的直接言语行为理论、间接言语行为理论、格赖斯的会话合作原则及会话含义理论对文艺对话进行阐释,通过揭示人物关系的变化,最终揭示文艺对话在推动小说情节发展方面的作用。

和谐融洽的夫妻关系

小说主人公梅夏采夫是一位著名的钢琴家,他一生都在为寻求自身的发展而不停地拼搏。"音乐是他真正的妻子"①、"梅夏采夫从不考虑与妻子之间的关系""她在一边时,他能照样工作。她并不妨碍他,她并不被感觉就像新鲜空气不被感觉一样。你呼吸你的——随你怎样"等作者的叙述体现了男主人公与妻子之间平淡如水、毫无激情的婚姻生活。但"她是他的生活空间,是他的财产,他需要听到她的声音,只因为那声音象征着和平的秩序"这一句话又体现了妻子对主人公梅夏采夫的重要性。总之,梅夏采夫与妻子伊琳娜 30 年来过着毫不浪漫的婚姻生活,但他们彼此习惯、相互扶持、相互依靠、相濡以沫。

Утром Месяцев тяжело молчал.

—Тебе надо подумать о новой программе,—подсказала жена. (陈述/建议)

Месяцев посмотрел на жену. Она не любила переодеваться по утрам и по полдня ходила в ночной рубашке.

—Еще одна программа. Потом еще одна? А жить? (陈述/不满+疑问/不满+疑问/不满)

—Это и есть жизнь,-удивилась жена.—Птица летает, рыба плавает, а ты играешь. (陈述/惊奇+陈述/反驳)

—Птица летает и ловит мошек. Рыба плавает и ищет корм. А я играю, как на вокзале, и мне кладут в шапку. (陈述/反驳+陈述/反驳

---

① Токарева В. С. Лавина. http://www.libok.net/writer/2044/tokareva_viktoriya_samoylovna. 此小节中的引用均出自于此中篇小说。

第四章
维·托卡列娃作品中外在对话性的语用分析

＋陈述/反驳）

Было такое время в жизни Месяцева. Сорок лет назад. Отец-алкоголик брал его на вокзал, надевал лямки аккордеона и заставлял играть. Аккордеон был ему от подбородка до колен-перламутровый, вывезенный из Германии, военный трофей. Восьмилетний Игорь играл. А в шапку бросали деньги.

—*Ты просто устал ,*— догадалась жена.—*Тебе надо отдохнуть. Сделать перерыв.* (陈述/猜测＋陈述/建议＋陈述/建议)

—*Как отдохнуть? Сесть и ничего не делать?* (疑问/疑问＋疑问/疑问)

—*Поменяй обстановку. Поезжай на юг. Будешь плавать в любую погоду.* (祈使/建议＋祈使/建议＋陈述/告知)

—*Там война ,*—напомнил Месяцев. (陈述/提醒)

—*В Дом композиторов.* (陈述/建议)

—*Там композиторы.* (陈述/提醒)

—*Ну, под Москву куда-нибудь. В санаторий.* (陈述/建议＋陈述/建议)

На кухню вышел сын. Он был уже одет в кожаную новую куртку.

—*Ты куда?* — спросила жена. (疑问/疑问)

Алик не ответил. Налил полную чашку сырой воды и выпил. Потом повернулся и ушел, хлопнув дверью.

Глаза жены наполнились слезами.

—*Поедем вместе,*—предложил Месяцев.—*Пусть делают что хотят.* (祈使/建议＋祈使/不满)

—*Я не могу. У меня конкурс.*—Жена вытерла слезы рукавом. (陈述/拒绝＋陈述/解释说明)

塞尔继承和发展了奥斯汀的言语行为理论,他提出了间接言语行为理论,这是塞尔对言语行为理论最大的贡献。"任何一句话,在一定的语境中必定实施了一定的言语行为;反之,任何一个言语行为都必须通过某一句话语方能实施。"①"言语行为通过语言的具体句子来施行,传统语言研究一般把语言中的所有句子归为四个句类,即:陈述句、疑问句、祈使句、感叹句。"②这四个句类的划分是形式问题,它们所起的陈述行为、疑问行为、祈使行为和感叹行为的作用是功能问题,往往出现形式与功能不统一的现象,"语用学将这种形式与功能不统一的现象称之为间接言语行为"③、"句子的结构和功能之间存在着间接的关系时,就是间接言语行为。"④纵观上述所引对话我们发现,妻子伊琳娜对丈夫的话语几乎都是陈述式的间接建议言语行为,如"Тебе надо подумать о новой программе."(你应该想想新的曲目了)"Тебе надо отдохнуть. Сделать перерыв."(你需要休息。稍事休息吧)"В Дом композиторов."(就去作曲家之家)"Ну, под Москву куда-нибудь. В санаторий."(好吧,在莫斯科附近找个地方吧。去疗养院吧。)等间接言语行为。这些间接言语行为充分体现了妻子对丈夫的尊重、关爱。对于妻子的第一个建议行为"你应该想想新的曲目了",丈夫不但没有接受,反而表现出不满的情绪。针对丈夫的不合作及威胁面子的言语行为,出于对丈夫的爱,妻子表现得极其大度、慷慨:她不但没有生气,反而认为"丈夫累了,需要休息"。于是,她提供了几个休养方案,这充分体现出妻子对丈夫的理解、关爱。由于妻子的大度、慷慨,丈夫在后面的谈话中也积极地予以合作,最终就有关疗养地的问题他们达成了一致意见。对话本该到此结束,但儿子的出现引发的后续对话充分体现了丈夫对妻子的关怀。儿子对母亲的问话置若罔闻,儿子不礼貌的冷漠行为使母亲伤心落泪。梅夏采夫的"Поедем вместе.

---

① 何兆熊:《新编语用学概要》,上海:上海外语教育出版社,2000 年,第 100 页。
② 肖应平:"从祈使句看句类功能与言语行为的对应关系",《淮阴师范学院学报》,2009(4):512。
③ 袁妮:"言语行为视角下的疑问句间接功能研究",《中国俄语教学》,2005(4):20。
④ Searle, J. R.:《表述和意义:言语行为研究》,张绍杰导读,北京:外语教学与研究出版社,剑桥:剑桥大学出版社,2001 年,第 30 页。

第四章
维·托卡列娃作品中外在对话性的语用分析

Пусть делают что хотят."（我们一起去吧，他们爱做什么就做什么。）这一句直接建议言语行为不仅挽回了母亲的面子、表达了对儿女的不满，更重要的是这一言语行为表达了丈夫对妻子的爱。最终，妻子拒绝了丈夫梅夏采夫的提议，而梅夏采夫一点都不在意妻子的这一拒绝行为。因为，已有的30年的共同生活经验让他非常了解妻子。这段对话描绘了一幅相互理解、相互关爱、相互扶持、相濡以沫的夫妻关系画面。

开始出现裂痕的夫妻关系

梅夏采夫一生都在为寻求自身发展而拼搏。"整个的童年、少年、青年和成年时代——就是琴键、手指与音乐共鸣的心灵"，为了"溶于音乐，他忙得像蹬着轮子的松鼠——手忙脚乱"，他完全忽视了自己是个血肉之身、有性爱有欲望的人。休养地的一次外遇使"一向不放纵自己的他，却突然被一种疯狂的欲望所控制。如同春天从板棚里放到碧绿的草地上的一头发狂的公牛。于是所有昔日的平淡乏味，缺乏浪漫色彩的性生活，就像淋了雨的板棚一样黯然"。因此，从休养地回来后梅夏采夫拒绝与妻子做爱，他与妻子伊琳娜之间发生了下面一段对话。为了掩盖原因，梅夏采夫平生第一次向妻子撒谎了，他的"撒谎"这一间接言语行为预示着夫妻关系的悄然变化。

——*Что с тобой?* ——Жена подняла голову.（疑问/不解）

——*Я забыл деньги*,—— сказал Месяцев первое, что пришло в голову.（陈述/撒谎）

——*Где?*（疑问/疑问）

——*В санатории.*（陈述/回答、撒谎）

——*Много?*（疑问/疑问）

——*Тысячу долларов.*（陈述/回答、撒谎）

——*Много,*——задумчиво сказала жена.——*Может, позвонить?*（陈述/一致＋疑问/建议）

——*Вот это и не надо делать. Если позвонить и сказать, где*

деньги, придут и заберут. И скажут: ничего не было. Надо поехать, и все.(陈述/反对+陈述/解释说明+陈述/解释说明+陈述/建议)

——Верно,——согласилась жена.(陈述/一致)

——Смена начинается в восемь утра. Значит, в восемь придут убираться. Значит, надо успеть до восьми.(陈述/告知+陈述/告知+陈述/告知)

  为了躲避与妻子亲热,梅夏采夫不得不撒谎,以此转移妻子的注意力。根据上下文语境可知,所选对话片段中的男主人公梅夏采夫的前三个对答话轮都是撒谎这一间接言语行为,撒谎是为了躲避与妻子的亲近。间接言语行为不能很好地解释人们使用间接言语行为的原因,格赖斯从会话含义理论产生的原因对间接言语行为进行了解释。"Grice 则通过'会话含义'解释间接言语现象。人们通过说话所传递的内容可以分为直截了当说出的内容和含蓄婉转表达的内容,即前一种表达的是'字意',后一种则是蕴藏于字里行间的'含义'。'字意'是字面的意思,是直截了当说出的内容,而'含义'是话语里蕴涵的深层意思,是间接言语的重要表现。Grice 还指出:人们在会话时通常要遵守'合作原则',即数量准则、质量准则、关联准则和方式准则。违反任何一种准则,这些话语就变成间接言语。"①莱文森则从礼貌的角度对间接言语行为和会话含意的产生进行解释。在日常交际中,为了维护交谈对方的面子、为了和谐的人际关系,人们常常违反合作原则,运用间接言语行为。所以,梅夏采夫为了掩盖不想与妻子亲近的原因,为了维护妻子的面子,为了保持家庭表面的完整,他的一系列的撒谎行为"Я забыл деньги"(我丢了钱)"В санатории."(在休养所)"Тысячу долларов."(1000 美元)都违背了格赖斯合作原则中质的准则中的第一条"不要说你认为是错误的话"。妻子信以为真,她的注

---

① 王秋端:"间接言语行为与礼貌性的关系",《福建省外国语文学会 2006 年年会暨学术研讨会论文集》(上),2006 年,第 1 页。

第四章
维·托卡列娃作品中外在对话性的语用分析

意力被梅夏采夫的话题吸引过来。为了自己的谎言不被拆穿,梅夏采夫又不惜违背合作原则中的数量准则中的第二条"不要提供超出当前交谈所需要的信息",他极力向妻子解释不能向休养所打电话的原因及需要亲自早起去取钱的原因,如"Вот это и не надо делать. Если позвонить и сказать, где деньги, придут и заберут. И скажут: ничего не было. Надо поехать, и все."(不能这样做。如果打电话告知'钱在哪里',他们就会拿走,并说'什么也没有'。应该亲自去取,就这样。)和"Смена начинается в восемь утра. Значит, в восемь придут убираться. Значит, надо успеть до восьми."(他们在早上8点换班。也就是说,8点打扫卫生。也就是说,8点之前还来得及(取钱)。)两个对语。

梅夏采夫不想伤害妻子,他费尽心思向妻子撒谎,最终达到自己的目的,并维护了妻子的面子。但梅夏采夫的撒谎这一间接言语行为实际上破坏了和谐的夫妻关系,为夫妻关系的彻底破裂埋下了伏笔。

土崩瓦解的夫妻关系

主人公梅夏采夫为了追求具有浪漫色彩的爱情,他希望向妻子坦白自己的情感背叛行为。他天真地认为,只要妻子许可,他就既可以拥有家庭又可以拥有情人。

Жена погасила свет и стала раздеваться. Она всегда раздевалась при потушенном свете. А Люля раздевалась при полной иллюминации, и все остальное тоже... Она говорила: но ведь это очень красиво. Разве можно этого стесняться? И не стеснялась. И это действительно было красиво.

Месяцев лежал отстраненный, от него веяло холодом.

——Что с тобой? ——спросила жена. (疑问/疑问)

——Тебе сказать правду или соврать? (疑问/选择)

——Правду, ——не думая сказала жена. (陈述/回答)

——А может быть, не стоит? ——предупредил он. (疑问/警告)

Месяцев потом часто возвращался в эту точку своей жизни. Сказала бы «не стоит», и все бы обошлось. Но жена сказала:

—Я жду.（陈述/告知）

Месяцев молчал. Сомневался. Жена напряженно ждала и тем самым подталкивала.

—Я изменил тебе с другой женщиной.（陈述/陈述）

—Зачем? —удивилась Ирина.（疑问/惊奇）

—Захотелось.（陈述/回答）

—Это ужасно, —сказала Ирина. —Как тебе не стыдно?（陈述/气愤＋疑问/气愤）

Месяцев молчал.

Ирина ждала, что муж покается, попросит прощения, но он лежал как истукан.

—Почему ты молчишь?（疑问/疑问）

—А что я должен сказать?（疑问/疑惑）

—Что ты больше не будешь.（陈述/回答）

Это была первая измена в ее жизни и первая разборка, поэтому Ирина не знала, какие для этого полагаются слова.

—Скажи, что ты больше не будешь.（祈使/请求）

—Буду.（陈述/拒绝）

—А я?（疑问/疑问）

—И ты.（陈述/回答）

—Нет. Кто-то один... одна. Ты должен ее бросить.（陈述/反对＋陈述/命令＋陈述/命令）

—Это невозможно. Я не могу.（陈述/拒绝＋陈述/拒绝）

—Почему?（疑问/疑问）

—Не могу, и все.（陈述/拒绝）

第四章
维·托卡列娃作品中外在对话性的语用分析

—*Значит, ты будешь лежать рядом со мной и думать о ней?*（疑问/疑问）

—*Значит, так.*（陈述/回答）

—*Ты издеваешься... Ты шутишь, да?*（陈述/气愤＋疑问/疑问）

В этом месте надо было сказать: «*Я шучу. Я тебя разыграл*». И все бы обошлось. Но он сказал:

—*Я не шучу. Я влюблен. И я сам не знаю, что мне делать.*（陈述/回答＋陈述/陈述＋陈述/陈述）

—*Убирайся вон...*（祈使/命令）

—*Куда?*（疑问/疑问）

—*Куда угодно. К ней... к той...*（陈述/回答＋陈述/回答）

—*А можно?* —*не поверил Месяцев.*（疑问/惊奇）

—*Убирайся, убирайся...*（祈使/命令）

　　上段对话中主人公之间的"一问一答"主要体现了直接言语行为,主人公梅夏采夫的直接言语行为的对答方式彻底激怒了妻子,伤害了妻子的面子,最终导致夫妻关系破裂。"塞尔认为,当说话人说出一句话的'字面意义和说话意图或言外之意相吻合时,也就是说句子的结构和功能之间存在着直接的关系时,可称作直接言语行为'。"[①]较之于间接言语行为,直接言语行为的运用一般会直接威胁交谈对象的面子,导致交谈双方关系的紧张、甚至破裂。在上述所举对话片段的开头,面对妻子的"*Что с тобой?*"（发生什么事了?）这一包含直接疑问言语行为的问话,梅夏采夫没有直接予以回答。作者在"—*Что с тобой?*"（发生什么事了?）和"—*Я изменил тебе с другой женщиной.*"（我和另一个女人背叛了你。）相邻对中插入了两个插入序列。尤其是梅夏采夫的具有选择性言语行为和警告

---

① Searle, J. R.:《表述和意义:言语行为研究》,张绍杰导读,北京:外语教学与研究出版社,剑桥:剑桥大学出版社,2001年,第30页。

性言语行为的两个话轮("Тебе сказать правду или соврать? 说实话还是谎言?"和"А может быть, не стоит? 也许,不值得?")既体现了男主人公犹豫不决的矛盾心理,又体现了他不想伤害妻子的情感、不想威胁她的面子的行为。但在妻子的一再追问下,他采取了合作原则,告知了自己的背叛行为。针对丈夫的如实回答,妻子首先感到非常震惊,她不敢相信相濡以沫30年的丈夫会背叛自己。接下来,妻子运用暗含直接请求、间接要求、直接或间接命令等一系列言语行为的话语要求丈夫抛弃情人,如"Скажи, что ты больше не будешь."(告诉我,你永远都不会了。)和"Ты должен ее бросить."(你应该将她抛弃)等一系列话语。面对妻子的请求、要求、命令言语行为,丈夫直接予以拒绝,如"Буду."(还会的)"Это невозможно. Я не могу."(这不可能,我不能。)"Не могу, и все."(不能,就这样吧。)和"Я не шучу. Я влюблен. И я сам не знаю, что мне делать."(我没有开玩笑。我恋爱了。我自己也不知道怎么做)等包含直接拒绝的言语行为的话语。丈夫的一系列含有直接拒绝言语行为的答语严重威胁了妻子的正面面子,这使妻子非常气愤,并最终彻底激怒了妻子。妻子的一系列包含直接命令言语行为的话语(如"Убирайся вон...滚"和"Убирайся, убирайся...滚,滚")说明了夫妻关系的彻底破裂。

综上我们对《雪崩》这一中篇小说中的男女主人公梅夏采夫与伊琳娜这对夫妻之间的三次对话进行了语用分析。通过对两位主人公的言语行为的分析,我们充分感受到了小说主人公梅夏采夫与伊琳娜这对夫妻之间关系的发展变化。梅夏采夫与伊琳娜的夫妻关系由和谐融洽发展到土崩瓦解。梅夏采夫与伊琳娜夫妻关系的发展变化推动了小说情节的发展。

综上所述,小说情节的展开主要借助人物对话,人物对话有力地推动故事情节向纵深发展。本节我们主要借助会话合作原则、会话含义理论、言语行为理论等语用学理论分析小说中的人物对话,揭示人物之间的关系的变化,体会小说情节向前发展的态势。

4.3.3 两性话语的差异性揭示

语言中的性别意识是一种普遍存在的现象。两性话语的差异性是社会语言学和跨文化交际所关注的重要研究内容。社会语言学和跨文化交际在两性话语的差异性研究方面取得了丰硕的成果。学者们的跨语言性别差异研究表明,在男性和女性的交际过程中,男女两性在语音、语调、词汇、语法结构、话语量、话题选择、谈话的合作性和礼貌度等方面都表现出了相当多的差异。尤其是,在句式选择方面,"男性一般选用陈述句、祈使句,含有更多的要求、命令口吻,直接表明对事情、问题的看法;女性则倾向于使用疑问句、使用商量征询口吻的祈使句,往往用间接的方式表达思想见解,避免使用直接的陈述句。"①在男女话语风格方面,"男性经常打断别人的谈话,女性则会认真地听对方讲话;女性会积极配合讲话者,男性对不感兴趣的话题反应迟缓或沉默;在言语策略上,男性会直接地说出自己的想法,而女性则比较委婉"②。但是,在社会语言学和跨文化交际中学者们很少关注男女两性在语用策略选择方面的差异。基于此,本小节我们通过对具体文艺对话的语用分析揭示男女话语在语用策略选择方面的差异。通过对男女主人公不同的话语语用策略选择的分析,我们可以了解男女主人公的性格特征。

本节我们主要从会话合作原则的遵守、礼貌原则、言语行为等角度对下面所选对话中的男女主人公的话语进行分析,进而揭示两性话语语用策略选择的差异。在对会话合作原则的遵守上,"Zimmerman 和 West 通过研究一些异性之间交谈后发现,女性往往能够遵守合作原则,竭力维持将会话进行下去,而男性却利用沉默,少回答或者岔开话题表示对女性所谈的内容缺乏兴趣,也不给予支持,而这样无疑违背了合作原则中的数量

---

① 杨永忠:"论性别话语模式",《语言教学与研究》,2002(2):58。
② 吴晓:"跨文化交际中的性别差异和话语风格",东北财经大学硕士学位论文,2006.19—26。

准则或关联准则,因而使会话无法进行下去。"①在对礼貌原则的遵守上,"男性较多地使用诅咒语(swear words)和禁忌语(taboo language),易引起对方的反感。但是女性却很少使用此类词语,能够遵守同情准则"②,"言语交际中,两性遵从礼貌原则的情况并不完全相同。总体而言,女性的言语比男性的言语更符合礼貌原则的要求。她们本身对礼貌的要求比较高,对礼貌的维护也比男子更加自觉。"③在言语行为选择上,女性经常选用表示委婉有礼貌的间接言语行为,而男性则倾向于运用直接言语行为。下面,我们从《而从我们的窗户》和《惹人厌烦的人》两篇短篇小说中节选出具体的文艺对话,并运用语用学理论对文艺对话中的男女主人公的话语语用策略选择方面的差异进行分析。

《而从我们的窗户》是维·托卡列娃的一篇短篇小说,文中作者几乎通篇采用文艺对话这一言语叙述手段。这篇短篇小说基本由男女主人公的三次对话构成:初次相识时的对话、第二次见面(4年后)时的对话和第三次见面(时隔多年)时的对话。小说中男女主人公之间的对话推动了小说情节的发展,刻画了男女主人公的性格特点。通过对男女主人公初次相识时的几个对话片段的语用分析我们可以充分感受到两性话语的差异性。

在《而从我们的窗户》这一短篇小说中,作者主要塑造了两位主人公形象:季什金——一位年轻有为、才华横溢的导演;阿林娜——一位年轻漂亮、薪水低下的市政府工作人员。两位主人公初次相识的背景:男主人公季什金作为一名新秀导演到一个城市参加电影节,女主人公是这次电影节的后勤组织负责人。这样,季什金与阿林娜相识,并发生了初次

---

① Coates, Jeniffer. *Women, Men and Language: A Sociolinguistic Account of Gender Differences in Language.* London: Lonngman, 1993. 转引自李志雪、陈立平:"从语用角度看会话中的性别差异",《山东外语教学》,1999(2):23。
② 李志雪、陈立平:"从语用角度看会话中的性别差异",《山东外语教学》,1999(2):23。
③ 赵晓丽、韩莉芬:"基于礼貌原则的语言性别差异",《湖北经济学院学报》,2008(10):133。

对话。

男女主人公"有关住宿安排"的对话

—Извините, —проговорила Алина. —Можно, я подселю к вам актера Гурина?（祈使/道歉＋疑问/请求）

—Он же голубой... —испугался Тишкин.（陈述/间接拒绝）

—Что— не поняла Алина.（疑问/不明白）

—Гомосек. Гей. —растолковал Тишкин.（陈述/间接拒绝）

—Да вы что?（疑问/反问）

—Это вы «что». Не буду я с ним селиться.（陈述/回答＋陈述/直接拒绝）

—А куда же мне его девать?（疑问/疑问）

—Не знаю. Куда хотите.（陈述/回答＋陈述/回答）

—Я могу его только к вам, потому что вы молодой и начинающий.（陈述/解释说明）

—Значит, селите ко мне.（祈使/同意）

—А вы?（疑问/反问）

—А я буду ночевать у вас.（陈述/回答）

—У меня? —удивилась Алина. Она не заметила иронии. Все принимала за чистую монету.（疑问/惊奇）

—А что такого? Вы ведь одна живете?...（疑问/疑问＋疑问/挑衅）

—Да... Вообще-то... —растерялась Алина. —Ну, если вы согласны...（陈述/害羞＋陈述/一致）

—Я согласен.（陈述/同意）

—Хорошо, я заберу вас к себе. Но у меня один ключ. Нам придется уехать вместе.（陈述/陈述＋陈述/告知＋陈述/告知）

—Нормально, -согласился Тишкин. —Будете уезжать, возьмите

меня с собой.（陈述/一致＋祈使/请求）

　　上一段对话是男女主人公初次相遇时的第一次谈话,谈论的话题是有关演员古林的住宿问题。女主人公阿林娜是电影节的后勤组织负责人,她要安排到场人员的住宿问题。演员古林的住宿问题没有安排好,她想让古林与男主人公季什金一起住。所以,阿林娜的"Можно, я подселю к вам актера Гурина?"（我可以把古林安排到您那去住吗?）这一疑问句实施了请求这一间接言语行为。针对阿林娜的请求,男主人公回答说,"Он же голубой..."（他是同性恋者）"Гомосек. Гей"（同性恋者）。男主人公的回答明显具有间接拒绝这一言语行为,同时也说明了拒绝的理由。男主人公的这一回答暴露了男性话语语用策略的特点：日常交际中,男性话语比较直接,也常常不避讳禁忌语的使用。在日常生活中"голубой, гомосек, гей"等词语属于禁忌词语。

　　在阿林娜的一再坚持下,季什金最终同意了她的请求,条件是：季什金到阿林娜家过夜。男女主人公初次见面,男主人公就要求到女主人公家过夜,这是社会的一大禁忌,是不礼貌的行为。所以,"А я буду ночевать у вас."（我将到您那过夜）这一社会禁忌严重威胁了女主人公的面子。但是,面对男主人公的挑衅、无礼,女主人公还是积极合作,最终两人就有关住宿问题达成一致。由此可见,日常对话中女性往往能够遵守合作原则,竭力维持谈话,并将会话进行下去。

　　上面这段文艺对话充分体现了男女主人公在合作原则和礼貌原则的语用策略运用方面的差异问题。下面节选的有关"女主人公择偶条件"的一段文艺对话又再次从禁忌语的使用方面说明了男性话语的语用策略问题。

男女主人公"有关女主人公择偶条件"的对话

　　—А друг у тебя есть? —спросил Тишкин.（疑问/疑问）

　　—Так, чтобы одного-нет. А много-сколько угодно.（陈述/回答＋陈述/回答）

第四章
维·托卡列娃作品中外在对话性的语用分析

——*И ты со всеми спишь?* —поинтересовался Тишкин.（疑问/好奇）

——*Почему со всеми? Вовсе не со всеми...*（疑问/辩解、不满＋陈述/辩解、解释说明）

Тишкин задумался: вовсе не со всеми, но все-таки с некоторыми.

——*Каков твой отбор?* —спросил он.（疑问/疑问）

——*Ну... если нравится...*（陈述/回答）

——*А я тебе нравлюсь?*（疑问/疑问）

——*Ужасно*, —созналась Алина. —*С первого взгляда. Я тебя еще на вокзале приметила. Подумала: что-то будет...*（陈述/回答＋陈述/补充说明＋陈述/补充说明＋陈述/补充说明）

——*Те, кто нравится*, —продолжил он прерванный разговор. —*А еще кто?*（陈述/陈述＋疑问/追问）

——*Те, кто помогает.*（陈述/回答）

——*Деньгами?*（疑问/追问）

——*И деньгами тоже. Я ведь мало зарабатываю.*（陈述/回答＋陈述/解释说明）

——*Значит, ты продаешься?* —уточнил Тишкин.（疑问/疑问）

——*Почему продаюсь? Благодарю. А как я еще могу отблагодарить?*（疑问/不满＋陈述/解释说明＋疑问/反问）

情景知识：这段对话发生时，小说中的男女主人公刚刚相识。按照常理，初次相识的男女之间的谈话应该非常委婉、有礼貌。但是，男主人公总是运用直接言语行为，直接问些对女性而言是禁忌的问题，这严重威胁了女主人公的面子，如"И ты со всеми спишь?"（你和所有的人都上床吗？）"Деньгами?"（为了钱（和别人睡）？）"Значит, ты продаешься?（也就是说，你出卖自己？）等产生直接疑问言语行为的表达方式。男主人公的这些话语严重违背了礼貌原则中的同情准则，这充分体现了男性不礼貌的言语行为。针对男主人公的问题，女主人公反而采取积极合作的策略。甚至针对男主人公极不礼貌的问题,她也积极回答。在回答时,女主人公有时违背数量准则的第二次则"不要提供超出当前交谈所需要的信息",女主人公的目的是向男主人公做出解释,因为她喜欢男主人公。如"Почему со всеми? Вовсе не со всеми..."(为什么和所有的人?才不和所有的人呢……)"И деньгами тоже. Я ведь мало зарабатываю."(也有给我钱的,要知道我的收入很少。)"Почему продаюсь? Благодарю. А как я еще могу отблагодарить?"(为什么是出卖?感谢。否则我拿什么感谢他们呢?)等答语充分说明了女主人公的答话多于所需要的信息量,这充分体现了女主人公在为自己的行为辩护。

总而言之,通过对上面两段对话的分析可知,男主人公在谈话中经常运用禁忌语、运用直接言语行为、不讲究言语策略,这些都违背了礼貌原则,严重威胁了女主人公的面子。而女主人公则总是遵守合作原则,促使对话继续进行。

下面有关"男主人公爱情观"的这段对话则从话轮的长度、数量准则的违背及直接言语行为的运用方面体现男性话语的语用策略,从合作原则的遵守、间接言语行为的运用方面体现女性话语的语用策略的选择。

男女主人公"有关男主人公爱情观"的对话

—Ты женат?—спросила Алина.(疑问/疑问)

—Женат.(陈述/回答)

—Сильно или чуть-чуть?(疑问/好奇)

—Сильно.(陈述/回答)

—Ты любишь жену?(疑问/疑问)

—И не только.(陈述/回答)

—А что еще?(疑问/疑问)

—Я к ней хорошо отношусь.(陈述/回答)

—Но ведь любить-это и значит хорошо относиться.(陈述/告知)

—Не совсем. Любовь-это зыбко. Может прийти, уйти... А

第四章
维·托卡列娃作品中外在对话性的语用分析

хорошее отношение-навсегда.（陈述/反对＋陈述/陈述＋陈述/陈述/陈述）

　　—*А тебе не стыдно изменять?*（疑问/谴责）

　　—*Нет.*（陈述/反对）

　　—*Почему?*（疑问/疑问）

　　—*Потому что это не измена.*（陈述/回答）

　　—*А что?*（疑问/疑问）

　　—*Это... счастье,*—*произнес Тишкин.*（陈述/回答）

　　—*А у нас будет продолжение?*（疑问/请求）

　　—*Нет.*（陈述/直接拒绝）

　　—*Почему?*（疑问/疑问）

　　—*Потому что я должен снимать новое кино.*（陈述/回答）

　　—*Одно другому не мешает...*（陈述/陈述）

　　—*Мешает,*—*возразил Тишкин.*—*Если по-настоящему, надо делать что-то одно...*（陈述/陈述＋陈述/解释说明）

　　—*А как же без счастья?*（疑问/疑问）

　　—*Работа-это счастье.*（陈述/回答）

　　—*А я?*（疑问/疑问）

　　—*И ты. Но я выбираю работу.*（陈述/陈述＋陈述/陈述）

　　—*Странно...*—*сказала Алина.*（陈述/不满）

　　根据上下文语境可知,女主人公阿林娜对男主人公季什金一见倾心,他们发生了一夜情。因此,女主人公不仅对男主人公的私人生活感兴趣,她还想向男主人公表达"她想和男主人公保持长远的情人关系"的这一愿望,于是发生了上面这段对话。

　　这一话题的对话中有两个小话题——"男主人公季什金与妻子的关系"和"女主人公阿林娜与男主人公季什金的关系走向"。纵观上一段对话我们可以发现,女主人公一直处于发话人的地位,她不停地询问有关季什金与妻子之间关系的问题和不停询问男主人公"为什么他们之间的关系不能继续"。在第一个小话题中,针对女主人公的一系列直接的疑问行为,男主人公的答语极其短小,很多答语就一个单词,如"Женат."(结婚了)"Сильно."(热烈的(爱情))"Нет."(不)。"数量准则要求我们说话时所应该提供的信息量不应少说也不要多说,既不能把对方不要求或不期待你说的也说出来,又不能出现沉默不语、冷场的局面。一般来说,在会话中,为了使交际顺利进行,女性喜欢发出非言语声音来鼓励对方继续说下去。同时,女性会适当地加入谈话的信号或者进行提问。与此相反,如果男性对话题不感兴趣,他们经常故意沉默或者给以非常简短的回答,并明显违反数量准则。"①这些短小的答语体现了男主人公对话题不感兴趣,男主人公常常违背合作原则中的数量准则的第一次则"为当前交谈目的提供所需要的信息",这也体现了男主人公的不"合作"行为。

在第二个小话题中,针对女主人公的不停逼问,尽管男主人公非常清楚女主人公的意图,但在谈话中男主人公经常运用直接言语行为予以拒绝,如"Нет."(不)"Потому что я должен снимать новое кино."(因为我要拍新的电影)"Работа-это счастье."(工作就是我的幸福)和"И ты. Но я выбираю работу."(你还是你,我选择工作。)等一系列话语明显表明了男主人公的直接拒绝言语行为。所以,尽管男主人公明白女主人公的意图,但他仍然运用直接言语行为拒绝女主人公的请求,这些言语行为的运用直接违反了礼貌原则,严重威胁了女主人公的面子,并且使谈话无法继续。

男主人公不遵守礼貌原则、合作原则,他总是运用直接拒绝言语行为,这些都威胁了女主人公面子,女主人公虽然对男主人公的言语不满,但为了交谈的继续进行,她总是积极遵守合作原则,用词间接委婉。

通过对《而从我们的窗户》这一短篇小说中的男女主人公初次见面时

---

① 李玉兰:"浅谈合作原则在会话中的性别差异",《科教文汇》,2009(5):252。

第四章
维·托卡列娃作品中外在对话性的语用分析

的三次谈话的语用分析可知，在言语语用策略运用方面，男性在言语交际中倾向于违背合作原则，倾向于运用直接言语行为，这导致男性话语常常不遵守礼貌原则，威胁交谈对象的积极或消极面子；女性常常倾向遵守合作原则，积极配合说话人，倾向运用间接言语行为，委婉间接地提出自己的请求。女性的言语策略的选择使得女性的话语极其礼貌，她们尽量不威胁交谈对象的面子。根据上下文，男女主人公的话语语用策略选择差异的出现主要归因于他们社会地位的不同：男主人公是一位风华正茂、才华横溢、冉冉升起的新锐导演，而女主人公则是一位地位低下的市政府秘书。文艺对话由作者所撰写，作者塑造具有不同语用策略的男女主人公话语肯定有个人的创作目的：塑造主人公的形象。所以，男女主人公话语语用策略差异的描写也有助于作者刻画男女主人公的性格特征。

下面，我们分析《惹人厌烦的人》中的热尼卡与柳夏之间的对话和热尼卡与尤拉之间的对话。《惹人厌烦的人》这一短篇小说中男女主人公的话语语用策略选择的差异也极其明显。作者对男女主人公的话语语用策略选择差异的描写也更好地刻画了各个主人公的性格特征。

在"主人公性格特征的刻画"这一部分中本书已经分析了热尼卡与柳夏的对话。通过分析可知，热尼卡是一位异于寻常人的谈话人：他总是按照字面意义去理解话语的意思，他的答语总是不符合会话结构理论中的对答类型。因此，与热尼卡的对话让女主人公柳夏非常不舒服。同时，女主人公还有自己的工作要做，她非常希望快速结束谈话。但热尼卡总是不能理解女主人公柳夏的真正意图，柳夏只有强压怒火，尽量遵守合作原则、礼貌原则，维护谈话对象的面子，最终导致热尼卡在女主人公家待了整整一天。傍晚，丈夫尤拉回到家，在尤拉与热尼卡简短的对话后，热尼卡竟然迅速告辞。下面一段对话就是热尼卡与尤拉的谈话。

热尼卡与尤拉的对话

—Добрый день, —поздоровался Юра. (陈述/问候)

—Да, —согласился Женька, потому что считал сегодняшний день

для себя добрым.（陈述/回答）

Юра удивился этой форме приветствия и тому, что в гостях Женька, что накурено и пепел по всему дому, что Люся сидит в углу, сжавшись, без признаков жизни.

Все это выглядело странным, но Юра был человеком воспитанным и сделал вид, что все правильно,-именно так все и должно выглядеть.

—*Как дела?* —спросил Юра у Женьки.（疑问/问候）

—*На работу устраиваюсь,*—с готовностью откликнулся Женька.—*Странная, в общем, работа, но дело не в этом. Когда человек работает, он не свободен, потому что по большей части делает не то, что ему хочется. Но, с другой стороны, человек не всегда знает, что ему хочется.*—Женька вдохновился и похорошел. Он любил, когда интересовались его делами и когда при этом внимательно слушали.—*Видите ли...*（陈述/陈述＋陈述/陈述＋陈述/陈述）

Женька запнулся, ему показалось, Юра что-то сказал.

—*Что?* —переспросил он.（疑问/疑问）

—*Ничего,*—сказал Юра и повесил плащ в стенной шкаф.（陈述/回答）

Он вешал плащ, и лицо у него было рассеянное, и Женька понял, что слушал он невнимательно, и ему самому стало неинтересно.

—*Я пойду...* —неуверенно проговорил Женька.（陈述/告辞）

—*Заходите,*—пригласил Юра.（祈使/邀请）

—*Ладно,*—пообещал Женька и остался стоять.（陈述/回答）

Ему не хотелось уходить, а хотелось рассказать все сначала, чтобы Юра тоже послушал. Но Юра молчал, и Женька сказал:

—*До свидания.*（陈述/告别）

第四章
维·托卡列娃作品中外在对话性的语用分析

《До свидания》он понимал буквально: то есть до следующей встречи. Женька ушел, а Люся легла на диван и заплакала.

在上一段对话的前两个话轮中，针对主人公尤拉礼貌性的问候行为，热尼卡的回答不符合日常会话结构中的对答类型"问候－问候"。因此，热尼卡的对答方式让尤拉感到奇怪。针对"Как дела？工作怎么样"这一问候语的回答，热尼卡显然违反了格赖斯合作原则中量的准则的第一次则："不要提供超出当前交谈所需要的信息"。对于热尼卡的两次违反常规的对答行为，尤拉先是惊奇、后又默不作声以示抗议，以此表明不想继续谈话。对于接受过高等教育、有教养的尤拉而言，当着客人的面表达自己的不满及直接下逐客令是极不礼貌的行为，因此他选择了沉默这种语用策略。"沉默通常是具有交际功能的，沉默可表达尊敬、安慰、支持、反对、不确定或其他。在许多社会中，除非有重要的事情，人们是不交谈的。"[1]"美国教育心理学家智森（Arthur R. Jensen）以一分为二的观点将沉默划分归类，指出'沉默'可起到五种不同的交际作用，并且每一种作用又都具有正反两个方面：(1)合分作用，包括连接或分离交际双方的关系；(2)情感作用，包括敬仰、友善、认可或冷淡、敌意和仇恨等；(3)启示作用，包括理解对方、自我意识或掩饰个人情感、思想和观点；(4)判断作用，包括同意某种看法或提出反对意见；(5)表现思想的作用，包括体现缺乏思考或深思的过程。"[2]根据语境，尤拉对他与热尼卡之间的谈话失去了兴趣，表现冷淡，用沉默表示他不想继续谈话，用沉默表示"逐客令"。这一招果然有效，男主人公的沉默让对话无法进行，热尼卡也自觉无趣，最后做出告辞行为。

在"主人公性格特征的刻画"这一小节中本书对柳夏和热尼卡之间的对话进行了语用分析。通过分析可知，柳夏虽然对热尼卡的言语行为感

---

[1] 卢润："论会话中沉默的交际功能及文化特性"，《淮海工学院学报》，2006(3)：69。
[2] 转引自杨平："'沉默'的语用功能和文化内涵"，《山东外语教学》，1996(2)：78—81。

到气愤、不满,内心里柳夏希望尽快中断与热尼卡的谈话,并且希望热尼卡尽快离开。但表面上她还是表现出积极地合作态度,并且极为礼貌,积极遵守礼貌原则中的慷慨准则、一致准则,并处处维护对方的面子。所以,热尼卡在柳夏的家里从早上一直待到她的丈夫下班回家。女主人公柳夏的话语充分体现了女性话语的特色:"女子说话比较有礼貌、常用间接、委婉的词语"①。在对待热尼卡的态度上,尤拉与柳夏则不一样。针对尤拉的两次问候,热尼卡的回答不符合日常交际行为,显得极不礼貌、极不相关。所以,尤拉不再说话,并且保持沉默以此间接地表示:他不想再继续谈话,热尼卡可以离开了。尤拉的行为间接地威胁了热尼卡的积极面子,并使热尼卡感到尴尬,最终自己主动提出离开。尤拉的话语也间接地表现出了男性话语特色:不注意使用礼貌原则,常常公开或非公开地做出威胁他人面子的行为。通过对比,同为高级知识分子、有教养的柳夏和尤拉在与热尼卡对话中所运用的话语语用策略,我们明显感知两性话语语用策略选择的差异性。与此同时,通过对两性话语语用策略选择差异的分析,读者也深化了对小说主人公性格特征的理解:热尼卡总是按照字面意义理解话语的直接言语行为,幼稚、不懂交际原则、不懂人情世故;柳夏与尤拉有教养、有礼貌的知识分子形象。但由于男女话语语用策略差异,在对待热尼卡的态度上,尤拉又表现出不礼貌、不合作、不照顾别人面子的特征。

综上所述,通过对两篇小说中截取的文艺对话的语用分析可知男性话语和女性话语的语用策略选择的差异:男性在言语交际中喜欢违背合作原则,喜欢运用直接言语行为,男性对不喜欢的话题总是采取沉默、不予回答的言语策略,男性的这些言语策略显然违背了礼貌原则并直接地威胁了交谈对象的面子;女性在言语交际中总是保持积极合作的态度,即使面对不喜欢的话题,女性也会遵守合作原则,积极地配合说话人,积

---

① 徐翁宇:《俄语对话分析》,北京:外语教学与研究出版社,2008年,第248页。

第四章
维·托卡列娃作品中外在对话性的语用分析

地遵守礼貌原则,最大限度地维护交谈对象的面子。文艺对话是作者创造出来的,男主人公和女主人公话语的语用策略的差异一定程度上是作者强加于主人公身上的。作者通过对男女主人公话语差异的描写更好地塑造了主人公的性格特征。

4.3.4 小说主题的揭示

小说主题是贯穿一部小说始终的基本思想。它是小说的灵魂,是作者写作的目的之所在,也是作品的价值意义所在。每一位作者都围绕着一定的主题进行着小说的创作,作者运用各式各样的描写、叙述手段展现小说的主题,维·托卡列娃也不例外。小说主题历来是文艺学领域研究的焦点问题。文艺学研究者们主要采用文学批评的社会学分析法、作品细读的方法揭示小说的主题。本小节我们试图运用语言学分析法,即运用语用学的相关理论对小说中选取的文艺对话进行语用分析,进而明晰作品中蕴含的主题。维·托卡列娃小说中的主人公几乎都是女性,她的小说尤其关注俄罗斯女性的生活状态,以"情"见长。"追求真正的爱是托卡列娃小说的思想内涵。托卡列娃追求的爱情是一个广义的概念。它不但包括男女之爱,也包括同志之爱、母爱、父爱、人对动物以及自然界的爱。作家正是通过当代社会上这种真正的爱的匮乏、幻灭来表现人生的价值。"[①]由此可见,爱情是维·托卡列娃小说的主要主题。除了爱情这一主题外,维·托卡列娃小说中还反映了现代社会中人与人之间的关系及女性的生存状态两个主题,这两个主题也是作家关心的问题。文艺对话是维·托卡列娃揭示主题的主要方法之一。我们从维·托卡列娃的短篇小说中选取了相应的文艺对话,通过对具体的文艺对话的语用分析展示维·托卡列娃作品中主要的主题:现代社会中人与人之间的关系、爱情和女性的生存状态。

[①] 郑海凌:"托卡列娃小说的艺术风格",《当代苏联文学》,1988(2):24。

4.3.4.1 现代社会中人与人之间的关系

社会的变化导致了人与人之间关系的变化,这些没能逃脱维·托卡列娃敏锐的观察力,现代社会中人与人之间的关系也反映在作家众多的作品中,下面两个主题的人物对话均来自《惹人厌烦的人》这一短篇小说。本节从《惹人厌烦的人》这一短篇小说中选取了两段人物对话:热尼卡与柳夏的有关"热尼卡被辞工"的话题对话及柳夏与朋友们有关"通讯稿的开头一句"的讨论。通过对下面两段对话的分析我们揭示了维·托卡列娃小说中反映的一个主题:现代社会中人与人之间的爱的缺乏。

热尼卡与柳夏的对话(热尼卡被辞工)

—А меня с работы выгнали,— доверчиво поделился Женька. (陈述/告知)

—Где вы работали? —поинтересовалась Люся. (疑问/疑问)

—В клубе жэка. Хором руководил. (陈述/告知+陈述/告知)

—Интересно... —удивилась Люся. (陈述/惊奇)

—Очень! —согласился Женька.—Когда дети поют, они счастливы. Хор -это много счастливых людей. (陈述/感叹+陈述/解释说明+陈述/解释说明)

—Почему же вас выгнали!? (疑问/疑惑)

—Набрал половину гудков. (陈述/回答)

—Каких гудков? (疑问/疑惑)

—Ну... это дети, которые неправильно интонируют. Без слуха... (陈述/回答+陈述/补充说明)

—Зачем же вы набрали без слуха? (疑问/疑惑)

—Но ведь им тоже хочется петь. (陈述/回答)

—Понятно,—задумчиво сказала Люся. (陈述/陈述)

—Конечно,—вдохновился Женька.—А начальница не понимает. Говорит: «Хор должен участвовать в смотре». Я говорю: «Вырастут-

第四章
维·托卡列娃作品中外在对话性的语用分析

пусть участвуют, а дети должны петь ».（陈述/回答＋陈述/陈述＋陈述/陈述＋陈述/陈述）

——Не согласилась? ——спросила Люся.（疑问/疑问）

——Она сказала, что я странный и что ей некогда под меня подстраиваться. У нее много других дел.（陈述/陈述＋陈述/陈述）

有关热尼卡的性格特征，前文已经有所论述。热尼卡是个性格奇特的人，他总是按照话语的表面意思理解话语意义，这令人生厌。有关热尼卡的这一性格特征本书在"主人公性格特征的刻画"这一部分已经有所分析。不仅如此，上面所选取的这段对话内容也再次展现了热尼卡的性格特征。比如，针对柳夏有礼貌的反应话轮——"Интересно"（有意思）和"Понятно"（理解）两句对答话语，热尼卡理解为"柳夏认为他的工作很有兴趣"和"柳夏完全明白他招收音乐素质不好的孩子的原因"。反应话轮同时也是刺激话轮，针对"有意思"和"理解"两句刺激话轮，热尼卡提供了超出当前交谈所需要的信息，如"Когда дети поют, они счастливы. Хор-это много счастливых людей."（当孩子们唱歌的时候，他们很幸福。合唱团中有很多幸福的孩子。）和"А начальница не понимает. Говорит: «Хор должен участвовать в смотре». Я говорю: «Вырастут-пусть участвуют, а дети должны петь»."（而领导不理解我的行为，她说：合唱团是要参加汇演的。（言外之意是：孩子们是不能去参加汇演的。）我说：孩子们长大了就可以去参加汇演。孩子们也应该唱歌。）两句反应话轮。这多余的言语信息使我们发现了热尼卡的另一个品质：关心孩子、喜欢孩子。热尼卡所关心的五音不全的孩子、聋哑的孩子正是人们日常生活中所忽略的弱势群体。所以，热尼卡的这种品质体现了人与人之间的一种和谐的相互关系。与热尼卡相比较，柳夏所代表的一群有教养、有文化的这一阶层的人们则彼此漠不关心。

柳夏与朋友们的对话（有关"通讯稿的开头一句"的讨论）

下面这段对话的上下文语境：柳夏和尤拉的一群聪明的、有文化、有教养的朋友到家里来作客,这时候惹人厌烦的热尼卡按门铃,并请求在柳夏和尤拉的家里过夜。柳夏、尤拉及一群朋友立刻把灯关掉,并默不作声,以示家里没人。执著的热尼卡认为,家里关灯表示主人不在家,所以他就一直坐在走廊里等着主人的归来。这样,柳夏和尤拉的朋友们也不能回家,他们只能在柳夏和尤拉的家里过夜。柳夏是个通讯作者,她正在为青年剧场写一篇通讯稿,而她正为不能想出一个言词确凿的、独一无二的通讯稿的开头而烦恼。所以,她就求助于作客的朋友们。于是发生了下面的一段对话。

Люся смотрела в окно, понимала, что не выспится и завтра снова не сможет работать, не сумеет сохранить себя для первой фразы.

—Джинджи,—с надеждой попросила она,—давай я скажу тебе первую фразу...(陈述/称呼＋祈使/请求)

Джинджи ходил из угла в угол: страстно хотел домой. Он забыл о том, что Эльга хороший человек и Люся, по некоторым приметам, тоже хороший человек. Сейчас, когда нельзя было выйти, он больше всего на свете хотел в свои собственные стены к своей собственной жене.

—Какую первую фразу? —не понял он. —К чему? (疑问/疑问＋疑问/疑问)

—Ни к чему, просто первую фразу-и все. (陈述/陈述)

Джинджи остановился.

—Зажмурьтесь, и закройте глаза, и представьте себе... —начала Люся. (陈述/陈述)

—Зажмурьтесь и закройте глаза—одно и то же. Надо что-нибудь одно. (陈述/陈述＋陈述/建议)

—А что лучше? (疑问/进一步弄清)

—Не знаю,—мрачно сказал Джинджи. (陈述/间接拒绝、不感兴趣)

第四章
维·托卡列娃作品中外在对话性的语用分析

　　—Брось,—лениво предложила Эльга. —Кому все это надо? (祈使/建议、否定＋疑问/否定)

　　—Если так рассуждать—ничего никому не надо. И никто никому. Кому ты нужна? (陈述/不满＋陈述/不满＋疑问/不满)

　　—И я никому не нужна,—спокойно сказала Эльга. (陈述/陈述)

　　Люся отвернулась, стала глядеть на редкие огни в домах. Ей вдруг больше всего на свете захотелось, чтобы кто-нибудь спросил у нее: как дела? А она бы долго и подробно стала рассказывать про свои дела: про то, что гости ходят не к ним, а в их дом, потому что по вечерам им некуда деться. Про то, что начальник теряет ее работы, засовывает куда-то в бумаги, а потом не может найти. Про свою любовь, которая кончилась, и теперь, когда она кончилась, кажется, что ее не было никогда.

　　Но гости были людьми воспитанными. Никто ни о чем не спрашивал. Все сидели вместе и врозь. Впереди была долгая ночь и нескорое утро.

　　А Женька тем временем спокойно спал, уложив щеку на ладонь, и с интересом смотрел свои сны... Может быть, ему снились поющие дети.

　　柳夏满怀期望地给朋友金吉讲述自己写的有关青年大剧院的通讯稿的开头一句,她想征得朋友的意见。这段对话中,金吉两次打断柳夏的话语。比如,柳夏还未说完"Зажмурьтесь, и закройте глаза, и представьте себе..."(眯上、闭上眼睛,想象一下……)这一句话,金吉就打断了她的话,并说:"Зажмурьтесь и закройте глаза—одно и то же. Надо что-нибудь одно."(眯上眼睛和闭上眼睛是一样的意思。选用一个即可。)柳夏进一步问金吉:"А что лучше?"(那哪一个更好呢?),她想知道到底是"眯上眼睛"这一表达方式好些,还是"闭上眼睛"这一表达方式好些。金吉的回答是"Не знаю"(不知道)。所以,金吉打断别人话语的不礼貌行为及"不知道"这一间接拒绝言语行为都间接表达了金吉对正在谈论的话题毫无兴趣,他想终止谈话。恰在这时,柳夏的另一个朋友埃尔加参与谈话,并说"Брось. Кому все это надо?"(算了吧,谁在意这些呢。)埃尔加的这一直接否定言语行为严重威胁了柳夏的正面面子。面对朋友们的冷漠、无趣、无礼,柳夏提高语调并说了一大堆违背合作原则中量的准则的第二次则"不要提供超出当前交谈所需要的信息"的话语——"Если так рассуждать—ничего никому не надо. И никто никому. Кому ты нужна?"(如果做出这样的判断——什么都不需要。那么,人们之间也都相互不需要。谁需要你呢?),她以此表明自己对朋友们的不满。面对柳夏的"Кому ты нужна?"(谁需要你呢?)这一句质问,埃尔加坦然平静地回答"И я никому не нужна"(谁也不需要我。)埃尔加的这一对答行为充分体现了他们这一阶层中的人与人之间的关系:谁也不需要谁,他们对彼此的事情漠不关心。

  作者叙述完这段对话后,紧接着描写了女主人公柳夏的内心独白。这段内心独白的主旨就是:虽然朋友们是有文化、有教养的人,但朋友们之间的心理距离很远。她即使身处朋友们的中间,但无人愿意倾听她的话语,她感到相当孤独。

  综上所述,从对柳夏和朋友们的对话分析及结合女主人公的内心独白可知,现代社会中的人们都生活在各自的世界中,他们对别人的事情漠不关心,他们不需要别人,别人也不需要他们。而通过对热尼卡与柳夏对话的分析可知,热尼卡表面上是个惹人讨厌的人,但他心系聋哑孩子和五音不全的孩子们的幸福,即使为了这些孩子们的幸福丢掉工作,热尼卡也心甘情愿。热尼卡有一颗真正的爱心,他的这种品质正是现代社会所需要的。人与人之间、朋友之间应该表现出真正的关怀及爱心,这才是作者要表达的作品主题。因此,在上述两段人物表面的对话中隐含着小说主题思想之间的真正的对话性:热尼卡对孩子们的关心所体现的人与人之间充满爱的美好关系与柳夏的朋友们之间的冷漠的关系导致的人与人

第四章
维·托卡列娃作品中外在对话性的语用分析

间缺乏爱的关系的对话。这一隐性的对话关系不仅表现了热尼卡性格中的另一面,同时也揭示了现代社会中人与人之间的爱的匮乏。

维·托卡列娃小说不仅反映了"人与人之间的爱的缺失"这一主题,而且还反映了"人与人之间渗透着利益的关系"的这一主题。后者充分体现在《条纹充气床垫》(«Полосатый надувной матрас»)这一短篇小说的主人公费尔南多与柳夏有关"求婚"这一话题的对话中。

费尔南多向柳夏求婚

—Сядь, —ласково приказал Фернандо. —Поговорить надо. (祈使/吩咐+陈述/陈述)

—Ну говори... (祈使/请求)

—Нет, барашек. Ты сядь. (陈述/拒绝+陈述/吩咐)

Люся села.

—Значит, так. Давай поженимся... (陈述/陈述+祈使/请求)

Фернандо посмотрел пронзительно, и Люсе показался знакомым этот взгляд, но она не вспомнила: откуда.

—А зачем? —Люся покраснела. (疑问/害羞)

—Как это «зачем»? —удивился Фернандо. —Я тебя соблазнил. Склонил к сожительству. И, как порядочный человек, я должен на тебе жениться. (疑问/惊奇+陈述/解释说明+陈述/解释说明+陈述/解释说明)

—Вовсе не должен. Я не девушка. Ты не лишал меня невинности. У меня было много мужчин. (陈述/拒绝+陈述/拒绝+陈述/拒绝+陈述/拒绝)

У Люси действительно было много мужчин: до мужа и при муже. Но предложение ей сделали только два раза в жизни: муж и Фернандо.

—Ты не девушка, —согласился Фернандо. —Одинокая женщина. Заболеешь, стакан воды некому подать. И мне уже сорок. Определяться надо. А то болтаюсь, как говно в проруби. На сухомятке живу. (陈述/解释说明＋陈述/解释说明＋陈述/解释说明＋陈述/解释说明＋陈述/解释说明＋陈述/解释说明)

—Но я старше тебя,— осторожно напомнила Люся. (陈述/拒绝)

—Старше, моложе-какая разница. Нам же не детей рожать. У меня есть сын. Усыновишь моего сына, будет и у тебя. (陈述/解释说明＋陈述/解释说明＋陈述/告知＋陈述/建议)

—А сколько ему лет? —спросила Люся. Она знала, что у Фернандо в Воронеже есть ребенок. (疑问/疑问)

—Через четыре месяца восемнадцать. (陈述/回答)

—В восемнадцать не усыновляют. В восемнадцать можно самому иметь детей. (陈述/拒绝＋陈述句/拒绝)

—Если через месяц распишемся, то все можно оформить. (陈述/告知)

—А зачем это надо? —не поняла Люся. (疑问/不解)

—У тебя будет полная семья: муж, сын. Будешь заботиться о нас, а мы о тебе. (陈述/解释说明＋陈述/解释说明)

Как хорошо, как просто и незатейливо он рассуждал. У Люси на глазах выступили слезы. Последнее время она вообще стала слезлива.

—Но почему именно я? (疑问/疑问)

Люсе казалось, что у Фернандо может быть широкий выбор. Во всяком случае, в своем кругу.

—Потому что ты барашек. Я тебя люблю. (陈述/回答＋陈述/回答)

Как просто и хорошо он сказал. Люся задумалась, глядя в стол. В гости она, конечно, с ним не пойдет и показывать никому не будет. Но, в сущности, кому показывать? Кто ей нужен, кроме него. Да и она-кому нужна. После смерти мужа все друзья куда-то подевались, кроме Нины. Муж был интересный человек, а Люся-просто человек.

第四章
维·托卡列娃作品中外在对话性的语用分析

——*Не знаю*,—созналась Люся.（陈述/犹豫不决）

——*Стесняешься. Рылом не вышел*,—догадался Фернандо.——*Книжек мало прочитал.*（陈述/猜测＋陈述/猜测＋陈述/猜测）

Он действительно книг не читал. Клал кирпич и забивал гвозди.

——*Ну подумай*,—разрешил Фернандо.——*Решай. А иначе я тебя бросаю. Я себя тоже не на помойке нашел.*（祈使/建议＋祈使/建议＋陈述/威胁＋陈述/告知）

Он ушел и не обнял на прощание. Как бы обиделся.

上面这段对话节选自《条纹充气床垫》这一短篇小说。柳夏是一位70多岁的有文化、有地位的寡居老太太,他与40岁的没有文化、没有社会地位,但精力充沛的费尔南多相爱了。因此,费尔南多向柳夏求婚。因为年龄的差距,对于费尔南多的求婚柳夏一味谦虚、贬低自己,陈述自身存在的劣势条件(如"Вовсе не должен. Я не девушка. Ты не лишал меня невинности. У меня было много мужчин. 完全没必要。我又不是一个小女孩。你不用为我的清白负责。我拥有过很多男人"和"Но я старше тебя 我比你老"两个言语行为),从而间接达到拒绝这一言语行为的目的。针对柳夏的间接拒绝言语行为,费尔南多从自身的角度、从柳夏的角度不停地解释说明(如"Я тебя соблазнил. Склонил к сожительству. И, как порядочный человек, я должен на тебе жениться. 我引诱了你,唆使你同居。作为一个正直的人,我应该娶你""Ты не девушка, Одинокая женщина. Заболеешь, стакан воды некому подать. И мне уже сорок. Определяться надо. А то болтаюсь, как говно в проруби. На сухомятке живу 你不是小女孩,但你是个孤独的女人。生病的时候都没人给你倒杯水。我已经40岁了,也应该安定了。否则我游手好闲,就像冰窟窿里的臭狗屎一样。我终日也只能以干食为生。"和"Старше, моложе—какая разница. Нам же не детей рожать. У меня есть сын. Усыновишь моего сына, будет и у тебя 年老些、年轻些,这有什么区别。

我们又不需要生孩子。我有个儿子,你可以领养他。"等解释说明言语行为)。费尔南多的一系列解释说明言语行为体现了他的慷慨大度。他的这些话充分维护了柳夏的面子,使她感动落泪,但在求婚的这个话题中插入的"收养孩子"这一子话题不禁使读者对费尔南多求婚的真正目的产生了怀疑。根据小说内容可知,柳夏出生于俄罗斯的上流社会,虽然她依靠退休金生活,但她是个"нищая миллионерша"(贫穷的百万富翁),因为她有一栋价值百万的别墅。柳夏是个非常爱惜自己房子的人,虽然生活困苦,但她也不舍得出租或出售自己的房子。因此读者断定,费尔南多的求婚不是因为爱情,而是为了财产。面对费尔南多突如其来的求婚,柳夏的"Не знаю"(不知道)这一间接拒绝求婚的犹豫不决的言语行为使费尔南多产生了猜测言语行为:"Стесняешься. Рылом не вышел,—догадался Фернандо. —Книжек мало прочитал."(你难为情了,我配不上你。因为我的书读的少,——费尔南多猜测。)费尔南多对柳夏的心理揣测的这些话语直接威胁了费尔南多的面子,因而费尔南多非常生气。因此,费尔南多在建议柳夏好好考虑他的求婚同时,他又实施了威胁行为:如果柳夏不答应求婚,他就会抛弃她。"А иначе я тебя бросаю"(否则我会把你抛弃)这一直接威胁、警告柳夏的话语再次使读者怀疑费尔南多求婚的真正目的。由此可知,费尔南多的求婚及过继子女给柳夏的用意非常明显:为了继承柳夏的遗产。

综上所述,维·托卡列娃在小说中描写了人与人之间相互利用、人与人之间缺乏爱的主题。除此之外,"对爱情的追求"这一主题也是维·托卡列娃小说常见的主题。

4.3.4.2 对爱情的追求

爱情是文学作品中作者描写的永恒主题。维·托卡列娃的小说大都是描写女性的小说,她的作品中处处渗透着女性对爱的渴望。

《一线希望》(«Один кубик надежды»)这一短篇小说中讲述了渴望爱情并坚定地等待着爱人出现的女性。丹娘和洛拉是同事,她们是一个

第四章
维·托卡列娃作品中外在对话性的语用分析

诊所的护士。洛拉是一位文静、信任别人的女子,她一直在等待她的"他"的出现。终于,她在公交车上遇上了"他",并约定当天下午 5 点在她的诊所相见。快到 5 点了,这个"他"还没出现,于是丹娘和洛拉之间发生了下面的对话。

丹娘和洛拉之间的对话(关于"他"来还是不来)

—Да не придёт он,—сказала Таня и посмотрела на Лору с брезгливым сожалением.(陈述/断言)

Больных в очереди не было. Таня сидела на диванчике, вязала шапку модной изнаночной вязкой.

Половина диванчика была покрыта простыней, а другая половина клеенкой. Клеенку клали в ноги, чтобы больной мог лечь в обуви, а не снимать ее и, следовательно, не терять времени.

—Почему это не придёт?—спросила Лора.(疑问/反驳)

—Или не придёт. Или подонок. Одно из двух.(陈述/回答+陈述/回答+陈述/回答)

—Почему?(疑问/疑问)

—Все такие.(陈述/回答)

—Он хороший,— не поверила Лора.—И он обязательно придёт. Я уверена.(陈述/辩解+陈述/断言+陈述/保证)

—Почему это ты так уверена?(疑问/疑问)

—Я видела его глаза.(陈述/信任)

—Что ты там могла разглядеть?(疑问/疑问)

—Я близко видела. Я у него на коленях сидела.(陈述/解释说明+陈述/进一步解释说明)

—Как это?—не поняла Таня.—Познакомилась и сразу на колени?(疑问/不相信+疑问句/不相信)

—Нет. Сначала на колени, а потом познакомилась.(陈述/否定

回答＋陈述/解释说明）

　　上段对话中作者主要通过洛拉的言语行为来表现她对爱情的坚定信念。洛拉的"他"没有按照约定的时间准时赴约，"他"的这个行为让丹娘断言，"他"不会来了。针对丹娘的断言，洛拉的"Почему это не придет?"（他为什么会不来呢？）这一答语表面上虽是个疑问行为，其实是一个肯定陈述行为，是个间接言语行为，具有反驳的意味，言外之意是"他一定会来的"。不仅如此，洛拉还进一步解释说明"Он хороший, И он обязательно придет. Я уверена."（他是一个好人。我相信，他一定会来的。）虽然这样，丹娘还是质疑洛拉的话语，面对丹娘的三个包含疑问行为的问话（如"Почему это ты так уверена? 你为什么那么自信?""Что ты там могла разглядеть? 你能看清什么呢？"和"Как это? Познакомилась и сразу на колени? 能这样吗？刚认识，就立刻坐到大腿上？"等），洛拉都耐心地进行解释说明（如："Я видела его глаза 我看见了他的眼睛""Я близко видела. Я у него на коленях сидела. 我离得很近。我坐在他的腿上。"等一系列的解释说明言语行为说明了洛拉对"他"的信任）。洛拉的暗含反驳及一系列的解释说明言语行为的话语生动地刻画了一个执着等待爱情、追求爱情、坚信爱情的女性形象。

　　最终，洛拉等到了迟来的幸福。

洛拉与"他"之间的对话（关于迟到的缘由）

　　—Я так и знал, что вы подождете...（陈述/陈述）

　　Лора сильно вздрогнула и обернулась.

　　Он стоял перед ней—молодой и бородатый князь Гвидон в джинсах. Откуда он появился? Может быть, прятался за афишей...

　　—А вы что, нарочно прятались?（疑问/疑问）

　　—Нет. Я опоздал.（陈述/否定＋陈述/解释说明）

　　—А почему вы опоздали? —спросила Лора, еще не понимая, но предчувствуя, что случилось счастье.（疑问/不解）

第四章
维·托卡列娃作品中外在对话性的语用分析

—Я забыл, что «Казахстан». Я только помнил, что Средняя Азия. Где жарко...（陈述/回答＋陈述/解释说明）

—А как же вы нашли?（疑问/疑问）

—Я списал все кинотеатры с подходящими названиями: «Киргизия», «Тбилиси», «Алма-Ата», «Армения», «Ташкент»... —Он загибал пальцы правой руки, а когда пальцы кончились, перешел на левую руку. —«Ереван», «Баку», «Узбекистан»...（陈述/回答）

—«Узбекистан»-это ресторан.（陈述/告知）

—И кинотеатр тоже есть. В Лианозове. «Ашхабад» в Чертанове. «Тбилиси»—на Профсоюзной. Я уже четыре часа езжу.（陈述/告知＋陈述/补充说明＋陈述/告知＋陈述句/告知＋陈述/告知）

—Но Тбилиси-это же не Азия.（陈述/反驳）

—Все равно там жарко...（陈述/辩解）

Он замолчал. Смотрел на Лору. У него было выражение, как у князя Гвидона, когда он, проснувшись, увидел вдруг город с теремами и церквами.

—Я так и знал, что вы подождете...（陈述/陈述）

—Почему вы знали?（疑问/疑问）

—Я видел ваши глаза.（陈述/信任）

上一段对话中,"他"的一系列言语行为说明这个"他"对爱情的执着寻找。"他"的迟到行为引发了洛拉探究原因的一系列疑问行为。面对洛拉的疑问,"他"用一系列的长的话轮向洛拉解释说明自己迟到的原因,如"забыл, что «Казахстан». Я только помнил, что Средняя Азия. Где жарко..."（我忘了《哈萨克斯坦》电影院,我只记得这个电影院的名称是以中亚的某个很热的地方命名的）"Я списал все кинотеатры с подходящими названиями: «Киргизия», «Тбилиси», «Алма-Ата», «Армения», «Ташкент»... —Он загибал пальцы правой руки, а когда пальцы кончились, перешел на левую руку. —《Ереван》,《Баку》,《Узбекистан》..."（我抄写了所有类似名称的电影院："吉尔吉斯斯坦"电影院、"第比利斯"电影院、"阿拉木图"电影院、"亚美尼亚"电影院、"塔什干"电影院……——他弯曲右手手指,当右手手指数完的时候,又开始弯曲左手手指继续数。——"埃里温"电影院、"巴库"电影院、"乌兹别克斯坦"电影院……）"И кинотеатр тоже есть. В Лианозове.《Ашхабад》в Чертанове.《Тбилиси》-на Профсоюзной. Я уже четыре часа езжу."（乌兹别克斯坦"电影院也有,在利阿诺佐沃区。"阿什哈巴德"电影院也有,在车尔唐诺夫区。"第比利斯"电影院也有,在工会街道。我行驶了4个小时）。"他"的解释不仅让读者感受到了"他"寻找《哈萨克斯坦》电影院的艰辛,而且也表明了"他"对爱情艰难的寻找和积极的追求。值得一提的是,首尾重复的"Я так и знал, что вы подождете..."（我就知道,您会等的。）这一陈述言语行为饱含激动、感动之情感。

通过对丹娘与洛拉和洛拉与"他"之间发生的两段对话的语用分析,我们还发现人物对话中隐藏着的洛拉与"他"的思想上的对话性。丹娘与洛拉的对话表明了洛拉对"他"的信任、对爱情的执着追求。在洛拉与"他"的对话中体现了"他"对洛拉的信任、对爱情的执着寻找。尤其是,洛拉对丹娘说的"Я видела его глаза."（我注意到了他的双眼）与"他"对洛拉说的"Я видел ваши глаза."（我注意到了您的双眼）两句话如出一辙、遥相呼应。根据语境可以发现,上述两句话的言外之意是"我通过他的（您的）眼睛可以看出,他（您）是真诚的,所以我相信他（您）";上述两句话实施了"信任"这一间接言语行为。所以,不管是女主人公洛拉,还是这个"他"最终都找到了真爱。虽然过程曲折,但渴望爱的男女主人公最终都寻觅到了属于自己的爱情和幸福。

人人都有追求爱的权利,不仅年轻男女渴望着美好的爱情,年老的妇女一样渴望着爱情的滋润。

——А мне Фернандо предложение сделал, —не выдержала Люся.（陈

第四章
维·托卡列娃作品中外在对话性的语用分析

述/告知)

Нина промолчала. Поставила тарелку в сушку.

—*Я не знаю, что мне делать*,—добавила Люся, вытягивая подругу на разговор. (陈述/征询意见)

—*А что тебя останавливает?* — сухо спросила Нина. (疑问/疑问)

—*Он увидит мой паспорт и узнает, сколько мне лет*,-созналась Люся. (陈述/回答)

—*А сколько он думает, по-твоему?* (疑问/疑问)

—*Ну... Лет шестьдесят...* (陈述/回答)

—*Значит, ты как я...* —ядовито прокомментировала Нина. (陈述/刻薄、揶揄)

Нине было шестьдесят, а Люсе—семьдесят три. У них была разница в тринадцать лет, которая совершенно не мешала дружбе. Откровенно говоря, Люся считала себя гораздо более моложавой и привлекательной, чем Нина.

—*Красивая женщина и в семьдесят красивая. А мымра и в восемнадцать мымра.* (陈述/讽刺＋陈述/讽刺)

Нина промолчала. Она догадывалась: кто красивая и кто мымра. Но у нее было свое мнение, отличное от Люсиного.

Существует выражение: «красота родных лиц». Нина любила Люсю и воспринимала ее слепотой привязанности. Ей было все равно: как выглядит Люся и сколько ей лет. Люся и Люся. Но сейчас Нина посмотрела на подругу сторонним безжалостным взглядом, взглядом Фернандо, и увидела все разрушения, которые проделало время. Неисправная щитовидка выдавила глаза из глазниц, волосы, обесцвеченные краской, стояли дыбом, как пух. Старушка—одуванчик. Ссохшийся жабенок. Неужели Фернандо целует все это? Что надо иметь в душе? Вернее, чего НЕ ИМЕТЬ, чтобы в сорок лет пойти на такое.

——*Он сказал, что любит меня*,——упрямо проговорила Люся, будто перехватив мысли подруги.（陈述/固执己见）

——*Он не тебя любит, а твою дачу. Участок в гектар.*（陈述/反驳＋陈述/反驳）

——*Он не такой. Он порядочный*,——обиделась за Фернандо Люся.（陈述/辩解＋陈述/辩解）

——*Знаю я, какой он. Он пришел к тебе по наводке. Его навели.*（陈述/反驳＋陈述/反驳＋陈述/反驳）

——*Как?* ——не поняла Люся.（疑问/疑问）

——*Старушатник. Это сейчас бизнес такой. Одни торгуют в ларьках, а другие пасутбогатых старух.*（陈述/回答＋陈述/解释说明＋陈述/解释说明）

——*Что значит «пасут»?*（疑问/疑问）

——*Женятся. И ждут, когда те помрут... Чтобы после твоей смерти все забрать себе.*（陈述/解释说明＋陈述/解释说明＋陈述/解释说明）

Нина закрутила воду. Стало совсем тихо.

——*А какая мне разница, что будет после моей смерти?* ——спокойно спросила Люся. ——*Зато мне сейчас с ним хорошо. Я счастлива. И мне наплевать, как это называется.*（疑问/肯定、反驳＋陈述/反驳＋陈述/反驳＋陈述/反驳）

——*Тогда не говори, что он тебя любит. Посмотри правде в глаза.*（祈使/气愤＋祈使/气愤）

——*Зачем?*（疑问/疑问）

——*Он не любит тебя, а пасет.*（陈述/回答）

第四章
维·托卡列娃作品中外在对话性的语用分析

—Но ты тоже меня пасешь. Разве нет？（陈述/反驳＋疑问/反问）
Нина вытерла руки о полотенце. Торопливо оделась и ушла.

上一段对话节选自《条纹充气床垫》这一短篇小说。小说的主人公是尼娜（60多岁）、柳夏（70多岁）和费尔南多（40岁）。尼娜是柳夏的好朋友，她比柳夏年轻，在柳夏的丈夫去世后她一直照顾着生病的柳夏。尼娜不喜欢费尔南多，她认为费尔南多接近柳夏别有用心，因为柳夏有一栋价值百万的别墅。费尔南多向柳夏求婚，但他的求婚行为既让柳夏欣喜又让柳夏不安，主要原因是年龄问题。于是，她想征询好朋友尼娜的意见。这样，柳夏与尼娜之间发生了上面这段对话。

在上面这段对话中作者通过对两位女主人公的言语冲突的描写塑造了一位持之以恒的追求爱情的女性形象——柳夏。面对费尔南多的求婚，年龄上的差距让柳夏犹豫不决，因此柳夏想征求好朋友尼娜的意见。

两位女主人公首先在年龄问题上起了冲突。柳夏的"Ну... Лет шестьдесят..."（喏，也就60多岁吧）这一回答引起了尼娜不满。根据语境可知，柳夏已经70多岁了，而她认为自己和尼娜差不多大，所以尼娜的"Значит, ты как я... 也就是说，你和我差不多大啊"这一反应话轮带有刻薄揶揄的语气。依据上下文可知，柳夏从小就是一位人见人爱的美女，而尼娜是一个长相普通的女孩。面对尼娜的揶揄，柳夏通过"Красивая женщина и в семьдесят красивая. А мымра и в восемнадцать мымра."（漂亮的女人70岁还是美女。丑陋的女人80岁仍是丑女。）这一陈述断言言语行为间接反驳了尼娜。接着，柳夏又进一步解释说，"Он сказал, что любит меня"（他说，他爱我。）"Он не такой. Он порядочный"（他不是那样的人，他是一个正直的人。）。针对柳夏一系列含有解释说明言语行为的话语，尼娜不停地反驳她。尼娜不仅运用体现直接言语行为话语反驳柳夏的观点（如："Он не тебя любит, а твою дачу. Участок в гектар. 他不爱你，他爱你的别墅和一公顷的地盘"和"Знаю я, какой он. Он пришел к тебе по наводке. Его навели. Я清楚，他是一个什么样的人。

他是按照指示来接近你的。有人专门指导他"两个言语行为），而且她还运用一连串产生解释说明言语行为的话语告知柳夏"费尔南多是一个专门欺骗老年妇女的骗子"（如："Старушатник. Это сейчас бизнес такой. Одни торгуют в ларьках, а другие пасут богатых старух.〈费尔南多〉就是一个脱离现代生活的守旧的男人。现在，这是一种买卖。一些人在售货亭卖东西，一些人放养富有的老太婆"和"Женятся. И ждут, когда те помрут... Чтобы после твоей смерти все забрать себе. 先结婚，再等待。等老太婆去世后把所有的财产卷走"两个话语）。这些实施了反驳行为和解释说明行为的话语不仅展现了费尔南多的为人，同时也间接表明了尼娜的态度：她不喜欢费尔南多，柳夏不能嫁给她。尼娜的言语行为深深地威胁了柳夏的面子，并使柳夏非常生气。因而，柳夏继续为费尔南多辩解，如"А какая мне разница, что будет после моей смерти? -Зато мне сейчас с ним хорошо. Я счастлива. И мне наплевать, как это называется."（（即使他是个骗子）在我死后所发生的一切对我来说有什么区别呢？只要我现在开心、幸福，我才不管这些呢。）和"Но ты тоже меня пасешь. Разве нет?"（你也对我有企图。难道不是吗?）两个包含辩解言语行为的话语。柳夏的这两句话的言外之意是：无论是费尔南多也好还是尼娜也好，他们都觊觎着她的财产。所以，只要活着的时候（柳夏）快乐就行了，柳夏不在乎费尔南多是什么样的人。

综上所述，通过对两位女主人公冲突性的言语行为的描述，作者刻画了一位为追求爱情而不惜牺牲钱财和友情的女性形象。

通过对上段对话的语用分析，我们可以听到人物对话中隐含着的另一种实质性的对话：费尔南多对柳夏的有所企图的爱与尼娜对柳夏的真爱。通过分析我们可以看出，费尔南多对柳夏的爱是虚假的，这一点毫无疑问。上述对话中，面对尼娜咄咄逼人的言语，柳夏说出了"Но ты тоже меня пасешь. Разве нет?"（你（尼娜）也对我有企图。难道不是吗?）这一句话。这一句话的言外之意是：尼娜也一直在觊觎着她的别墅。依据上

第四章
维·托卡列娃作品中外在对话性的语用分析

下文可知,柳夏已经口头允诺把别墅遗赠给尼娜,但还没有进行正式公正。因此,柳夏认为,一旦她与费尔南多结婚,那么百万别墅肯定是费尔南多的遗产,尼娜非常清楚这一结果,因此尼娜极力反对她的婚事。其实,柳夏误会了尼娜。在《条纹充气床垫》这一短篇小说的描写中处处都能表现出尼娜的真诚,她是唯一爱护柳夏的一个人。如:"После смерти мужа все друзья куда-то подевались кроме Нины."(丈夫死后所有的朋友都消失不见了,只有尼娜陪伴着她。)"А в последний год помогала подруга Нина: приходила и готовила на три дня-борщ, жаркое, компот."(最近一年尼娜在生活上照顾着她:每次来(尼娜)给她准备三天的饭——红甜菜汤、烤的或煎的肉、糖煮水果。)和"Нина любила Люсю и воспринимала ее слепотой привязанности. Ей было все равно: как выглядит Люся и сколько ей лет. Люся и Люся."(尼娜爱着柳夏,并接受她的盲目的自恋。于她而言,柳夏的外貌和年龄都无关紧要。柳夏就是柳夏。)等一系列的小说独白描写都表现了尼娜对柳夏的关心和照顾。

柳夏的爱情蒙上了带有目的性的不真诚的色彩,这也反映了俄罗斯女性在情感方面的生存状态问题。关注女性的生存状态是维·托卡列娃的另一个主题。

维·托卡列娃十分关注女性的物质生活状态,但她更关注女性情感方面的生存状态,尤其是女性的婚姻生活状态。阅读过维·托卡列娃作品的读者可能都有一个共同的感受:婚外情是维·托卡列娃作品中较多描写的内容,她的作品中描写了许多遭遇丈夫背叛或抛弃的女主人公,这些女主人公在情感、婚姻上的生存状态折射出了作家对处于同样境地的现实生活中的女性婚姻生活状态的担忧。

4.3.4.3 女性的生存状态

维·托卡列娃笔下的已婚妇女几乎都面临着同一个生存问题:丈夫情感上的背叛。面对丈夫的出轨,她们大多忍气吞声,期盼着丈夫的回归。《纤毛虫-草履虫》(«Инфузория-туфелька»)这一短篇小说中的女主人公玛丽亚娜与《雪崩》中的女主人公伊琳娜就是两个典型的例子。

下面一段对话节选自维·托卡列娃的短篇小说《纤毛虫－草履虫》，这段对话是该篇小说的高潮部分，它揭露了小说女主人公玛丽亚娜的丈夫阿尔卡季的出轨行为。

Марьяна вошла в автомат. Набрала номер. Ожидала услышать междугородные шумы, но голос возник сразу. Как из космоса.

—Ну что ты сравниваешь？—спросил мужчина.（疑问/质问）

Марьяна поняла, что случайно подключилась к чужому разговору. Хотела положить трубку, но помедлила. Голос был знаком.

—Что ты срав-ни-ва-ешь？—повторил мужчина.（疑问/质问）

Эта манера говорить по слогам принадлежала Аркадию. Когда он что-то хотел доказать, то выделял каждый слог. И голос был его-низкий, глубокий. Аркадий-меланхолик, говорит, как правило, лениво, но сейчас в его голосе прорывалась сдержанная страсть.

—У тебя дело, люди, путешествия. У тебя есть ты. А у нее что？Сварить, подать, убрать, помыть. Она живет, как простейший организм. В сравнении с тобой она-инфузория-туфелька.（陈述/赞扬＋陈述/赞扬＋疑问/反问、否定＋陈述/贬低＋陈述/贬低＋陈述/贬低）

—Но живешь ты с ней, а не со мной,—ответил женский голос.（陈述/陈述）

—Мне ее жаль. А тебя я люблю.（陈述/解释说明＋陈述/解释说明）

—Любовь-это не количество совокуплений. А количество ответственности. Я тоже хочу, чтобы меня жалели и за меня отвечали. И хватит. Давай закончим этот разговор.（陈述/陈述＋陈述/解释说明＋陈述/希望＋祈使/建议＋祈使/建议）

第四章
维·托卡列娃作品中外在对话性的语用分析

——Подожди！——вскричал Аркадий.（祈使/请求）

——Когда началась война в Афганистане？——вдруг спросила женщина.（疑问/明知故问）

——Не помню. А что？（陈述/回答＋疑问/反问）

——У нас с тобой все началось в тот год, когда наши ввели войска в Афганистан. А сейчас война уже кончилась. А мы с тобой все ходим кругами. Вернее, ты ходишь кругами. Мне надоели самоцельные совокупления, за которыми ничего не стоит. Я сворачиваю свои знамена и отзываю войска.（陈述/陈述＋陈述/陈述＋陈述/陈述＋陈述/陈述＋陈述/告知＋陈述/结束关系）

——Подожди！-крикнул Аркадий.（祈使/请求）

——Опять подожди...（祈使/不满）

——Не лови меня на слове. Я сейчас приеду, и мы поговорим.（祈使/请求＋陈述/允诺）

——Если ты будешь говорить, что твоя жена инфузория-туфелька, а у сына трудный возраст,——оставайся дома.（陈述/警告）

——Я сейчас приеду...（陈述/允诺）

上段对话发生的背景：小说女主人公玛丽亚娜是一位全职家庭主妇，丈夫是一位著名的医生，她在家过着相夫教子的幸福生活。但玛丽亚娜无意间听到的一段对话打破了她的幸福生活的平静，她发现了丈夫长达13年的地下情，这是玛丽亚娜始料未及的事情。

上段对话是玛丽亚娜的丈夫阿尔卡季和他的情人阿夫甘卡之间的一段电话对话。这段对话中，阿尔卡季通过包含一个间接言语行为和一个直接言语行为的话语明显地表达了他对妻子和情人的态度。"У тебя дело, люди, путешествия. У тебя есть ты. А у нее что？Сварить, подать, убрать, помыть. Она живет, как простейший организм. В сравнении с тобой она-инфузория-туфелька."（你(阿夫甘卡)）有事业、人脉,有自己的生活。你保持了自己独立的人格。而她(玛丽亚娜)有什么呢？她整天做的事情就是煮饭、打扫房间、洗衣服。她过着最简单的生活。与你相比,她就是一只纤毛虫(纤毛虫的寓意是'依靠别人生活的人')）。阿尔卡季的这一陈述行为间接表达了他对情人的赞扬,对妻子的贬损,他把妻子比喻为依附于别人的纤毛虫。阿尔卡季的"Мне ее жаль. А тебя я люблю."(我可怜她(玛丽亚娜)而我爱的人是你(阿夫甘卡))这一体现直接言语行为的话语直接表达了他对情人的爱、对妻子的怜悯之心。阿尔卡季的话语维护了情人的面子,严重威胁了妻子的消极面子。阿夫甘卡的"Когда началась война в Афганистане?"(阿富汗战争什么时候开始的?)这一句表面上是疑问行为的话语实施了明知故问这一间接言语行为,言外之意是:我们之间的爱情始于阿富汗战争开始的时候(阿富汗战争爆发于1979年,作品中的故事发生于1992年。根据这一历史文化背景和小说故事发生的时间,读者可以推算出,阿尔卡季和阿夫甘卡之间的地下情长达13年之久),这种不正当关系维持的时间太久了,该结束了。可想而知,阿夫甘卡的这一产生间接言语行为的答语所传达出的丈夫阿尔卡季的出轨时间肯定让无意中亲耳听到这段对话的妻子玛丽亚娜瞬间崩溃。当阿夫甘卡的"Я сворачиваю свои знамена и отзываю войска."(我要卷起旗子从战争中撤走)这一言外之意是"希望结束与阿尔卡季的情人关系"的间接言语行为话语一经出口,阿尔卡季实施的两次请求言语行为的话语(如"Подожди! 等一下〈别挂〉""Не лови меня на слове. Я сейчас приеду, и мы поговорим. Не в话语上抓住我不放。我马上过去找你,我们谈谈")及一次允诺行为的话语("Я сейчас приеду... 我马上到……")充分体现了阿尔卡季对这段地下情的留恋、不舍。

通过对阿尔卡季的话语的言语行为分析可知,阿尔卡季深爱着情人阿夫甘卡,他对妻子玛丽亚娜只是怜悯和一种责任,他与情人之间的这种不正当关系保持了13年,而且他的妻子却一直毫无察觉。阿尔卡季的这种情感背叛行为置玛丽亚娜于一种不稳固的夫妻关系中,这侧面反映了

第四章
维·托卡列娃作品中外在对话性的语用分析

俄罗斯已婚妇女在情感方面(真正的爱的缺失)的生存状态问题。

玛丽亚娜遭遇了丈夫的情感背叛,但她没有被丈夫抛弃。《雪崩》中的女主人公伊琳娜直接被丈夫梅夏采夫抛弃。即便如此,女主人公伊琳娜仍然盼望着丈夫回心转意,回归家庭。伊琳娜的这个愿望充分体现在她和她的朋友穆扎之间的谈话中。

穆扎与伊琳娜的交谈(有关丈夫的背叛)

Муза оперативно раскинула свои сплетнические сети и быстро выяснила: Месяцев ушел к Люле. Люля-известный человек, глубоководная акула: шуровала себе мужа на больших глубинах. Предпочитала знаменитостей и иностранцев. Знаменитости в условиях перестройки оказались бедные и жадные. А иностранцы-богатые и щедрые.

Поэтому она брала деньги у одних и тратила на других.

—*Она красивая?* —спросила Ирина. (疑问/疑问)

—*Четырнадцать килограммов краски.* (陈述/夸张、否定)

—*А это красиво?* —удивилась Ирина. (疑问/否定)

—*По-моему, нет.* (陈述/否定)

—*А почему она пользовалась успехом?* (疑问/不解)

—*Смотря каким успехом. Таким ты тоже могла бы пользоваться, если бы захотела.* (陈述/否定+陈述/否定)

—*Но зачем Игорю такая женщина?* -не поняла Ирина. (疑问/疑问)

—*Ты неправильно ставишь проблему. Зачем Люле такой, как Игорь?* (陈述/反驳+疑问句/反问)

—*Игорь нужен всем,* —убежденно сказала Ирина. (陈述/回答)

—*Вот ты и ответила.* (陈述/一致)

—*Но почему изо всех-он? Есть ведь и богаче, и моложе.* (疑问/疑问+陈述/补充说明)

——Никто не захотел. Переспать—пожалуйста. А жениться—это другое. Кто женится на бляди? (陈述/回答＋陈述/解释说明＋陈述/解释说明＋疑问/反问)

——Игорь. (陈述/回答)

——Потому что у него нет опыта измен. Нет иммунитета. Его не обманывали, и он принял фальшивый рубль за подлинный. (陈述/解释说明＋陈述/解释说明＋陈述/解释说明)

——А он знает, что она такая? ——спросила Ирина. (疑问/疑问)

——Узнает… ——зловеще пообещала Муза. ——Не в колбе живем. (陈述/回答＋陈述/回答)

——Что же мне делать?.. ——потерянно спросила Ирина. (疑问/疑问)

——Сиди и жди. Он вернется. (祈使/建议＋陈述/允诺)

穆扎是伊琳娜的好朋友,在伊琳娜家发生变故(伊琳娜的丈夫出轨)后,她极力劝慰伊琳娜,并允诺,她的丈夫梅夏采夫一定会回归家庭。除此之外,穆扎还帮助伊琳娜多方打听有关伊琳娜的情敌柳夏的情况。在整个谈话中,伊琳娜的话语实施的基本都是疑问言语行为(伊琳娜共有9句话,其中7次是疑问言语行为)。伊琳娜的"Она красивая？"(她美丽吗?)这一包含疑问行为的问话表现了她对自己容貌的不自信。根据常识可知,能够插足别人婚姻的女性一般在长相上都不错。事实上,梅夏采夫的情妇柳夏就是个美女。所以,伊琳娜的这一体现疑问行为的问话有点明知故问的意思,但是恰好表明了她对自己容貌的不自信。为了安慰伊琳娜,穆扎说了一句"Четырнадцать килограммов краски."(14公斤的妆容)。穆扎的这一句话极具夸张,显然违背了格赖斯合作原则中质的准则的第一次则"不要说你认为是错误的话",这句话的言外之意是"柳夏的漂亮是化妆的结果,你要化妆的话也漂亮",这句话间接安慰了伊琳娜。后面,伊琳娜的一系列充满疑问行为的问话(如"А почему она пользовалась

第四章
维·托卡列娃作品中外在对话性的语用分析

успехом？她为什么会抢走自己的老公呢？""Но зачем Игорю такая женщина？伊戈尔为什么喜欢那样的女人呢？""Но почему изо всех-он？Есть ведь и богаче, и моложе. 世上有那么多男人，为什么柳夏偏偏抢走我的老公呢？要知道，世界上还有很多更富有、更年轻的男人"和"А он знает, что она такая？他了解，她是什么样的女人吗"等疑问言语行为）既表达了她对柳夏抢她老公的这种行为的不解，又表达了她对老公（喜欢一个荡妇）的行为的迷惑。

  上段对话是伊琳娜与穆扎的一问一答，穆扎的答语明显是宽慰伊琳娜的话语。纵观上段对话，表面上这是伊琳娜与穆扎之间的对话，其实隐含着伊琳娜与自己的隐性对话。伊琳娜不明白：丈夫为什么选择别的女人？他为什么选择一个荡妇呢？丈夫会回归家庭吗？伊琳娜的这些包含一系列疑问言语行为的话语充分刻画了一个焦灼不安、惶惶不可终日的被丈夫背叛的妇女形象。穆扎的"Сиди и жди. Он вернется."（等着就行了。他会回来的。）这一暗含允诺言语行为的安慰性话语体现了被丈夫抛弃的女人的悲惨感情生活：她们什么也做不了，只能等待，而等待的结果是两个。俄罗斯的弃妇有千千万万，伊琳娜只是其中的一个。上一段对话所刻画的伊琳娜这一弃妇形象体现了俄罗斯社会中普遍存在的一种社会现实，再现了俄罗斯社会中女性的悲惨的情感生活状态。

  综上所述，文学作品中的文艺对话是作者的一种叙述手法，作者运用对话的方式展开叙述，表达小说主题。文艺对话是巴赫金所谓的外在对话性的表现形式，读者以文艺对话为媒介理解作者的创作意图。所以，本章我们以语用学理论中的言语行为理论为主，借助于合作原则和会话含义理论、礼貌原则、面子理论及会话结构理论对维·托卡列娃作品中的对话片段进行语用分析，洞悉作者的美学创作目的。通过对话描写作者塑造了主人公的性格特征，达到了推动小说情节发展的目的，揭示了两性话语的差异性及小说表达的主题。本书我们对文艺对话创作的美学目的的揭示过程就是作者与读者之间的对话过程。

4.4 本章小结

本章主要运用语用学的相关理论对具体作品中的文艺对话进行阐释。

第一节主要论述了文艺对话与自然对话的异同点。通过论述可知，文艺对话在结构、语言体系上与自然对话相同。所以，我们可以运用分析自然对话的语用学的相关理论对文艺对话进行语用学分析，从而使我们更好地理解和揭示人物之间对话的意义。与自然对话相比，文艺对话承载着作者的文艺美学目的。表面上，主人公是文艺对话的创造者；实际上，作者才是文艺对话的真正创造者。所以，我们对文艺对话的语用分析还可以更好地阐释作者的创作目的。对文艺对话的创作目的的语用学分析过程就是作者－作品－读者这一文学交际的对话过程。

第二节主要论述了表现为外在对话的言语行为，论述了对语、表述、句子及言语行为之间的关系。对话中的每一个对语就是一个表述。表述是大于句子的言语单位，它可以由一个、几个甚至更多个句子构成。每个句子在一定的语境中必定实施一定的言语行为，所以一个表述可以由一个言语行为、甚至几个言语行为构成。文艺对话中的每个对语就是一个表述，所以每一对语中有几个句子就有几个言语行为。尤其需要引起注意的是，一些句子既包含由句子类型而定的基本言语行为，又包含由文学作品的宏观语境和具体的文艺对话中的微观语境决定的具体言语行为。

第三节主要运用语用学的相关理论对具体作品中的文艺对话进行阐释。文学作品中的文艺对话的说话者表面上是小说中的人物，实际上的说话者是作者和读者。作者和读者之间的内在对话通过人物与人物之间的对话这一叙述手法得以实现。所以，我们以语用学理论中的言语行为理论为主，借助合作原则和会话含义理论、礼貌原则、面子理论及会话结

第四章
维·托卡列娃作品中外在对话性的语用分析

构理论对维·托卡列娃作品中的对话片段进行语用分析,揭示作者的美学创作目的。作者一般通过文艺对话塑造主人公的性格特征、推动小说情节的发展、揭示小说的主题等。我们对作者的文艺对话创作中的美学目的的揭示过程就是作者与读者的内在对话过程。

第五章
维·托卡列娃作品中内在对话性的语用分析

5.1 语用学理论下的内在对话性的语用分析

本书第二章的第三节、第四节和第五节已经详细地介绍过内在对话性。通过对米·巴赫金对话理论的研究可知,米·巴赫金认为对话性是陀思妥耶夫斯基的创作特点,在对陀思妥耶夫斯基小说研究的基础上米·巴赫金提出了复调理论。"其实,对话性既然是个普遍现象,就无法下结论说这个作家有,而其他作家没有,特别是在每个作家都是一个说者的时候。"[①]董小英的这一论断充分说明了每一作家的作品中都存在对话性,维·托卡列娃的作品也不例外。在第四章中我们运用语用学的相关理论对维·托卡列娃作品中的外在对话性的具体表现形式——文艺对话进行了语用分析。通过分析我们揭示了文艺对话创作的作用。本章我们主要对维·托卡列娃作品中内在对话性的具体体现形式进行语用分析,揭示其语用意义。

维·托卡列娃作品中内在对话性的具体体现形式多样:一是体现在句法结构方面(如:准直接引语和分割结构。其中,准直接引语是典型的双声语);二是体现在小说文本结构方面;三是体现在其他手段方面(如:作品名称、标点符号——引号中叙述的内容及字符手段——词的字母全部大写方式)。句法结构和小说文本结构是本章重点分析的内在对话性

---

① 董小英,《再登巴比伦塔——巴赫金与对话理论》,上海:上海三联书店,1994年,第48页。

第五章
维·托卡列娃作品中内在对话性的语用分析

的具体体现形式。我们认为,本部分所分析的准直接引语、作品名称及引号中叙述的内容是作者—叙述者与人物之间的内在对话性的具体体现形式,小说文本结构、分割结构和词的字母全部大写方式是作者—叙述者与读者之间的内在对话性的具体体现形式。

语境是语言学文献中使用十分广泛的一个术语。意义和语境是语用学理论中两个重要的概念。语用含义的阐释离不开语境,它依赖于语境。本章研究的是维·托卡列娃作品中独白话语中隐含的对话性的语用含义,即对文学作品中独白话语的语用意义的阐释,这离不开语境。有关语境知识的论述,本书在第三章的语用学分析方法一节中已有简要论述。该章节主要介绍了何兆熊和索振宇两位学者的语境分类。虽然上述两位学者的语境分类类型具有一定的代表性,但他们的语境分类过于笼统,因而不适用于本章的语篇语用分析。因此,鉴于语境类型对语篇分析的重要性,下面我们在详细论述俄罗斯和中国语言学家对语境研究的基础上尝试构建出适用于本章语篇分析的语境类型图。

语境是研究语言使用和功能的一个重要的语言学范畴,它历来都是语用学家、功能语言学家、认知语言学家、翻译学家、人类学家及民俗学家等共同关心和研究的课题。对此,国内外各家各派学者都从不同的角度对语境概念进行界定,对语境进行分类,对语境意义进行阐释。语境和语用的研究是当今语言学研究的一个重要内容。"语境是语用的基础,语用离不开语境,语用和语境的关系既像基脚与高楼的关系,又像一对连体双胎,密不可分;语境对语用的作用有很多,但主要是两大作用:对话语表达的制约作用和对话语理解的解释作用。"[1]因此,本书对语篇的语用意义的阐释离不开语境,确切地说,离不开对语境类型的准确界定。

俄罗斯学者对语境的研究最早可追溯到 20 世纪 20 年代列·雅库宾

---

[1] 白解红:"语境与语用研究",《湖南师范大学社会科学学报》,2000(3):92。

斯基在《论对话语》一文中对"统觉量①"的研究,王冬竹的"应该指出,何教授提到的'交际双方的相互了解',实际上是俄罗斯语言学家列·雅库宾斯基于1923年提出的'统觉基础'"②这一论断充分说明了列·雅库宾斯基是俄罗斯较早研究语境学说的学者。

继列·雅库宾斯基之后,在很长一段时间内语境问题未引起俄罗斯语言学家的重视与研究。直至1958年娜·阿莫索娃(Амосова Н. Н.)出版了《话语与语境》一书及1959年格·科尔尚斯基(Колшанский Г. В.)在《语言学问题》杂志上发表了《语境的特性》一文后,俄罗斯语言学界才摆脱了语境研究的困境。

在《话语与语境》一书中,娜·阿莫索娃从词汇学和语义学视角对语境进行研究。书中,作者对"话语依赖语境"这一论点进行了深入细致的分析。作者把语境定义为"带有最少指示性的、可理解的词的语义学的组合。指示性的词是具有必需的语义指示的言语链元素"③。但是,《话语与语境》一书中的语境仅限于一个句子的范围,而且作者在书中也没有对语境进行分类。

1959年,格·科尔尚斯基在《语境的特性》一文中从语言学的角度对语境的概念进行了界定,对语境进行了分类,并阐释了语境在翻译学领域中对词汇词义准确理解的重要性。文中作者认为,"所谓的语境,就是作为这样或那样的交际单位(如词组、句子、段落等)的语言元素的相互依存性的一个表现形式。"④"从语言学的角度来说,语境可以被定义为形式上地固定的条件的总和,借助于这些条件我们可以肯定清楚地揭示任何语

---

① 详细内容请参看本书的"对话研究概述"一节,"统觉量"与"统觉基础"是一个概念,仅是表述不同而已。
② 王冬竹:《语境与话语》,哈尔滨:黑龙江人民出版社,2004年,第59页。
③ Амосова Н. Н. Слово и контекст / Н. Н. Амосова // Очерки по лексикологии, фразеологии и стилистике : учен. зап. ЛГУ.-Л. : Изд-во Ленинград. гос. ун-та, 1958.-Т. 243.-Вып. 42. Ч. 2.-С. 28.
④ Колшанский Г. В. О природе контекста. — ВЯ, 1959, No4. С. 47.

第五章
维·托卡列娃作品中内在对话性的语用分析

言单位(词汇、语法及其他)的意义。"①在对语境的概念进行界定的同时,格·科尔尚斯基把语境分为最小上下文(микроконтекст)和宏观上下文(макроконтекст)。"最小上下文,即在一个句子的范围内确定词汇的准确意义;宏观上下文,即在一个段落的范围内确定词汇的准确意义。"②在《语境的特性》一文中,格·科尔尚斯基虽然从语言学的角度(准确地说,从词汇翻译学的角度)探讨语境及语境分类、语境的作用,但在具体的分析过程中作者也表达了一定的语用语境观,他认为"严格地说,离开语境语言的情感交际功能就无法实现,因为只有在给定的条件下我们才能获得单义的语言形式,只有在具体的构建下单义的语言形式才能获得语义识别"③,格·科尔尚斯基的这一观点体现了语境与言语交际的关系。虽然格·科尔尚斯基把语境分为最小上下文和宏观上下文,但他对最小上下文和宏观上下文的界定非常粗疏,后文即将介绍的卢·巴尔胡达罗夫则从翻译学的角度详细地对最小上下文和宏观上下文进行了界定。

继娜·阿莫索娃与格·科尔尚斯基对语境研究之后,在一段时期内俄罗斯语言学界有关语境内容的研究沉寂了。直到 20 世纪 70—80 年代受西方语用学研究的影响语境问题才真正开始受到俄罗斯语言学家的关注。后继的学者(如:伊·加利佩林〈Гальперин И. Р.〉、维·梅尔金〈Мыркин В. Я.〉、娜·什维多娃、叶·泽姆斯卡娅和叶·希里亚耶夫〈Ширяев Е. Н.〉等学者)对语境的概念和分类都有所研究。

伊·加利佩林在《〈语篇〉的概念》一文中从篇章理论的角度对语境进行了界定。关于语境,伊·加利佩林写到,"语境是生态学的概念。一般情况下,语境类型的确定非常随意。语境是语言学情景。为了更好地理解语境这一概念语言学中还出现了众多与语境相关的概念,如最小上下文、宏观上下文、超语境、语法语境、句法语境、词汇语境、创作语境、物质

---

① Колшанский Г. В. О природе контекста. — ВЯ, 1959, №4. С. 47.
② Колшанский Г. В. О природе контекста. — ВЯ, 1959, №4. С. 47.
③ Колшанский Г. В. О природе контекста. — ВЯ, 1959, №4. С. 47.

语境、功能语境和修辞语境等"①。除此之外,作者还提出了一个非术语化概念:"'语境'概念等同于'环境(среда)'概念。"②可见,文中作者从语言学的角度提出了众多的语境类型。虽然作者提及了不同类型的语境,但他对这些类型的语境没有进行细致分析和详细界说。

在《语境类型·交际语境》中维·梅尔金以二元对立的形式对语境进行了详细的分类与阐释。文中,作者把语境分为"语言和情景语境、生理和心理语境、文化语境和心理语境、语言学和超语言学语境、线性和结构语境、操作和交际语境"③。我们认为,与其他语境研究者相比,维·梅尔金不仅在语境类型的分类方面更加细致,而且在各个语境类型的阐释上也较详尽。遗憾的是,维·梅尔金在语境分类上没有设置一定的标准,其语境类型的分类又过于细化,这导致读者在对其的语境类型的理解上产生了困难。因此,维·梅尔金的语境分类很难运用在具体的实际操作中。

在《多层面阐释词义的工具——语境类型》一文中,娜·什维多娃首先从多学科、多角度出发列举出多个语境,如"语言语境、言语语境、结构语境、功能语境、外部语境、内部语境、情景语境、词汇语义语境、语义句法语境、意义的单一化和现实性语境、指示语境、操作语境、最小上下文、宏观上下文、职业语境、特殊语境、文化语境"④。其次,娜·什维多娃从词汇学的角度提出了三个类型的语境概念(即组合\线性语境、类语境和背景语境)。最后,娜·什维多娃着重论述了三个语境类型在多层面阐释词义中所发挥的作用:"语境就是语言环境,它是多层面阐释词汇意义的工

---

① Гальперин И. Р. О понятии «текст». — ВЯ, 1974, No6. С. 72.
② Гальперин И. Р. О понятии «текст». — ВЯ, 1974, No6. С. 72.
③ Мыркин В. Я. Типы контекстов. Коммуникативный контекст // Филол. науки. 1978. No1. С. 95-100.
④ Шведова Н. Ю. Типы контекстов, конструирующих многоаспектное описание слова // Русский язык: Текст как целое и компоненты текста. -М., 1982. С. 144.

具"①,"词语意义的阐释离不开语境,不同类型的词汇意义的阐释依靠不同的语境:有些词义的阐释需要所有类型语境的参与,而有些词义的阐释则完全不需要。"②

在《多层面阐释词义的工具——语境类型》一文中作者虽然涉及多个语境类型,但她没有对每一语境类型进行具体分析。文中,作者从词汇学的角度研究语境,但她的"背景语境"这一语境类型被赋予了语用学上的语境思想,语用学上的语言外知识语境中的背景知识语境就涵盖了娜·什维多娃的"背景语境"。

卢·巴尔胡达罗夫在《语言与翻译》一书中从翻译学的角度阐释了语境对文本翻译的作用,对语境概念进行了界定,对语境进行了分类。作者把语境分为狭义语境、广义语境和超语言学语境。虽然卢·巴尔胡达罗夫从翻译学角度论述语境,但他在书中也提及了语境与语用意义的关系。"说到语用意义的传达,广义上的语境起着决定性的作用……需要强调的是:与个别孤立的语言单位相比较而言,整个言语作品才是翻译对象。"③超语言学语境包括"交际的情景、叙述的对象及交际参与者"。因此,我们可以说,卢·巴尔胡达罗夫的狭义语境和广义语境就是现代语用学语境中的书面语的上下文,超语言学语境就是情景语境。与其他学者相比,卢·巴尔胡达罗夫不仅对狭义语境和广义语境进行了定义,而且对狭义语境和广义语境的内容进行了细化,这有助于语境研究者对狭义语境和广义语境的深刻理解。"语境分为狭义语境(即最小上下文)和广义语境(即宏观上下文)。狭义语境就是句子语境,即在一个句子范围内由语言单位构成的语言语境。狭义语境还可进一步区分为句法语境和词法语

---

① Шведова Н. Ю. Типы контекстов, конструирующих многоаспектное описание слова // Русский язык: Текст как целое и компоненты текста. -М., 1982. С. 144.

② Шведова Н. Ю. Типы контекстов, конструирующих многоаспектное описание слова // Русский язык: Текст как целое и компоненты текста. -М., 1982. С. 153.

③ Бархударов Л. С. Язык и перевод (Вопросы общей и частной теории перевода). М., «Междунар отношения», 1975. С. 171.

境:句法语境指在句法结构中使用的词、词组或句子(包括从句);词法语境指具体的词汇单位、词和固定词组的总和。广义语境指超出句子范围之外的语言单位的语言环境,即语篇语境。具体而言,广义语境指句群、段落、章节、甚至是整部文学作品(如短篇小说和长篇小说等)。"①本章我们将借助卢·巴尔胡达罗夫的最小上下文和宏观上下文知识分析语篇中独白话语所隐含的语用意义。

值得一提的是,20世纪70—80年代以来,随着俄罗斯语言学界对口语研究的重视,俄罗斯的口语语言学家们把语境对口语理解的作用提到了应有的研究高度。可以说,这一时期的口语语言学家们发展了列·雅库宾斯基的语境理论,代表语言学家有叶·泽姆斯卡娅和叶·希里亚耶夫。有关叶·泽姆斯卡娅和叶·希里亚耶夫对语境的研究情况,读者请参看王冬竹的《语境与话语》一书。在《语境与话语》一书中作者对上述两位俄罗斯语言学家的口语语境观做了详细介绍和论述。正如王冬竹所说,"致力于口语研究的俄罗斯语言学家大都持狭义的语境观。如 E. Земская 把语境只看成交际行为的具体环境。与西方学者不同的是,他们对语境的理解并没有把政治、经济、文化背景包括在内,甚至将人所共知的关于客观世界的知识也排除在语境之外。俄罗斯学者对语境的思考更多地偏向于语言内的因素,探讨微观环境从局部对话语产生的影响。"②

综上所述不难发现,俄罗斯学者主要从语言学(即词汇学、句法学、语法学、修辞学、翻译学、口语学)角度对语境进行分类,探讨语境在词汇意义的准确理解中所起的作用。虽然一些学者已具有语用语境观的思想,但俄罗斯学者主要从语言内因素探讨语境,这被称之为语言内语境。语言内语境在本章的语篇分析中起着重要的作用,借助于修辞学、句法学、语法学等学科知识确定语篇中词句的准确意义,消除其歧义。"语篇并不

---

① Бархударов Л. С. Язык и перевод (Вопросы общей и частной теории перевода). М.,《Междунар отношения》, 1975. С. 169.
② 转引自王冬竹:《语境与话语》,哈尔滨:黑龙江人民出版社,2004年,第48页。

第五章
维·托卡列娃作品中内在对话性的语用分析

是孤立静止的,它与说写者或听读者之间有一个互动的过程,因而具有动态特征"①。语篇是在语言的运用过程中产生的,它脱离不了语言运用的实际过程中交际双方的互动。也就是说,语篇还是一个动态的过程。因此,我们对语篇的理解还不能脱离语言外语境,语言外语境在本章的语篇分析中也起着重要的作用。俄罗斯学者在语言外语境的研究方面涉及甚少。我国学者无论在语言内语境还是语言外语境的研究上都著述颇丰。

　　语境的研究历来受到中国学者的重视。自20世纪80年代开始我国的语言学界对语境的研究进入了一个新的发展时期。我国学者多学科、多角度、多方位地研究语境。董达武②在《语境源流论》一文中指明了,西方与我国学术界最早系统地论述语境的学者是英国的语言学家弗斯和中国语言学家陈望道。并在简要论述两者语境观的基础上作者对两位学者的研究进行了比较。这一文章对后继的语境研究者们初步地了解语境研究的源流大有助益。王建华③与李桔元④分别在《十余年来的现代汉语语境研究》和《语境的多维研究——国内语境研究十年发展综述》两篇文章中对20世纪80年代始至21世纪初的我国学者多角度、多层面的语境研究情况做了全方位的概述。对我国学者的语境研究情况感兴趣的读者可以好好地研读上述学者的文章。因此,有关我国学者的语境研究的基本情况我们在此就不再赘述。下面我们主要探讨我国学者对语境分类的基本研究情况。

　　众所周知,在语境研究方面国内成就较大的学者有何兆熊、索振宇、王建华等。有关何兆熊与索振宇对语境的研究与分类情况我们在本书第三章中的"语用学分析方法"一节中做了详细的介绍。与何兆熊和索振宇的语境分类相比,学者王建华的语境分类则更具层次性、简明性与详尽

---

① 刘兴林:"语篇语境初探",《徐州师范大学学报》,2004(5):71。
② 董达武:"语境源流论",《当代修辞学》,1992(2)。
③ 王建华:"十余年来的现代汉语语境研究",《浙江教育学院学报》,1993(2),1994(1)。
④ 李桔元:"语境的多维研究——国内语境研究十年发展综述",《东北大学学报》,2008(2)。

性。王建华①把语境分为三个层级。在第一层级上,王建华把语境分为言内语境、言伴语境和言外语境。在第二层级上,王建华对语境做如下分类:言内语境分为语篇语境和句际语境;言伴语境分为伴随语境和现场语境;言外语境分为认知背景语境和社会文化语境。在第三层级上,言内语境中的语篇语境分为语篇和段落,句际语境分为前后句和上下文;言伴语境中的伴随语境分为各种临时因素,如语体、情绪、关系、风格、体态、媒介,现场语境分为时间、地点、场合、境况、话题、事件、目的、对象;言外语境中的认知背景语境分为非现实虚拟世界知识和整个世界的百科性知识,社会文化语境分为文化传统、思维方式、民族习俗、时代环境和社会心理。我们认为,何兆熊和王建华的语境分类观代表了现阶段我国语言学界的语境分类的基本观点。对比两位学者的语境分类可知,在第一层级上,两位学者在对语境分类时都考虑了语境与语言的关系,基本都把语境分为语言内语境和语言外语境(术语表述不同)。较之于何兆熊的语境分类,在第二和第三层级上王建华的语境分类则更有层次性、更具体、更全面和更易理解。尽管如此,两位学者的语境分类还是存在一些不足。如,何兆熊的语言知识中的"对语言交际上文的了解"这一分类我们认为就有问题。难道我们在言语交际时只需要考虑上文,而不需要考虑下文?这显然是违背交际原则的。

所以,正如胡壮麟所说,"语境是语义学家、语用学家、民俗学家、人类学家、哲学家及认知学家等共同关心的课题,但他们各有侧重,因而很难取得一个理想的界定。"②本研究分析的主体是语篇,即小说文本。学者们注意到"语篇与语境形影相随、难以割分,研究语篇不能离开语境"。遗憾的是,已有语境类型要么在口语的框架内被划分,要么其分类过于粗疏,要么其分类过于晦涩、难懂。因此,我们认为,已有语境类型不适用本

---

① 王建华:"关于语境的构成与分类",《语言文字与应用》,2002(3):8。
② 胡壮麟:"语境研究多元化",《外语教学与研究》,2002(3):103。

第五章 维·托卡列娃作品中内在对话性的语用分析

章的语篇分析。鉴于此,结合上述俄罗斯和中国学者的语境分类,我们尝试着制定出符合本章语用分析的语境类型。具体如下:

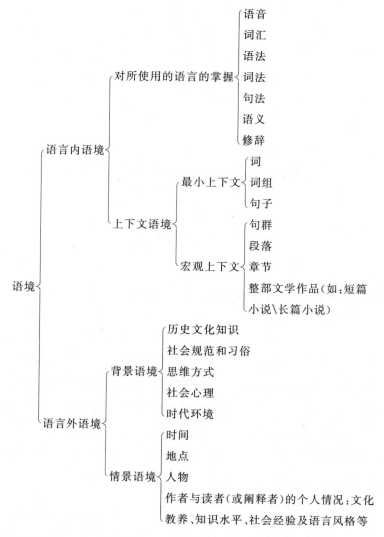

如图所示,该语境类型的分类依据是语境与语言的不同关系。第一层次上,语境被分为语言内语境和语言外语境。语言内语境分为对所使用的语言的掌握和上下文语境;语言外语境分为背景语境和情景语境。对所使用的语言的掌握指对语音、词汇、语法、词法、句法、语义、修辞等语言学知识的掌握;上下文语境分为最小上下文和宏观上下文。背景语境分为文本中所蕴含的历史文化、社会规范和习俗、思维方式、社会心理和时代环境;情景语境包括文本被创作和阐释的时间、地点、人物及作者和读者(或阐释者)的个人情况——文化教养、知识水平、社会经验、语言风格等。最小上下文指文本中在一个句子范围内由语言学单位构成的语言语境,具体的包括句子中的词、词组和句子;宏观上下文指文本中超出句子范围之外的语言学单位的语言环境,具体包括句群、段落、章节、甚至是整部文学作品(如短篇小说和长篇小说)。

综上所述,语境(上下文)是隐含意义推导的不可或缺的条件。语篇语用含义的阐释需要语境的参与,我们对内在对话性的语用意义的揭示离不开语境。

5.2 体现在句法手段中的内在对话性的语用分析

在维·托卡列娃的作品中分割结构、准直接引语、作品名称、标点符号(引号)及字符手段(词的字母全部大写)是内在对话性的具体体现形式。其中,分割结构和准直接引语是维·托卡列娃在作品中运用的最重要的句法手段。本节主要借助语用学中的语境理论和格赖斯的会话合作原则揭示内在对话性的具体体现形式中的语用隐含主观情态意义[①],这是本节研究的主要内容。具体而言,我们运用语境理论揭示蕴含在分割

---

① 注:分割结构、准直接引语、词的全部字母大写都是修辞手段,它们体现了作者－叙述者或主人公对待某人某事的情感。本章中我们所分析的引号内容及某些作品名称中也体现了作者－叙述者或主人公的情感。所以,本章借用了俄语语言学隐含意义研究中的术语"隐含主观情态意义"(имплицитные субъективно-модальные значения),本章分析的主要是分割结构、准直接引语、词的全部字母大写、引号内容及某些作品名称中的隐含主观情态意义这一语用含义。

第五章
维·托卡列娃作品中内在对话性的语用分析

结构和准直接引语中的语用隐含主观情态意义,借助格赖斯的会话合作原则及语境理论分析蕴含在作品名称、标点符号(引号)、字符手段(词的字母全部大写)中的语用隐含主观情态意义,达到实现理解作者与读者之间对话的目的。

5.2.1 作为语用含义的隐含主观情态意义

语用含义多种多样,本部分研究的是维·托卡列娃作品中内在对话性的具体体现形式的隐含主观情态意义,隐含主观情态意义是俄罗斯学者在隐含意义的研究中提出的一个术语。

俄罗斯学者对隐含意义的研究源远流长。近 20 年来,俄罗斯语言学界发表或出版了数量众多的有关隐含意义研究的文章或书籍。[①] 1995 年,普希金俄语学院举行了名为"语言和言语中的隐含信息"研讨会。随后,叶·鲍里索娃(Борисова Е. Г.)和尤·马尔捷米亚诺夫(Мартемьянов Ю. С.)主编了《语言和言语中的隐含性》这一论文集,阿·马斯连尼科娃(Масленникова А. А.)著述了《隐含意义的语言学阐释》一书。上述两本书是关于语言和言语中的隐含意义研究的代表性的著作。

在《语言和言语中的隐含性》这一论文集的前言中,叶·鲍里索娃和尤·马尔捷米亚诺夫指出,"隐性信息(имплицитная информация)是那种需要通过听话人的努力才能获得的信息"[②],"与显性信息的唯一性理解不同的是,对隐含信息的理解不是百分之百的可靠,对隐含信息的理解具

[①] Акимова И. И. Способы выражения имплицитной информации художественного дискурса: на материале произведений В. Набокова: автореф... канд. дис. 1997; Лукина О. Г. Типы имплицитного способа передачи информации в речевой коммуникации: Автореф. дис. ... канд. филол. наук. М.,1989; Муханов И. Л. Имплицитные смыслы высказывания и их учет в обучении диалогической речи иностранных учащихся//Сборник Педагогического института в Нитре. /Сер. русистики 3. Nitra, 1986. С. 23—31; Шендельс Е. И. Имплицитность в грамматике//Сборник научных трудов МГПИИЯ им. М. Тореза. Вып. 112. М.,1977.

[②] Борисова Е. Г., Мартемьянов Ю. С. Имплицитная информация в языке и речи. М.: ЯЗЫКИ РУССКОЙ КУЛЬТУРЫ, 1999. С. 7,10.

有任意性的特点"。① 因此,隐含信息的特征是"需要听话人的努力;含义的多样性",即不同的听话人或读者对同一话语具有不同的解读。《语言和言语中的隐含性》一书主要研究与语言体系和语言功能(包括超句子统一体及连贯的语篇组织问题)直接相联系的相关内容的隐含性。其中,实词、虚词、一系列语法范畴的意义、句法结构与语调的意义、某些言语形式及语篇片段的语义等都是《语言和言语中的隐含性》一书所研究的内容。概而言之,《语言和言语中的隐含性》一书研究了词法、词汇、句法、篇章、文化层面及应用语言学领域的隐含信息,既研究规约性隐含意义又研究非规约性隐含意义。

在隐含意义的研究中,阿·马斯连尼科娃的《隐含意义的语言学阐释》是关于隐含意义研究的一本重要的著作,书中作者对隐含意义的分类进行了详尽的论述。《语言和言语中的隐含性》一书中有关隐含意义的研究角度、方法和对象与语用学中研究的角度和内容不同,俄罗斯学者对隐含意义的研究具有自己独特的视角。可以说,俄罗斯学者的隐含意义研究和语用学领域含义研究相互补充和发展。无论是俄罗斯学者的隐含意义研究还是语用学中的含义研究,语境、上下文及背景知识都是其研究的重要内容,都是阐释隐含意义不可或缺的条件。正如叶·鲍里索娃和尤·马尔捷米亚诺夫所认为,听话人努力获得话语隐含信息的思维过程包括"恢复话语中遗漏的成分(如,不足的句法结构);补充语境、背景知识及语用知识;区别说话人的构思与其他一些阐释;揭示隐蔽的信息"。②

阿·马斯连尼科娃在《隐含意义的语言学阐释》一书中把"任何一个口头上没有表达,但受话人在所掌握的语言能力、语言外知识及语篇中提

---

① Борисова Е. Г., Мартемьянов Ю. С. Имплицитная информация в языке и речи. М.: ЯЗЫКИ РУССКОЙ КУЛЬТУРЫ, 1999. C. 13.
② Борисова Е. Г., Мартемьянов Ю. С. Имплицитная информация в языке и речи. М.: ЯЗЫКИ РУССКОЙ КУЛЬТУРЫ, 1999. C. 11.

第五章
维·托卡列娃作品中内在对话性的语用分析

供的相关语境内容的基础上推导出的言外之意称之为'隐含意义'"。①隐含意义的分类以三个标准为基础,即说话人的个人意愿、社会集体的意愿及信息语篇中解释隐含意义的可能性。这三个标准体现了说话人、信息语篇及受话人三者之间的相互关系。根据这三个标准,阿·马斯连尼科娃把隐含意义分为非意向性隐含意义、规约性隐含意义和意向性隐含意义。在受话人接受信息过程中产生的隐含意义被称为非意向性隐含意义,这类隐含意义归属于语言体系。非意向性隐含意义在一定条件下具有意向性的效果,如在语篇中使用不规则的(反常的)语法结构时(如果不是错误使用的话),受话人就会花费力气弄清楚隐含在话语背后的含义。反常的语法规则的使用也违反了格赖斯会话合作原则的方式准则——不要说隐晦的话语,这导致了语用意向性隐含意义的产生。规约性隐含意义是一种在已知社会的社会伦理道德规范的基础上推导出的隐含意义,"它不是一种口头上没有表达的简单的隐含意义,而是一种具有社会性意义的含义、一种社会现象和社会程序的象征"②。为了达到某种效果,说话人会有意地使用具有个人特色的言语表达方式,这些独具特色的话语传达了说话人对待某人某事的态度(如:情感评价态度或讽刺态度),由此而获得的语用含义被称为意向性隐含意义。值得一提的是,"评价和讽刺是构成意向性隐含意义的核心"③。

意向性隐含意义获得的手段多种多样:(1)反常地使用隐含的语法手段。反常地使用隐含的语法手段之所以会产生意向性隐含意义,是因为它违背了格赖斯合作原则下方式准则之次则——避免表达费解;(2)间接地表达情感—评价含义和讽刺含义手段。这个手段的意向性隐含意义的

---

① Масленникова А. А. Лингвистическая интерпретация скрытых смыслов. —СПБ:Изд-во С.-Петерб. ун-та, 1999. С. 4.
② Масленникова А. А. Лингвистическая интерпретация скрытых смыслов. —СПБ:Изд-во С.-Петерб. ун-та, 1999. С. 46.
③ Масленникова А. А. Лингвистическая интерпретация скрытых смыслов. —СПБ:Изд-во С.-Петерб. ун-та, 1999. С. 77.

获得主要是通过句法手段、词汇手段、修辞手段、语调及交际策略(如:中断交际、变化话题)的运用。不完全句是句法手段的一种,它是违背了格赖斯合作原则中量的准则的"为当前交谈目的提供所需要的信息"这一次则而产生的隐含意义;隐喻、换喻、夸张、极言其小修辞格(литота:一种修辞方法,强调很小)是修辞手段的运用,它们是违背了格赖斯合作原则中质的准则的"不要说你认为是错误的话"这一次则而产生的隐含意义。

因此,根据对叶·鲍里索娃、尤·马尔捷米亚诺夫和阿·马斯连尼科娃的有关隐含意义的观点分析可知,隐含意义的共同特征为"它们是没有表达出来的内容。因此,它们需要受话人根据语篇中存在的相关内容被恢复和推导出来"。同时,与语用学中的隐含意义研究一样,叶·鲍里索娃、尤·马尔捷米亚诺夫和阿·马斯连尼科娃所研究的隐含意义内容既包括规约性隐含意义又包括非规约性隐含意义。阿·马斯连尼科娃的非意向性隐含意义和规约性隐含意义是本书所认为的语用学领域的规约性隐含意义[①],它既包括语言(即语法)范畴的隐含意义,又包括社会规范中的隐含意义。阿·马斯连尼科娃的意向性隐含意义仅是语用学中非规约性隐含意义的一部分。意向性隐含意义只包括隐含主观情态意义,"隐含主观情态意义属于语言学的语用学范畴"[②]。

隐含主观情态意义,即语篇层面话语的意向性的隐含意义,在伊·穆哈诺夫(Муханов И. Л.)所著的《作为话语的潜在的语用意义构成部分的隐含意义》[③]一文中被详细论述。在对话语语用类型进行区分的基础上伊·穆哈诺夫提出了话语隐含意义这一概念,并把它作为话语潜在的语用意义构成部分。伊·穆哈诺夫把话语隐含意义分为两类:表述性隐

---

① 参见本文的有关"合作原则、会话含义与隐含意义"论述。
② Борисова Е. Г., Мартемьянов Ю. С. Имплицитность в языке и речи. —М:Языки русской культуры,1999. С. 85.
③ Борисова Е. Г., Мартемьянов Ю. С. Имплицитность в языке и речи. —М:Языки русской культуры,1999. С. 85.

第五章
维·托卡列娃作品中内在对话性的语用分析

含意义("пропозитивные"имплицитные смыслы)和隐含主观情态意义(имплицитные〈словесно не выраженные〉субъективно-модальные значения)。表述性隐含意义构成了第一类隐含意义。这一类隐含意义直接在句子中被揭示,如从属的述谓成分、存在的前提、同一性及事件因果关系。举例①如下:(1)Его самолюбие меня восхищает(ИС:'Он самолюбивый'从属的述谓成分);(2)Сашин магнитафон сломался(ИС:'У Саши есть магнитафон'存在的前提);(3)Саша пишет за Петиным столом(ИС:'Тот, кто пишет за Петиным столом,—Саша'同一性);(4)Около метро поставили киоски(ИС:'Сейчас около метро есть киоски, раньше около метро не было киосков'事件因果关系)。从这些例子中我们可以看出,表述性隐含意义属于规约性含义的范畴,不属于本书所涉及的隐含意义范畴。伊·穆哈诺夫的表述性隐含意义明显属于语用学中的规约性含义。

隐含主观情态意义构成了第二类隐含意义,这类隐含意义与说话人的情感、表现力、主观评价及意愿有关。隐含主观情态意义是不能直接在句子中被揭示的一类隐含意义,这类意义与说话人对待言语客体、情景、交谈对象或说话人自身的主观态度有关(情感表现力、主观—评价态度及说话人的意愿等),比如喜悦、惊奇、伤心、惊吓、惊慌失措等等。"隐含主观情态意义属于语言学的语用学范畴。主观情态意义的主要作用是把听话人置于说话人的主观—情感评价世界中。主观情态意义的这种特性使得它与语用学之间的联系显而易见。"②正如加·科尔尚斯基指出,"包含在言语内容中针对具体对象的情感、评价意义赋予了语言一种色彩,这种

---

① 例句1、2、4出自:Борисова Е. Г., Мартемьянов Ю. С. Имплицитность в языке и речи.—М:Языки русской культуры, 1999. С. 83;例句3出自:Борисова Е. Г., Мартемьянов Ю. С. Имплицитность в языке и речи.—М:Языки русской культуры, 1999. С. 89. ИС是имплицитный смысл 的简称。

② Борисова Е. Г., Мартемьянов Ю. С. Имплицитность в языке и речи.—М:Языки русской культуры, 1999. С. 85.

色彩被称为语用。"①隐含主观情态意义通过明显的语言手段(如,句法手段、词汇、语调等)、并结合具体的上下文被听话人感知。

阿·马斯连尼科娃的意向性隐含意义与伊·穆哈诺夫的隐含主观情态意义如出一辙,他们研究的都是说话人有意识地在言语上没有直接表达出来,需要听话人花费力气去阐释的隐含意义。正如前文所述,这类隐含意义主要是指说话者的情感,我们对这类隐含的情感的揭示离不开语境。因此,在本节的内在对话性的隐含主观情态意义的分析中我们需要清楚情感的分类及具体运用的语境理论。

"情感"是人对客观事物的一种态度,是人的一种体验,是人的一种情绪波动,有关情感描绘的词汇不胜枚举。所以,情感分类复杂多样,我们需要清楚基本的情感分类情况。在学界,"情感"这一现象引起了各学科学者的研究兴趣,如哲学家、生物学家、生理学家及心理学家等,并发展成为"情感理论"。由于各科学者有关情感研究的角度不同,关注点也不一样,所以他们对情感的分类也不尽相同。有关情感分类这一研究由来已久,这可以追溯到古希腊时期的亚里士多德对情感的分类。亚里士多德把情感分为"爱与恨、希望与厌恶、期望与悲观、失望、胆怯与勇敢、高兴与悲伤、愤怒"等。② 现代的情感理论研究者们根据各自研究的需要提出了不同的情感分类,如波·埃克曼(Экман П.)、凯·伊扎尔德(Изард К. Э.)和列·库利科夫(Куликов Л. В.)等学者③。这些学者基本情感分类类型如下:喜悦、忧伤、愤怒、厌恶、害怕、害羞、惊奇、兴趣、惊慌、罪过、气愤。凯·伊扎尔德认为,"基本的情感一定具有以下特征:有明显独特的精神

---

① Колшанский Г. В. Соотношение субъективных и объективных факторов в языке. М. ,1975. С. 140.
② 转引自:Ильин Е. П. Эмоции и чувства. СПб: Питер, 2001. С. 130.
③ 参见:Экман П. Психология эмоций. Я знаю, что ты чувствуешь. 2-е изд. /Пер. с англ. СПб. : Питер, 2010;Изард К. Эмоции человека. М. , 1980;Изард К. Психология эмоций. СПб. : Питер, 2000;Куликов Л. В. Психология настроения. СПб. , 1997. Психогигиена личности. Основные понятия и проблемы. Учебноепособие. СПб. : Изд-во СПбГУ, 2000.

第五章
维·托卡列娃作品中内在对话性的语用分析

基础;借助面部表情传达;引起明显独特的体验,这种体验只有人才能意识到;对人产生影响,给予激励,并使人适应。"①

　　语境是揭示语用含义的必要条件。因此,本节对内在对话性的隐含主观情态意义的揭示离不开语境。文学作品中的语境分为宏观上下文和最小上下文。首先,我们根据最小上下文判断蕴含在话语中的情感-评价色彩(即所谓的隐含主观情态意义),然后借助宏观上下文进一步解释、说明根据最小上下文揭示的语用隐含意义。隐含主观情态意义是一种言语上没有直接表达而需要读者依据语境而阐释的言外之意。隐含主观情态意义既传达了主观-评价信息,又传达了情感信息,这些赋予了话语一定的表现力。一般而言,女性语言极具表现力,蕴含丰富的情感。与普通女性相比,女性作者的话语情感表现力更胜一筹。女性作者在作品中借助于大量的情感表现力手段(如,词汇手段、句法手段、修辞手段等)不仅向读者传达人物或作者对某人某事的情感,而且影响着读者的情感。因此,情感隐含意义的获得在一定程度上需要读者用心思考、推敲,并身临其境地与主人公和作者一起体验。

　　维·托卡列娃是女性作者描写女性主人公的典型代表作家,她的作品中处处散落着表达情感的语言,如分割结构及准直接引语两种修辞句法手段的大量运用、词的全部字母大写形式的广泛使用、隐喻性的标题、作品中引号的使用等。在这些句法手段及修辞手段中隐含着作者-叙述者和主人公的声音,对这些句法手段和修辞手段的隐含意义的研究符合本书的题旨。通过对维·托卡列娃的作品的阅读,读者可以深刻感受到这些句法手段和修辞手段中的隐含主观情态意义,读者如身临其境,随着主人公的喜而喜、忧而忧、怒而怒。

　　"格赖斯的会话理论为对话含义的解释开辟了道路,为对话性的完成找到语言学的理论基础。合作原则是针对单义直接表达的叙述对话而言

---

① Изард К. Э. Психология эмоций. СПб. : Питер, 2000. С. 115.

的,而违反合作原则,却是多义曲折表达的部分原则。"①所以,下面我们将借助宏观上下文和最小上下文阐释体现在句法手段(分割结构和准直接引语)中的内在对话性的语用含义(隐含主观情态意义),借助宏观上下文、最小上下文及格赖斯的会话合作原则及会话含义理论揭示体现在其他手段(作品名称、词的全部字母大写及引号内容)中的内在对话性的语用含义(隐含主观情态意义)。通过对分割结构、准直接引语、作品名称、词的全部字母大写的形式及引号中叙述内容的隐含主观情态意义的揭示实现理解作者-作品-读者之间的对话的目的。

5.2.2 分割结构的语用分析

5.2.2.1 分割结构概述

学术界对分割结构的研究由来已久。分割(парцелляция)这一词语最早来源于法语(parceller),这一词汇的意义是把事物分成几个部分。在《尼·车尔尼雪夫斯基的语言》一书中,阿·叶夫列莫夫(Ефремов А. Ф.)"首次赋予分割结构现代俄语的修辞学意义,并把分割结构界定为一种修辞手法"。②

"现代俄语中,尤其是文学作品与政论作品中作者常常运用一些句法结构,这些句法结构总体的特点如下:它们由两个或多个句法成分构成;形式上这些句法成分是独立的句子、并由句号隔开,意义和语法上这些句法成分互相联系、并可轻易地构成一个句法单位——简单句或复合句。这些句法成分被学者们称为'接续结构'和'分割结构'。"③一些语言学家把接续结构与分割结构看作是同义术语;一些语言学家把分割结构归入接续结构,并认为分割结构是接续结构的另一种类型;一些语言学家认为,虽然接续结构与分割结构在形式上相似,但它们却有本质的区别。我

---

① 董小英:《再登巴比伦塔——巴赫金与对话理论》,上海:上海三联书店,1994年,第11页。
② Ефремов А. Ф. Язык Н. Г. Чернышевского. М. : Высш. шк. ,1951. C. 78—79.
③ Виноградов А. А. К вопросу о дифференциации явлений парцелляции и динамического присоединения. Вопросы языкознания, 1981(30). C. 98.

们认为,接续结构与分割结构具有本质的区别。"Н. И. 福尔马诺夫斯卡娅(Н. И. Формановская)认为,区别接续结构和分割结构应根据其功能特点:反映口语特点的内容上的补充,这是接续结构;具有书面语特点的话语中有意识的强调,这则是分割结构。"① 根据这种观点,接续结构主要运用于人们的日常对话中,它是日常口头谈话中交谈者随着思路的发展边说边补充边完善的句法现象,具有一定的随意性、无意识性。接续结构的主要作用是内容上的补充附加,人们一般不把它看作是一种有意识的修辞表达手段。"形式上,接续结构可用任一标点符号分割",② 主体部分与分割部分可以不连贯。而分割结构在形式上虽与接续结构相似,但它是将整体分为部分。分割结构被大量运用于书面语中,它是作者为了强调突出某一部分而有意识地分解话语的句法现象,主体部分与分割部分一般相互连贯。

因此,分割结构被认为是一种修辞手段,是一种特殊的富有表现力的情感句法手段,它被广泛地运用于文学作品中。虽然分割结构经常被运用于文艺对话中,但是作者的独白话语中也常出现分割结构。"分割结构在 19 世纪的书面语言中已有反映。在现代文学作品和报刊政论语言中它已成为被广泛运用的句法结构。在许多当代作者的作品中,特别是那些语言简洁生动、口语特点浓重、具有现代风格的作品中,分割结构颇为常见。"③ 作者借助分割结构传达了人物或作者—叙述者对某人某事的情感态度。分割结构不仅具有传达人物或作者—叙述者对某人某事的情感态度的能力,而且还具有影响读者情感的功能。分割结构的主体部分和分割部分一般由感叹号、问号和句号隔开,"分割结构一般用表示句子完结的标点符号,主要是句号分割"。④ 感叹号和问号明显地传达了分割结

---

① Формановская Н. И. Стилистика сложного предложения. М. ,1978. С. 174.
② 刘丽芬:"俄语分割结构标题研查",《外语学刊》,2011(6):66—69。
③ 郭聿楷:"俄语句法中的分割结构——ПАРЦЕЛЛЯЦИЯ",《外语学刊》,1981(1):2。
④ 刘丽芬:"俄语分割结构标题研查",《外语学刊》,2011(6):66—69。

构中隐含的情感状态,而借助于句号连接主体部分和分割部分的分割结构则需要读者花费更大的力气揣测它所蕴含的意义。

综上所述,分割结构的分割成分具有一定的语用隐含意义。因此,本节的重点是分析维·托卡列娃作品中分割结构的隐含主观情态意义。分割结构种类繁多,清楚分割结构的分类有助于论述分割结构中的隐含主观情态意义。因此,下文简要对分割结构进行分类。

5.2.2.2 分割结构的分类

分割结构是句子在分割的作用下产生的一种句子结构,它由主体部分和分割部分组成,主体部分和分割部分之间一般由句号隔开。在排列顺序上分割结构的主体部分在前,分割部分在后。主体部分总是一个独立的句子,具有结构上的自主性和语义上的相对完结性。形式上,分割部分是独立表述的句子单位,但在句法功能、语义上它都依赖于主体部分而存在。在句法功能上,有些分割结构具有强调的作用,读者通过分割结构的表述可以感受到作者—叙述者或主人公的某些情感;有些一连串的分割结构节奏感极强,这些分割结构使读者感受到主人公内心情感的跌宕起伏。在语义上分割结构还具有补充信息、解释、说明和扩展主体部分的特点。因此,"这种结构(分割结构)是一种修辞手段。它一方面强调被分割部分,使其在句中重点突出,以引起注意;另一方面模仿口语的自然发展,随着思路的形成,边说边补充,赋予言语自然、活泼的口语色彩。此外,在这种结构中连续运用分割部分结构上的并行关系,就会形成语调上的起伏,抑扬顿挫,产生鲜明的节奏感。"[①]

"分割结构早在卡拉姆津和普希金的散文中就已运用,但是这在当时是很罕见的"[②]。在现代文学作品和政论作品中分割结构已成为被广泛运用的句法结构。在当代许多作家的作品中,尤其是当代女性文学作家

---

① 吴贻翼:"现代俄语中的分割结构",《南外学报》,1985(3):10。
② 同上,第9页。

第五章
维·托卡列娃作品中内在对话性的语用分析

(如柳·彼特鲁舍夫斯卡娅、柳·乌利茨卡娅、维·托卡列娃)的作品中分割结构颇为常见。

在现代俄语中,句子分割现象很普遍,无论是简单句,还是复合句都可以分割。"语言学家通常根据被分割部分在句子中的语法功能对分割结构进行分类"。① 本节我们主要从并列分割结构和从属分割结构两个角度探讨分割结构的分类问题。维·托卡列娃作品以简约质朴、委婉含蓄、细腻生动、口语性强等特点而著称,她的作品中分割结构随处可见。在维·托卡列娃作品中无论是并列分割结构还是从属分割结构都颇为常见。本节我们就以维·托卡列娃作品中出现的分割结构为例对分割结构的分类类型进行探析。

1. 并列分割结构

并列分
割结构 ┫ 简单句中的并列分割结构 ┫ 同等主要成分作分割部分的分割结构
　　　　　　　　　　　　　　　同等次要成分作分割部分的分割结构
　　　　复合句中的并列分割结构 ┫ 并列复合句
　　　　　　　　　　　　　　　主从复合句中同等副句作分割部分的
　　　　　　　　　　　　　　　分割结构

图 1

图 1 清晰地反映了并列分割结构的组成部分,详细的举例说明如下。

1) 简单句中的并列分割结构

(1) 简单句中同等主要成分作分割部分的分割结构

A. 简单句中同等主语作分割部分的分割结构,如:

① Особенно хорош был утиный паштет, который во Франции перетирают со сливочным маслом. И ещё горный мёд. («Лиловый костюм»)

② У нас есть все. И нищие. И наркоманы. И гении. («Сентиментальное

---

① 傅品思:"分割结构的分类以及影响分割的因素",《外语研究》,1999(3):18。

путешествие》)

③ частная мышь. Или крот. (《Старая собака》)

④ Все для тёти Мани в третьем ряду. И я. И Славка. И Серёжа. (《Коррида》)

以上四个例子中的同等主语作分割部分的并列分割结构借助于并列连接词"и"体现了同等主体的地位。其中,第2个例子和第4个例子中的分割成分进一步说明了主体部分的不定代词的具体所指。

Б. 简单句中同等谓语作分割部分的分割结构,如:

① Если укрепить иммунитет, он сам справится со своими врагами. Сам победит любую инфекцию. (《Инфузория туфелька》)

② И он слушал, а потом уходил. Просачивался, как песок сквозь пальцы. (《Коррида》)

③ Виталин появился очень некстати, как говорится в пословице, был нужен Трофимову как рыбе зонтик. Но Виталий этого не знал. Не догадывался, что он зонтик. (《Не сотвори》)

以上这三个例子中的并列谓语分割结构具有进一步解释说明主体部分的谓语的作用。

④ Так что вы думаете? Я тоже залез и прыгнул. И обогнул. (《Скажи мне что-нибудь на твоем языке》)

⑤ Стронулась и пошла лавина. И накрыла обоих. (《Северный приют》)

⑥ И ее назначение—природа, погоня, ошеломляюще острый нюх—стихия катастрофических запахов и тот единственный, различимый среди всех, заставляющий настигнуть. Победить. И принести хозяину. (《Коррида》)

以上三个例子中的并列谓语分割结构表达了行为过程的连续性,体

第五章
维·托卡列娃作品中内在对话性的语用分析

现了一定的时间关系。

⑦ Издалека костюм показался Марине еще прекраснее. Она поняла, что купит его. Или отберёт. («Лиловый костюм»)

⑧ Она не могла полностью отвлечься на музыку. Или не умела. («Лиловый костюм»)

⑨ Лучше вообще не приходи. Или приходи на неделю. («Сентиментальное путешествие»)

以上三个例子中的并列谓语分割结构借助于区别连接词"или"表达了一定的行为区别意义。

(2) 简单句中同等次要成分作分割部分的分割结构

简单句中同等次要成分作分割部分的分割结构是一种最常见的分割结构类型。同等次要成分指同等补语、同等状语及同等定语。正如斯·马里奇(Марич С. Н.)所说,"简单句的次要成分常常被分割,这些被分割的部分被视为句子的同等次要成分和独立成分。句子的分割成分中定语被分割最常见,其次是状语和补语。"① 但在维·托卡列娃的作品中,并列补语和并列状语的分割结构最为常见。

A. 同等补语作分割部分的分割结构,如:

① Еще один лестничный марш, еще одно усилие, и она сможет отгородиться от мира. От людей и от облаков. От автобусов и собак. («Тайна земли»)

② Я все про себя узнал, и шапка была не нужна мне больше. Можно подарить ее кому-нибудь. Гришке Гарину, например. («Рубль шестьдесят не деньги»)

③ Японка была испорчена цивилизацией. Глядела на меня

---

① Марич С. Н. Парцеллированные конструкции в современном украинском литературном языке. Автореф. дисс. канд. Фил. наук Киев, 1988.

своими дивными глазами и думала не о преклонении, а черт знает о чём. О мировой экономике. (« Японский зонтик »)

以上三个分割结构中的分割部分是对主体部分的补语作进一步的说明。

Б. 同等状语作分割部分的分割结构

同等状语指同等地点状语、同等时间状语及同等行为方式状语。同等状语作分割部分的分割结构如下：

① Но мой дом находился в России, а здесь я была за границей. В Швеции. (« Банкетный зал »)

② Я живу за городом. На даче. (« Сентиментальное путешествие »)

③ Она хотела быть счастлива Сегодня. Сейчас. Сию минуту. (« Старая собака »)

④ Давай встретимся на нейтральной территории. В ресторане. (« Северный приют »)

⑤ В гостиницу вернулись поздно. Во втором часу ночи. (« Я есть. Ты есть. Он есть »)

⑥ Я играла как никогда. На грани истерики. (« Система собак »)

⑦ Укрепившись окончательно, решила, что есть смысл оформить ощущения в слова, а слова высказать вслух. По телефону. (« Тайна Земли »)

以上分割结构中的分割部分具体指明了主体部分所涉及的时间、地点和行为方式。

2）复合句中的并列分割结构

复合句有并列复合句和主从复合句。本书从并列复合句和主从复合句的角度划分并列分割结构。

第五章
维·托卡列娃作品中内在对话性的语用分析

(1) 并列复合句中第二分句作分割部分的分割结构

① О ценах на фрукты и на жилье, о температуре воды и температуре воздуха. И о том, что я по ним скучаю, и это было некоторым преувеличением. («Ехал грека»)

② Он же умер, его можно было бы позвать сюда, в санаторий. Но звать не хотелось, потому что неинтересно было проигрывать одну и ту же игру. («Старая собака»)

③ К Раскольникову обращаться не хотелось. Для него Романова — фея. А феи в туалет не ходят. И питаются лепестками роз. («Сентиментальное путешествие»)

这类分割结构的第二分句一般用并列连接词 и、带对别—转折意义的连接词 а (но) 及带区分意义的连接词 или 与第一分句连接。

(2) 主从复合句中同等从句作分割部分的分割结构

主从复合句中同等从句作分割部分的分割结构主要有两种类型:"主句(。)+从句(。)+从句;主句(,)+从句(。)+从句。"①在维·托卡列娃的作品中"主句(,)+从句(。)+从句"这一类型的分割结构最为常见,如:

① Ему казалось, что Романова ждет. Что она пришла не случайно. («Сентиментальное путешествие»)

这是主从复合句中同等说明从句作分割部分的分割结构。

② Она и Фернандо любила за то, что он улучшал ее дом. Достроил веранду. Покрыл крышу алюминиевым шифером. И делал все добросовестно, как себе. («Полосатый надувной матрас»)

这是主从复合句中同等原因从句作分割部分的分割结构。

---

① Зелепукин Р. О. Парцелляция в художественной прозе Виктории Токаревой: структура, семантика, текстообразующие функции, 2010. С. 114.

③ Феликс приехал в Москву, чтобы найти работу. Снять кино. (《Маша и Феликс》)

这是主从复合句中同等目的从句作分割部分的分割结构。

2. 从属分割结构

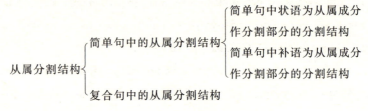

图 2

图2清晰地反映了从属分割结构的组成部分。从属分割结构由简单句从属分割结构和复合句从属分割结构组成，简单句从属分割结构又分为简单句中状语为从属成分作分割部分的分割结构和简单句中补语为从属成分作分割部分的分割结构。从属分割结构的各个类型举例详述如下：

1) 简单句中的从属分割结构

简单句中的从属分割结构的分割部分由状语、补语、定语构成。这些状语、补语原则上从属于主句中的谓语，定语原则上紧跟在主句中的补语后面。

(1) 简单句中状语为从属成分作分割部分的分割结构

A. 行为方式状语为从属成分作分割部分的分割结构，如：

① Одно движение — и все получилось. Без поправок. (《Инфузория-туфелька》)

② А пока Зина разобралась, что к чему, Феликс окончил институт и защитил диплом. С отличием. (《Маша и Феликс》)

Б. 地点状语为从属成分作分割部分的分割结构，如：

第五章
维·托卡列娃作品中内在对话性的语用分析

① Однажды жена с сыном отдыхать уехали. На юг. (« Северный приют »)

② Его корабль болтается у причала, как баржа. Среди арбузных корок и спущенных гальюинов. (« Я есть. Ты есть. Он есть. »)

③ Возле фонарного столба лежала убитая дворняга Ее, наверное, сбила машина и кто-то оттащил в сторону. К столбу. (« Тайна Земли »)

④ Видимо, его браки совершались на земле. В районных загсах. (« Розовые розы »)

В. 原因状语为从属成分作分割部分的分割结构, 如:

① Алена и жабкане нравились друг другу. Без причины. (« Тайна Земли »)

② Он молчал. Не из-за Светланы. Из-за Радды. (« Старая собака »)

③ Но, как говорят в народе, она « хорошо осталась ». При всех удобствах. Квартира, машина, дача, гараж. Плюс к тому подруга Нина и друг Фернандо. (« Полосатый надувной матрас »)

④ Она хотела сохранить его не для себя. Просто сохранить. Для него самого. (« Сентиментальное путешествие »)

Г. 目的状语为从属成分作分割部分的分割结构, 如:

⑤ Феликс приехал в Москву и зашёл ко мне. Просто поздороваться. (« Маша и Феликс »)

⑥ Надька позвонила по телефону в город Лондон и вызвала мать Райнера. На подмогу. (« Птица счастья »)

⑦ Вдоль дороги покачивались цветы и травы: клевер, метелки, кашка, и каждая травинка была нужна. Например, коровам и пчелам. Для молока и меда. (« Старая собака »)

(2) 简单句中补语为从属成分作分割部分的分割结构

这类分割结构中的补语绝大多数是带前置词的间接补语。如:

⑧ Ты бросил жену и женился второй раз. Не на мне. («Система собак»)

⑨ Поднимается с постели, идет в другую комнату. К жене. («Северный приют»)

⑩ Романова снова ощутила превосходство этого человека над собой. Да и надо всеми. «сентиментальное путешествие»

(3) 简单句中定语为从属成分作分割部分的分割结构,如:

① Марьяна сделала шаг. Еще один. («Инфузория-туфелька»)

② Мы вместе книгу делаем. Детскую. («Сентиментальное путешествие»)

③ Марьяна заменила две кровати на одну. Арабскую. («Инфузория-туфелька»)

以上所有类型的简单句从属分割结构的主体部分和分割部分原则上是一个完整的句子,被分割出来的状语、补语和定语是被强调的成分,分割部分常引起读者的注意。

2) 复合句中从属分割结构

复合句中从属分割结构主要指主从复合句中由从句作分割部分的分割句。"副句分割虽不像句子成分分割那么常见,但在现代俄语中这一现象正在不断发展,某些类型的副句分割已相当普遍。"[①]如:

① И вот все разом рухнуло. Как будто лавина сошла с горы с тихим зловещим шорохом и все срезала на своем пути. («Инфузория-туфелька»)

---

① 郭聿楷:"俄语句法中的分割结构——ПАРЦЕЛЛЯЦИЯ",《外语学刊》,1981(1):4。

第五章
维·托卡列娃作品中内在对话性的语用分析

这是主从复合句中行为方法、程度和度量从句为从属成分作分割部分的分割结构。

② Татьяне стало смешно. Как будто они старшие школьники в пионерском лагере. (《Перелом》)

这是主从复合句中比较从句为从属成分作分割部分的分割结构。

③ Марьяна понимала. Она тоже не могла жить без любви. (《Инфузория-туфелька》)

这是主从复合句中说明从句为从属成分作分割部分的分割结构。

以上内容主要论述了常见的并列分割结构和从属分割结构的分类。在维·托卡列娃的作品中还随处可见比较状语作分割部分的分割结构和混合型的分割结构。

比较状语作分割部分的分割结构，如：

① Рома быстро сообразил и исчез. Как ветром сдуло. (《Перелом》)

② Он стоит, оцепеневший от одиночества, вырванный из праздника жизни, как морковка из грядки. И как морковка, брошенный в осеннюю свалку. (《Северный приют》)

③ Он сидел рядом, но далеко. Как труп близкого человека. (《Сентиментальное путешествие》)

这一类型的分割结构的主体部分和分割部分常常借助比较连接词 как 连接。

混合型的分割结构，如：

① Феликс работал с полной отдачей. Сводил счёты с прошлым. Когда-то он был хуже всех-нищая безотцовщина. (《Маша и Феликс》)

这个混合型分割结构由两个类型的分割结构组成。第一句和第二句构成了简单句中同等谓语作分割部分的分割结构;第一句、第二句与第三句构成了主从复合句中从句作分割部分的分割结构。

② Евреи не сдают своих матерей. И своих детей. Ни при каких условиях. («Перелом»)

这个混合型分割结构由两个类型的分割结构组成。第一句与第二句构成了简单句中同等补语作分割部分的分割结构;第一句、第二句与第三句构成了简单句中状语为从属成分作分割部分的分割结构。

③ Третий муж-не пил. Зарабатывал. Но скандалил. («Лиловый костюм»)

这个混合型分割结构由两个类型的分割结构组成。第一句与第二句构成了简单句中同等谓语作分割部分的分割结构;第一句、第二句与第三句构成了并列复合句中第二分句作分割部分的分割结构。

综上所述,分割结构的类型多样,这些分割结构的类型在维·托卡列娃的作品中大都可以找到典型的例句。所以,维·托卡列娃作品中丰富多样的分割结构为本书的分割结构的语用含义的分析提供了语料。下面我们将借助宏观上下文和最小上下文阐释分割结构中的隐含主观情态意义。

5.2.3 分割结构的语用分析

分割结构是把句中的一些成分、从句或分句分割出去,从而达到强调被分割部分的作用。分割结构是一种修辞句法手段。如今,分割结构在书面语中,尤其是在文学作品中已经比较常见。从修辞角度看,分割结构起着句法修辞功能;从语用学视角看,分割结构具有一定的语用隐含意义。研究表明,分割结构是异于常规的句法表达手段,"在语篇中发话人使用不规则的(反常的)语法结构时(如果不是错误使用的话),受话人就要花费力气弄清楚隐含在话语背后的含义。反常的语法范畴的使用违反了格赖斯会话合作原则的方式准则——不要说隐晦的话语,因而产生了

第五章
维·托卡列娃作品中内在对话性的语用分析

语用意向性隐含意义。"① 分割结构易于引起读者的注意,易于让读者揣摩作者—叙述者的意图。因此,我们可以判定,分割结构这一句法修辞手段是作者—叙述者与读者之间的内在对话性的具体体现手段。意向性隐含意义是说话人为了达到某种效果而有意地使用具有个人特色的表达方式而产生的意义,是说话人有意地赋予话语的一种语用含义。具体而言,意向性隐含意义就是说话人对某人、某事的一种态度,如情感评价态度或讽刺的态度。

如上所说,意向性隐含意义与隐含主观情态意义一样都是说话人对待某人、某事的情感态度。作者借助分割结构传达蕴含在分割部分的隐含意义,这种隐含意义是作者—叙述者或主人公对某人、某事的真正的情感、态度。因此,作者—叙述者或主人公的情感、态度正是本节分析的隐含主观情态意义。作者—叙述者不会显性地表达这些隐藏在分割结构中的隐含意义,这需要读者进一步深入到作品内部寻找、推理分割结构的隐含意义。

分割结构具有一定的节奏表现力。众所周知,在语言学文献中语调被认为是一种特殊的表现力手段,说话人借助语调表达对听话人或交谈对象的某种态度。在日常口头交际中,交谈双方经常通过语调传达个人的情感。在书面作品中,作者利用句法结构营造韵律效果,从节奏上对读者产生影响。分割结构是一种特殊的富于表现力的手段,这种结构被分割为两个或更多个独立的部分。在书面语中作者借助标点符号(句号、问号、感叹号)使分割结构在节奏上产生停顿。其中,由问号、感叹号隔开的分割结构具有明显的语调情感表现力,而由句号隔开的分割结构在不同的语境(作品上下文)中具有不同的含义。所以,由句号隔开的分割结构更需要读者花费力气弄清背后隐藏的隐含意义。带有多个分割部分的分割结构在作者有节奏的话语组织中起着重要的作用,根据作者的不同意

---

① Масленникова А. А. Лингвистическая интерпретация скрытых смыслов. —СПБ:Изд-во С.-Петерб. ун-та, 1999. C. 41—44.

图,分割结构可营造不同的韵律效果。有时,简短形式的分割结构还可烘托出情节的紧张气氛。

本节所研究的语用意义是隐含主观情态意义。维·托卡列娃作品的语言以简洁、形象和生动而著称。在维·托卡列娃作品中分割结构随处可见。在分割结构的分类这一部分中我们从她的作品中就摘取了大量的分割结构作为例句。下面本节我们将借助语境理论对分割结构进行语用推理,从而获得分割结构的隐含意义。

维·托卡列娃在作品中塑造的基本都是女性人物形象,在她的作品中分割结构的大量使用让读者充分感受了女主人公的喜怒哀乐。爱、忧伤、喜悦、愤怒是维·托卡列娃作品中体现出的女主人公的主要情感。

1. 隐含情感之一——爱

爱情是最无私、最高尚的情感,是与爱相关的、被强烈吸引的一种有表现力而快乐的情感,是两个相爱的人彼此可以为了对方而不惜牺牲自己生命的意图和行为。爱情是维·托卡列娃作品中的重要主题,爱情是维·托卡列娃作品中女主人公毕生追求的幸福。因此,维·托卡列娃作品的语言中处处渗透着女主人公对爱情的渴望,下面几种类型的分割结构中均蕴含着主人公"爱"的情感。

1) Но Маша не заостряла внимания на таких мелочах, как своё здоровье. Для неё главное-Феликс. *Вот он рядом, можно на него смотреть сколько угодно, до рези в глазах. Можно его понюхать, вдыхать, только что не откусывать по кусочку. Можно спать в обнимку и даже во сне, в подсознании быть счастливой до краёв, когда больше ничего не хочешь. И ничего не надо, он был ей дан, и она приняла его с благодарностью.* (« Маша и Феликс »)

这一例句节选自维·托卡列娃的短篇小说《玛莎与费利克斯》,节选的这一片段是典型的准直接引语,这段话语中充满着女主人公玛莎的声

第五章
维·托卡列娃作品中内在对话性的语用分析

音,从玛莎的声音中读者可以充分感受到她对丈夫费利克斯的爱。这个片段中包含着一个较长的并列复合句中第二分句作分割部分的分割结构,这个分割结构有两个同等分割部分。从分割结构中的一系列由词组构成的最小上下文(如"на него смотреть сколько угодно, до рези в глазах 看他(费利克斯)直到看到眼睛疼""его понюхать, вдыхать, только что не откусывать по кусочку 闻他的(费利克斯)气味,吮吸他的气味,差一点咬他一块""спать в обнимку и даже во сне, в подсознании быть счастливой до краёв 睡在他的怀抱里,梦里都幸福满溢")中我们可以充分感受到女主人公玛莎情感上的幸福,感受到玛莎对丈夫费利克斯深沉的爱。只要能和费利克斯生活在一起,无论让她做什么,她都会去做。从小说中我们还知道,当玛莎和费利克斯还是大学生的时候,他们就有了第一个孩子。费利克斯当时不想要孩子,他想让玛莎堕胎,同时允诺:只要玛莎堕胎,他就会娶她。为了能和费利克斯结婚,玛莎堕了胎,这次堕胎不仅损害了玛莎的身体,而且直接导致了玛莎不孕。即使这样,玛莎也不后悔。只要能和费利克斯在一起,她做什么都心甘情愿。这一宏观上下文也说明了玛莎对费利克斯的爱。

2) Марьяна понимала. *Она тоже не могла жить без любви. Но у нее была одна любовь на всю жизнь. Муж. Аркадий.* («Инфузория-туфелька»)

这一例句是个混合类型的分割结构。这个混合类型的分割结构由三个分割结构构成。"Марьяна понимала. Она тоже не могла жить без любви."(玛丽亚娜明白,没有爱情她也不能活。)是个主从复合句中以说明从句"Она тоже не могла жить без любви. 没有爱情她也活不了"作分割部分的分割结构。"Она тоже не могла жить без любви. Но у нее была одна любовь на всю жизнь."(没有爱情她也活不了,但是一生中她只有一个爱人。)是个并列复合句中以第二分句"Но у нее была одна любовь на всю жизнь."作分割部分的分割结构。"Но у нее была одна любовь на всю жизнь. Муж. Аркадий."(她一生中只有一个爱人:丈夫阿尔卡季。)是个简单句中同等谓语作分割部分的分割结构。这三个分割结构层层递进,最终说明了女主人公玛丽亚娜对丈夫的爱。玛丽亚娜对爱的渴求及对丈夫的爱的情感充分体现在三个分割部分中。词组"жить без любви"体现了玛丽亚娜对爱的渴求;对丈夫的爱的这一情感充分体现在"Но у нее была одна любовь на всю жизнь. Муж. Аркадий."这一同等谓语作分割部分的分割结构中。在这个分割结构中,"одна любовь""Муж"和女主人公丈夫的名字"Аркадий"是同语重复。"Муж""Аркадий"是起着进一步补充说明作用的分割部分,这一分割部分说明了女主人公玛丽亚娜对丈夫的专一的爱。从宏观上下文可知,阿尔卡季 13 年来一直与另外一个女人交往,他可怜自己的妻子,所以他才没有抛弃玛丽亚娜。后来,即使玛丽亚娜知道了丈夫对她的背叛,但出于对丈夫的爱及家庭的爱,她选择了沉默。

3) Она хочет его ВСЕГО. ВСЕГДА. («Сентиментальное путешествие»)

这是一个简单句中同等状语作分割部分的分割结构。女主人公罗曼诺娃对男主人公拉斯科利尼科夫的深沉的"爱"充分体现在"ВСЕГО"(所有)"ВСЕГДА"(任何时候)两个词汇最小上下文中。这两个单词表达了爱情中的女人对爱人优缺点的全盘接受、对永恒的爱情的期待。"ВСЕГО""ВСЕГДА"这两个全部字母大写的词首先映入读者的眼帘,吸引读者的注意力,引发读者思考,增强了句子的情感表达效果。从宏观上下文可知,女主人公一刻都不愿离开自己的爱人,没有爱人的陪伴一切事情都毫无意义。如女主人公的朋友玛莎邀请她外出吃饭,一想到要与爱人分离几个小时,女主人公就非常惆怅,正如作者所描写的一样,"В программе был Рим глазами избранных и обед в дорогом ресторане. Но в эту программу не входил Раскольников. И значит, все теряло всякий смысл."(在多数的人眼中,参观罗马和在昂贵的餐厅用餐一定在日程安

第五章
维·托卡列娃作品中内在对话性的语用分析

排中。但是,拉斯科利尼科夫不会参与这一日程安排中,这就意味着所有的安排(对于罗曼诺娃而言)都失去了意义。)"На ресторан уйдет часа два. Два часа без Раскольникова. Это все равно что два часа просидеть под водой, зажав нос и рот."(在饭店将消磨两个小时,而且是没有拉斯科利尼科夫陪伴的两个小时。这似乎就像捂住鼻子和嘴巴在水下待两个小时。)。为了与爱人终身厮守,即使家庭破裂女主人公也在所不惜,如"Пусть будут неприятности: разрыв с семьей, потеря привычного бытия. Но только рядом. Неприятности с НИМ. Лучше, чем блага без него."(就让各种不愉快的事情发生吧:如,与家人分离、抛弃习以为常的生活。只要与拉斯科利尼科夫在一起就好。与拉斯科利尼科夫在一起尽管会发生种种不幸,但这比没有拉斯科利尼科夫的生活更好。)"Муж встретит в аэропорту. Она отдаст чемодан с джинсами, скажет «прости» и уйдет за Раскольниковым. Куда он-туда она. Он—в лес, она—за ним..."(丈夫将到机场接罗曼诺娃。她将把装满牛仔裤的旅行箱交给丈夫,并说'请原谅'。然后跟着拉斯科利尼科夫离开。拉斯科利尼科夫到哪,她就跟着到哪。拉斯科利尼科夫去森林,她就跟去森林……)的描写充分体现了女主人公欲抛弃家庭、与男主人公在一起的决心。

2. 隐含情感之二——忧伤

每个人都有七情六欲,忧伤只是其中的一种。忧伤是一种被动消极的情绪,是人的一种心理感受,是一种不快乐、不高兴的表现。忧伤是人的基本情感之一,它表达了人们对某人、某事不满的情绪,这种情绪使人不快乐。维·托卡列娃的作品大多是描写主人公之间的爱情,而且大多数的主人公都收获不到想要的爱情。所以,维·托卡列娃的大部分作品中都渗透着主人公忧伤、忧愁的情绪。作者在作品中常常借助分割结构传达着主人公忧伤、忧愁的情感。

1) Марина так давно ждала серьезного предложения. *И вот дождалась. От Барбары.* («Лиловый костюм»)

这是一个混合型的分割结构。"Марина так давно ждала серьезного предложения. И вот дождалась."(马林娜久久地等待着爱人的求婚。终于等来了。)是个并列复合句中以第二分句"И вот дождалась"为分割部分的分割结构。"И вот дождалась. От Барбары."(等来的却是巴尔巴拉的求婚)是个简单句中补语作分割部分的分割结构。这个分割结构主体部分中的"давно ждала"这一词组表达了女主人公马林娜长久地在寻找爱情、等待爱人的心情。由宏观上下文可知,马林娜的感情之路非常坎坷:她结了三次婚,但最后都以离婚收场。她的第一位丈夫既酗酒,又没有工作;她的第二位丈夫不酗酒,但也不工作;她的第三位丈夫不酗酒、有工作,但是有暴力倾向。因此,她一直渴望寻找一位经济独立、爱着她的丈夫。"дождалась"这一词汇揭示出经过长久的等待女主人公终于等来了期盼已久的爱情、婚姻,这个最小上下文表达了女主人公喜悦的心情。但是,分割部分"От Барбары"抹杀了女主人公喜悦的心情,字里行间不仅透露出女主人公的无奈、忧伤的情绪,而且表达出了主人公对自我的一种讽刺。依据小说上下文语境可知,巴尔巴拉是一位同性恋。马林娜最终等来的是女同性恋的求婚,这让我们的女主人公感觉到自己情感之路的坎坷。因此,这个分割结构体现了女主人公悲哀和遗憾之情。

　　2) Она-подруга гения. *А сейчас она—нуль без палочки.*
(«Полосатый надувной матрас»)

　　这是一个并列复合句中第二分句作分割部分的分割结构。主体部分中的"гений 天才"指的是女主人公尼娜的丈夫。通过宏观上下文可知,尼娜的丈夫是个多才多艺、风趣幽默的人。因此,丈夫在世时,她们有很多朋友,丈夫是尼娜的依靠。分割部分中的"нуль без палочки"(没有指针的方向盘)这个短语是个隐喻,暗含了失去丈夫的尼娜就像是没有指针的方向盘。丈夫是尼娜的指针,他引导着女主人公的生活。丈夫去世后,女主人公尼娜失去了生活的方向、生活的依靠,她成了一个微不足道的人。因此,"нуль без палочки"这个短语表达了女主人公对未来生活的惆怅,

第五章
维·托卡列娃作品中内在对话性的语用分析

她的忧伤之情溢于言表。

3) A вместо *этого* открывалась дверь, входила очередная старуха и поднимала платье. *И так изо дня в день. Из месяца в месяц. Из года в год.*（«Один кубик надежды»）

这个例句中的斜体部分是简单句中并列状语作分割部分的分割结构。"A вместо этого открывалась дверь, входила очередная старуха и поднимала платье"（（诊所）的门开了,一直等待的爱人没有出现,取而代之的是,进来的是撩着裙子的老太婆）这个以句子形式出现的最小上下文表达了两位女主人公的失望之情。尤其是,"вместо этого"（代替（主人公等待的）爱人）和程度副词"И так"（这样地）这两个词组最小上下文中所蕴含的语气体现了两位主人公的失落的情绪。并列的三个时间状语"изо дня в день. Из месяца в месяц. Из года в год."表达了时间的长久,"一天又一天、一月又一月、一年又一年"是三个并列的分割部分。这三个并列的分割部分层层递进地传达了女主人公由渴望到失望的心情。由"Искать этого Другого было некогда и негде, поэтому она ждала, что он сам ее найдет. В один прекрасный день откроется дверь и войдет Он, возьмет за руку и уведет в интересную жизнь."（不知道在什么时候和什么地方能够寻找到自己的爱人,所以她就只有等待他找到自己。在一个美好的日子里门开了,爱人进来了。他拉着我的手,带我步入幸福的生活）这一句群宏观上下文可知,作品中的两位女主人公洛拉、丹娘是护士,她们一直在寻找、等待"этого Другого",即苦苦寻找和等待的心目中的爱人。"Другого"这个第一个字母大写的单词不仅醒目,而且具有强调的作用。该分割结构主体部分中的"этого"也指的是"этого Другого"。她们一天又一天、一月又一月、一年又一年等来的都是一些女性老年病患者,她们的爱情、爱人始终没有出现。因此,她们等的时间越久,她们的失望、忧伤之情越浓。

3. 隐含情感之三——喜悦

喜悦是忧伤的反义词,它也是人的基本情感因素,看到喜欢的人或物、获得别人的赞扬、成功地做成了自己想做的事情、事业上(学业上、生活上、工作上)取得一定的成就都会令人们感到高兴、愉悦、喜悦。维·托卡列娃作品中虽然处处散发着主人公的悲伤之情,但也有让主人公高兴的事情。

1) В крайнем случае можно *зачеркнуть* двадцать пять лет с Димкой и *начать* сначала. *Выйти* замуж за Картошко. *Уйти* с тренерской работы. *Сделать* из Картошки хозяина жизни. *Варить* ему супчики, как мама... («Перелом»)

这是同一形式主语(这一形式主语是作品主人公塔季扬娜)下的多谓语作分割部分的并列分割结构。这一带有多个同等分割部分的分割结构不仅在谓语动词上具有先后因果联系,而且节奏上简洁明快,烘托出了恋爱中的女主人公塔季扬娜喜悦的心情。这些并列分割成分在结构上整齐划一,节奏上具有很强的韵律感,这让读者充分感受到女主人公塔季扬娜轻松、愉快的心情。这个分割结构体现了塔季扬娜对自己未来生活的美好憧憬。小说中,女主人公的情感经历坎坷,她总是遭遇男人的背叛。被初恋情人抛弃后,塔季扬娜与现任的丈夫吉姆卡结婚。婚后,她的生活并不轻松,她负担着养家的重任。作品中的"В тридцать пять Таня родила дочь и перешла на тренерскую работу. Димка несколько лет болтался без дела, сидел дома и смотрел телевизор. Потом купил абонемент в бассейн и стал плавать."(35 岁的时候,丹娘生了个女儿,之后转做教练。而吉姆卡多年以来则游手好闲,待在家里看电视。后来,他购买了长期游泳票,开始游泳。)这一句群宏观上下文充分体现了女主人公背负着沉重的生活负担。不仅如此,丈夫吉姆卡在情感上还背叛塔季扬娜,他在外面养小情人。物质上的沉重负担与情感上的不顺让女主人公心灰意冷。但命运最终垂青于她,她遇到了深爱着她的物理学家卡尔托斯基,卡尔托斯基的爱

第五章
维·托卡列娃作品中内在对话性的语用分析

让女主人公开始幻想着未来的美好生活。因此,这段幻想的未来的生活状态让塔季扬娜既期待又喜悦。

2) Романова выдохнула напряжение. *Расслабилась.*
(«Сентиментальное путешествие»)

这是个简单句中同等谓语作分割部分的分割结构,这一分割结构表达了女主人公罗曼诺娃如释重负、轻松、喜悦的一种心情。女主人公的这种心情充分体现在"выдохнула"和"Расслабилась"两个动词谓语中。最小上下文传达出女主人公的轻松、喜悦的情感,这从小说宏观上下文语境和历史文化知识这一背景语境中可以找到原因。这个例句节选自《感伤的旅程》这一中篇小说。这个小说故事发生于20世纪70年代的勃列日涅夫统治时期的俄罗斯。这个时期,许多俄罗斯人对当时的政治统治不满,俄罗斯出现了许多叛逃出国的人,小说主人公拉斯科利尼科夫就是其中一位。拉斯科利尼科夫不喜欢俄罗斯,不喜欢布尔什维克党,他想趁着这次国外旅行的机会叛逃出国。女主人公罗曼诺娃知道了这个叛逃计划后极力说服、劝阻拉斯科利尼科夫。罗曼诺娃深深地爱着拉斯科利尼科夫。罗曼诺娃知道,国家对企图叛逃出国人员的刑罚极其严酷,如果拉斯科利尼科夫不能成功出逃,那么等待他的只有死路。因此,女主人公极力劝阻拉斯科利尼科夫的叛逃行为,最终说服成功,这使女主人公很高兴。宏观上下文语境中的"Романова сидела в блаженном каком-то состоянии, как после родов, после боли и опасности."(罗曼诺娃怡然自得地坐着,她的心情犹如成功地经历了分娩痛苦和危险(喜悦之情)。)这一句描述也充分表达了在成功地说服拉斯科利尼科夫留下后,罗曼诺娃的喜悦心情。

4. 隐含情感之四——愤怒、气愤

气愤这一情感因素与爱情、忧伤、喜悦等情感因素一样都是人们最基本的情感。气愤指他人损害了自己的利益而激起的对他人不满、甚至想要惩治他人的意图和行为。维·托卡列娃作品中作者也常常借助分割结构表达女主人公对社会、对丈夫的不满情绪。

1) Куртки не очень жалко, это восстановимая утрата. А жалко Кольку, который ходит в ТАКУЮ школу, в ТАКОЙ стране. («Инфузория-туфелька»)

这个例句是带有对别连接词"А"的并列复合句中第二分句作分割部分的分割结构。分割部分中的两个字母全部大写的单词——"ТАКУЮ""ТАКОЙ"表达了女主人公对社会环境不满,表达了女主人公的愤懑、气愤之情。从小说故事发生的时间这一情景语境可知,女主人公生活的年代是20世纪90年代。确切地说,这个故事发生在1992年。从读者储存的语言外知识——历史文化背景知识可知,20世纪90年代初苏联刚刚解体,这个阶段的俄罗斯社会政局动荡、物质极度匮乏,当时的俄罗斯民众生活在极度糟糕的社会环境之中。在这种生活环境的大背景下,女主人公家的生活条件相对较好,虽然他的儿子在学校丢了上衣,但女主人公一点都不在乎,"Куртки не очень жалко"(丢了上衣不可惜)这句话说明了玛丽亚娜一点儿都不在乎被偷的东西。但女主人公对儿子科里卡所处的社会环境非常担忧,她怜惜自己的儿子,"жалко Кольку"(可怜科里卡)表达了她的担忧。因此,最小上下文中的"ТАКУЮ школу""ТАКОЙ стране"两个短语中的大写限定代词引起了读者的注意,加强了女主人公对所处时代、所处的社会环境的不满情绪,这种不满导致的只有气愤、愤怒的情感。所以,女主人公的这种情感也让读者受到感染,读者不由得对生活在那个年代的俄罗斯人同情起来。

2) Татьяна должна была работать, зарабатывать, растить дочь. А Димка-только ходил в бассейн. Потом возвращался и ложился спать. А вечером смотрел телевизор. («Перелом»)

这是个混合型的分割结构。"Татьяна должна была работать, зарабатывать, растить дочь. А Димка-только ходил в бассейн."(塔季扬

娜应该工作、挣钱、养孩子,而吉姆卡仅知道游泳。)是带有对别连接词"A"的并列复合句中第二分句作分割部分的分割结构。这个分割结构中的分割部分"А Димка-только ходил в бассейн."又是下面两个同等谓语作分割部分的分割结构的主体部分。"Татьяна должна была работать, зарабатывать, растить дочь"这个主体部分表达了女主人公塔季扬娜沉重的家庭负担。与塔季扬娜相比,她的丈夫吉姆卡则过着悠闲的生活,如"Он ходил в бассейн"(他去游泳)、"ложился спать"(躺下睡觉)、"смотрел телевизор"(看电视)。这个分割结构中明显表达了女主人公对丈夫不负责任的行为的不满。通过这个分割结构,读者可以感觉到作者对女主人公的同情。丈夫的无所事事让女主人公不满、气愤。由宏观上下文可知,女主人公塔季扬娜给丈夫找了个教练助理的工作。有了工作的丈夫在外面找情人,丈夫的出轨行为加剧了女主人公的愤懑、气愤的情感。最后,塔季扬娜离家出走,并发生了小腿骨折事件。

综上所述,分割结构是一种修辞手段,是一种情感表达手段,它的分割部分中往往隐藏了一定的隐含意义。本节我们主要借助最小上下文和宏观上下文语境阐释了隐含在分割结构中的语用意义。

5.2.4 准直接引语的语用分析

准直接引语是典型的双声语的代表,它是一种混合了作者—叙述者与人物的主观意识的话语叙述方式,它很早就引起学者们的关注。

5.2.4.1 准直接引语的语用概述

准直接引语(несобственно-прямая речь)是一种重要的人物话语方式,它作为一种修辞兼句法手段被广泛地运用于文学作品中。

迄今为止,准直接引语这一术语没有统一的称谓。"在德国,卡莱斯基(Kalepky)19世纪末就注意到非纯直接引语,并命名为'朦胧的话语',另一批评家洛克(Lorck)则在1921年第一次使用了沿用至今的'被体验的话语'。法国语言学家巴利(Bally)在1912年将之命名为'自由间接风格'。这一命名影响甚大,英美评论界的'自由间接话语''自由间接引语'

或'间接自由引语'等概念,都从中得到启示。"①"自由间接引语尽管在人称和时态上形同间接引语,但在其他语言成分上往往跟直接引语十分相似,故被德国批评家利思(G. Leith)称为准直接引语。"②本书中,我们运用了准直接引语这一称谓,这是根据我国学者对这一术语的普遍称谓。不管学者们运用何种术语来称谓,这些都只是这个术语的形式问题,它们的内容实质都是相同的。

准直接引语是言语干扰最重要和最复杂的表现形式,19世纪末俄语中就出现对准直接引语的描述:别·克兹洛夫斯基(Козловский П. О.)把准直接引语的特点描述为"由直接引语和间接引语变成的作者本人的言语"③。瓦·沃洛希诺夫(Волошинов В. Н.)在《马克思主义与语言哲学》一书中对准直接引语与其他一些言语干扰现象进行了研究。书中,瓦·沃洛希诺夫首次提出了"言语干扰"这一术语,但他没有对其进行深入研究。有关准直接引语的问题,瓦·沃洛希诺夫在概述性论述的基础上对西欧学者们(如,托波勒、卡莱普基、巴利、福斯勒学派)的有关准直接引语的观点进行了批判性的分析。遗憾的是,瓦·沃洛希诺夫在书中没有对准直接引语进行分类,也没有对其进行细致的研究。在《长篇小说话语》一文中,米·巴赫金提出了又一重要概念——"杂语"。米·巴赫金认为,"杂语"最重要的表现形式有两个:人物话语和镶嵌体裁。同时,米·巴赫金又指出,主人公的语言这一杂语形式在长篇小说中主要用于人物的直接叙述、人物的直接对话中。但"杂语又分布在人物四周的作者语言中,形成了人物所特有的领区。构成这种领区的成分是半人物语言、各种形式隐蔽表现的他人话语、散见各处的他人语言的个别词语字眼、渗入作者语言中的他人情态因素(省略号、诘问、感叹)。领区是这样或那样附着

---

① 申丹:《叙述学与小说文体学研究》,北京:北京大学出版社,2005年,第290页。
② 同上。
③ Козловский П. О сочетании предложении прямой и косвенной речи//Филологические записки. Воронеж, 1890. Вып. 4—5.

第五章
维·托卡列娃作品中内在对话性的语用分析

于作者声音之上的人物语言有效作用的区域"①。"渗入作者语言中的他人情态因素(省略号、诘问、感叹)"就是文中米·巴赫金认为的准直接引语。这一带有省略号、诘问、感叹等情态因素的准直接引语是长篇小说中表达内心语言的最常见的形式,这一准直接引语形式不仅最适于表达人物的内心语言,而且是最典型的准直接引语。

维·维诺格拉多夫②(Виноградов В. В.)在有关俄罗斯文学风格的研究中对准直接引语的结构与历史也有所提及,并影响深远。20 世纪40—50 年代娃·布罗茨卡娅(Бродская В. Б.)(1949)、娜·什维多娃(Шведова Н. Ю.)、伊·科夫图诺娃(Ковтунова И. И.)、耶·罗宁(Ронин Е. Л.)、娜·波斯佩洛娃(Поспелова Н. С.)等③学者对准直接引语的形式和功能进行了研究。伊·科夫图诺娃在对 20 世纪 40—50 年代的有关准直接引语的研究进行对比分析后得出两个基本论点:"(1)与直接引语和间接引语一样,准直接引语是转达被描写人物的话语与思想的第三个独立的方式;(2)准直接引语是作者言语与人物言语的混合,是'两

---

① Бахтин М. М. Слово в романе//Вопросы литературы и эстетики. М. ,1975. С. 130.
② Виноградов В. В. Стиль 《Пиковой дамы》//О языке художественной прозы. М. , 1980. С. 176—239;Язык Гоголя // Н. В. Гоголь: Материалы и исследования / Под ред. В. В. Гиппиуса. Т. 2. М. ;Л. , 1936. С. 286—376;О языке Толстого (50—60—е годы) // Л. Н. Толстой. Т. 1. Литературное наследство. М. ,1939. С. 117—220.
③ Бродская В. Б. Наблюдения над языком и стилем ранних произведений И. А. Гончарова// Питания словьянського мовознавства. Львів, 1949. Т. 2. С. 137—167;Шведова Н. Ю. К вопросу об общенародном и индивидуальном в языке писателя. Вопросы языкознания,1952(2). С. 104 — 126; Ковтунова И. И. Несобственно-прямая речь в русском литературном языке. Русский язык в школе, 1953(2). С. 18—27; Ронин Е. Л. Разновидности несобственной прямой речи в романе Чернышевского 《Что делать》 // Київський державний педагогічний інститут ім. Горького О. М. : Збірник студентських наукових праць. Т. 1: Історико-філологічні та педагогічни науки. В. 1. Київ, 1955; Поспелова Н. С. Несобственно-прямая речь и формы ее выражения в художественной прозе Гончарова 30—40 —х гг. //Материалы и исследования по истории русского литературного языка. Т. 4. М. , 1957. С. 218—239.

个言语层面、两个言语本源的重合'"①。

继瓦·沃洛希诺夫之后,丽·索克洛娃(Соколова Л. А.)在准直接引语的研究方面做出了新的奠基性的贡献,她著有《作为一种修辞范畴的准直接引语》一书。书中,索克洛娃在批判性地论述了俄罗斯及早期的德国学者有关准直接引语的研究的基础上提出了准直接引语是与直接引语和间接引语不同的句法结构,准直接引语是一种混合了作者与主人公主观意识的一种叙述方式。索克洛娃的《作为一种修辞范畴的准直接引语》一书的最主要的贡献是"作者详细地论述了准直接引语的基本修辞可能性及使用准直接引语的原因"。尽管如此,此书也存有不足之处:"(1)作者把非纯作者言语(несобственно-авторская речь)与言语干扰概念等同;(2)作者既没有区分言语干扰的基本类型,也没有区分准直接引语的基本类型"②。

在当代,沃·施米特(Шмид В.)在《叙述学》一书中对言语干扰现象的分类及特征进行了详尽的论述,并指出准直接引语是言语干扰最重要和最复杂的表现形式。书中,沃·施米特对准直接引语的特点、定义、分类及功能都进行了详尽的论述。

与其他言语干扰表现形式相比,准直接引语具有以下特点:"(1)与直接称名和自由间接引语的变体不同,准直接引语不能通过图示(引号、破折号、斜线等)或语气词(如:мол, дескать, -де)从叙述语篇中凸显;(2)与自由间接引语的类型不同,在自由间接引语的各类型中使用与直接引语相一致的人称形式,在准直接引语中说话人、受话人及主体都显示出第三人称语法形式;(3)与间接引语不同,准直接引语没有带言语动词的导入词,准直接引语的句法结构也不取决于从属连接词。被传达的从属于人物言语的话语和思想也没有任何明显的标志;(4)依据上面三点区分,准

---

① Ковтунова И. И. Несобственно-прямая речь в русском литературном языке . Русский язык в школе,1953(2). С. 18.
② Шмид В. Нарратология. -М.:Языки славянской культуры,2003. С. 121.

第五章
维·托卡列娃作品中内在对话性的语用分析

直接引语与叙述者言语又混为一谈。但是,准直接引语与叙述者言语又是有区别的。"①准直接引语区别于叙述者言语的特点是,"准直接引语转达的不是叙述者的而是人物的话语、思想、认识等。这就说明了,在准直接引语中至少特征 3(人称)指向的是叙述者言语(TH)。其他特征中,至少特征 1(主题)和特征 2(评价)指向的是人物言语(TП)。人物言语也常常出现在其他特征中:特征 5(指示代词与指示副词),特征 6(语言功能),特征 7(词汇),特征 8(句法)。越多的特征指明人物言语的存在,准直接引语就越明显地从叙述语篇中凸显出来"②。这里需要向读者解释一下。

沃·施米特在《叙述学》一书中提出了区分叙述者言语与人物言语的八个特征:1. 选题特征(тематические признаки):根据挑选的主题单位与个性的话题区别叙述者言语与人物言语。2. 评价特征(оценочные признаки):根据各个主题单位的评价与意义立场区别叙述者言语与人物言语。3. 人物的语法特征(грамматические признаки лица):根据使用的代词与动词人称区别叙述者与人物言语。4. 动词时间的语法特点(грамматические признаки времени глагола):根据动词时间的使用区分叙述者言语与人物言语。在人物言语中可能有三种动词时间:现在时,过去时,将来时。在叙述者言语中仅仅有过去的叙述。5. 指示体系的特征(признаки указательных систем):在叙述者与人物的言语中使用不同的指示体系表示行为的空间与时间。如,在人物的言语中明显的使用"我,目前,这里,今天,昨天,明天"这些指示词。6. 语言功能的特征(признаки языковой функции):叙述者言语与人物言语可能具有不同的语言功能,也就是叙述的功能,表现力或者通用的功能。7. 词汇特征(лексические признаки):通过对一个物体的不同称名或者不同的词汇层面区分叙述者与人物的言语。而且叙述者言语不一定具有书面语与中性的风格,而人

---

① Шмид В. Нарратология. -М.: Языки славянской культуры, 2003. C. 121—122.
② Шмид В. Нарратология. -М.: Языки славянской культуры, 2003. C. 122.

物的言语也不一定具有口语的风格。8.句法特征（синтаксические признаки）：根据句法结构区分叙述者言语与人物言语。

沃·施米特把准直接引语定义为，"准直接引语是叙述语篇的片段，这个片段传达了某个人物的话语、思想、感觉、接受，或者仅仅传达人物的思想立场。这个人物言语既没有使用图解符号作标记，也没有运用插入词作标示"①。

准直接引语的类型多样，沃·施米特区分出了三个重要的类型②：

(1) 准直接引语的基本类型（тип А）

这个类型的准直接引语的特点是：人物言语的时态（特征4指向人物话语）。作为转达他人言语的方式，тип А 是准直接引语最显著标记的变体。在这类变体中人物言语有两个时态：(1)人物言语的现在时；(2)人物言语的过去时。这个变体的理想图示是：

	1 тема	2 оценка	3 лицо	4 время	5 указ.	6 функц.	7 леке.	8 синт.
ТН			×					
ТП	×	×		×	×	×	×	×

上表所示的准直接引语是最典型的理想中的准直接引语。如表所示，这个类型的准直接引语中只有人称特征显示了叙述者话语，其他特征显示的都是人物话语。

(2) 准直接引语的第二个类型（тип Б）

俄语中准直接引语的第二个类型的特点是过去时的使用（特点4，即叙述时间指向叙述者言语）。这个类型的准直接引语更接近于叙述语篇，这个变体的理想图示是：

---

① Шмид В. Нарратология. -М.：Языки славянской культуры，2003. С.122.
② Шмид В. Нарратология. -М.：Языки славянской культуры，2003. С.122—123.

第五章
维·托卡列娃作品中内在对话性的语用分析

	1 тема	2 оценка	3 лицо	4 время	5 указ.	6 функц.	7 лекс.	8 синт.
ТН			×	×				
ТП	×	×			×	×	×	×

这个类型的准直接引语中，人称与时间特征显示了叙述者话语，其他特征显示了人物话语。

（3）非纯直接领会（несобственно-прямое восприятие）

如果叙述者转达了人物的领会，同时又不具有属于人物主观表达的形式，那么这就是准直接引语的第三个变体，西方叙述界称之为非纯直接领会。这一准直接引语变体存在的条件是：特征1（主题）和特征2（评价）属于人物言语，其余所有特征属于人物言语或者中性。

总之，从这三个准直接引语的类型特征来看，准直接引语中的"主题"和"评价"都一定是人物话语。

在《叙述学》一书中，沃·施米特还涉及了准直接引语的功能——隐蔽性（завуалированность）和双声性（двутекстность）。准直接引语的隐蔽性是指，在形式上准直接引语不像直接引语和间接引语一样具有一些标记性，读者很难辨识。所以，这需要读者积极地参与到作品中，并结合语境阐释准直接引语的隐含意义。当读者判断一个词、词组，或一个句子、甚至于一段话是否是准直接引语时，这就需要读者联系上下文、根据叙述者话语与人物话语的特性判断谁的声音。

在同一话语中出现两个声音（"двуголосость"或"двутекстность"），这是准直接引语的根本特性。双声性在叙述学中还有另一个术语——双腔性（двуакцентность）。双声性和双腔性不同。双腔性指同一话语中包含两种语气的语调和两种思想。比如，陀思妥耶夫斯基的中篇小说《Скверный анекдот》中的一段描写就是典型的带有两种语气的语调的准直接引语：

Однажды зимой, в ясный и морозный вечер, впрочем часу уже

в двенадцатом, три чрезвычайно почтённые мужа сидели в *комфортной* и даже *роскошно* убранной комнате, в одном прекрасном двухэтажном доме на Петербургской стороне и занимались *солидным и превосходным* разговором на весьма любопытную тему. Эти три мужа были все трое в генеральских чинах. Сидели они вокруг маленького столика, каждый в *прекрасном, мягком* кресле, и между разговором тихо и комфортно потягивали шампанское.

此例中划斜线的修饰语是作者刻画的人物的声音，同时这些修饰语又具有叙述者的一种讽刺的意味。因此，这些修饰语就是典型的具有两种语气的语调的准直接引语。但是，"准直接引语的双声性不一定都具有两种语气的语调"[1]。

在国内，第一位从修辞学角度对俄语中的准直接引语进行研究的学者是刘娟教授。刘娟在其《文学作品中的准直接引语》一书中提出了准直接引语的三个判断标准："(1)带有不同于作者叙述的词汇特点、句法结构和情感色彩；(2)摆脱引导句，因其本身为独立句；(3)具有直接引语的语调、节奏、感染力"[2]。根据准直接引语的结构范畴，书中作者将准直接引语分为四种类型："(1)词和词组构成的准直接引语；(2)短小的独立句构成的准直接引语；(3)扩展形式的准直接引语；(4)复杂化形式的准直接引语"[3]。王加兴在《试论俄语准直接引语》一文中试图从文学修辞学的角度对准直接引语问题做进一步探讨。文中作者指出，"准直接引语是俄罗斯叙事文学作品中较为常见的一种话语方式。从文学修辞学角度来看，

---

[1] Шмид В. Нарратология. -М. : Языки славянской культуры, 2003. С. 126.

[2] Лю Цзюань. Несобственно-прямая речь в художественных произведениях. Компания и спутник, М., 2006. С. 53—56.

[3] Лю Цзюань. Несобственно-прямая речь в художественных произведениях. Компания и спутник, М., 2006. С. 64—100.

第五章
维·托卡列娃作品中内在对话性的语用分析

准直接引语可分为具有语域特征和仅有视角特征而没有语域特征这两个基本类别,人物的视角是构成准直接引语的必备条件,他人言语既可以借助于引导词和句子结构插入作者语言,也可以不借助任何过渡方式直接插入"①。根据《文学作品中的准直接引语》一书中的主要观点国晶将准直接引语分为三种类型:"(1)非纯直接引语可以表现为词或词组;(2)非纯直接引语可以表现为独立的句子;(3)非纯直接引语可以表现为大量的内心独白"②。其中,"大量的内心独白式的准直接引语"与米·巴赫金在《长篇小说话语》中提及的准直接引语不谋而合。

综上所述,我们认为准直接引语的重要特点是双声性。准直接引语在人称和时态上与间接引语一致,但它不带有插入动词和连接词,转述语本身为独立的句子。准直接引语的语言成分跟直接引语非常相似,转述语中常常保留体现主人公主体意识的语言成分,如疑问句式、感叹句式、重复结构、不完整的句子、口语化或带有感情色彩的语言成分以及原话中的地点、时间状语等。关于准直接引语的判断标准,除了刘娟教授在《文学作品中的准直接引语》一书中提出的三个标准外,施米特在《叙述学》一书中又增加了三个:准直接引语的人称形式大都是第三人称,这代表了叙述者话语;准直接引语的主题显示了人物话语;准直接引语的评价特点显示了人物话语。

通过对准直接引语的概述可知,准直接引语作为一种修辞兼句法手段被广泛地应用于文学作品及政论作品中。学者们对准直接引语的研究由来已久,准直接引语的结构、分类及特点是学者们关注及研究的焦点。

准直接引语是作品中作者用来转述他人话语的一种方式,"一语双声"是准直接引语的典型特征,在准直接引语中读者既可以听到作者—叙述者的声音又可以听到主人公的声音。准直接引语主要体现主人公的主

---

① 王加兴:"试论俄语准直接引语",《解放军外国语学院学报》,2009(4):32—36。
② 国晶:《文学修辞学视角下的柳·乌利茨卡娅小说风格特色研究》,北京师范大学,2011:54。

体意识,主人公的主体意识是非常隐蔽的,读者很难辨识。准直接引语之所以作为一种修辞兼句法手段被广泛地应用于文学作品及政论作品中,是因为准直接引语是富于表现力的修辞-句法手段,"富于情感表现力是准直接引语的重要功能之一,一些准直接引语是影响读者情感的手段之一"[①]。准直接引语使读者感受到主人公对某事、某物的主观情感,有些准直接引语还有效地传达了讥讽或诙谐的效果。准直接引语中隐含的主人公的主观情感需要读者积极地参与到作品当中、并结合作品的语境对其阐释才能获得。准直接引语的语用含义是本节研究的内容。准直接引语中隐含的主人公的主观情感与本书研究的隐含主观情态意义一致,这就是本节要研究的准直接引语的语用含义。维·托卡列娃在作品中也较常运用准直接引语,下面我们分析维·托卡列娃作品中的准直接引语中的隐含主观情态意义,并洞悉作者的创作目的。

5.2.4.2 准直接引语的语用分析

与分割结构一样,准直接引语是一种富有表现力的传达人物话语的情感句法手段,它被广泛地运用于文学作品中。现代女性作家作品中常见准直接引语,维·托卡列娃的作品也不例外。作者经常借助准直接引语传达主人公或作者-叙述者对某人、某事的情感态度。本节所述的准直接引语的语用分析指准直接引语的隐含主观情态意义分析,即准直接引语中透露出的主人公或作者-叙述者对某人、某事的主观情感-评价态度。依据前文所述,人类的基本情感有喜悦、忧伤、愤怒、厌恶、害怕、害羞、惊奇、兴趣、惊慌、罪过、气愤。这些人类的基本情感就是本节所要论述的主观情感-评价态度。在这些情感(情感隐含意义)的阐释中上下文语境——宏观上下文和最小上下文起着至关重要的作用。读者借助语境进行推理而获得准直接引语的隐含意义,主人公的这种情感态度又对读

---

① Лю Цзюань. Несобственно-прямая речь в художественных произведениях. Компания и спутник, М., 2006. С. 103.

第五章
维·托卡列娃作品中内在对话性的语用分析

者的情感产生了一定的影响。

如前所述,准直接引语可以以词、词组、独立的句子和大量的内心独白形式体现。以词、词组和独立的句子体现的准直接引语是最基本的准直接引语形式。这些准直接引语中的词、词组和句子就是通常所说的最小上下文,这些词、词组和句子揭示了主人公或作者—叙述者的主观情感态度,宏观上下文则对这些主观情感态度起着解释说明的作用。带有大量内心独白的准直接引语是最典型的准直接引语类型。很显然,与其他类型的准直接引语相比,这一带有省略号、诘问、感叹等情态因素的准直接引语的情感隐含意义更明显。

下面我们从维·托卡列娃的作品中摘取例句分析文学作品中准直接引语所表现出的隐含主观情态意义。

1. 表现为词或词组形式的准直接引语的情感隐含意义

表现为词和词组形式的准直接引语指该类准直接引语中有散见的、隐蔽表现的、渗入作者语言中的人物的个别字眼,这类字眼一般以名词、形容词和形容词词组居多。这一形式的准直接引语中,作者—叙述者的声音占有绝对主导地位,而通过某些词或词组可以感觉到人物声音的存在。这些词和词组表现了人物对某事或某个人物的观点,体现出了各种情感。

如:

1) Женщина повернулась и пошла к гардеробу. Месяцев покорно двинулся следом. Они взяли в гардеробе верхнюю одежду. Месяцев с удивлением заметил, что на ней была черная норковая шуба—точно такая же, как у жены. Тот же мех. Та же модель. Может быть, даже куплена в одном магазине. Но на женщине шуба сидела иначе, чем на жене. Женщина и шуба были созданы друг для друга. Она была молодая, лет тридцати, высокая, тянула на «вамп». «Вамп»—не его тип. Ему нравились интеллигентные, тихие девочки из хороших семей.

И если бы Месяцеву пришла охота влюбиться, он выбрал бы именно такую, без косметики, с чисто вымытым, даже шелушащимся лицом. Такие не лезут. Они покорно ждут. А « вампы » проявляют инициативу, напористы и агрессивны. Вот куда она его ведет? И зачем он за ней следует? Но впереди три пустых часа, таких же, как вчера и позавчера. Пусть будет что-то еще. В конце концов всегда можно остановиться, сказать себе: стоп! (« Лавина »)

这一表现为单词(вамп)形式的准直接引语的基本特征是：句法工整、用词中性、叙述语调平缓。在这一准直接引语中虽然作者—叙述者言语占有绝对的主导地位,但这一片段中的"вамп"一词显然是人物话语,是主人公梅夏采夫对面前这个女人的评价。"вамп"是一个黑话、行话,这个词带有明显的贬义色彩,意思是"用美色勾引男人的女人"。这个充满贬义色彩的行话充分表现了主人公梅夏采夫对该女子的鄙视、不屑。"вамп"这一词汇最小上下文和"« Вамп »—не его тип. Ему нравились интеллигентные, тихие девочки из хороших семей."(用美色勾引男人的女人不是他喜欢的女人类型。他喜欢出身好,并接受过良好教育的文静的女孩。)这一句子最小上下文都表现了主人公梅夏采夫不喜欢这个类型的女子。由宏观上下文可知,这时候的男主人公深深地爱着自己的妻子、家庭,他对外面的女人不感兴趣,如"Он вообще не влюблялся в женщин. Он любил свою семью."(他完全不爱女人。他爱着自己的家庭。)这一句话可以充分说明这时的男主人公对家庭的依赖和负有的责任。

2) Смоленский был знаком со своей женой с пятого класса средней школы. Еще тогда, в пятом « Б », она была *самая умная и самая красивая девочка в классе*. Потом они вместе поступили в медицинский институт, и она была *самая умная и самая красивая студентка на курсе*. А потом они поженились, и выяснилось, что жена у Смоленского *самая умная и самая красивая женщина на*

第五章
维・托卡列娃作品中内在对话性的语用分析

Земле и любила она только Смоленского и больше никого. Любила с детства и не представляла, что можно любить кого-то еще. («Пропади оно пропадом»)

这段叙述工整、充满韵律的作者叙述中插入了三个重复的形容词性短语"самая умная и самая красивая девочка в классе"(班里最聪明、最漂亮的姑娘)"самая умная и самая красивая студентка на курсе"(年级里最聪明、最漂亮的女大学生)"самая умная и самая красивая женщина на Земле"(地球上最聪明、最漂亮的女人)。很明显,这三个重复的形容词短语是作者从主人公斯摩棱斯基的视角对妻子的描写,这三个带有褒义色彩的形容词性短语充分表达了男主人公对自己妻子的赞美及喜爱。这个准直接引语的最小上下文表达了男主人公对妻子的爱。由宏观上下文可知,男主人公虽然在情感上背叛了妻子,但他还留恋着自己的妻子和家庭。因此,男主人公的这种心境使他很痛苦。"Смоленский стоял в темноте и искренне не понимал, как он мог даже на несколько часов предать этот дом, где каждый гвоздь забит своей рукой, и у него было такое состояние, как если бы он украл из музея ненужный ему экспонат, например египетскую мумию, и теперь должен сесть в тюрьму."(斯摩棱斯基站在黑暗中思忖,他怎么能够在几个小时之内就背叛这所房子呢?要知道,这栋房子的每根钉子都是它亲手钉上去的呀。他甚至有一种感觉:他似乎从博物馆偷了无用的展览品,如埃及木乃伊,现在他就要去坐牢了。)这段主人公的内心活动的描写充分体现了主人公对自己背叛妻子和家庭的行为的悔恨之情。

3) Юра сел за руль. Был *мрачноват*. Месяцев заметил, что из трехсот шестидесяти дней в году триста-у него *плохое* настроение. Характер *пасмурный*. И его красавица дочь постоянно существует в *пасмурном* климате. Как в Лондоне. Или в Воркуте. («Лавина»)

这是表现为形容词短尾和长尾形式的准直接引语。在这个作者叙述片段中运用的形容词"мрачноват""плохое""пасмурный"及形容词词组"пасмурном климате"明显带有主人公梅夏采夫对未来女婿尤拉的性格评价视角。作者运用"мрачноват""плохое"和"пасмурный"三个词形容尤拉的性格特征。这三个词说明了尤拉的性格非常忧郁、不开朗、不阳光。主人公梅夏采夫不喜欢尤拉的性格。因此，上述最小上下文既体现了梅夏采夫对未来女婿的不满，也体现了梅夏采夫隐隐地担忧女儿未来的生活。根据宏观上下文（即尤拉最终抛弃了梅夏采夫的女儿）可知，梅夏采夫的担忧变成了现实。

正如上面所列举的例子，这一类型的准直接引语的情感隐含意义的表达主要是通过词和词组所具有的情感表现力表达出来。

2. 表现为独立的句子形式的准直接引语的情感隐含意义

以独立的句子形式出现的准直接引语是渗入作者叙述中的人物话语。这个类型的准直接引语一般以简短的独立句为主，如疑问句、省略句、感叹句等句型，同时这个类型的准直接引语还常常借助语气词、感叹词等情态词汇来表达。这个类型的准直接引语的句子意义的特点是：超出了句子本身所具有的句法意义；具有明显的情态性。这种类型的准直接引语不但揭示了主人公对某人、某事的观点、情感及思考，同时读者也能感觉到作者—叙述者的一种思考，主人公声音与人物的声音虽然融汇在一个句子当中，但他们各有所指。如：

1) Надькино лицо было каменным, как кирпич. Она изо всех сил держала лицо. Оказывается, штамп в паспорте—это не мелочь. Без штампа все валится как карточный домик. *Зачем, спрашивается, эта квартира, эти гости, накрытый стол? Зачем эта фальшивая, позорная двойная жизнь?* («Птица счастья»)

上述片段的准直接引语的宏观上下文如下：作品女主人公娜季卡为了过上幸福、富足的生活，她不停地寻找男人、利用男人。最后，她遇到了

第五章
维·托卡列娃作品中内在对话性的语用分析

银行家安德烈。安德烈虽然爱着娜季卡,但他不会为了娜季卡与自己的妻子斯韦特兰娜离婚。而娜季卡为了能与安德烈结婚而努力着。娜季卡为安德烈生了儿子,并千方百计、努力地为她与安德烈和孩子盖豪华的别墅等等。为了安德烈的生日,娜季卡绞尽脑汁地准备饭菜,并邀请、招待客人。而安德烈却在娜季卡为他准备的生日晚宴上悄悄地溜走,他要去参加妻子斯韦特兰娜为他准备的另一场生日晚宴。安德烈"逃走"这一行为说明了他始终只属于自己的妻子。因此,安德烈的这个行为让娜季卡非常气愤和无奈。上述所选片段是安德烈走后,作者对女主人公的面部表情的描写。其中,"Зачем, спрашивается, эта квартира, эти гости, накрытый стол?"(为什么要盖这个豪华的房子呢?准备丰盛的晚宴、邀请客人又是为了什么呢?)和"Зачем эта фальшивая, позорная двойная жизнь?"(为什么要过这种虚假的、可耻的双重生活?)两个修辞性疑问句引起了读者的注意。这两个修辞性疑问句既像是作者—叙述者对女主人公娜季卡的设问,又像是作品女主人公对自己的设问。修辞性疑问句不需要回答,它往往表达了说话人对自身所说的话的否定。这两句修辞性疑问句中既有女主人公的声音,又有作者的声音:一方面表达了女主人公对自己生活状态的不满、担忧,对自己行为的悔恨;另一方面表达了作者对女主人公娜季卡生活状态的谴责——女人应该通过自己的努力过上自己想要的生活,而不应该一切都依靠男人,更不应该为了自己的幸福而去破坏别人的家庭。

2) Он вспомнил, как купал Анюту в ванне. Взбивал шампунь в ее волосах, а потом промывал под душем. Анюта захлебывалась, задыхалась и очень пугалась, но не плакала, а требовала, чтобы ей вытирали глаза сухим полотенцем. Потом Евгений вытаскивал ее из ванны, сажал себе на колено и закутывал в махровую простыню. Анюта взирала с высоты на ванну, на островки серой пены и говорила всегда одно и то же: « Была вода чистая, стала грязная.

Была Анюта грязная, стала чистая ».

Он выносил ее из духоты ванной, и всякий раз ему казалось, что в квартире резко холодно и ребенок непременно простудится.

Потом усаживались на диван. Жена приносила маленькие ножницы, расческу, чистую пижаму. Присаживалась рядом, чтобы присутствовать при нехитром ритуале, и ее голубые глаза плавились от счастья.

Почему они все это разорили, разрушили? (« Шла собака по роялю »)

上述片段中的"Почему они все это разорили, разрушили?"(所拥有的一切为什么都被破坏了呢?)这一句话是一个准直接引语。这一准直接引语中暗含着两种声音:作者—叙述者与男主人公之间的对话。通过这一修辞性疑问句,读者既可以听到男主人公叶夫根尼的悔恨之声,又可以听到作者的责怪之声:早知今日,何必当初呢? 人们应该珍惜自己的家庭生活。婚外情是维·托卡列娃作品中反映的俄罗斯社会问题之一,这也是维·托卡列娃作品的一个主题。通过宏观上下文可知,主人公叶夫根尼与妻子离了婚,因为他背叛了妻子,爱上了同事卡西娅诺娃,作品中的"Евгений не мог представить себе, что Касьяновой когда-то не было в его жизни или когда-нибудь не будет."(叶夫根尼无法想象自己的生活中没有卡西娅诺娃)这一句话充分表明了叶夫根尼对卡西亚诺娃的喜爱。但是叶夫根尼也深爱着自己的女儿,他经常去探视女儿。例句中的这个片段描写的是叶夫根尼探视完女儿后对昔日温馨家庭生活的回忆。这一片段主要以作者的叙述口吻描写了主人公对往昔家庭幸福生活的美好回忆。男主人公叶夫根尼亲手破坏了美好的幸福的家庭生活,这让他非常后悔。

3) Нэля и Нина писали письма, жаловались на перестроечный бардак. Завидовали Надьке, что та живет в налаженной стране.

第五章
维·托卡列娃作品中内在对话性的语用分析

Знали бы они... Но Надька ни за что бы не созналась в своем фиаско. КАЗАТЬСЯ было для нее важнее, чем БЫТЬ. («Птица счастья»)

这段作者叙述中插入的准直接引语"*Знали бы они...*"（要是她们知道……）这个假定式省略句明显隐含着女主人公娜季卡的声音和作者—叙述者的声音。通过这一准直接引语的语调，读者不仅可以听到女主人公痛苦、无奈的声音，又可以听到作者—叙述者的讽刺之声。小说故事发生的地点是俄罗斯首都莫斯科。小说故事发生的时间是俄罗斯正经历着众所周知的社会变革时期。当时俄罗斯的社会、政治、经济都受到了重创，人民生活困苦。所以，很多俄罗斯民众都希望到外国去生活，尤其希望去德国生活。小说中的女主人公来自于俄罗斯底层的单亲家庭的孩子娜季卡。内利亚和尼娜是娜季卡在俄罗斯的闺蜜，她们俩在莫斯科读大学。娜季卡放弃了学业、嫁了个德国丈夫，这在当时的俄罗斯非常流行，并让人羡慕。因此，内利亚和尼娜非常羡慕娜季卡在德国的生活。而实际情况是，当时娜季卡的生活并非她们想象的那般美好，甚至非常糟糕。娜季卡为了钱竟然出卖自己、背叛自己的丈夫京特，京特把她撵出了家门，并离了婚。所以，当娜季卡读到闺蜜有关羡慕自己的国外生活的内容的信时，她自己也痛苦和无奈。因此，娜季卡从内心里发出了"如果她的生活真如自己的闺蜜们想象的那般美好该多好啊"这一感叹之声，表达了她对自己的不当行为的悔恨之情。同时，这一准直接引语又似乎是作者—叙述者的声音"娜季卡的生活要真如你们想象的那般美好就好了"，这表达了作者—叙述者对女主人公行为的责怪、讽刺。

正如上面所举例句，这个类型的准直接引语的情感隐含意义通过各种句型体现出来。

3. 带有大量内心独白的准直接引语的情感隐含意义

带有大量内心独白的准直接引语是最典型的准直接引语类型。较之于前两个类型的准直接引语，"这个类型的准直接引语更富于感情色彩；

充分表达了作品主人公内心的挣扎、思维意识的活动及内心的感受;作者叙述似乎不存在了,更大限度地让位于主人公叙述"①。这个类型的准直接引语篇幅较长,甚至是整个片段;一般由一系列的句子构成,如陈述句、感叹句、修辞性疑问句、倒装句等。这些句法结构都富于感情表现力,口语性较强。在这个类型的准直接引语中作者经常使用一连串的修辞性疑问句。修辞性疑问句是一切长篇小说中表达内心语言的最常见的形式之一,这种形式最适于表达人物的内心语言。"我们将修辞性疑问句理解为自由疑问话语(несобственно-вопросительное высказывание)。在语义层面上完全否定命题中的内容,而在交际层面上,自由疑问话语中存在着一定受话人的。"②修辞性疑问句经常在表示肯定或否定的含意中流露说话者的感情色彩,如对某人、某事的委婉的看法、讽刺、愤怒、责备、怀疑、惊异、悔恨、自责等。"修辞性疑问句中受话人的作用只是确定说话人观点的正确性。因此,修辞性疑问句的使用是作为引起注意力的手段或向自己提出问题的手段。"③所以,文学作品中的准直接引语中的说话人和受话人常常是一个人物,准直接引语中修辞性疑问句的使用极大地增强了情感表现力。

  带有大量内心独白的准直接引语是女性作者最擅长使用的修辞-句法手段,因为这种句法手段可以更为生动和细腻地刻画人物的内心世界,特别是展现主人公的思想感情和心理变化。带有大量内心独白的准直接引语中人物的声音占据主导地位,作者-叙述者的声音与人物的声音完全混合在一起,读者听不到作者-叙述者的声音,整个独白过程似乎是人物的"自言自语""自问自答",是人物自己与自己的一种对话。通过人物

---

① Лю Цзюань. Несобственно-прямая речь в художественных произведениях. Компания и спутник,М.,2006. С. 78.
② Масленникова А. А. Лингвистическая интерпретация скрытых смыслов. —СПБ:Изд-во С.-Петерб. ун-та,1999. С. 162—163.
③ Арнольд И. В. Стилистика современного английского языка. Л.,1973.

第五章
维·托卡列娃作品中内在对话性的语用分析

的"自言自语",我们充分感受到人物的某种隐含的主观情感。维·托卡列娃在其小说中使用了大量的这种类型的准直接引语,用来表达人物内心的隐含情感。如:

1) Вот это и есть ее жизнь, сломанная, как щиколотка. Ни туда ни сюда...

Но ПОЧЕМУ? Потому что она в самом начале заложила в свой компьютер ошибку. Использовала Гюнтера как колеса, практически обманула. А что может родиться изо лжи? Другая ложь. И так без конца.

Что же делать? Стереть старую программу и заложить в нее новые исходные данные: любовь, благородство, самопожертвование... Но для кого? Кого любить? Для кого жертвовать? («Птица счастья»)

这一带有大量内心独白的准直接引语明显是女主人公娜季卡的自问自答式话语。从这一准直接引语中我们可以推导出下面这段对话:娜季卡1与娜季卡2之间的对话。娜季卡1是现实中的娜季卡,而娜季卡2是娜季卡的另一个自我,是"隐匿的、积极向上的另一个娜季卡"。

娜季卡1:为什么我的生活会如此糟糕呢?
娜季卡2:因为你从一开始就设置了一个错误的程序(这是个隐喻的说法,言外之意是:一开始你的想法就是错误的)。一开始,你就不该利用、欺骗你的前夫京特。
娜季卡1:谎言又能诞生什么呢?
娜季卡2:谎言可以诞生另一个谎言。你撒了一个谎,就要撒无数个谎。
娜季卡1:我现在应该怎么办呢?
娜季卡2:抹去旧的程序,把新的原始资料放进去。(这句话的言外之意是:你要抛弃你原来的欺骗和撒谎的行为,

应该做一个具有爱心的、慷慨的并具有自我牺牲精神的女性）

娜季卡1：我要为谁这样做呢？爱谁呢？为谁自我牺牲呢？

娜季卡2：……

　　从这段对话的娜季卡2的"你从一开始就设置了一个错误的程序（这是个隐喻的说法，言外之意是：一开始你的想法就是错误的）。一开始，你就不该利用、欺骗你的前夫京特"和"抹去旧的程序，把新的原始资料放进去（这句话的言外之意是：你要抛弃你原来的欺骗和撒谎的行为，应该做一个具有爱心的、慷慨的并具有自我牺牲精神的女性）"的两个对答语中我们可以感受到，现实中的娜季卡不仅为自己过去的行为深深的忏悔，而且表达了"她想与过去划清界限、重新做回自我的一种决心"。女主人公的这段内心独白发生的宏观上下文是：由于虚荣心作祟，娜季卡嫁给了自己并不喜欢的德国人京特；为了钱，娜季卡出卖自己、背叛自己的丈夫京特。最后，京特把她撵出家门并离了婚。所举这段内心独白正是女主人公处于这种境况时所发。所以，女主人公娜季卡的这段内心对话充分表达了她对自己不忠行为的忏悔。这段准直接引语中的"Но для кого? Кого любить? Для кого жертвовать?"这三个女主人公连续发出的修辞性疑问句也表达了女主人公对爱情的期待。

　　2) Однажды среди бумаг нашел листок со стихами Алика.

　　«Пусть руки плетьми повисли и сердце полно печали...»

　　　　Месяцев не понимал поэзии и не мог определить: что это? Бред сумасшедшего? Или выплеск таланта? Алик трудно рос, трудно становился. Надо было ему помочь. Удержать. Жена этого не умела. Она умела только любить. А Месяцев хотел только играть. Алик наркоманил и кололся. А Месяцев в это время сотрясался в оргазмах. И ничего не хотел видеть. Он только хотел, чтобы ему не мешали. И Алик шагнул в сторону. Он шагнул слишком

第五章
维·托卡列娃作品中内在对话性的语用分析

широко и выломился из жизни.

Когда? Где? В какую секунду? На каком трижды проклятом месте была совершена роковая ошибка? Если бы можно было туда вернуться...(«Лавина»)

这一带有大量内心独白的准直接引语节选自中篇小说《雪崩》。这里所列举的准直接引语基本由疑问句、修辞性疑问句、陈述句构成。这一准直接引语出现的背景知识是：男主人公梅夏采夫的儿子埃利克因吸毒去世了，在世时埃利克有神经方面的疾病。儿子去世后，梅夏采夫发现了一句儿子写的诗，由这句诗而引发了这段内心独白。这个片段是第三人称作者叙述，但读者听到的都是主人公的声音，是主人公梅夏采夫与自己内心的对话。下面这个虚拟的对话形式中，梅夏采夫1是现实中的男主人公，梅夏采夫2是内心中的另一个深深忏悔、深深自责着的主人公。

梅夏采夫1：这（指代：梅夏采夫发现的儿子写的一句诗）是什么？

梅夏采夫2：这是"精神病人的胡话"或是"一个天才的迸发"。

梅夏采夫1：埃利克从小体弱多病，性格怪异，需要更多的关怀、扶持。妻子伊琳娜只知道一味地溺爱，作为爸爸的你就应该付出更多的心血。

梅夏采夫2：是呀，可是这时期我又干了什么呢？我只知道弹钢琴，只知道追求自己的幸福，而对家里的一切事情不管不问。恰是这时期埃利克染上毒瘾，最终导致他失去了生命。

梅夏采夫1：埃利克什么时候、什么地点犯了这个该死的错误？如果时光能够倒流，那该多好呀……

梅夏采夫2：……

通过我们假设的这段对话中的梅夏采夫2的"是呀，可是这时期我又干了什么呢?我只知道弹钢琴,只知道追求自己的幸福,而对家里的一切事情不管不问。恰是这时期埃利克染上毒瘾,最终导致他失去了生命"这一答语及梅夏采夫1的"如果时光能够倒流,那该多好呀……"这个假设句表现了主人公自我谴责和追悔莫及的心情。由小说中的宏观上下文可知,主人公梅夏采夫的儿子埃利克死于吸食毒品,主人公把儿子的死归于自己的责任。因为,这时期的梅夏采夫在情感上背叛了妻子。不仅如此,他为了追求自己的幸福,抛妻离子,对自己的孩子不管不问,最终导致了人间悲剧。儿子的离世、情人的背叛让主人公梅夏采夫一蹶不振,陷入深深的自责之中。他失去了音乐才华、家庭、爱情,过着痛苦的生活。这个带有忧伤、自责的内心独白也激起了读者对主人公的同情。

正如上文所说,这个类型的准直接引语是小说中典型的准直接引语的代表。它通过主人公内心的言语活动充分表现主人公的各种隐含情感。

综上所述,文学作品中的分割结构和准直接引语中隐含着人物、作者—叙述者的主观情态意义,分割结构和准直接引语中的隐含主观情态意义的揭示过程是作者—作品—读者之间的对话的过程。

5.2.5 其他手段中体现的内在对话性的语用分析

维·托卡列娃作品中的内在对话性的具体体现形式多样,分割结构和准直接引语是维·托卡列娃作品中最重要的内在对话的体现形式。除此之外,在维·托卡列娃作品中还存在其他类型的内在对话性的具体体现形式:如作品名称、引号中叙述的内容及词的全部字母大写手段。下面我们通过对维·托卡列娃的作品名称、作品中的引号中叙述的内容及作品中的词的全部字母大写手段进行语用含义分析,揭示其中的隐含主观情态意义,从而达到理解文学作品中作者与读者之间的内在对话的目的。

5.2.5.1 作品名称的语用分析

"作品名称与用典之间的关系早为学术界所重视,这既是世界文学和比较文学相当关切的问题,也是用米·巴赫金话语理论可加分析的一个

第五章
维·托卡列娃作品中内在对话性的语用分析

很好的对象。"①这个论断说明了某些作品名称是双声话语的体现,是内在对话性的体现形式。维·托卡列娃很少用典故来命名作品,但她喜欢用人物话语或作者－叙述者话语来命名作品,这样的作品名称中往往既能听到作者－叙述者的声音又能听到人物声音,"这种做法自然而然地使话语具有了双重甚至多重的情感和含义联想",②本节我们主要借助语境理论和格赖斯的会话合作原则及会话含义理论分析维·托卡列娃的两个作品名称《纤毛虫－草履虫》和《曲折线》(«зигзаг»),进而揭示作品名称中的隐含主观情态意义。

《纤毛虫－草履虫》这一词汇首先出自小说主人公阿尔卡季之口,这一词语具有人物话语的意向。阿尔卡季对他的情人阿夫甘卡说,"У тебя дело, люди, путешествия. У тебя есть ты. А у нее что? Сварить, подать, убрать, помыть. Она живет, как простейший организм. В сравнении с тобой она-инфузория-туфелька."③。这句话中,阿尔卡季用"纤毛虫－草履虫"这一词语比喻自己的妻子玛丽亚娜,这一话语明显违反格赖斯会话合作原则中质的准则的第一次则"不要说你认为是错误的话"。阿尔卡季用寄生虫这一说法形象地说明了妻子依附于别人生活的这一从属形象,阿尔卡季可怜妻子。"可怜""怜爱"是"纤毛虫－草履虫"这一词汇最小上下文传达出的一种隐含主观情态意义。"Марьяна понимала. Она тоже не могла жить без любви. Но у нее была одна любовь на всю жизнь. Муж. Аркадий."(玛丽亚娜明白,没有爱她也活不了。但她的一生中只有一个爱人,那就是她的丈夫阿尔卡季)这一句群宏观上下文语境充分说明了妻子玛丽亚娜的生活中只有丈夫,没有丈夫她活不下去。即使在了解到丈

---

① 凌建侯:《巴赫金哲学思想与文本分析法》,北京:北京大学出版社,2007年,第128页。
② 同上。
③ 这是阿尔卡季与情人阿夫甘卡对话时的一个对语。这个对语里的"ты"是阿夫甘卡。这句话说明了娜塔莎是一位有社会地位的女性,而与娜塔莎相比,阿尔卡季的妻子玛丽亚娜则是一只纤毛虫。纤毛虫隐喻了妻子玛丽亚娜的从属地位。

夫有外遇的情况下，玛丽亚娜仍然不放弃。为了留住丈夫，玛丽亚娜"Все что угодно. Пусть ходит к ТОЙ. Только бы возвращался. Только бы возвращался и жил здесь. Она ничего ему не скажет. НИЧЕГО. Она сделает вид, что не знает. Инфузория-туфелька вступит в смертельную схватку с той, многоумной и многознающей. И ее оружие будет ДОМ. Все как раньше. Только еще вкуснее готовить, еще тщательнее убирать. Быть еще беспомощнее, еще зависимее и инфузористее."（一切都无所谓。让他去找那个女人吧，只要他还回来，还住在家里。她什么都不说，装作不知道。纤毛虫－草履虫要与那个极端聪明、知识渊博的女人做殊死斗争。房子就是她的武器。一切如旧。她会把饭菜做得更可口，把家打扫的更干净。在丈夫面前，她会表现得更无助，更依赖于他。）

  作者选择人物话语来命名作品，这显然带有作者的一种意向。作者－叙述者通过玛丽亚娜的女朋友塔马拉之口表达作者对"纤毛虫－草履虫"之类的女人的执着之赞赏之情。塔马拉是一个有着有趣的工作、稳固的家庭和充满炽热爱情的女人。与玛丽亚娜不同，塔马拉的灵魂和身体可以安置在不同的地方。她可以同时与两个男人周旋。与一个男人谈恋爱，与另一个男人居住。而激情过后，男人们都回归家庭，抛弃了她。在与玛丽亚娜的谈话中，塔马拉对纤毛虫－草履虫之类的女人也做出了自己的评价。

  塔马拉与玛丽亚娜有关"纤毛虫－草履虫之类的女人"的谈话

  —У него (любовник Тамары—Равиль) четверо детей, представляешь?—сообщила она. —Мусульмане не делают аборты. Им Аллиах не разрешает.

  —Я бы тоже четырех родила, —задумчиво сказала Марьяна. —Хорошо, когда в доме маленький.

  —Его жена с утра до вечера детям зады подтирает. И так двадцать лет: рожает, кормит, подтирает зады. Потом внуки. Опять все сначала. О чем с ней говорить?

第五章
维·托卡列娃作品中内在对话性的语用分析

—Вот об этом,—сказала Марьяна.

—Живет, как... —Тамара подыскивала слово.

—Инфузория-туфелька,—подсказала Марьяна.

—Вот именно! —Тамара с ненавистью раздавила сигарету в блюдце. —Это мы, факелы, горим дотла. А они, инфузории,—вечны. Земля еще только зародилась, плескалась океаном, а инфузория уже качалась в волнах. И до сих пор в том же виде. Ничто ее не берет—ни потоп ни радиация.

—Молодец,—похвалила Марьяна.

—Кто? —не поняла Тамара.

—Инфузория, кто же еще... Ну, я пойду...

"Это мы, факелы, горим дотла. А они, инфузории,—вечны. Земля еще только зародилась, плескалась океаном, а инфузория уже качалась в волнах. И до сих пор в том же виде. Ничто ее не берет-ни потоп ни радиация."（我们是完全燃尽了的火把。而她们——纤毛虫是永恒的。地球刚出现时,海洋飞溅,纤毛虫就在海浪上翻滚。时至今日纤毛虫仍是这样。无论是洪水还是辐射都不会影响它)[①]这一段话出自小说人物塔马拉之口。这一宏观上下文显然违背了格赖斯会话合作原则中质的准则的第一次则"不要说你认为是错误的话",具有夸张之意。塔马拉的这句话的言外之意是:纤毛虫－草履虫之类的女人生存能力很强,这一类女人是永恒的。纤毛虫－草履虫之类的女人为了家庭而牺牲自己,最终赢得丈夫的心。"纤毛虫－草履虫"这一词汇又含有作者或作者－叙述者对这一类女人的赞许之情。所以,作者选用"纤毛虫－草履虫"这一人物话语作为自己短篇小说的标题表达了作者对社会上的这类"纤毛虫－草履虫"似的女人的同情与赞扬。

短篇小说《曲折线》("Зигзаг")里,女主人公伊琳娜是一位科研人

---

① 这是塔玛拉与玛丽亚娜聊天时对"纤毛虫"的一种理解。

员,她的生活中总是接二连三地发生不幸。一天,当她回到家后,终于无法克制自己的情绪,她开始失声痛哭。这个时候,一个陌生男子突然打来电话,这个陌生人似乎知道伊琳娜的不幸,要求与她相见。于是这个陌生男子带着伊琳娜去了一个叫作"里加(Рига)"的城市旅行。他们一起去儿童乐园,去海边度假,并一起去圆顶大教堂聆听莫扎特的《安魂曲》……总之,和陌生男子在一起,伊琳娜开始变得享受生活,并且遗忘了自己的不幸。在这一切之后,男主人公将女主人公送回莫斯科。至此,两个陌生人的离奇邂逅和浪漫之旅便告一段落。

《曲折线》这一小说标题出自作品中的这个陌生人(作品中作家塑造的这个陌生人形象既没有身份,也没有姓名,作家只用一个大写的"ОН"代替)的妻子之口。从下面这段对话,即陌生人与妻子的对话并结合具体的上下文语境,我们可以很好地分析出"曲折线"这一小说标题中蕴含的隐含主观情态意义。

——Опять в зигзаг ходил? —спросила жена и устремила на него свои глазки, маленькие и круглые, похожие на шляпки от гвоздей.

Он не ответил. Раздевался молча.

Под «опять» жена подразумевала его предыдущий бросок в Сибирь, на Бийский витаминный завод. Кому-то срочно понадобилось облепиховое масло, и Он, естественно, выступил в роли волшебника.

——Тебе нравится поражать,—сказала жена. —Показушник несчастный. А я тут одна с ребенком... Кручусь как собака на перевозе.

Он посмотрел на жену, пытаясь представить, как ведет себя собака на перевозе, и вообще: что такое перевоз. Наверное, это большая лодка или баржа, на которой люди переправляются на другой берег. А собака не знает-возьмут ее с собой или нет, поэтому бегает и лает. Боится остаться без хозяина.

——Ты не права,—мягко сказал Он. —Ты моя собака. А я твой

第五章
维·托卡列娃作品中内在对话性的语用分析

хозяин. Ты это знаешь.

—Все равно,-сказала жена. —Я устала. Ты хочешь сделать счастливым все человечество, а для меня ты не делаешь ничего. Для меня тебе лень. И скучно.

—А что ты хочешь, чтобы я сделал?

—Хотя бы вынеси ведро. У меня уже мусор не помещается. Я его четыре раза ногой утрамбовывала.

—Но разве ты не можешь сама вынести ведро? —удивился Он. —Ты же видишь, я устал.

Он сел в кресло, снял очки и закрыл глаза.

Жена посмотрела на него с сочувствием.

—Я ничего не имею против твоих чудес, —сказала она. —Пусть люди с твоей помощью будут здоровы и счастливы. Но почему за мой счет?

Он открыл дальнозоркие глаза:

—А за чей счет делаются чудеса в сказках?

Жена подумала.

—За счет фей, —вспомнила она.

—Ну вот. Значит, ты—моя фея.

Жена хотела что-то ответить, но пока собиралась с мыслями, он заснул. Он действительно устал.

Фея уложила дочку. Потом уложила мужа. Потом вынесла ведро. Потом вымыла посуду. Потом сварила макароны, чтобы утром их можно было быстро разогреть.

在陌生人结束了与伊琳娜的旅行回到家之后,陌生人与妻子之间发生了上段对话。《曲折线》这一词语出自陌生人妻子的"Опять в зигзаг ходил?"(又去曲折线了?)这一问话中。"Опять в зигзаг ходил?"这一话语违背了格赖斯会话合作原则中质的准则的第一次则"避免表达的费解"。"зигзаг"在此句中充当地点名词,这让读者就很难理解。但根据"Под «опять» жена подразумевала его предыдущий бросок в Сибирь, на Бийский витаминный завод. Кому-то срочно понадобилось облепиховое масло, и Он, естественно, выступил в роли волшебника."(通过'又'这一词汇,妻子暗指(丈夫)去过西伯利亚,去过比斯克维他命工厂。即便某人急需沙棘油,他自然地去充当救世主的角色。)这一语境读者可知,"зигзаг"是一形象说法,它没有具体特指某一地方:人类需要陌生人去哪,他就去哪。

因此,首先,"Опять в зигзаг ходил?"这一话语表达了妻子对陌生人的不满。"—Тебе нравится поражать, —сказала жена. —Показушник несчастный. А я тут одна с ребенком... Кручусь как собака на перевозе."(你喜欢使别人惊喜,——妻子说。——苦命的欺骗者。而我一个人和孩子待在家。我就像是渡船上的狗一样忙来忙去。)和"—Все равно, —сказала жена. —Я устала. Ты хочешь сделать счастливым все человечество, а для меня ты не делаешь ничего. Для меня тебе лень. И скучно."(随便怎么样,——妻子说。——我累了。你希望全人类幸福,唯独对于我你什么都不做。对我而言你既懒又乏味。)两个对答话语充分说明了妻子对丈夫的抱怨言语行为。但不满归不满,面对辛劳的丈夫,妻子还是表现出了深深的同情和理解,如"Он сел в кресло, снял очки и закрыл глаза. Жена посмотрела на него с сочувствие"(他坐在软椅上,摘掉眼镜,并闭上眼睛。妻子同情地看着他。)和"Фея уложила дочку. Потом уложила мужа. Потом вынесла ведро. Потом вымыла посуду. Потом сварила макароны, чтобы утром их можно было быстро разогреть."(仙女(妻子)把女儿安排睡下。然后把丈夫安排睡下。然后把桶拖出来。然后煮好通心粉,以便早上很快地热一热就好。)上述两段作者—叙述者独白话语充分说明了妻子对陌生人的理解与同情之情。

第五章
维·托卡列娃作品中内在对话性的语用分析

其次，正如一些研究者所言，"托卡列娃早期的短篇小说中还会有基督的形象的存在，将基督形象转化到其他人物形象之上，出现象征基督的宗教意识。"①《曲折线》中作者塑造的陌生人这一形象便是耶稣基督的隐喻。因此，"Опять в зигзаг ходил?"又暗含了陌生人经常去"曲折线"，经常去"拯救"苍生。同样的一句话体现了作者—叙述者对这一陌生人的赞赏之情。

5.2.5.2 引号的语用分析

"标点可以神文字之用"。② "标点符号是书面语中用来表示停顿、语气以及词语性质和作用的符号，是书面语的有机组成部分。正确使用标点符号，对准确表达文义、改进工作、提高效率，对推动语言的规范化，都有积极的意义"。③ 因此，一些标点符号的用法引起了学者们的注意与研究，引号当属其中一个重要的研究对象。引号的主要作用有："1. 表示直接引用；2. 表引用成语、熟语、谚语；3. 表示强调突出；4. 表示特殊称谓；5. 表示特殊含义"④。本节研究的是引号的特殊用法，即我们通过语境理论及会话合作原则理论推导引号内容中的隐含主观情态意义。作家在作品中喜欢引用主人公的话语来表达自己的情感（如喜欢、讽刺等），这一引用的话语既有人物的声音，又有作者—叙述者的声音。下面，我们从维·托卡列娃作品中举例具体分析引号的语用含义。

1. «Жизнь заставит»...(«Перелом»)

«Жизнь заставит»（生活所迫）这一句话节选自中篇小说《骨折》，它出自小说中的一个老太婆之口。

老太婆与女主人公塔季扬娜的对话

Старуха возле окна преподнесла Татьяне подарок: банку с широким

---

① 艾婧："托卡列娃早期作品里的幻想现实主义风格"，北京师范大学，2012:19。
② 陈望道先生之语。转引自胡爱东："引号的一种用法"，《语文建设》，2002(5):19。
③ 裘燕萍、洪岗："引号的会话含义"，《浙江师范大学学报》，2007(3):65。
④ 同上。

горлом и крышкой.

— А зачем? — не поняла Татьяна. (疑问)

— Какать, — объяснила старуха. — Оправишься. Крышкой закроешь... (陈述)

— Как же это возможно? — удивилась Татьяна. — Я не попаду. (疑问/惊奇、拒绝)

— Жизнь заставит, попадешь, — ласково объяснила старуха. (陈述/无奈)

«Жизнь заставит»... В свои семьдесят пять лет она хорошо выучила этот урок. На ее поколение пришлась война, бедность, тяжелый рабский труд—она работала в прачечной. Последние десять лет—перестройка и уже не бедность, а нищета. А месяц назад ее сбил велосипедист. Впереди—неподвижность и все, что с этим связано. И надо к этому привыкать. Но старуха думала не о том, как плохо, а о том, как хорошо. Велосипедист мог ее убить, и она сейчас лежала бы в сырой земле и ее ели черви. А она тем не менее лежит на этом свете, в окошко светит солнышко, а рядом—бывшая чемпионка мира. Пусть бывшая, но ведь была...

— У моего деверя рак нашли, — поведала старуха. — Ему в больнице сказали: операция — десять миллионов. Он решил: поедет домой, вырастит поросенка до десяти пудов и продаст. И тогда у него будут деньги. (陈述 + 陈述 + 陈述 + 陈述)

— А сколько времени надо растить свинью? — спросила Татьяна. (疑问)

— Год. (陈述)

— Так он за год умрет. (陈述)

— Что ж поделаешь... — вздохнула старуха. — На все воля

第五章
维·托卡列娃作品中内在对话性的语用分析

Божия. (陈述/无奈 + 陈述/无奈)

根据上面所引对话内容可知,作品主人公塔季扬娜小腿骨折,所以住院治疗。这样,她认识了同住一屋的一个老太婆。于是,这个老太婆想要送一个便壶给塔季扬娜使用,塔季扬娜不好意思在病房使用,因而间接拒绝了她的好意。针对塔季扬娜的拒绝这一行为,老太婆说了一句"Жизнь заставит, попадешь"。最小上下文(即"Жизнь заставит")中透露出了一种无奈之情,即塔季扬娜骨折了,因生活所迫,她不得不使用这个便壶。

作者在叙述中又引用"Жизнь заставит"这个句子,并加上引号,这带有一定的讽刺意味。读者在阅读小说后了解到,这篇小说的故事发生于20世纪90年代,既戈尔巴乔夫改革时期。通过历史文化知识这一背景语境可知,戈尔巴乔夫改革失败,这直接导致国家经济衰退,人民生活困苦。尤其是,老太婆的妹夫罹患癌症,无钱治疗。于是他准备回家养猪,一年后把猪卖掉再回医院治疗。老太婆妹夫的这个行为增添了讽刺意味,说明了俄罗斯民众在苦难的生活面前的无奈,同时这个情节的描述也表达了作者对人们处境的同情。所以,"Жизнь заставит"这一句中的引号又表达了讽刺、不满的情感行为。

俄罗斯人民生活的困苦,作者对人民的同情的情感同样体现在另一个引号中。

2. Люся тоже была бедная. Нина называла ее «нищая миллионерша». Денег у Люси не было, но стояла дача на гектаре земли. Сталин перед войной давал генералам такие наделы. Одаривал, потом расстрелива. Широкий был человек. Широкий во все стороны. («Полосатый надувной матрас»)

这段话中的"нищая миллионерша"(贫穷的百万富翁)这一矛盾修饰语出自作品主人公尼娜之口,尼娜用这一词组称呼主人公柳夏。"矛盾修饰法(Oxymoron)是指将语义截然相反对立的词语放在一起使用,以揭示某一项事物矛盾性质的一种修辞手法。"① 所以,根据格赖斯会话合作原则,矛盾修饰语违背了质的准则中的"不要说你认为是错误的话"这一次则和方式准则中的"避免表达的费解"这一次则,只有根据语境才能"从字面上的矛盾看逻辑上的统一"②,把握矛盾修饰语的真正的语用隐含意义。根据小说宏观上下文可知,虽然柳夏拥有一套豪华的别墅,但她却是一位靠微薄的退休金生活的普通人。"нищая миллионерша"这一称谓具有尼娜揶揄柳夏的一种情感。但作者—叙述者在叙述中对"нищая миллионерша"的引用则具有对人民生活困苦的同情之心。根据历史文化知识这一背景语境,主人公们身处俄罗斯的改革时期,她们不仅工资微薄,而且生活物品匮乏,只有在这个特殊时期才造就了"нищая миллионерша"这样的人。所以,"нищая миллионерша"这一矛盾修饰语中又隐含了作者对生活困难的人的同情。

  3. 1) Внешне жена менялась мало. Она всегда была невысокая, плотненькая, он шутя называл ее «играющая табуретка». Она и сейчас была табуретка-с гладким миловидным лицом, сохранившим наивное выражение детства. Этакий переросший ребенок. «Лавина»

  2) Тренер называл Таню про себя «летающий ящик». Но именно в этот летающий ящик безумно влюбился Миша Полянский, фигурист первого разряда. Они стали кататься вместе, образовали пару. Никогда не расставались: на льду по десять часов, все время в обнимку. Потом эти объятия переходили в те. «Перелом»

«играющая табуретка»(《玩耍的小方凳》)和«летающий ящик»(《飞翔的箱子》)两个拟人修辞格短语分别出自中篇小说《雪崩》和《骨折》。根据格赖斯会话合作原则,拟人修辞格短语违背了质的准则中的

---

① 黎芳:"矛盾修饰法的语用含义及翻译",《长沙铁道学院学报》,2009(1):220。
② 同上。

第五章
维·托卡列娃作品中内在对话性的语用分析

"不要说你认为是错误的话"这一次则。违背会话合作原则必产生语用意义。

《玩耍的小方凳》是男主人公梅夏采夫的人物话语，是他对妻子体态的形象描述。"Она всегда была невысокая, плотненькая"（她总是那种结结实实的样子）"Она и сейчас была табуретка-с гладким миловидным лицом, сохранившим наивное выражение детства. Этакий переросший ребенок."（她现在可就真成了小方凳啦——那光洁，模样儿可爱的脸上，依然存留着童年稚气的表情，那种儿童的表情。）这些句群宏观上下文中充分体现了"玩耍的小方凳"中隐含的主观情感意义:对妻子的怜爱之情。

《飞翔的箱子》是教练巴赫对女主人公玛利亚娜身材的形象描述。根据"Таня занимается фигурным катанием у лучшего тренера страны... У Тани не хватало росту. Фигура на троечку: талия коротковата, шея коротковата, нет гибких линий. Этакий крепко сбитый ящичек, с детским мальчишечьим лицом и большими круглыми глазами. Глаза — темно-карие, почти черные, как переспелые вишни."（丹娘师从于国家最好的花样滑冰教练……丹娘个子不高。身段分为三部分:短腰身，短脖颈和不是非常灵活的曲线。这样结实的小箱子拥有稚气的男娃娃的脸庞和大大的眼睛。眼睛是深栗色的，也可以说是黑色的，就像熟透了的樱桃一样）这一句群宏观上下文可知，在花样滑冰领域内，塔季扬娜的外形条件不是很好，她的腰身和脖子都很短，个子也不高，因此在滑冰场上就像"飞翔的箱子"。"飞翔的箱子"表达了教练对塔季扬娜的一种善意的揶揄之情。巴赫教练其实很欣赏塔季扬娜，因为她的身上有一种必胜的特质，这对运动来说是难能可贵的。正像书中描绘的一样，"И желание победить. Вот это желание победить оказалось больше, чем все линии, вместе взятые"（（塔季扬娜）渴望获胜。这种取胜的信念比所有加起来的曲线都重要）。

5.2.5.3 词的全部字母大写手段的语用分析

"作家、诗人常把字的形体作为修辞手段，表达自己或作品中的人物对人或事的认识、情感:利用把词的第一个字母大写或词的全部字母大写的方式,赋予词以特殊的涵义。"①维·托卡列娃在作品中喜欢运用字母大写的词汇,这种书写方式有助于强调作者-叙述者或主人公对待某人、某事的态度。这些大写的词汇总是能引起读者的注意。从语用学的角度来讲,作者-叙述者的这种书写表达手段违反了格赖斯会话合作原则中方式准则中的"避免表达的费解"这一次则,作者希望读者能够打破常规的话语理解方式推导出它的隐含主观情态意义。语境对隐含意义的推导起着至关重要的作用。基于此,本节主要借助格赖斯的会话合作原则中的方式准则及语境理论对词的全部字母大写手段中的隐含主观情态意义进行分析。下面通过具体例句进行具体分析。

1. Во мне действительно вскрылась АКТРИСА и вышла из берегов. Я как будто подключилась к ИСТОЧНИКУ. И удвоилась. Меня стало две. (《Система собак》)

本段中的"АКТРИСА"和"ИСТОЧНИКУ"两个全部字母大写词汇首先进入读者的视线,引起了读者的注意。字母大写是作者的一种有意识、有目的的书写方式,这种书写方式表面上违反了格赖斯的会话合作原则中的方式准则,但深层次上作者是持一种合作态度,这就需要读者借助具体语境推测出蕴含在其中的隐含意义。本段中的"АКТРИСА"和"ИСТОЧНИКУ"两个全部字母大写单词强调了主人公的一种喜悦的心情。"Подключилась к ИСТОЧНИКУ"(源泉、电源)这一短语违反了格赖斯会话合作原则中质的准则的第一次则"不要说你认为是错误的话",这一短语明显是一种夸张的说法,它体现了女主人公的表演能力的提升,其表演能量源源不断,就像接通了电源一样。所以,"АКТРИСА"这一全部字母大写词汇体现了女主人公成为一位真正的演员的时日指日可待,体现了女主人公的喜悦心情。依据宏观上下文可知,作品的女主人公塔

---

① 王福祥:《现代俄语辞格学》,北京:外语教学与研究出版社,2002年,第72页。

第五章
维·托卡列娃作品中内在对话性的语用分析

季扬娜一心渴望成为一名电影演员,这是她人生的追求。最小上下文"Я ОЧЕНЬ хотела сниматься. ОЧЕНЬ"这一句中的两个全部字母大写词汇"ОЧЕНЬ"加强了语气,体现了女主人公"想要拍戏,成为一位有名气的女演员"的强烈愿望。

2. Муж Нины без особых талантов. Незатейливый человек. Зато СВОЙ. (« Инфузория-туфелька »)

词的全部字母大写的物主代词"СВОЙ"违反了格赖斯会话合作原则方式准则中"避免表达的费解"这一次则,这需要读者花费力气根据语境推测出隐含在内的意义。"СВОЙ"指代的是"丈夫只属于自己个人,即尼娜的丈夫只属于尼娜一个人",这个大写的、带有强调意义的物主代词隐含了女主人公玛丽亚娜对好朋友尼娜的羡慕之情。根据宏观上下文可知,玛丽亚娜的丈夫阿尔卡季是一位事业有成的人,但他有一段长达13年的地下情,他爱这位情人,而只是可怜自己的妻子。这就是说,玛丽亚娜与另一位女人共同分享一个男人,而尼娜的丈夫虽然只是一位普普通通的男人,但他全身心地爱着尼娜一个人。所以,作者用大写的"СВОЙ"隐含了玛丽亚娜的羡慕之情。

3. У меня есть знакомый грузин,-вспомнил Месяцев. —Когда его спрашивают: « Ты женат? »-он отвечает: « Немножко ». Так вот я ОЧЕНЬ женат. Мы вместе тридцать лет. « Перелом »

正像前面分析的两个例句一样,此例中的全部字母大写程度副词"ОЧЕНЬ"违反了格赖斯会话合作原则方式准则中"避免表达的费解"这一次则。同时,在俄语语法中,женат是关系形容词短尾,关系形容词短尾一般不与程度副词连用。因此,这种反常的语法手段既违反了格赖斯会话合作原则中质的准则中的"不要说你认为是错误的话",又违反了格赖斯会话合作原则方式准则中"避免表达的费解"这一次则。作者故意违反会话合作原则势必产生语用隐含意义。

本例取自于梅夏采夫与小说中的女主人公柳丽娅的一段对话。当柳丽娅打听梅夏采夫结没结婚时,梅夏采夫说了本例中的这些话语。最小上下文"Немножко 有那么一点儿"就具有讽刺、戏谑的意味。当人们问梅夏采夫的一个格鲁吉亚朋友结没结婚时,这个格鲁吉亚人的回答是"有那么一点儿"。与这个格鲁吉亚朋友相反的是,梅夏采夫已经结婚多年,所以他选用"ОЧЕНЬ"这个词。这个全部字母大写的词汇包含了一种戏谑、骄傲、自豪的隐含情感意义。

综上所述,维·托卡列娃的作品名称、小说中的某些引号中叙述的内容及全部字母大写的词汇中暗含着人物、作者—叙述者及读者之间的内在对话。因而,此部分我们借助语境和格赖斯的会话合作原则分析了这些内在对话性的具体表现形式的语用隐含意义。

5.3 体现在小说文本结构中的内在对话性语用分析

米·巴赫金在《文本问题》一文中首次提出"不同文本之间和一个文本内部的对话关系及这种对话关系的特殊的(不是语言学的)性质"[①],即"文本对话性"理论。"任何一篇文本的写成都如同一篇语录彩图的拼成,任何一篇文本都吸收转换了别的文本。巴赫金提倡一种文本的互动理解。他把文本中的每一种表达,都看作是众多声音交叉、渗透与对话的结果。"[②]因此,文本对话性这种现象不但在同一文本之间体现,而且也在同一作家或不同作家的不同文本之间体现。不仅小说的语言中蕴含着对话性,而且小说的文本结构(即情节结构、主题结构及人物结构、思想结构等)中也隐含着对话性,它们"互相印证,互相补充,还是反之互相矛

---

① 巴赫金:"文本问题",《巴赫金全集》(第四卷),石家庄:河北教育出版社,2009年,第302页。
② 李洪元:"互文性视野中的语文解读",《教育评论》,2005(6):56。

第五章
维·托卡列娃作品中内在对话性的语用分析

盾……"①。本节前面的所有语用分析,即无论是"表现为文艺对话形式的外在对话性的语用分析",还是"体现在句法手段中的内在对话性的语用分析",它们都是对体现在小说语言中的对话性的语用分析。本节我们主要对体现在小说文本结构上的内在对话性的语用意义进行分析。

下面,本节我们不仅阐释维·托卡列娃作品中的情节结构、小说主题及人物形象中隐含的对话性意义,而且借助宏观上下文语境、背景语境及情景语境(即阐释者的个人知识)对维·托卡列娃作品与契诃夫作品间的对话性进行语用分析,试图揭示作品中想要表达的真正意图。

5.3.1 小说情节结构上的对话性语用分析

从 1969 年维·托卡列娃出版了第一本小说集《曾经没有的》开始,至今作家已经出版了多本小说集,其中 5 本作品集出版于苏联时代(从1969—1991 年)。"在众多的作品中维克多利亚·托卡列娃基本讲述了80－90 年代现代女性的命运。"②因此,不管处于什么时代,维·托卡列娃作品中所描写的主题基本不变,她永远关注女性在社会中的命运。

在维·托卡列娃的创作中,不仅她的小说主题前后呼应,而且她的小说的情节结构也有相似之处。小说的各情节结构之间存在着一种潜在的对话性,情节结构上的对话是一种内在的对话。钱中文先生在《"复调小说"及其理论问题》中谈到情节结构时指出,"一部小说中有几条情节线索,他们各自独立,相互交织,或曲折交叉,在组成巨幅社会生活图景时又有密切联系。同时在小说末尾,由于这种结构在起作用,往往表现为意犹未尽,故事似乎没有结束"③。本节我们主

---

① 巴赫金:《陀思妥耶夫斯基诗学问题》,白春仁、顾亚玲译,上海:上海三联书店,1988 年,第 259—260 页。
② Колодяжная Н. П. (сост), Зоткина В. Ю. (ред) Я родилась с дискеткой писательницы...: к 75-летию со дня рождения прозаика Виктории Самойловны Токаревой: библиогр. указатель; ВМУК "ЦСГБ" Библиотека-филиал №10. —Волгоград,2012. С. 9.
③ 钱中文:"'复调小说'及其理论问题",《文艺理论研究》,1983(4):30。

要借助宏观上下文语境、背景语境(即时代环境)和情景语境(即阐释者的文化修养和知识水平)对维·托卡列娃同一小说中的情节结构和不同小说间的情节结构的对话性进行语用分析,从而洞悉作者想要传达的深层含义。

5.3.1.1　同一小说中的平行的情节结构的对话性语用分析

本节选择分析的文本是中篇小说《漫长的一天》(«длинный день»)和短篇小说《巧合》(«стечение обстоятельств»)。这两篇小说中都包含着两个相互平行和相互对话着的情节内容。这些相互平行和相互对话着的情节内容构成了上下文语境,即宏观上下文,这为分析隐含在对话中的情节内容的意义提供了语境内容。

首先分析中篇小说《漫长的一天》。《漫长的一天》这部小说中有两个平行、相互对话着的情节内容。下面对小说中的两个情节内容做一简要的叙述。

第一个情节内容(韦罗妮卡给女儿阿尼娅治病)

女主人公名叫韦罗妮卡,35岁,是一个编辑部的记者,她有一个3岁的女儿阿尼娅。不幸的是,女儿生了病。对于普通的医生来说,阿尼娅到底是一般的肾盂肾炎还是先天性的肾脏病他们只有通过做尿路造影术才能确诊。但是,做尿路造影术不仅有一定的危险性,而且病人只有住院才能做。让女主人公烦心的是,女儿阿尼娅就是不愿意住院。庆幸的是,韦罗妮卡的处长给她介绍了一个天才医生叶戈罗夫,引用这位处长的话说,"Этот гений. Последняя инстанция перед Богом. 他(叶戈罗夫)是一个天才。他就是见上帝前的终审法院"。无论什么时候,医生总是很忙的,更别说天才医生。因此,对于普通人而言,预约叶戈罗夫医生的号比登天还难。小说中,作者写道,"Возле дверей на улице... стояли родители и ждали Егорова... Увидев Егорова, они раздались на две стороны, давая дорогу. Егоров прорезал эту толпу, прошёл сквозь, не глядя, как будто их не было... Она (Вероника) сама только что была на месте этих

第五章
维·托卡列娃作品中内在对话性的语用分析

людей. 在(医院附近)马路大门旁……站着孩子的父母,他们在等着叶戈罗夫……一看见叶戈罗夫他们就分散成两排给他让路……而叶戈罗夫分开人群,视而不见……韦罗妮卡本也应该是这些病孩父母中的一员……"。为了女儿,韦罗妮卡排除万难,凭借着自己记者的身份,最终如愿以偿:叶戈罗夫亲自给女儿做了检查,并确诊为肾盂肾炎。这样的结果让女主人公大大地松了口气,女儿没有生命危险。

第二个情节内容(工人涅恰耶夫与工程师祖巴特金之间的冲突)

工人涅恰耶夫与工程师祖巴特金一起外出打猎。一只兔子由于爪子上沾满了与它身体同等重量的泥土而不能逃跑,这只兔子就被两位主人公轻松的活捉了。即使这样,主人公祖巴特金仍要把兔子放到地上准备枪杀。涅恰耶夫认为祖巴特金的行为是谋杀,为了使兔子免于枪杀,涅恰耶夫就与祖巴特金打了一架(祖巴特金先动手),并把祖巴特金的颌骨打伤了,祖巴特金随后向法院起诉涅恰耶夫。由于只有兔子是见证人,而兔子又不能去法庭作证,所以涅恰耶夫面临至少三年的刑期。无可奈何,涅恰耶夫只能求助于编辑部,求助于报社。他认为,"报社是公共道德的体现,而道德在兔子的一方,而不应该在祖巴特金一方"。

表面上看,上述两个平行的情节线索毫无联系,实质上在小说中上述两个情节结构相互呼应,相互对话,两个情节讲述的都是一方努力保护另一方而与第三方做斗争的故事。涅恰耶夫为了保护兔子而与祖巴特金做斗争;韦罗妮卡为了治好女儿阿尼娅的病而与叶戈罗夫做斗争——努力寻找机会与叶戈罗夫见面,探讨女儿的病情。所以,在这两个平行的情节故事中涅恰耶夫=韦罗妮卡,兔子=女儿阿尼娅,祖巴特金=叶戈罗夫。第一个情节的结尾作者描写得很详细,而第二个情节是开放式结尾。由于两个情节之间的对话性,第一个情节的结局就暗示着第二个情节的结尾。叶戈罗夫给阿尼娅做了检查,阿尼娅没什么大碍,第一个结局美好。所以,为了道德而战的涅恰耶夫最终也会免于牢狱之灾,道德、正义总在善良的一方。

短篇小说《巧合》中同样描写了两个对话性的情节。

第一个情节内容(克拉娃大婶对埃迪克的爱 埃迪克突然消失)

战前年轻的克拉娃对埃迪克一见钟情,她整整追求埃迪克一年。但在一个美丽的日子里,埃迪克突然消失了。"Тётя Клава осталась без него с таким чувством, будто у неё холодная пуля в животе: ни дыхнуть, ни согнуться, ни разогнуться. Потом пуля как-то рассосалась, можно было жить дальше. 没有了他,克拉娃大婶感觉到就像肚子里有颗冰冷的子弹,这让她既不能吸气,也不能弯腰伸腰,然后子弹慢慢地融化掉了,她又可以继续活下去了"。

第二个情节内容(克拉娃大婶对小鸡的爱 小鸡突然消失)

克拉娃大婶在市场上买了一只快要病死的小鸡,经过她无微不至的照顾,这只小鸡竟然奇迹般的恢复健康,并成了她生活当中的一个不可缺少的家庭成员。她们一起吃饭,一起看电视,一起睡觉,相依为命。纵使克拉娃大婶有去雅尔塔免费疗养的机会,为了小鸡,她也拒绝了。但在一个美好的夜晚,小鸡也突然消失不见。

依据上述小说中的两个情节内容可知,文中看似毫无联系的两个情节内容,实质上是相互对话着的。无论埃迪克也好,还是小鸡也好,他们都是克拉娃大婶的爱和情感寄托。对于克拉娃大婶来说,"Господь Бог задумал тётю Клаву как неудачницу."(上帝就是选定了他来当倒霉蛋),"Если тётя Клава влюблялась, обязательно не в того, хотя «тот» мог стоять рядом. Если болела—обязательно с осложнениями. Если стояла за чем-нибудь в очереди, то это «что-то» кончалось прямо перед ней. И если бы когда-нибудь реваншисты развязали атомную войну и скинули на город атомную бомбу, то эта бомба попала бы прямо в макушку тёти Клава."(如果克拉娃大婶恋爱了,她爱上的一定不是那个该爱的人,尽管'那人'可能就在身旁;如果她生病,那必定会伴随并发症;如果她排队买

第五章
维·托卡列娃作品中内在对话性的语用分析

东西,那么,轮到她的时候,东西刚好被卖完;而如果报复分子发动原子战争,向城市投原子弹,那这枚炸弹刚好就会落在克拉娃大婶的头顶上。)所以,上述相互对话着的两个情节内容说明了克拉娃大婶的不幸的人生,尤其是她在"爱情"上的悲剧。

5.3.1.2 不同小说间的情节结构的对话性语用分析

对话性不仅表现在同一文本情节线索的平行上,还可展现在不同文本的相似的情节线索上。在维·托卡列娃的创作中中篇小说和短篇小说占据主导地位。细细读来,读者会在维·托卡列娃众多的小说文本之间发现其故事情节的相似性,这种相似性无形中就产生了对话,它们相互印证。下面我们以《骨折》和《保镖》两篇小说中的相似情节为基础对它们进行情节结构的对话性语用分析。

《骨折》和《保镖》两篇小说中的情节相似性颇多,具体如下:

第一个相似的、对话性的情节内容(两篇小说中的女主人公都发生了骨折)

《骨折》里的女主人公塔季扬娜的女儿在朋友家做客,她必须去把女儿接回家。当时正值冬天的夜晚,到处是雪,路面也很滑,塔季扬娜走得又急,因此她摔倒了,并发生了骨折。与《骨折》里的这个情节相对应小说《保镖》里也有类似的情节。《保镖》里的女主人公塔季扬娜(与《骨折》里的女主人公同名)的孙子谢尔盖晚上也在朋友家做客,塔季扬娜不得不去朋友家把孙子接回家。该故事发生时的自然条件与《骨折》里描写的相类似:冬天、黑夜和路滑。女主人公行走很快,因此滑倒而发生了骨折。

第二个相似的、对话性的情节内容(两篇小说中的女主人公相似的命运)

两篇小说中的女主人公的丈夫在情感上对女主人公不忠,在生活上也不能成为女主人公坚实的后盾。在小说《骨折》里,依据"Стали пропадать цветы. Потом стал пропадать сам Димка, говорил, что пошел в библиотеку. Какая библиотека, он и книг-то не читал никогда. Только в школе."(先是鲜花开始消失,然后就是吉姆卡自己也不见踪影,按他自己的说法是去了图书馆。去他的图书馆,除了上学的时候,他从来都不读书。)这段作者描述可知,吉姆卡在外面有情人。另外,依据"Димка несколько лет болтался без дела, сидел дома и смотрел телевизор. Потом купил абонемент в бассейн и стал плавать. Татьяна должна была работать, зарабатывать, растить дочь. А Димка—только ходил в бассейн. Потом возвращался и ложился спать. А вечером смотрел телевизор."(吉姆卡无所事事地闲逛了几年,坐在家里看电视,后来他买了长期游泳票,开始去游泳。塔季扬娜必须要工作、挣钱、抚养女儿,而吉姆卡只知道游泳、睡觉、看电视。)这段作者描述可知,丈夫吉姆卡在生活上完全依赖于女主人公塔季扬娜。

在小说《保镖》里,依据"Муж остался, но на два дня в неделю: понедельник и четверг. А во вторник и пятницу он уходит в неизвестном направлении. У него это называется «библиотечные дни». Якобы он занимается в библиотеке, совершенствует свои знания."(丈夫一周中只有星期一和星期四在家待两天。星期二和星期五他跑得无影无踪。他称这些日子为'图书馆日'。似乎他在图书馆里完善自己的知识。)这段作者描述可知,女主人公塔季扬娜的丈夫在外面有女人。与吉姆卡相比,《保镖》中的女主人公的丈夫有独立的经济能力,但依据"Он возглавил акционерное общество и ездил всему миру. В данную минуту он находился в Финляндии, в длительной командировке."(丈夫领导着一个股票公司,经常全世界飞。这一时刻(女主人公摔伤住院的时候)他仍出差在芬兰,而且出差的时间很长。)这一宏观上下文可知,丈夫常年不在家,他根本不能成为女主人公生活上的依靠。

因此,小说《骨折》和《保镖》里描写的两位都名为塔季扬娜的女主人公的命运情节展现了俄罗斯社会普遍存在的夫妻之间的关系:丈夫对妻子的漠视,对家庭责任的逃避。

第五章
维·托卡列娃作品中内在对话性的语用分析

第三个相似的、对话性的情节内容(两篇小说中的女主人公对未来的担忧)

《骨折》里的女主人公塔季扬娜在得知自己骨折后对自己的未来职业生涯产生了担忧。作为一名花样滑冰教练,脚折了就意味着职业生涯的结束。对她而言,"Нога—это профессия. Профессия—занятость и деньги. Надеяться не на кого."(脚就是她的职业,而职业就是就业和金钱。谁也指望不上。)因此,塔季扬娜的生活可能也要发生变化。与此同时,《保镖》里的女主人公塔季扬娜虽然第一时间里接受了这个"意外的灾难"——"Если бы накануне ей сообщили, что она сломает ногу, —такая перспектива показалась бы ей катастрофой. Судьба—катастрофа. Но сейчас, лежа на снегу, она восприняла случившееся как факт. Достаточно спокойно."(如果前夜告知我会发生骨折的话,我可能认为这是一个意外的灾难。命运就是悲剧,现在,她躺在草地上,也已经平静地接受了这个事实,但随后她也对自己未来的生活产生了忧虑,并因此而哭泣。)"Татьяна плакала не от боли, а от чего-то другого. Скорее всего от несправедливости со стороны судьбы. Мало того, что ушла молодость, яркость и любовь. Мало того, что впереди трагедия старости. Так ещё и нога, резкое ухудшение качества жизни и неопределенное будущее."(塔季扬娜不是因为疼痛在哭泣,她哭泣是另有原因。命运对她不公,她哭泣;青春、艳丽和爱情都失去了,她哭泣;未来迎接她的是悲惨的老年,她哭泣;骨折、生活品质的急剧下降及不确定的未来,她哭泣。)

第四个相似的、对话性的情节内容(两篇小说中的女主人公治疗过程)

两篇小说中的女主人公在骨折后医生都给打了石膏;石膏拆除后医生都发现它们的骨头有移位现象,必须进行手术治疗。但当时的俄罗斯医疗条件很差,所有医生都不能保证手术一定成功,即使这是一个小手术。于是,《骨折》里的女主人公到以色列去做复位手术,《保镖》里的女主人公去了德国做复位手术。

上述四个相似的、对话性的情节内容作为宏观上下文背景不仅向读者展现了俄罗斯两个时期——苏联解体前和解体后的女主人公的生活状态,而且反映了生活在那两个时期的人们的糟糕的生活状态。虽然"维多利亚·托卡列娃没有注明每篇小说的创作日期"①,但根据小说中的内容的描述我们可以轻易推测出小说故事发生的时间。《骨折》这篇小说故事发生于戈尔巴乔夫改革后期,《保镖》这篇小说故事发生于苏联解体后初期。

根据读者对上述两个时期的历史文化知识这一背景语境掌握情况可知,戈尔巴乔夫一上台就实施的激进式的经济改革不仅没有发展苏联经济和提高人民的生活水平,还使苏联经济形式日益恶化。正如苏联报刊指出的一样:"我们在戈尔巴乔夫时代度过了将近七年的时间,给我们留下的印象首先是这个被称为苏联的世界大国分崩离析,第二是无节制的通货膨胀,第三是 80% 的人进入贫困线,百万贫困者流落街头。"②苏联解体以后,在相当长一段时期内,俄罗斯社会经济处于一种动荡、混乱的局面。原有的社会体制导致经济衰退,这使相当一部分老百姓处于贫困状态。叶利钦实施的"休克疗法"严重损害了俄罗斯的经济,导致经济长期衰退、国力下降、国有资产大量流失、社会严重贫富分化、寡头实力膨胀。因此,"在叶利钦执政的 8 年间,俄罗斯的 GDP 下降了 50%。俄罗斯人的收入在 20 世纪末还不到美国人的 10%,有三分之一的居民生活水平在贫困线以下。"③因此,无论是《骨折》里的塔季扬娜,还是《保镖》里的塔季扬娜都生活在经济结构畸形、官僚主义盛行、酗酒严重、离婚家庭大幅度上升及贪

---

① Колодяжная Н. П. (сост), Зоткина В. Ю. (ред) Я родилась с дискеткой писательницы...: к 75-летию со дня рождения прозаика Виктории Самойловны Токаревой: библиогр. указатель / ВМУК "ЦСГБ" Библиотека-филиал №10. — Волгоград, 2012. С. 9.
② 《苏维埃俄罗斯报》,1991 年 12 月 27 日。转引自 http://wenda.haosou.com/q/1365884110066103
③ 叶利钦:推动俄罗斯经济体制转轨的政治家。http://finance.sina.com.cn/j/20070425/08153537479.shtml

第五章
维・托卡列娃作品中内在对话性的语用分析

污、腐败、行贿泛滥和国家无力保障人民基本生存能力的社会。关于行贿场景的描写,小说《保镖》里多处提及。在医院里,女主人公不仅给医生行贿,甚至给推她进病房的医院里的女护士行贿。

国家经济全面崩溃,国家无法对科技、医疗、文化等机构给予支持,因此当时的俄罗斯医院的医生连"骨折"这样的小问题都束手无策。人民的基本医疗条件都保证不了的国家怎么保证人民的其他需求?因此,"两篇小说中的女主人公治疗过程的情节对话性"说明了国家已经无力保障国民基本的生存条件。处于经济和政治混乱时期的人们道德水平也急剧下滑,夫妻之间的情感淡薄,男人的家庭责任感缺失。因此,"两篇小说中的女主人公的个人命运的情节之间的对话性"说明了家庭也不能给予妇女生活保障。小说《骨折》中的女主人公贵为前世界体操冠军和国家著名的花滑教练,小说《保镖》中的女主人公是著名的演员,即使拥有如此显赫的身份,面对"骨折",她们也不免对自己未来生活产生忧虑,丈夫不能依靠,国家更不能依靠,只能靠自己。拥有显赫社会地位的两位女主人公的命运如此,处于社会底层的民众的命运就可想而知。因此,通过两部不同作品中的情节结构的对话,小说传达了作者对当时社会的不满,表达了对人民的同情。

5.3.2 小说人物形象结构上的对话性语用分析

维・托卡列娃小说的对话性不仅表现在文本情节结构上,还体现在人物关系结构上。通过塑造相互矛盾、相互对照的人物形象作者揭示了当时的俄罗斯女性的生存状态。尽管维・托卡列娃"坚决的声称'不存在纯粹的女性问题',但她的一系列的发言都带有'性别特色'的烙印,这清晰地反映在她的发言稿的标题里,如'我们女性之间''谈谈职业女性''什么让我们现代女性不安'……除此之外,像《过去、现在和将来都需要爱》《没有爱不能活》等这样的标题也可以列入反映'妇女问题'之书的范畴中。"①因此,维·托卡列娃的小说是反映女性问题的小说。在创作手法上,维·托卡列娃常常通过塑造相互矛盾、相互对照的人物形象揭示俄罗斯女性的生存状态。在维·托卡列娃的小说中人物与人物之间的相互映衬的情况比比皆是。本节我们将以维·托卡列娃不同作品中的女性形象人物为例具体分析人物关系结构之间的对话性语用意义。本节中我们对小说人物进行介绍的内容就是语用分析的上下文语境,上下文语境是分析小说人物关系结构上的对话性语用意义的必要前提。

5.3.2.1 对婚姻忠诚的妻子与破坏家庭的第三者形象之间的对话性语用分析

"对婚姻忠诚的妻子"的女性形象和"破坏家庭的第三者"的女性形象在维·托卡列娃的作品中俯拾皆是。《雪崩》里的伊琳娜和柳丽娅、《纤毛虫－草履虫》里的玛丽亚娜和阿夫甘卡、《老狗》里的斯韦特兰娜和茵娜等都是上述两种人物形象的代表。上述两种人物形象在小说中相互映衬,诉说着不同女性的命运。本节我们以《雪崩》和《纤毛虫－草履虫》里的女主人公为例进行分析。

《雪崩》里的女主人公伊琳娜是一位音乐教师。在伊琳娜的丈夫梅夏采夫还未成名前,为了使丈夫专注于音乐事业的发展,她独自挣钱养家,从不抱怨。即使丈夫后来成了享誉世界的钢琴家,她依然如故。伊琳娜从不抱怨,"Наоборот. Она выражала себя через самоотречение. Любовь к близким—вот ее талант. После близких шли дальние—ученики. После учеников—все остальное. Она любила людей."(相反,她通过放弃个人利益来表现自己。向亲人们施爱,这是她的天赋。她爱人们,除了亲人,还有远亲(即学生)。学生以外,才轮到其余的事儿。)因此,伊琳娜是个非常好的贤内助。伊琳娜的付出成就了丈夫梅夏采夫。不仅如此,梅

---

① Использованы материалы кн.: Русская литература XX века. Прозаики, поэты, драматурги. Биобиблиографический словарь. Том 3. П-Я. с. 500—502. http://www.hrono.ru/biograf/bio_t/tokareva_vs.php.

第五章
维·托卡列娃作品中内在对话性的语用分析

夏采夫从来不会因为妻子而吃醋。他信任自己的妻子。因此,可以说,伊琳娜是个不可多得的好妻子,她既能主外又能主内。

柳丽娅是个三十四岁漂亮的女性,同时也是个没有丈夫、没有工作、专门在休养地勾搭有钱男人、为了舒服的生活出卖自己的肉体的女人。她从来不为别人考虑,只为自己而活。成功勾引了梅夏采夫后,柳丽娅总是按照自己的意图购物。依据"Люля не любила гулять. Ее совершенно не интересовала архитектура. Она смотрела только в витрины магазинов. Не пропускала ни одной... Казалось, костюм находил свою единственно возможную модель. И они покупали. Месяцев платил по кредитной карте и даже не понял, сколько потратил. Много."(柳丽娅不喜欢散步。建筑作品完全不能吸引她。她只看商店的橱窗,绝不放过一个。……好像衣服找到了自己的模特,于是他们就买了下来。梅夏采夫用信用卡付钱,甚至不清楚已花了多少。实在是花了很多。)"В ресторанах Люля заказывала исключительно «фрукты моря»—так тут назывались крабы, моллюски и устрицы. Стоило это бешеных денег, но Люля не обращала внимания."(在餐厅,柳丽娅要了份儿不同凡响的'海洋水果',其实是对螃蟹啦,软体海洋生物和牡蛎之类的叫法。价要的是真狠呵,但柳丽娅并不在乎。)等宏观上下文可知,柳丽娅是个彻头彻尾的贪图梅夏采夫钱的女人。最后,梅夏采夫看清了柳丽娅的真面目而离开了她。虽然小说的结尾是开放式的,但我们也能推测出,梅夏采夫最终又回归了家庭,回到了妻子的身边。

《纤毛虫-草履虫》里的玛丽亚娜是个全职家庭主妇,她的生活中只有丈夫和孩子,她生活的意义就是照顾他们,引用丈夫阿尔卡季的话说,玛丽亚娜的全部生活就是"煮饭、端饭、打扫屋子、洗衣服……她活着……就像个纤毛虫-草履虫"。她爱着自己的丈夫,"她的一生中只有一个爱人,那就是她丈夫阿尔卡季"。因此,对于玛丽亚娜来说,无论在精神上还是在物质上她都离不开丈夫。所以,即使她知道了丈夫有长达16年的出轨行为,她仍然一如既往、若无其事地做着自己该做的事情。

阿夫甘卡是个现代独立女性。她有自己的事业,自己的交际圈和自己的生活。她与阿尔卡季有着共同的语言,两人的地下情关系保持了长达16年。即使这样,她也没有获得自己想要的身份——成为阿尔卡季的妻子,最终他们以分手而收场。

根据宏观上下文,即上述人物形象的基本情况的描述可以得知:伊琳娜、玛丽亚娜与伊琳娜、阿夫甘卡之间具有鲜明的对话性:她们是忠贞的妻子和破坏家庭的第三者之间的对立。维·托卡列娃所有类似的小说中结局都一样:丈夫回到或留在了妻子身边,第三者黯然退场。因此,女性不仅要能够独立,还要自重、自爱。无论什么时候,人们都不要做破坏别人家庭的第三者。这种行为不仅违背最基本社会道德,更是一种被社会所唾弃的行为。这种行为害人害己,没有好下场。

本节之所以选择《雪崩》和《纤毛虫－草履虫》两篇小说作为分析文本,还因为这两篇小说中的女主人公形象中还蕴含着独立自主的妻子形象与仰人鼻息的妻子形象之间的对话性和水性杨花的第三者形象与自力更生的第三者形象之间的对话性。

伊琳娜是个独立女性,在把丈夫撵走后,她靠着自己的能力支撑着整个家。"Ирина взяла несколько частных учеников, детей миллионеров. За один урок платили столько, сколько раньше за год."(伊琳娜收了几个需要家教的学生。(他们)都是大款的子女。一堂课付的钱相当于过去一年的工资。)正因为伊琳娜有教书的才能,所以在得知丈夫背叛的行为后,她立马赶走了丈夫。玛丽亚娜是全职的家庭主妇,是依附于丈夫的"纤毛虫",在无意间得知了丈夫的背叛行为后她不仅没有揭穿和指责丈夫,反而还"放任丈夫的行为,只要他回来住就行。她什么都不说,装作不知道……她会把饭菜做得更可口,把家打扫得更干净。在丈夫面前,她会表现得更无助,像纤毛虫－草履虫一样的更加依赖于他"。玛丽亚娜希冀通过自己的无能来留住丈夫。因此,伊琳娜和玛丽亚娜是两个拥有不同社会地位的人妻。独立自主、自食其力的伊琳娜最终有尊严地赢回了离家出走的丈夫,而玛丽亚娜放下自尊,依靠自己可怜的处境博取丈夫的同情而达到留住丈夫的目的。

  柳丽娅是水性杨花的第三者,她没有工作。为了获得舒适的生活,她毫无廉耻的出卖自己的肉体,是个"показалось: весь зал спал с Люлей. Все мужчины. И те, кто с женами, и солдаты с девушками, и толстый негр."(似乎所有的男人都与她有关系的女人。不论是有妻子的男人还是有女朋友的士兵,甚至胖胖的黑人。)柳丽娅最终遭到男主人公梅夏采夫的抛弃。与伊琳娜不同,阿夫甘卡是一个有事业的女性。她与阿尔卡季在一起16年了。阿夫甘卡不是看中阿尔卡季的钱,而是真正的爱着他。而正如维·托卡列娃的小说《老狗》中的女主人公茵娜所认为的一样,"男人想拥有两个女人,因为每个女人都有另一个女人所没有的长处。"玛丽亚娜给阿尔卡季生孩子,给他提供可口的饭菜和舒适的居家环境;阿夫甘卡可以填充阿尔卡季情感的需求。所以,等待多年的阿夫甘卡最终选择离开阿尔卡季。

  综上所述,无论处于什么地位的女性都要独立自强,保持独立的人格,不能做男人的附属品。女性的独立源于工作,正像小说《表白－还是沉默》中的女主人公阿尔塔莫诺娃发出的喊声一样,"Она находится в браке со своим ДЕЛОМ. И лучшего мужа ей не надо. Дело её кормит, одевает, развлекает, возит в путешествия, даёт друзей, положение в обществе. Какой современный мужчина способен дать столько?"(她有自己的事业,她不需要最出色的丈夫。事业可以供她吃,供她穿,让她享受,让她旅行,让她结识朋友,给她社会地位。有哪个现代的男人可以给她这么多?)

5.3.2.2 对家庭负责任的妻子与对家庭不负责任的丈夫形象之间的对话语用分析

  维·托卡列娃的小说中塑造了众多的妻子与丈夫形象,对家庭负责的妻子与对家庭不负责的丈夫形象跃然纸上,形成鲜明的对照。《漫长的一天》里的韦罗妮卡和阿廖沙,《骨折》里的塔季扬娜和吉姆卡,《保镖》里的塔季扬娜与她的丈夫(小说里一直用"丈夫"称呼,没有名字),《幸福的结局》里的"我"(指的是妻子,没有名字)和"他"(指的是丈夫,没有名字)……都是两种人物形象的代表。尤其是《幸福的结局》里的"我"不堪忍受没有爱的婚姻、冷漠和无责任感的丈夫而选择了自杀,死亡对女主人公来说是一个幸福的结局,这有很强的讽刺意味。本节我们将要对《漫长的一天》和《骨折》里的妻子和丈夫形象进行语用分析,从而对妻子和丈夫的形象予以关照。

《漫长的一天》里的女主人公韦罗妮卡 35 岁,她是一家大报社的记者。虽然她 20 岁就出嫁了,但她用 11 年的时间寻找个人的社会地位,32 岁生了女儿。在外面,她是一个著名的记者;在家里,她是一位事无巨细、事事都要过问的贤妻良母。虽然"Внешне—Вероника нежная женщина, похожая на «Весну» Боттичелли, с тем же самым беззащитным полуизумленным взглядом."(从外表上看韦罗妮卡是一位温柔的、手无缚鸡之力的娇小姐),但事实上她具有男性的战斗的特质。韦罗妮卡的这种性格完全是被生活所逼。她的丈夫阿廖沙与韦罗妮卡正好相反,无论是在事业上还是在生活上他都没有进取心。他只喜欢读书,学习别人的经验。他每天下班回家就是读书,什么也不想,什么也不做。所以,生活的所有重担都落在了韦罗妮卡的身上。即使女儿被诊断出患有严重的先天性肾脏病,阿廖沙依然一如既往地坐着读报纸,找医生、会诊等所有的事情都是韦罗妮卡一个人去做。

《骨折》里的女主人公塔季扬娜是一位著名的前花样滑冰冠军和花样滑冰教练。与韦罗妮卡一样,为了事业的发展,她 35 岁才生下女儿。比韦罗妮卡更糟的是,塔季扬娜必须要工作,挣钱,抚养女儿。女儿的健康和个性的培养,所有一切任务都落在塔季扬娜的肩上。甚至她的丈夫吉姆卡的亲人都由她来医治、送葬。与塔季扬娜相比,吉姆卡要么无所事事

第五章
维·托卡列娃作品中内在对话性的语用分析

地闲逛,要么坐在家里看电视,要么只管去游泳,然后回家倒头就睡。不仅如此,后来吉姆卡还找了个年轻的情人。

根据上述描述的内容及俄罗斯一直以来的时代环境和阐释者对俄罗斯社会的了解可知,俄罗斯的女性不仅在社会上要承担着巨大的工作压力,在生活中也要承受着生活的压力,双重压力使他们喘不过气来。即使这样,她们也从未想过要依靠谁,她们早已习惯了一切自己动手,习惯了不指望任何人。正像《骨折》里的塔季扬娜所说,"Но еще важнее то, что она сама есть у себя."(更为重要的是,她还有自己。),拥有自己就拥有一切。因此,韦罗妮卡和塔季扬娜两位女性的身上既有"以家庭为中心"的俄罗斯传统女性的特质,但同时又具备现代职业女性的特质:她们不以男人为中心,她们的一切靠自己去奋斗。因此,通过对家庭负责任的女性形象和对家庭不负责任的男性形象的描述可知,随着俄罗斯社会意识形态的变化,男人和女人之间的关系也悄然发生了变化。女人不再是男人的附庸,女人也是社会的主人。

5.3.2.3 "跳来跳去的女人"形象与敦厚老实的男人形象之间的对话语用分析

在维·托卡列娃的笔下敦厚老实的男人形象为数不多,但在塑造这类形象的小说里都会出现"跳来跳去的女人"①形象。因此,"跳来跳去的女人"形象与忠厚老实的男人形象之间形成了强烈的对话性。这里以小说《粉红色的玫瑰》里的莉列克与丈夫廖尼亚和《天地之间》中的娜塔莎与前夫(小说中娜塔莎的前夫没有名字)为例进行分析。

莉列克是一家知名诊所的医生,她的丈夫廖尼亚是一位律师。最初他们如胶似漆,但是"У Лилька было одно неудобное качество: желание объять необъятное. То, что шло в руки,—было уже в руках. Это уже

---

① "跳来跳去的女人"引自契诃夫的同名小说。"跳来跳去的女人"指的是不安于现状、总是在寻找心目中的"不同凡响"的英雄。其实,真正的英雄、真正的爱人、真正珍惜她们的人就在身边,就是自己的丈夫。她们只有在最后、甚至只有在失去了对方以后才真正懂得这一点。

неинтересно."（莉列克有一个缺点：总想得到得不到的东西。到她手里的，已经在她的手里了，就不好玩了。），她的选择有很多，如医生、患者、患者家属。有一段时间，为了一个男人莉列克甚至开始考虑离婚和再婚的事情。当莉列克年轻、精力旺盛的时候，她的男人都是语言学家、律师、外科医生——都是知识分子。但她现在步入老年的行列时，她竟然想降低标准选择情人，即使是外来的打工仔她也不介意。与莉列克不同的是，丈夫廖尼亚每天按部就班地生活着：上班、下班、仔细研究法条。他静静地待在她身边，等着她，让她总能有家可回。小说通过一束玫瑰花让莉列克真正懂得，即使她拥有再多的情人，最后记得她的生日、送她玫瑰花和真正的爱她的也就只有她的丈夫一人。"Леня-верный человек... А верность—это тоже талант, и довольно редкий."（廖尼亚是个忠实的人……忠实也是一种才能，并且相当稀少可贵。）

娜塔莎在十八岁时嫁给了二十二岁的前夫。婚后，娜塔莎认为丈夫是个傻瓜，不配她的如花之貌。她觉得，她的美貌应该使她在生活中多享有一些特权。也就是说，只有那些聪明的、不同凡响的男人才配做她的丈夫。所以，结婚不久他们就离婚了。娜塔莎原来以为，同丈夫离了婚，她很快就能重新嫁人。但她在很多男人之间徘徊了一阵后选择了已婚的、丑陋的、但很有才华的生物学教授基塔耶夫。基塔耶夫很有社会威望，但他给不了娜塔莎渴望的家庭，她给基塔耶夫做了二十多年的情人，这个身份一直没有变化，这让娜塔莎非常苦恼。娜塔莎的前夫在与娜塔莎结婚时只是医学院的穷学生，什么都没有。但如前夫自己所说，"красота—явление временное и преходящее. Она обязательно уйдет лет через двадцать и помашет ручкой. А его способность к устойчивому чувству, именуемому «верность», —навсегда. Это не девальвируется временем. Так что он-муж на вырост. Сейчас немножко не годится, зато потом—в самый раз."（漂亮的容貌只是暂时的，难以持久。过不了二十年，它就会向你挥手告别；而他自己这种被世人称之为'忠实'的保持牢固感情的能力则是经久不变的。它不会因岁月的流逝而贬值。因此,他这样的丈夫自有他的好处,就像裁一件宽大些的衣服,别看现在有点不合身,可是以后就正合适了。)但当时十八岁的娜塔莎怎么可能会理解这些呢,她看中的只是当前的处境。现在,前夫成了著名的牙科医生,既有钱又有社会地位,而且"现在也没有原谅她"。"现在也没有原谅她"说明了前夫一直没有忘记她,在思想上与她一直在一起,"Он（бывший муж）действительно оказался способен к устойчивому чувству."(前夫的确具有保持牢固感情的本事。)现在事过境迁,前夫也已经娶妻生子,娜塔莎也不是原来的娜塔莎了。虽然后悔,那她也是自作自受。

综上所述,根据对两篇小说中的男女主人公的描述,两位女主人公都追求各自心中所期待的激情和"爱人",而忽视身边自己所拥有的宝贵的东西。莉列克是幸运的,虽然有些晚,但她意识到了丈夫的可贵,而娜塔莎则追悔莫及。因此,通过对"跳来跳去的女人"形象和敦厚忠实的男人形象的描述,作者向我们传达了这样的讯息:最容易被忽视的东西反而是最宝贵的东西。因此,不论是妻子还是丈夫一定要珍惜与自己同甘共苦、相濡以沫的另一半。

5.3.3 维·托卡列娃小说与安·契诃夫小说间的文本对话性语用分析

在维·托卡列娃创作风格的形成中,安·契诃夫起了非常重要的作用。可以说,在现代俄罗斯文学中维·托卡列娃延续了安·契诃夫的创作传统。作家自己回忆说:"……我记得,妈妈在我十二岁的时候给我读了契诃夫《罗斯柴尔德的小提琴》,这在我心中像是转动了一把钥匙。就像我现在认为的一样,这从一开始就被存储了,就像信息被存储在电脑里一样。我天生就是一位作家,我是含着"软盘"出生的,而安东·巴甫洛维奇·契诃夫按下了必要的按钮。"①所以,"托卡列娃喜爱的契诃夫的小说不仅有助于打开作家的文学才能,而且有助于作家写作技巧的形成。因此,托卡列娃把契诃夫称为自己的老师。"②下面,本节我们将从人物形象的塑造和作品的主题两个方面对维·托卡列娃小说与安·契诃夫小说间的文本对话性进行语用分析。

5.3.3.1 维·托卡列娃小说与安·契诃夫小说间的人物形象对话性语用分析

在维·托卡列娃的小说创作中作家经常引用安·契诃夫的名言警句,这是安·契诃夫对维·托卡列娃小说的影响最直观的表现所在。"从对话论的角度,结合文本理论,我们认为,文本同时也是互文本;文本性正是互文性,而互文性也就是对话性。"③一般认为,引用是建立文本与互文本之间对话的手段之一。维·托卡列娃经常从小说主人公的视角引出安·契诃夫的名言警句,如在小说《可以—不可以》(«Можно и нельзя»)中,作者从女主人公玛鲁夏的视角引出了安·契诃夫的戏剧《海鸥》中的女主人公尼娜:"Она [Маруся], как чеховская Нина Заречная, *готова была жить в голоде и в холоде*"(她(玛鲁夏)也像契诃夫的尼娜·扎列奇娜娅一样(为了追求自己的理想)准备过着饥寒交迫的生活)。根据读者或阐释者所拥有的固有知识可知,《海鸥》中的女主人公尼娜是个外貌和心灵都很美丽的姑娘,她热情活泼,积极追求美好的理想。即使现实生活中她经历了一系列可怕的沉重的打击,但她仍然不向命运低头,勇敢面对严峻的现实生活,实现自己的理想。玛鲁夏却是维·托卡列娃塑造的与

---

① Колодяжная Н. П. (сост), Зоткина В. Ю. (ред) Я родилась с дискеткой писательницы...: к 75-летию со дня рождения прозаика Виктории Самойловны Токаревой: библиогр. указатель; ВМУК "ЦСГБ" Библиотека-филиал №10. — Волгоград, 2012. С. 6.

② Букіна Ю. О. (Київ, Україна) Чеховские мотивы в творчестве В. Токаревой. С. 230 (Электронный ресурс): http://philology.kiev.ua/library/zagal/Komparatyvni_doslidzhenna _12_2010/229_236. pdf

③ 彭文钊:"文本对话中的语言信息单位",《中国俄语教学》,2006(3):50。

第五章
维·托卡列娃作品中内在对话性的语用分析

尼娜相反的主人公形象。因此,维·托卡列娃在小说《可以—不可以》中引用安·契诃夫的话语无形中使两篇小说中的女主人公(玛鲁夏与尼娜)形象产生了对照,具有讽刺的意味,实现了人物的自我评价与作者的讽刺相融合。维·托卡列娃的小说中类似的对安·契诃夫作品的引用还有很多,如:Маруся смотрела на свое лицо. Вспомнился Чехов:《*Вот тебе и дама с собачкой. Вот и сиди теперь...*》(《Можно и нельзя》); Как говорил Антон Павлович Чехов:《*Наличие больших собак не должно смущать маленьких собак, ибо каждая лает тем голосом, который у нее есть*》. (《Среда》); Как говорил Антон Павлович: "*Женись по любви или не люби—результат один*" (《Длинный день》); 《*Чеховская Маша из "Трёх сестёр" говорила: когда счастье получаешь не полностью, а по кускам, становишься злой и мелочной, как кузарка.*》(《Телохранитель》); 《*Я любил Алку за то, что она, как чеховская Мисюсь, смотрела на меня нежно и с восхищением, считала меня—как в песне, которую в те времена пела Эдита Пьеха,—самым умным, самым нежным и самым главным.*》(《Следующие праздники》)等一系列引用中都渗透着人物形象与作者之间的对话。

除此之外,从小说主人公视角引出的名言警句也渗透着人物形象之间的对话。"Измена и обман! Вот на чем стоит жизнь. Достоевский прав. Чехов говорил, что *люди через сто лет будут жить лучше и чище*. Прошло сто лет. И что? Хорошо, что Чехов умер в 1904 году и не видел ничего, что стало потом."(人们的生活中总是充斥着背叛和欺骗。陀思妥耶夫斯基是对的。契诃夫说,一百年后人们的生活会更好和更纯洁。是吗?好在契诃夫 1904 年就去世了。他之后的事情他都看不见了。)这一段话节选自维·托卡列娃的短篇小说《粉红色的玫瑰》。根据情景语境中的读者或阐释者所具备的固有知识可知,"一百年后,人们会过得更好更纯洁"这句话出自安·契诃夫小说《三姐妹》中的韦尔希宁上校之口。小说人物韦尔希宁多次强调,"Через двести, триста лет жизнь на земле будет невообразимо прекрасной, изумительной."(两三百年以后,世界上的生活,一定会是无限美丽、十分惊人的。)"Через двести-триста лет, наконец, тысячу лет, -дело не в сроке,-настанет новая, счастливая жизнь."(再过二三百年,或者多到一千年——不在于期限,幸福的生活总要来的)。《三姐妹》这部戏剧主要讲述的是剧中人物对幸福的追求。但在小说描写的时代里,幸福对主人公们来说遥不可及。因此,他们认为几百年后幸福的生活肯定会到来。《粉红色的玫瑰》中的主人公莉列克却不这么认为。自《三姐妹》问世至今,一百年都过去了,背叛和欺骗的行为仍然充斥着整个社会,现代人的生活仍然没有想象的美好。因此,上述引用表达了莉列克对现实生活的强烈不满。与莉列克一样,在维·托卡列娃的另一篇中篇小说《我在·你在·他在》(«Я есть. Ты есть. Он есть»)中的女主人公安娜也发出了与莉列克同样的感慨:"Люди через сто лет будут жить лучше нас". Так говорили Астров, Вершинин, Мисаил Полознев, Тузенбах. Видимо, сам Чехов тоже так думал. Через сто лет —это сейчас. Сегодня. Тогда были девяностые годы девятнадцатого века. Сейчас —двадцатого. И что же произошло за сто лет?"(一百年后的人们会过得比我们好,阿斯特洛夫、韦尔希宁、米塞尔·波洛兹涅夫和图津巴赫都如是说。看得出,契诃夫本人也是这么想的。一百年后,即现在,今天。那个时候是19世纪90年代,现在是20世纪。一百年中发生了什么呢?)

在维·托卡列娃的作品中,类似地渗透着人物与人物之间的对话的引用还有很多,如:« Ковалев являл собой нечто схожее с *доктором Дымовым из чеховской "Попрыгуньи"* » (« Можно и нельзя »);« в этом вопросе я вторичен и банален и похож на чеховского Ипполитыча, который утверждает, что *Волга впадает в Каспийское море и что спать надо ночью, а не днем.* » (« Пираты в далеких морях »);« Я, как

第五章
维・托卡列娃作品中内在对话性的语用分析

чеховская Нина Заречная, *бредила о славе и готова была заплатить за нее любую цену.*»(«Террор любовью»)等一系列引用都体现了两位作家作品中人物形象间的对话。

5.3.3.2 维・托卡列娃小说与安・契诃夫小说间的小说主题对话性语用分析

安・契诃夫与维・托卡列娃是公认的中短篇小说名家。"维多利亚・托卡列娃也不止一次的声称,契诃夫是她的好老师。正是阅读了契诃夫的小说才使自己走上了文学创作之路"。[①] 两位作家的文学创作间隔了将近一个世纪的时间,但这丝毫不影响他们创作主题之间的相似性和对话性。

"契诃夫的作品主题多样:有的反映了底层人民的悲惨生活(如《苦闷》《万卡》等);有的写出了小人物的战战兢兢、卑躬屈膝的心态和面貌(如《胖子和瘦子》《小公务员之死》等);有的激烈地讽刺了见风使舵的奴颜媚骨(《变色龙》等);有的刻画了沙俄专制制度卫道士的嘴脸(《普里什别叶夫中士》等);有的揭露了专制制度对社会的压制及其保守和虚弱(如《装在套子里的人》等);有的针砭了追求虚荣、庸俗无聊、鼠目寸光的人生哲学(如《跳来跳去的女人》《挂在脖子上的安娜》等);有的揭示了专制制度下阴森可怕的俄国社会状况(如《六号病室》《库页岛旅行记》等);有的反映了资本主义在俄国飞速发展后,人民却没有得到幸福,贫穷也没有被消除(如《一个女人的天地》等);有的反映了工农阶级的斗争(如《樱桃园》等);还有的以婚外恋为题材,表现对美好生活的憧憬和追求,从而唤起人们对浑浑噩噩的生活的讨厌(如《邻居》《带狗的女人》等)。"[②]较之于安・

[①] Ее постоянно кусали собаки и не слушались дети: Интервью с Викторией Токаревой [Электронный ресурс]: Apropos. -Режим доступа: http://apropospage. ru/lit/tokareva. html

[②] http://baike. baidu. com/link? url=IBANFYzMmridBznZqZtmvkWkfCtbu8MVZRMxeUU55oZbfC7Bfk4mnZdkzyW_i6hfx9dSXOP3MZ2QHnYIm4XnpqKXavpwBcCbfAAy8WRVFXiBXgxqTB2W9xzYHBxVPiauT4AaA3pYLQZKukNj4IHuFeE3nfEmo_t1shRJtRbgCH3

契诃夫作品主题的多样性,维·托卡列娃小说主题则单一得多。维·托卡列娃的小说被认为是女性文学,她的作品主要是对女性生活的描写,尤其是反映 20 世纪 80-90 年代的俄罗斯女性的生存状态。尽管如此,维·托卡列娃与安·契诃夫两位作家小说中的关于"家庭""爱""生的喜悦"及"对死亡的恐惧"等主题遥相呼应、相互对话。在所有的小说主题中"爱"是永恒的话题。

下面本节我们结合具体的小说文本阐释维·托卡列娃小说和安·契诃夫小说的主题之间的对话性语用意义。

遥不可及的爱

无论在维·托卡列娃的小说中,还是在安·契诃夫的小说中主人公对爱的"追寻"永不停歇。依据对两位作家的小说文本知识的掌握可知,维·托卡列娃的小说《一线希望》中的女护士洛拉与《淡紫色的西服》中的小提琴家马林娜和安·契诃夫小说《阿加菲娅》(« Агафья »)中的女主人公阿加菲娅是追寻爱的典型代表人物。

《一线希望》中的女主人公洛拉是一位恬静的女孩子,她一直在等待心目中的"他"的出现。在公交车上与"他"的偶遇的情景让洛拉找到了久违的幸福感:"Лора изогнулась, пытаясь устоять, но у нее не получилось, и она рухнула на колени сидящего человека. Колени были острые, жесткие и, судя по этим признакам, мужские... она положила бы голову ему на грудь, прикрыла глаза и сказала: « Я счастлива ». Счастье—это когда спокойно и больше ничего не хочешь, кроме того, что имеешь в данный момент."(洛拉弯下腰,试图站起来,但她没有成功,她跌坐在一位有座位的人的膝盖上。这个膝盖又尖又硬,根据这个特征可以判定这是一位男人的膝盖……她把头放在他的胸上用以遮住眼睛,并说:我很幸福。对于洛拉来说,能够如此平静地与'他'待在一起就是幸福。)《淡紫色的西服》中的女主人公马林娜是一位非常有才华的小提琴家,但她也一直在寻找爱情,寻找属于自己的幸福。"За талант дают горячие сосиски, черничное пирожное. И

第五章
维·托卡列娃作品中内在对话性的语用分析

что-то лишнее. Лишнее-свобода. Она ничего никому не должна. Ни мужчине, ни ребенку. Это плохо. А чего не хватает? Колена. Вот сейчас сидела бы в этом маленьком придорожном кафе, а под столом колено любимого человека. Сидели бы коленка к коленке. И тогда совсем другое дело."（由于拥有出色的才华,这帮助她挣来了灌肠和黑果越橘馅点心。当然也拥有多余的东西,这多余的东西就是自由。谁都不需要她。她没有男人,没有孩子。这很可怕。缺少什么呢？膝盖。现在我坐在一个咖啡馆里,如果座子下面有我心爱的人的膝盖就好了。膝盖对着膝盖坐,那就是另一回事了。)《阿加菲娅》中的女主人公阿加菲娅虽然是一个农妇,但她也勇敢的离开丈夫去寻找爱和属于自己的幸福。"Агафья... лежала возле него на земле и судорожно прижималась лицом к его колену. Она так далего ушла в чувство, что и не заметила моего прихода."(阿加菲娅……躺在他(沙福金)旁边的地上,把脸紧紧地贴在他的膝盖上她的思绪飘得那么远,以至于都没有发现我(叙述者)的到来。)

　　从上面的三段引文中可以发现,三位女主人公都非常依赖于男人的"膝盖",膝盖就是支柱,用以象征男人就是女人的支柱。同样是寻找爱、寻找幸福,但是安·契诃夫笔下的女主人公阿加菲娅没有独立生活的能力,她必须要依靠男人。而她所依赖的沙福金却是一个游手好闲、鄙夷女人的一位男人,所以她的幸福之路非常渺茫。而维·托卡列娃笔下的现代女性有稳定的生活,她们可以不需要依靠男人,她们的幸福之路可能平坦些。

不能实现的爱

　　在维·托卡列娃和安·契诃夫的小说中彼此相爱的男女主人公也往往不能获得想要的幸福。依据对两位作家小说文本的了解,维·托卡列娃的《漫长的一天》《没什么特别的》(«Ничего особенного»)及《底座上的五尊雕像》(«Пять фигур на постаменте»)等小说与安·契诃夫的《带小狗的女人》(《Дама с собакой》)和《关于爱情》(《О любови》)等系列小说中都揭示了"不能实现的爱(幸福)"的主题。下面本节我们通过具体分析《底座上的五尊雕像》和《带小狗的女人》两篇小说阐释两位作家的小说中的"不能实现的爱(幸福)"的主题的对话语用含义。

小说《底座上的五尊雕像》中的女主人公塔马拉是一位报社记者。在别人看来,她的生活非常美好:她的丈夫是一位非常有才华的雕塑家,她有一个十岁的儿子,还有一位慈爱的母亲。实际上,她的丈夫是一个酒鬼,他整年整年的不挣钱,"Скульптор по сути являлся вторым сыном... И мать последнее время все забывала, впадала в детство. Так что получалось, она — одна с тремя детьми."(雕塑家(塔马拉的丈夫)实际上是她的第二个儿子……妈妈最近也患上了健忘症,回归到了童年。这样一来,她(塔马拉)是一位有三个孩子的妈妈。)因此,小说女主人公背负着沉重的生活压力。要知道,"Ее звали Томка-золотоискатель, потому что она искала золотые крупицы судеб, тем, проблем."(塔马拉过去可是被称为'淘金者托姆卡'①,因为她总是有寻找到金子般的命运。)可是繁重的生活琐事慢慢吞噬着她的情感,使她漠视一切。但一次偶然的出差中她与出租车司机"天使—尤拉"结识。尤拉重新燃起了塔马拉心中爱的火花,使女主人公塔马拉找到了爱、被爱和幸福的感觉。但一想起莫斯科的工作、儿子、丈夫和年迈的母亲,她就有一种背叛家庭之感。正像小说中描述的一样,"Но Тамаре, как представительнице восьмидесятых годов двадцатого столетия, помимо любви, нужны были город, газета, телефонные звонки, Нелка, быть среди людей, среди писем, среди, среди, среди... А сидеть в деревянном доме и взращивать огурцы можно только летом, только один, ну два месяца в году. А остальные десять—крутиться в колесе, и не дай Бог, чтобы оно остановилось."(塔

---

① Томка-золотоискатель.

第五章
维·托卡列娃作品中内在对话性的语用分析

马拉作为 20 世纪 80 年代的女性代表,爱情不是她生活的全部,她离不开城市的生活,离不开习惯了的报纸和电话铃声。她必须生活在人群中,生活在信件中……仅仅在夏季的 1－2 个月时间中她可以待在木屋中种植黄瓜。而剩余的 10 个月她必忙个不停,上帝都不能让它停下来)。因此,塔马拉拒绝了尤拉的求婚,拒绝了久违的幸福。对她而言,家庭、朋友和工作是生命中不可缺少的部分,仅仅拥有爱情的她是不可能获得真正幸福的。

安·契诃夫的小说《带狗的女人》中男主人公古罗夫和女主人公安娜的婚姻生活都不幸福。古罗夫的妻子是个自以为是的女人,"Он втайне считал её недалёкой, узкой, неизящной, боялся её и не любил бывать дома. Изменять ей он начал уже давно, изменял часто."(他(古罗夫)呢,私下里认为她智力有限,胸襟狭隘,缺少风雅,他怕她,不喜欢待在家里。他早已开始背着她跟别的女人私通,而且不止一次了。)安娜"巴望过好一点的日子"才嫁给了现在的丈夫。但她的丈夫成天过着虚伪糜烂的生活,"...он лакей!...а знаю только, что он лакей. (安娜的丈夫)是个奴才!……"(我(安娜)只知道他是个奴才。)因此,当男女主人公在雅尔塔相遇时,他们认为他们找到了彼此的幸福。虽然,古罗夫和安娜彼此找到人生中的真爱,但是直到小说的结尾他们仍然生活在痛苦之中,他们不知道"Как избавить себя от необходимости прятаться, обманывать, жить в разных городах, не видеться подолгу. Как освободиться от этих невыносимых пут?"(怎样做才能摆脱这种必须躲藏、欺骗、分居两地、很久不能见面的处境。应该怎样做才能从这种不堪忍受的桎梏中解放出来。)

根据以上描述的宏观上下文可知,塔马拉与尤拉没有获得幸福,古罗夫和安娜也没有获得幸福。与古罗夫和安娜不同的是,塔马拉与尤拉生活在新世纪,他们是自己自愿放弃他们的爱情和幸福。塔马拉认为"Каждый зависит от каждого. И Тамара зависела от юры и от скульптора. Но есть еще и своя, только своя жизнь."（每个人都依赖另一个人。塔马拉依赖尤拉和雕塑家。但她还有自己,还有自己的生活。）除了爱情,生活中还有"надо исполнять свой долг."（自己应当肩负的责任）。因此,塔马拉回到现实生活中。带着对判刑的士兵别季卡的责任她只身远赴"遥远的地方",就是为了让士兵别季卡"Среди толпы незрячих он увидит глаза человека, который хочет помочь."（在冷漠的、视而不见的人群中看见一个愿意帮助他的眼神）。而古洛夫和安娜生活在"Неистовая игра в карты, обжорство, пьянство, постоянные разговоры всё об одном. Ненужные дела и разговоры всё об одном отхватывают на свою долю лучшую часть времени, лучшие силы, и в конце концов остаётся какая-то куцая, бескрылая жизнь, какая-то чепуха, и уйти и бежать нельзя, точно сидишь в сумасшедшем доме или в арестантских ротах!"（狂赌,吃喝,酗酒,反反复复讲老一套的话。不必要的工作和老套头的谈话占去了人的最好的那部分时间,最好的那部分精力,到头来只剩下一种短了翅膀和缺了尾巴的生活,一种无聊的东西,想走也走不开,想逃也逃不脱,仿佛关在疯人院里或者监狱的强迫劳动队里似的!）这种黑暗的时代,他们不仅要面临来自家庭的压力,同时还要面对可怕的社会的指责。

综上所述,与塔马拉和尤拉一样,维·托卡列娃笔下的韦罗妮卡与叶戈罗夫(小说《漫长的一天》里的男女主人公)和科罗利科夫与玛尔戈(小说《没什么特别的》里的主人公)都是新时代的代表人物,他们由于需要承担家庭和社会的双重责任而选择放弃了唾手可得的个人的爱情和幸福。虽然他们没有获得个人的爱情,但是它们感觉到了来自家庭和社会的幸福。安·契诃夫笔下的古罗夫和安娜也好,还是阿列兴和安娜(小说《关于爱情》里的男女主人公)也好,他们虽然都彼此深爱着对方,但迫于社会道德舆论的压力男女主人公之间的爱情是没有出路的。同时,由于时代所限,安·契诃夫笔下的男女主人公没有真正的家庭责任和社会责任感,

第五章
维·托卡列娃作品中内在对话性的语用分析

他们只是囿于个人的情爱中。所以,安·契诃夫笔下的男女主人公是不会获得真正的幸福的。两位作家的"不能实现的爱(幸福)"这个主题的对话性的语用意义揭示了,无论人们生活在什么时代,爱情都不是人们获得幸福的唯一源泉,人们还有更为重要的社会和家庭的责任要承担。

被忽视的爱

维·托卡列娃的小说中不仅塑造了积极寻找爱情和幸福的主人公形象,同时也塑造和讽刺了忽视、淡漠身边存在的爱和幸福的主人公形象,其中小说《粉红色的玫瑰》中的女主人公莉列克是典型的代表人物。依据读者和阐释者固有的文本知识可知,莉列克与安·契诃夫的小说《跳来跳去的女人》中的奥莉加非常相像,她们都属于"骑驴找驴"型的典型人物。所以,维·托卡列娃的《粉红色的玫瑰》和安·契诃夫的《跳来跳去的女人》两篇小说中反映的"被忽视的爱"这一主题相互比照、对话着。

《粉红色的玫瑰》中的女主人公莉列克的丈夫廖尼亚"А двадцать пять советских лет, четверть века, он просидел в юридической консультации на зарплате в сто двадцать рублей и почти выродился как личность и как мужчина. Лилек привыкла его не замечать."(在苏联时期的25年(即四分之一个世纪)都一直坐在法律咨询处里,拿着120卢布的工资,结果是退化得几乎毫无个性,不像个男人了。莉列克习惯了不去注意他。)但莉列克又梦想着幸福的生活,而且"Лилек была открыта для любви и сама влюблялась на разрыв аорты."(莉列克本来就在感情上很开放,她自己也很喜欢那种脉动心跳的感觉。),"Выбор—большой: врачи, пациенты, родственники пациентов. Привилегированная среда. А если выражаться языком орнитологов-элитарные самцы."((她的)选择很多:医生、患者、患者家属。)因此,她的种种不守妇道的行为使自己的生活变得更不幸福。

尽管在现实生活中莉列克有很多男人可供选择,但"Лильку казалось, что она больше бы подошла Антону Чехову. С ней он бы не умер. Ах, какой бы женой была Лилек..."(莉列克觉得,她自己才最适

合安东·契诃夫。如果跟她在一起的话,他就不会死那么早了。啊,那莉列克该会是个多好的妻子呀……)而且,小说作者还写道,"Из классики больше всего любила Чехова—его творчество и его жизнь, но женщины Чехова Лильку не нравились: Лика глупая, Книппер умная, но неприятная. Возможно, она ревновала."(经典作家之中,她最喜欢的是契诃夫——喜欢他的作品和他的生平,可契诃夫的女人莉列克却不喜欢:莉卡傻乎乎的,柯尼贝尔聪明,但招人烦。也有可能,是她嫉妒了。)我们认为,小说中作者不是简简单单地提及安·契诃夫及莉列克对安·契诃夫的态度。作者想要借此向读者传达,尽管莉列克有过很多男人,但现实中没有一个男人适合她,没有一个男人能给她带来幸福。因此,她就想象一个非现实的人物进行自我安慰。更为滑稽的一幕是,当55岁的莉列克生平第一次收到一束娇艳的玫瑰花时,她的第一反应是安·契诃夫送给她的,而不是她的丈夫送给她的生日礼物。

《跳来跳去的女人》中的女主人公奥莉加的丈夫戴莫夫是一位普通的医生,而奥莉加生性喜爱结交名流,追求艺术。"Среди этой компании Дымов казался чужим, лишним и маленьким, хотя был высок ростом и широк в плечах. Казалось, что на нём чужой фрак и что у него приказчицкая бородка."(尽管他(戴莫夫)身材高大,肩膀很宽。在这伙人(奥莉加的从事于艺术的朋友们)中间,戴莫夫显得陌生、多余、矮小,看上去他好像穿着别人的礼服,留着店伙计的胡子。)面对如此渺小的丈夫,奥莉加不得不在外寻觅"不同凡响"的人,并因此而与名画家发生了婚外情。面对妻子的出轨,戴莫夫想以宽容之心召唤她回归,但他没有成功。郁闷之极,他就舍命救治病人而患上传染病,最终不幸去世。

综上所述,依据宏观上下文语境:表面上看,奥莉加与莉列克两个女主人公完全不同。莉列克不仅长相平凡,而且是一家诊所的医生,是个劳动人民。她住在一个极其普通的单元楼里。奥莉加不仅长相迷人,而且从事于艺术创作活动。她住的房子也极具艺术气息和氛围。但是,相同的主题把

第五章
维·托卡列娃作品中内在对话性的语用分析

这两个表面不相似的女主人公联系在了一起:对两位女主人公来说,他们的正直的丈夫只是无关紧要的人,他们总是到别处寻觅幸福和浪漫。

奥莉加的丈夫戴莫夫表面上虽然是个普通的医生,其实他是个才智出众的科学家,是受医学界推崇和敬仰的医生。奥莉加在丈夫即将去世的时候才真正认识到丈夫的与众不同,才真正认识到丈夫才是"明日之星",但这已经为时已晚。丈夫的死与她的长期的漠视不无关系,这让她后悔莫及。与戴莫夫相比,莉列克的丈夫廖尼亚平凡得多也幸运得多。他是一位律师,在苏联时期这是个冷门职业,但"в последние десять лет его специальность оказалась востребованной."(近十年来(苏联解体后)他的专业变得炙手可热。)在小说的结尾,莉列克终于意识到她的丈夫才是那个对她忠心、能给她幸福的人。

综上所述,维·托卡列娃和安·契诃夫两篇小说中反映的主题为"被忽视的爱"的对话性语用含义为:最忽视的就是最为宝贵的,所以无论什么时候我们一定要珍惜身边爱你的人。

5.4 本章小结

本章主要运用语用学中的相关理论对维·托卡列娃作品中的内在对话性的具体体现形式进行语用分析,揭示其语用意义。通过对作品中内在对话性的具体表现形式的语用意义的洞悉,我们最终实现理解作者—作品—读者之间的对话的目的。

第一节在详细论述俄罗斯和中国语言学家对语境研究的基础上尝试构建出适用于本章语篇分析的语境类型图。

第二节借助语境理论分析维·托卡列娃作品中体现在句法手段及其他手段中的内在对话性的语用含义。

第三节借助语境理论分析维·托卡列娃作品中体现在小说文本结构中的内在对话性的具体表现形式的语用含义。

结　语

俄罗斯"女性文学"是新时期俄罗斯文学史上一道亮丽的风景线，柳·乌利茨卡娅、塔·托尔斯泰娅、柳·彼特鲁舍夫斯卡娅、维·托卡列娃是当代俄罗斯"女性文学"的主要代表作家，她们的文学创作成为当今文学研究中的热点。本书以维·托卡列娃的作品为研究语料，以其作品中的对话为研究对象。本书研究的对话既有广义的对话（即内在对话性），又有狭义的对话（即外在对话性）：

1. 维·托卡列娃作品中的外在对话性的主要表现形式是文学作品中的文艺对话。

2. 维·托卡列娃作品中的内在对话性主要体现在分割结构、准直接引语及小说文本结构中。除此之外，维·托卡列娃作品中的某些作品名称、标点符号（引号）的使用及词的全部字母大写的方式中也渗透着内在对话性。

纵观近30年国内外研究者对维·托卡列娃作品研究情况后我们发现，鲜有研究者对其作品中的对话进行研究。因此，我们运用何种理论和采用何种方法分析维·托卡列娃作品中的对话显得至关重要。

本书以米·巴赫金对话理论和文艺学中的交际理论（文学交际）为理论指导，在细读文本的基础上从语言学分析（语用学分析方法）和文艺学分析相结合、归纳法和分析法相结合的角度，综合运用修辞学、阐释学理论对维·托卡列娃作品中形式多样的对话形式进行语用分析，希冀通过对维·托卡列娃作品中的外在对话性的具体表现形式和内在对话性的具体体现形式的语用分析，明晰作者的创作意图，最终实现理解作者－作品－读者之间的对话的目的。作者－作品－读者这一对话性关系是文学作品中真正的对话关系。通过对语用学视角下的维·托卡列娃作品研究,本研究得出结论和启示的同时,也指出研究的不足。

本研究的结论与启示

1. 文学作品中有丰富的内在对话性的具体体现形式,米·巴赫金的对话性理论为本书的具体分析提供了理论依据。对话既包括广义的对话又包括狭义的对话,米·巴赫金提出了对话性这一概念,对话性分为内在对话性和外在对话性。文艺对话是文学作品中主要的外在对话性的具体表现形式。

2. 对话性理论具有普适性特征。对话性不仅存在于陀思妥耶夫斯基的作品中,它也存在于其他文学作品中。

3. 作者与读者是小说中真正的对话者。作者与读者之间的对话通过对文学作品中的外在对话性的具体表现形式和内在对话性的具体体现形式的语用分析而实现。

文学言语与其他类型的人类活动一样是有目的的,它把信息从作者—发出者传达到读者—接收者,文学作品的这一传递过程被学者们称之为文学交际。这样,作者与读者之间就产生了对话,作品充当了对话的媒介,读者通过作品理解作者的创作意图。语用学是研究话语意义的学科,语用学理论的普适性决定了"语用学是行之有效的分析文学作品中的对话的语用含义的理论和方法"。

4. 语用学与文学之间存在着广阔的合作空间。

运用语用学中的分析方法分析文学作品,揭示文学话语中蕴含的深层含义,这是一种具有前瞻性的研究。语用学本质上是一种将语言置于语言使用的语境中的意义研究,读者对作品的理解不仅仅依赖于语言本身的形式和意义,同时还取决于文学语境,语境理论为文学作品语用含义的分析提供了广阔的空间。本书尝试运用言语行为理论、会话合作原则及语境理论等语用学中的主要理论分析维·托卡列娃作品中外在对话性和内在对话性的具体对话表现形式，证明语用学理论可以运用在具体的文学分析中。

5. 对话性存在于小说的各个层次上，文本中的对话性形式多样：语言层面的对话性、结构（篇章结构、情节结构和人物关系结构）层面的对话性、内容层面的对话性及作品与作品之间的互文性对话。

本研究的不足

1. 运用语用学理论研究文学作品中的各个内在对话性的具体体现形式是本书的一个新的、尝试性的研究。由于相关资料的缺乏及与之相关的研究的不足，本研究还有待于进一步拓展、深入和完善。

2. 本文主要从语用学视角分析维·托卡列娃作品的语言层面和结构层面的对话性，维·托卡列娃作品中还有其他形式的对话性的具体表现形式。鉴于此，在后继的研究中还应该拓展文学作品中其他层面关于对话性的研究，这些有待于后续的发掘研究。

附　录

维·托卡列娃作品情况

一、维·托卡列娃出版作品集一览表

1. Вместо меня: роман / В. С. Токарева. -М. : ЭКСМО, 1995. —358 с.
2. Гладкое личико: [повести и рассказы] / В. С. Токарева. -М. : АСТ, 1999. —476 с.
3. Джентльмены удачи: киноповесть / В. С. Токарева. -М. : Дрофа, 1993. —512 с. -(Кинороман).
4. Дерево на крыше: сборник / В. С. Токарева. -М. : Астрель, 2012. —319 с.
5. День без вранья: Повести и рассказы/ В. С. Токарева. -М. : 1994.
6. И вновь о любви: сборник / В. С. Токарева. -М. : АСТ, 2009. —319 с.
7. Кино и вокруг / В. С. Токарева. -М. : ЭКСМО-ПРЕСС, 1998. —605 с.
8. Когда стало немножко теплее: Рассказы/ В. С. Токарева. -М. : 1972.
9. Короткие гудки: рассказы и повесть / В. С. Токарева. -М. : Аттикус, 2012. —236 с.
10. Коррида/ В. С. Токарева. -М. : 1993 и 1995.
11. Лавина: сборник / В. С. Токарева. -М. : АСТ; Люкс, 2005. —319 с.
12. Летающие качели. Ничего особенного: повести и рассказы / В. С. Токарева. -М. : Сов. писатель, 1987. —591 с.
13. Лиловый костюм: повести / В. С. Токарева. -М. : АСТ, 1999. —476 с.
14. Мало ли что бывает...: повести и рассказы / В. С. Токарева. -М. : АСТ, 2005. —477 с. -(Русский романс).
15. Маша и Феликс: повести и рассказы / В. С. Токарева. -М. : АСТ, 1999. —507 с.

16. Между небом и землей: повести и рассказы / В. С. Токарева. -М. : АСТ, 1997. - (Русский романс)

17. Можно и нельзя / В. С. Токарева. -М. ;1998.

18. Мои враги: сборник / В. С. Токарева. -М. : АСТ; Хранитель, 2007. —319 с.

19. На черта нам чужие: повести, рассказы / В. С. Токарева. -М. : Локид, 1995. — 523 с.

20. Ничего не меняется: сборник / В. С. Токарева. -М. : АСТ, 2010. —319 с.

21. Ничего особенного: сборник / В. С. Токарева. -М. : ЭКСМО, 1997. — 391 с. - (Очарованная душа)

22. Ну и пусть: пьеса, повести и рассказы / В. С. Токарева. -М. : ЭКСМО, 1998. — 391 с.

23. О любви: сборник / В. С. Токарева. -М. : АСТ, 2008. —415 с. -(Очарованная душа)

24. О любви и других простых вещах: афоризмы / В. С. Токарева. -М. : АСТ, 2008. — 223 с.

25. О любви и не только…: повести / В. С. Токарева. -М. : АСТ, 2008. —318 с.

26. Один из нас: киносценарий, киноповесть, рассказы / В. С. Токарева. -М. : ЭКСМО-ПРЕСС, 1998. —312 с. -(Очарованная душа)

27. Одна из многих: повести и рассказы / В. С. Токарева. -М. : АСТ; Хранитель, 2007. —318 с.

28. О том, чего не было: Рассказы/ В. С. Токарева. -М. : 1969.

29. Первая попытка: повести и рассказы / В. С. Токарева. -М. : АСТ; Астрель, 2011. —286 с.

30. Перелом: сборник / В. С. Токарева. -М. : АСТ, 1999. —471 с.

31. Просто свободный вечер: рассказы и повести / В. С. Токарева. -М. : АСТ, 2001. —301 с.

32. Птица счастья: повести / В. С. Токарева. -М. : Люкс, 2005. —351 с. -(Городской роман)

33. Розовые розы: повести и рассказы / В. С. Токарева. -М. : АСТ, 1999. —442 с.

34. Розовые розы: рассказы, пьеса, киносценарии / В. С. Токарева. -М. : АСТ, 2002. —382 с.

35. Самый счастливый день / В. С. Токарева. -М. : ЭКСМО-ПРЕСС, 1998. —487 с. -(Очарованная душа)
36. Сказать-не сказать: повесть, рассказы / В. С. Токарева. -М. : Слово, 1991. —271 с.
37. Стрелец: повесть / В. С. Токарева. -М. : АСТ, 2000. —158 с.
38. Стрелец: повести и рассказы / В. С. Токарева. -М. : АСТ, 2001. — 317 с. - (Городской роман)
39. Телохранитель: рассказы / В. С. Токарева. -М. : Оникс; ОЛМА-ПРЕСС, 1997. —431 с. -(Имена)
40. Террор любовью: повесть и рассказы / В. С. Токарева. -М. : АСТ; Хранитель, 2008. —319 с.
41. Хэппи энд: сборник / В. С. Токарева. -М. : АСТ, 2010. —413 с.
42. Шла собака по роялю: повести, рассказы / В. С. Токарева. -М. : Локид, 1995. —522 с.
43. Этот лучший из миров: сборник / В. С. Токарева. -М. : АСТ, 1999. —476 с.
44. Антология современного рассказа / [сост. А. А. Михайлов]. -М. : АСТ; Олимп, 2002. —397 с.
45. Коррида / В. С. Токарева // Проза новой России: в 4 т. -М. : ВАГРИУС, 2003. -Т. 4. -С. 144—166.
46. На черта нам чужие / Виктория Токарева // Русская проза конца XX века: хрестоматия / [сост. С. И. Тиминой]. —2-е изд. , доп. -М. : Academia; СПб. : Филол. фак. СПбГУ, 2005. -С. 287—293.

二、维·托卡列娃小说改编而成的影视作品

47. 1968—Урок литературы
48. 1971—Джентльмены удачи
49. 1973—Совсем пропащий
50. 1975—Василиса Микулишна (анимационный)
51. 1975—Красный Петух Плимутрок
52. 1976—Сто грамм. для храбрости (киноальманах) история 3-я
53. 1977—Между небом и землей (фильм-спектакль)

54. 1977—Мимино

55. 1977—На короткой волне

56. 1977—Перед экзаменом

57. 1978—Шла собака по роялю

58. 1979—Дефицит на Мазаева（фильм-спектакль）

59. 1979—Поговори на моем языке（короткометражный）

60. 1980—Глубокие родственники（короткометражный）

61. 1980—Гость（короткометражный）

62. 1980—Зигзаг（короткометражный）

63. 1981—Шляпа

64. 1983—Талисман

65. 1984—Маленькое одолжение

66. 1985—Тайна земли

67. 1986—Кто войдет в последний вагон

68. 1986—О том, чего не было

69. 1987—Стечение обстоятельств

70. 1993—Ты есть

71. 1994—Я люблю

72. 2000—Вместо меня

73. 2001—Лавина

74. 2006—Важнее, чем любовь

75. 2006—Простая история—2/1 фильм

76. 2006—Единственному, до востребования—3-й фильм

77. 2006—Лилии для Лилии—4-й фильм

三、维·托卡列娃音频作品集一览表

78. Банкетный зал［Звукозапись］: повести, рассказы / В. С. Токарева; читает О. Чернова. -М.: Логосвос, 2007. — 1 электрон. опт. диск (CD-ROM)（9 ч. 58 мин.）.

79. Гладкое личико［Звукозапись］: сборник повестей и рассказов / В. С. Токарева; читает

Н. Михеева. -М. : Аудиокнига, 2008. －1 электрон. опт. диск (CD-ROM) (5 ч. 30 мин.).

80. Гладкое личико [Звукозапись]: повести и рассказы / В. С. Токарева; читает Т. Телегина. -М. : Логосвос, 2011. － 1 электрон. опт. диск (CD-ROM) (10 ч. 49 мин.).

81. Длинный день [Звукозапись]: повесть / В. С. Токарева; читает В. Герасимов. -М. : Логосвос, 1987. －1 электрон. опт. диск (CD-ROM) (2 ч. 21 мин.).

82. Мои враги [Звукозапись]: сборник / В. С. Токарева; читает С. Репина. -М. : Логосвос,2008. － 1 электрон. опт. диск (CD-ROM) (7 ч. 33 мин.).

83. Одна из многих [Звукозапись]: повести и рассказы / В. С. Токарева; читает Л. Ерёмина. -М. : Логосвос, 2007. － 1 электрон. опт. диск (CD-ROM) (4 ч. 56 мин.).

84. Первая попытка [Звукозапись]: повести и рассказы / В. С. Токарева; читает С. Малиновская. -М. : Логосвос, 2001. －1 электрон. опт. диск (CD-ROM) (9 ч. 16 мин.).

85. Птица счастья [Звукозапись]: повести / В. С. Токарева; читает И. Ерисанова. -М. : Логосвос, 2006. －1 электрон. опт. диск (CD-ROM) (12 ч. 20 мин.).

86. Своя правда [Звукозапись]: повесть / В. С. Токарева; читает Н. Винокурова. -М. : Логосвос, 2010. －1 электрон. опт. диск (CD-ROM) (2 ч. 44 мин.).

87. Стрелец [Звукозапись]: повесть / В. С. Токарева; читает Н. Винокурова. -М. : Логосвос, 2007. －1 электрон. опт. диск (CD-ROM) (3 ч. 4 мин.).

88. Террор любовью [Звукозапись]: повесть и рассказы / В. С. Токарева; читает И. Воробьева. -М. : Логосвос, 2007. －1 электрон. опт. диск (CD-ROM) (10 ч. 40 мин.).

89. Фараон [Звукозапись]: сборник повестей и рассказов / В. С. Токарева; читает М. Старых. -М. : Аудиокнига, 2009. － 1 электрон. опт. диск (CD-ROM) (5 ч.).

90. Хэппи энд [Звукозапись]: рассказы / В. С. Токарева; читает С. Репина. -М. : Логосвос,2010. －1 электрон. опт. диск (CD-ROM) (4 ч. 51 мин.).

91. Цикл рассказов [Звукозапись] / В. Токарева. -М. : Вокс рекордс, 2004. － 3

электрон. опт. диска (CD-ROM)：(2 ч. 37 мин.). -(Театральный фонограф).

92. Этот лучший из миров［Звукозапись］: сборник рассказов / В. С. Токарева; читает Л. Броцкая. -М.: Логосвос, 2011. —1 электрон. опт. диск (CD-ROM) (11 ч. 51 мин.).

93. Японский зонтик［Звукозапись］: сб. повестей и рассказов / В. С. Токарева; читает Н. Михеева. -М.: МедиаЛаб, 2008. —1 электрон. опт. диск (CD-ROM) (4 ч.).

四、与维·托卡列娃座谈一览表

94. А врать нехорошо!［беседа с писателем / записал корреспондент журнала］// Огонек. —1993. -№ 16. -С. 16—17.

95. А Ленин мне нравится... как мужчина.：［беседа с писателем / записал В. Дударев］// Юность. —2000. -№ 4. -С. 12—14.

96. Живу, как Лев Толстой. На природе, за забором.：［беседа с писателем / записала А. Рогова］// Книжное обозрение. —2008. —7 февраля. -С. 3.

97. Жизнь плоти и жизнь духа идут по одним законам.：［беседа с писателем / записала С. Чечилова］// Здоровье. —2000. -№ 6. -С. 8—10.

98. Замужем за профессией.：［беседа с писателем / записала Светлана Короткова］// Зеркало недели. —1996. —27 июля. -Режим доступа：http://zn.ua/CULTURE/zamuzhem_za_professiey-3444.html.

99. Интервью с Викторией Токаревой：［беседа с писателем / записал М. Бузукашвили］// Чайка (Нью-Йорк). —2008. -№ 1. -Режим доступа：http://www.chayka.org/node/1717.

100. Инстинкт смехосохранения：［беседа с писателем / записала Г. Агишева］// Известия. —2010. —23 ноября. -С. 7.

101. Каждый мечтает найти чемодан с деньгами.：［беседа с писателем / записала Е. Ульченко］// Книжное обозрение. —1999. —27 сентября. -С. 5.

102. Не заменяй себя никем.：［беседа с писателем / записал корреспондент газеты］// Книжное обозрение. —1986. —17 октября. -С. 14.

103. Не могла от себя глаз оторвать.：［беседа с писателем / записала Е. Дашкова］// Крестьянка. —1996. -№ 4. -С. 30—31.

104. Писатель-он чуть-чуть проповедник. ：[беседа с писателем / записал А. Громов] // Книжное обозрение. —2012. —25 июня. -С. 3.

105. Признания в любви：[беседа с писателем / записал В. Гришин] // Огонек. — 1991. -№ 25. -С. 6—7.

106. Прогулки по Вене с Викторией Токаревой ：[беседа с писателем / записала Н. Стремитина] // Литературная учеба. —2002. -Кн. 4. -С. 61—69.

107. Чехов был гений, а я так—погулять вышла. ：[беседа с писателем / записала Н. Кочеткова] // Известия. —2007. —21 ноября. -С. 1，10.

108. Я—не серийный писатель!. ：[беседа с писателем / записала А. Солнцева] // Огонек. —1997. -№ 25. -С. 55—57. -Режим доступа：http：//www.ogoniok.com/archive/1997/4508/25—55—57.

109. Я-певец счастья и я хотела славы. ：[беседа с писателем / записала Н. Артамонова] // Очаг. —1996. -№ 9. -С. 16—17.

110. Я сильная，поэтому возле меня были слабые. ：[беседа с писателем / записала М. Мамедова] // Труд—7. —2001. —7 марта. -С. 10.

五、互联网上刊登的维·托卡列娃专访一览表

111. Без увлечения мужчинами моя жизнь была бы гораздо скучнее. [Электронные ресурсы] ：[беседа с писателем] // Наш Город РУ. Тюмень. -Режим доступа：http：//www.nashgorod.ru/news/news 29378.html. -(Дата размещения：01.02.2010)

112. Милосердие выше справедливости. [Электронные ресурсы] ：[беседа с писателем / записала Марина Переяслова] // Свой вариант. -Режим доступа：http：//mspu.org.ua/pulicistika/3148-viktoriya-tokareva-miloserdie-vyshe-spravedlivosti.html

113. Писатель не должен принимать неприличные позы. [Электронные ресурсы] ：[беседа с писателем / записала Светлана Вовк // РИА НОВОСТИ. -Режим доступа：http：//www.ria.ru/interview/20120912/748205052.html. -(Дата размещения：12.09.2012)

114. Судьба не глупее нас. [Электронные ресурсы]：[беседа с писателем] // Радио

России. -Режим доступа: http://www. radiorus. ru/issue. html? iid = 179382&rid. -(Дата размещения: 03.05.2008)

115. Человек без комплексов мне неинтересен. [Электронные ресурсы] : [беседа с писателем / записал Дмитрий Быков] // Гармония жизни. -Режим доступа: http://harmonie. al. ru/proza/interview_vtok. htm

116. Я воспринимаю только писателей, пишущих с юмором... [Электронные ресурсы]: [беседа с писателем / записал Владимир Нузов] // Вестник:on-line журнал. —2003. —17 сентября (No 19). -Режим доступа: http://www. vestnik. com/issues/2003/0917/win/nuzov. htm

117. Я—человек, приносящий счастье. [Электронные ресурсы]: [беседа с писателем] // INFORMAGENCY. RU. -Режим доступа: http://www. informagency. ru/txt/txt/2005/tokareva_viktoria. txt

六、有关维·托卡列娃创作的研究文献

118. Афанасьева, Ю. М. Библейские цитаты в прозе Виктории Токаревой / Ю. М. Афанасьева // Русская речь. —2009. -No 1. -С. 38—40.

119. Бекетова, Е. А. Подтекст и субъективная авторская модальность как способы выражения аргументации в художественном тексте: на примере повести В. Токаревой. Птица счастья. / Е. А. Бекетова // Вопросы гуманитарных наук. —2007. -No 4. -С. 84—87.

120. Берестюк, В. Н. Рассказ Виктории Токаревой. Я есть. Ты есть. Он есть. : урок—дискуссия :XI кл. / В. Н. Берестюк // Литература в школе. —2007. -No 7. -С. 42—45.

121. Блажнова, Т. На красную тряпку любви : о прозе В. Токаревой / Т. Блажнова // Книжное обозрение. —1994. —14 января. -С. 13.

122. Вейли, Р. Мир, где состарились сказки : социокульт. генезис прозы В. Токаревой / Р. Вейли // Литературное обозрение. —1993. -No 1—2. -С. 24—29.

123. Ерохина, Т. Н. Поезд судьбы и надежды в творчестве Виктории Токаревой / Т. Н. Ерохина // Литература в школе. —2000. -No 7. -С. 16—21.

124. Зелепукин, Р. О. Конструкции с парпелляцией подчинения в художественной

прозе В. Токаревой / Р. О. Зелепукин // Вопросы философских наук. —2006. -№ 6. -С. 11—12.

125. Зелепукин, Р. О. Парпелляция в прозе Виктории Токаревой / Р. О. Зелепукин // Русская речь. —2007. -№ 2. -С. 36—40.

126. Калашникова, Н. М. . Человек создан для счастья...: вставные афоризмы в прозе В. Токаревой / Н. М. Калашникова // Русская речь. —2003. -№ 1. -С. 12—15.

127. Калинина, Ю. М. . Каждый на своей колокольне: ключевое слово в повести В. С. Токаревой . Старая собака. / Ю. М. Калинина // Русская речь. —2010. -№ 2. -С. 30—32.

128. Коротенко, Л. В. Интертекстуальность как средство раскрытия имплицитной информации в афоризмах В. Токаревой, Н. Горлановой и Л. Улицкой / Л. В. Коротенко // Вестник Санкт-Петербургского университета. Сер. 9, Философия, востоковедение, журналистика. —2008. -Вып. 2, ч. 2. -С. 71—77.

129. Коротенко, Л. В. Работа с текстом рассказа В. Токаревой . Самый счастливый день. / Л. В. Коротенко // Русский язык в школе и дома. —2008. -№ 6. -С. 22—24.

130. Косарев, М. О престиже жанра : рассказ в периодике / М. Косарев // Сибирские огни. —1990. -№ 1. -С. 134—136.
О рассказе В. Токаревой . Первая попытка. .

131. Ламанова, М. В. Автор и герой в рассказе В. Токаревой . Казино. / М. В. Ломанова // Труды ТГТУ : сборник науч. статей. -Тамбов, 2004. -Вып. 16. -С. 135—139.

132. Мартынова, Е. М. Аномальная коммуникация в гастрономическом контексте / Е. М. Мартынова // Вопросы культурологии. —2011. -№ 6. -С. 84—88.

133. Миронова, И. И. И вновь грамматика любви··· / И. И. Миронова // Книжное обозрение. —1997. —9 декабря. -С. 6.
О произведениях В. Токаревой.

134. Новиков, В. Честная игра [Виктории Токаревой] // Диалог /В. Новиков. -М. : Современник, 1986. -С. 232—242.

135. Пранцова, Г. В. Духовно-нравственные ценности в . святочных. историях В. Токаревой / Г. В. Пранцова // Православие и русская литература : материалы конференции / сост. Б. С. Кондратьев; Арзамас. гос. пед ин-т. -Арзамас, 2004. -С. 194—199.

136. Пророков, М. Между небом и обстоятельствами / М. Пророков // Октябрь. —1989. -№ 4. -С. 202—204.

О рассказах В. Токаревой . Рарака. , . Один кубик надежды. ,. Длинный день. , . Шла собака по роялю,. Между небом и землёй. .

137. Савенкова, Л. Б. ...Взять и додумать до самого конца. /Л. Б. Савенкова // Русская речь. —2000. -№ 2. -С. 25—32.

О рассказе В. Токаревой . Кошка на дороге. .

138. Серафимова, В. Д. Проблемы нравственности и гуманизма в женской прозе. : на римере отдельных произведений В. Токаревой / В. Д. Серафимова // Русский язык за рубежом. —2009. -№ 1. . -С. 101—105.

139. Скривля, Н. Не просто, а очень просто / Н. Скривля // Искусство кино. —1995. -№ 4.

О фильмах, снятых по сценариям В. Токаревой.

140. Токарева, В. Автобиография / В. Токарева // Писатели России : автобиографии современников. -М. : Гласность, 1998. -С. 470—471.

141. Чэнь, Синьой. Ближе к женскому миру, созданному Л. Петрушевской и В. Токаревой, или Две женщины, два разных творческих мира / Чэнь Синьой // Вопросы гуманитарных наук. —2005. -№ 4. -С. 115—118.

142. Шестых, О. В. . На страстях живут одни бездельники. : эмоции и поступки героев В. Токаревой, 1980—2000—х гг. / О. В. Шестых // Проблемы . ума. и . сердца. в современной филологической науке : сборник науч. статей по итогамV Междунар. науч. конференции . Рац. и эмоц. в литературе и фольклоре. , Волгоград, 26 — 28 октября 2009 г. -Волгоград, 2010. -С. 275—279.

143. Шестых, О. В. Чеховские традиции в рассказах Виктории Токаревой / О. В. Шестых // Творчество Чехова: межвузов. сборник науч. трудов / Таганрог. гос. пед. ин-та. -Таганрог, 2004. -С. 99—105.

144. 60 современных российских писателей: крат. справочник // Литература. —2012. -№ 1. -С. 23—39.

七、有关维·托卡列娃创作的评论文献

145. Андрианов, А. Любовь к прекрасной даме или ... к стереосистеме? / А. Андрианов // Литературная газета. —1981. —11 ноября. -С. 5.

    Рец.：Токарева, В. Ничего особенного：рассказ // Новый мир. —1981. -№ 4.

146. Бек, О. Экстрасенс Виктория, эльф Франсуаза / О. Бек // Книжное обозрение. — 2012. —9 июля. -С. 7.

    Рец. на кн.：Токарева, В. Ни с тобой, ни без тебя. -М.：Астрель, 2012.

147. Бек, Т. Слово о．Слове． / Т. Бек // Дружба народов. —1993. -№ 3. -С. 191—199.

    Рец. на кн.：Токарева, В. Сказать-не сказать. -М.：Слово, 1991.

148. Березин, В. Новая русская классика / В. Березин // Независимая газета. — 1998. —29 нваря.

    Рец. на кн.：Токарева, В. Телохранитель. -М.：ОЛМА-Пресс, 1997.

149. Буханцев, Н. Любовь курортная? / Н. Буханцев // Литературная газета. —1980. —8 октября. -С. 5.

    Рец.：Токарева, В. Старая собака：повесть // Знамя. —1979. -Кн. 11.

150. Грандова, Е. Имена-не фамилии, и наоборот / Е. Грандова // Культура. — 1998. —19 февраля. -С. 10.

    Рец. на кн.：Токарева, В. Телохранитель. -М.：ОЛМА-Пресс, 1997.

151. Дебольский, А. В стремлении понять / А. Дебольский // Литературная Россия. — 1986. —2 мая. -С. 7.

    Рец.：Токарева, В. Длинный день：повесть // Новый мир. —1986. -№ 2.

152. Егорунин, А. Мы-есть? / А. Егорунин // Литературная Россия. —1992. —10 апреля. -С. 10—11.

    Рец.：Токарева, В. Я есть. Ты есть. Он есть：рассказ // Новый мир. —1991. -№ 9.

153. Лещевский, И. Бананы, киви и выборы в Думу / И. Лещевский // Инженерная газета. —1995. -Ноябрь (№ 121). -[?].

    Рец.：Токарева, В. Лавина：повесть // Новый мир. —1995. -№ 10.

154. Морозова, Т. Дама в красном и дама в черном / Т. Морозова // Литературная газета. —1994. —29 июня. -С. 4.

    Рец. на кн.：Токарева, В. Коррида. -М.：Вагриус, 1993.

155. Разводова, О. . Драма. эгоистов / О. Разводова // Наш современник. —1987. -№ 2. -С. 188—191.

Рец. : Токарева, В. Длинный день. : повесть // Новый мир. —1986. -№ 2.

156. Рычкова, О. Корова для олигарха / О. Рычкова // Труд. —2007. —12 декабря. -С. 6.

Рец. на кн. : Токарева, В. Одна из многих. . -М. : Хранитель, 2007.

157. Смелков, Ю. Парадоксы добра / Ю. Смелков // Знамя. —1984. -Кн. 10. -С. 235—236.

Рец. на кн. : Токарева, В. Ничего особенного. -М. : Сов. писатель, 1983.

158. Старцева, Н. Женский вопрос. Какие ответы? / Н. Старцева // Дон. —1988. -№ 8. -С. 145—152.

Рец. : Токарева, В. Длинный день : повесть // Новый мир. —1986. -№ 2.

159. Чупринин, С. Фрагмент истины / С. Чупринин // Литературная газета. —1984. —10 октября. -С. 4.

Рец. на кн. : Токарева, В. Ничего особенного. -М. : Сов. писатель, 1983.

160. Шатохина, О. Всегда—наизнанку / О. Шатохина, И. Орлова // Литературная газета. —2009. —27 мая. -С. 8.

Рец. на кн. : Токарева, В. Дерево на крыше. -М. : АСТ, 2009.

161. Янская, И. Что кому снится / И. Янская // Литературная газета. —1981. —2 декабря. -С. 4.

Рец. : Токарева, В. Ничего особенного : рассказ // Новый мир. —1981. -№ 4.

八、有关维·托卡列娃作品分析文献

162. Алиева, С. У. Место в мире людей : [произведение . Первая попытка.] // Сердце свое я держу, как свечу··· / С. У. Алиева. -М. : Знание, 1991. -С. 20—21.

163. Черняк, М. А. Женский почерк. в современной прозе: [произведение . Я есть. Ты есть. Он есть.] // Современная русская литература: учеб. пособие для вузов / М. А. Черняк. -М. : Форум; Сага, 2008. -С. 180—181.

164. Эльяшкевич, А. Один для всех и свой у каждого : [анализ произведения . Ни сыну, ни жене, ни брату.] / А. Эльяшкевич // Ради жизни на земле / [сост. В. Лавров, А. Пикач]. -М. : Худож. лит. , 1986. -С. 328—330.

165. Берестюк, В. Н. Рассказ Виктории Токаревой . Я есть, ты есть, он есть. : [урок-дискуссия] / В. Н. Беретюк // Литература в школе. —2007. -№ 7. -С. 42—45.

166. Косарев, М. О престиже жанра: [произведение. Первая попытка.] / М. Косарев // Сибирские огни. —1990. -№ 1. -С. 134—140.

167. Пранцова, Г. В. Чтобы не попасть в команду черного ангела...: духовно-нравств. ценности в . Рождественском рассказе. В. Токаревой / Г. В. Пранцова // Уроки литературы. —2011. -№ 12. -С. 8—11.

168. Разводова, О. Драма. эгоистов : [повесть . Длинный день.] / О. Разводова // Наш современник. —1987. -№ 2. -С. 188—191.

169. Старцева, Н. Женский вопрос. Какие ответы? : [повесть . Длинный день.] / Н. Старцева // Дон. —1988. -№ 8. -С. 145—152.

170. Трегубова, И. Г. Судьба-не вне, она-внутри тебя. : рассказы Виктории Токаревой на уроках / И. Г. Трегубова // Литература. —2007. -№ 4. -С. 12—15.

171. Щеглова, Е. Реализм? Модернизм? Литература!: [произведение. Система собак.] / Е. Щеглова // Вопросы литературы. —1997. -№ 4. -С. 20—21.

九、翻译成汉语的中短篇小说

172. 维·托卡列娃:"天地之间",郑海凌译,《苏联文学》,1986(1)。
173. 维·托卡列娃:"心理平衡",程文译,《苏联文学》,1988(5)。
174. 维·托卡列娃:"奇婚记",李真子译,《苏联文学》,1989(5)。
175. 维·托卡列娃:"茵娜",林那译,《当代外国文学》,1992(2)。
176. 维·托卡列娃:"雪崩",傅星寰译,《俄罗斯文艺》,1997(2)。
177. 维·托卡列娃:"幸福的结局",王志耕译,《俄罗斯文艺》,1999(3)。
178. 维·托卡列娃:"坏心情",孙大满译,《当代外国文学》,2004(2)。
179. 维·托卡列娃:"好事多磨",周春来译,《译林》,2005(1)。
180. 维·托卡列娃:"周末",石臻春译,《俄罗斯文艺》,2006(3)。
181. 维·托卡列娃:"在河畔,在林边",刁科梅译,《俄罗斯文艺》,2007(3)。
182. 维·托卡列娃:"骨折",吴菁译,《俄罗斯文艺》,2008(3)。
183. 维·托卡列娃:"巧合",戴珊译,《俄罗斯文艺》,2008(4)。

后　记

　　这本书是在我博士论文的基础上继续完善的一个成果。毕业之后，我继续在高校工作，继续从事着托卡列娃小说的研究工作。这本书不仅包含着我的阅读思考和辛勤努力，而且凝聚了师长、朋友和亲人的帮助、关怀和心血，在此我特别要向他们表示感谢：

　　首先，我最应感谢我的导师刘娟教授，感谢她尽力为我争取的少数民族骨干培养计划这一名额，正因为有了这个名额，我才能被纳入她的门墙；正因她的接纳，才使我完成了一个科研的门外汉向一个科研的探索者转变的历程。其次，感谢她在本书的写作过程中对我的悉心指导。导师渊博的专业知识、严谨的治学态度、精益求精的工作作风为书稿的撰写提供了关键的启发和帮助。导师诲人不倦的高尚师德，朴实无华、平易近人的人格魅力对我影响深远。本书从选题到完成，几易其稿，每一步都是在导师的指导下完成的，倾注了导师大量的心血。在此，我再次向我的导师刘娟教授表达深切的谢意与祝福！

　　感谢北京师范大学的杨衍春老师和北京外国语大学的武瑗华教授，她们是语用学理论方面的专家，在我遇到理论难题时她们总是不厌其烦地给予解释，给我提供思路，给我积极的建议。除此之外，首都师范大学杜桂枝教授、北京大学的王辛夷教授、中国人民大学的钱晓蕙教授在本书的写作过程中都提出了宝贵意见和建议，这些意见和建议帮助我更好地撰写和完善本书。

　　感谢我的博士同学王燕、高淼、李乐、林敦来，即使毕业后我们分奔东西，仍然相互鼓励，没有他们的鼓励和相伴，我是没有信心走到这一步的；感谢我的师姐国晶、陈爱香、梁真惠，在本书的写作过程中她们总是不厌

后 记

其烦地、耐心地帮我理清思绪,给予建议;不仅如此,当我烦闷、心情低落的时候她们当我"心情垃圾桶",帮我排除郁闷,并积极地鼓励、开导我;感谢我的师妹李莉、何旭红、孙雪森、刘志华,我们也总是一起讨论问题,在学业与生活上也相互鼓励和帮助。感谢我的好朋友陈雷震同学从遥远的俄罗斯为我寻找和提供的俄文资料,让我获得了新鲜的第一手信息;感谢研究生师妹占欣媛和徐妍,感谢北京外国语大学的好朋友何静和赵海燕的帮助,感谢我亲爱的姑姑对本书文字的校正。

本书的出版也得到了北京大学出版社的大力支持,出版社的两位编辑李哲和郝妮娜老师为本书的出版也付出了大量的心血,做了大量具体细致的工作。

感谢我的爱人陶勇,在书稿的写作过程中他给予了我无尽的帮助、体谅、包容和支持;感谢我的爸爸妈妈、公公婆婆的理解与支持,他们在背后的默默支持是我前进的动力。

总之,一部书稿的完成不是一个人的事情,需要感谢的人太多。